大唐李白

三 將進酒。

張大春

大唐李白

將進酒。

鐘鼓饌玉不足貴，但願長醉不願醒。
古來聖賢皆寂寞，惟有飲者留其名。

李白——〈將進酒〉

1　一面紅妝惱殺人

早在開元元年，宮中流傳一事，謂大雨過後，簷前滴漏之水凝聚，將苑中壤土潤開，天晴之後復曝曬了幾晝夜，於是地表皸裂，一入夜，竟然從裂縫處冒出一片明光來。宿衛大臣細心勘查，詳細記載其處，至曉奏聞。

皇帝最看不得宮中祟鬧著光怪陸離之事，立刻下敕，就地掘鑿，不料挖出一塊五寸長、三寸寬、有如拍版一般的寶玉，其色且白且碧，上有古篆刻文，書「天下太平」四字。當下百僚稱賀，都說是天賜禎祥，萬民福祉。寶玉就此收進了內廷庫，原本也就沒了下文。可是皇帝不多時就想起這塊玉來，經常詢問隨侍在側的高力士：「彼『天下太平』收妥未？」

高力士侍駕多年，固然明白聖人的心思，是想要看一看那寶玉的夜光容色，遂撿了個空閒的日子，眼見昏暮已臨，夜暗漸升，他忽然像是開玩笑一般地問皇帝：「聖駕綽有餘暇，何不消磨著天下太平？」

皇帝高興了，隨即命備宸輿，直入內庫——他確實老惦記著那塊玉。寶玉當然還在庫中，錦匣緞裹，深納密藏，萬無一失。令皇帝既驚訝、又開懷的，是他果然見識到「夜光」的情景。非但寶玉本身如星似電，燦爛光潔，縱令是封閉了錦匣，也能流洩出氤氳如煙雲的曖曖之光，照亮內庫一隅。可那光，又像有心自作主張，逐時移轉，殷殷指點，刻意指點著西南角落；彼處是另一匣架，所藏之物稍寬大，皇帝不由自主地沿著光照緩步巡行而去，來到一匣之前，低頭一看，不由得嘖嘖稱奇，道：「光明恰是光明使！若無寶玉指引，不意宮中尚有此物。」

第二匣中所庋藏的，是一方夜明枕。記載為南朝齊梁間天竺之僧的貢物，將此枕施設於堂中，即可光照一室，不假燈燭。然而皇帝之樂，瞬息而逝，他沉下臉，讓高力士把夜明枕放回匣中，順手將天下太平的寶玉籠在袖子裡，似也忘了收回匣藏之處，就這麼匆匆離去了。

高力士明白，夜明枕讓皇帝不愉快的原因，是他想起了中宮——也就是不甚得君意的王皇后。鸞鳳不諧，其來有自，一枚夜光枕從此在宮中引起了不少蜚短流常。宮人不時相告：聖人要為夜光枕尋一個新主人。彼一謠言，敷衍甚久；容或說者無心，聽者有意，漸漸地，將謠言當真之人，也就化身變作了謠言中人。

開元天子封禪事畢，天下大定，兩京以外，東起滄海，南至羅伏，西過蔥嶺，北極大漠，儼然萬邦協和，兆民依止。人人盛稱聖人功同造化，黎民百姓無分遠近，卻都關心起皇帝的私事來。

特別是開元十二年王皇后被廢而死，中宮虛位，而後傳言爭出，說皇帝下恤小民瞻望國母之情，殷切未已，詔敕中貴人微服出巡，到各地徵選美女，以實後宮之寵。奉命選女的仗馬幡輿，已經出京就道了，不一定甚麼時候就會抵達——但是抵達何處？天下府郡州縣所言不一，但凡是出謠言的地方，便是使節即將蒞臨的所在了。倒是各地爭傳的使節有名有姓，不作第二人想，乃是高力士。

王皇后廢黜之前兩年，也就是開元十年間，宮中曾有武氏——也就是則天皇帝的姪孫女——獲封惠妃，前後生了二子一女，是為夏悼王、懷哀王與上仙公主；顧其封名可知這三位兒女都不幸夭折了。

皇帝原本也有讓武氏繼立為皇后的打算，但是，御史潘好禮上疏，說了一番冠冕堂皇的大道理：「伏願陛下詳察古今，鑒戒成敗，慎擇華族之女，必在禮義之家，稱神祇之心，允億兆之望。」此外，就是李唐皇室最在意的門第之辨了：「且惠妃本是左右執巾櫛者也，不當參立之數。《春秋》書宋人夏父之會，無以妾為夫人；齊桓公誓命於葵邱，亦曰無以妾為妻：此則夫子恐開窺競之端，深明嫡庶之別。」這兩段話直指武惠妃是「御女」的身分，根本不配為國母，這是最令惠妃切齒的一擊。

不過，潘好禮說的是實在話，武氏兩代干犯朝綱，禍亂倫常，惠妃子的堂叔武三思、武延秀惡名猶著，恐為天下人所憎恨。猶有甚者，太子李瑛為趙麗妃所生，一旦冊立了惠妃，又復生子，則太子地位不能自安。大唐立國以來，每於儲君嗣立之事，瞻顧難安，一聽潘好禮這麼說，李隆基便鐵下了心腸，儘管惠妃日後仍育有盛王李琦、咸宜公主和太華公主，卻始終不得受封為正宮。

天子物色專寵的謠言沒有斷過——特別是在距離京城極為遙遠的南方。就在李白沿江而下、遊歷廣陵的同時，到處都爭傳著中使選妃的大事。據聞：高力士在閩地莆田相中了一個醫者江仲遜的女兒，小字采蘋，年方十五。

此女姿容秀麗，性情溫柔，一向淡妝素服，出拔俗豔；難得的是她自幼好攻書、能文字，九歲通《詩》，能誦〈周南〉、〈召南〉。還跟父親說：「我雖女子，期以此為志。」江仲遜於是給起了「采蘋」的名字，就是從〈召南〉詩：「于以采蘋，南澗之濱。」一字句得來。這女兒十歲能作賦，稍稍寓目之文，即可心摹手追，辭旨宛然，意境清遠。許多士子為了一睹芳容，常假意稱病，登門求診。醫者濟世活人，交接廣眾，無論怎麼護藏女兒的形跡，都止不住道聽途說，卻越發挑起了好事者窺探渲染。高力士風聞而至，銜聖命徵辟入宮，江仲遜雖然萬般捨不得，也只好無奈依從。

高力士到了閩地，駐留不過一日，便載得美人而歸，其間還有一個緣故。原來江采蘋不僅工詩能文，還精通樂器，擅吹一枝白玉笛。高力士尚未及門，就遠遠地聽見一陣婉轉悠揚的笛聲，入耳驚心。

原來開元天子也吹笛子，隨身一枝玉笛，日夜不離身，且無論是不是在思慮、議論國政的時候，也時時把玩著那玉笛，有一說形容得相當傳神：「座朝之際，慮忽遺忘，故懷玉笛，時以手上下尋之，非不安也。」一堪見皇帝每每上下其手，若有所失，即使出於無意，也非得執笛在手，不能神魂安頓。及至玉笛不離左右，皇帝更常分心把弄，雖然不至於當場吹奏起來，但是貼身近臣都看得出：皇帝一面議政，一面分心摸索著笛身孔竅，默識其聲節——他是在作曲！

傳說中的高力士萬里風塵，來到甫田鄉里之間，乍睹伊人，身在梅樹之下，容眸流盼，神姿清發，簡直不可方物。便覺這一趟承命出宮，迢遞萬里，彷彿就是專為此女而來。

風聞順理成章，江采蘋日後受到聖人的專寵，且受封為妃子，這一番際遇，原本不見於史籍。可是天下爭傳許久，寖成掌故，更有為作《梅妃傳》以附會者；實則《梅妃傳》所述之事，非但可能只是眾口渲染而成，並無本事。畢竟，在睿宗以前，後宮僅設貴、淑、德、賢四妃。玄宗踐祚，冊封董良娣為貴妃，楊良娣為淑妃，武良媛為賢妃。開元之後，玄宗又改四妃為惠、麗、華三妃。

王皇后既廢，玄宗才特賜武氏為惠妃。開元二十五年武惠妃逝後，即使專寵那國色天香的楊玉環，也一直沒有特殊妃號。直到天寶四年，始冊封楊氏為貴妃。梅妃之名，可想而知，恐怕即是虛構；而附會在她身上的一切傳奇，是經由數十年甚至更長久的宮闈想像、秘辛與佳話交織而成，「梅妃」二字可能根本就是千百無名宮人、眾多哀宛故事的一個代稱。

無可諱言，有些事物、有些情狀、有些言談，說不定還是從貴妃楊玉環身上奪來。不過，當時的楊玉環還不叫楊玉環，人呼小字，就叫「玉奴」。

傳聞高力士徵秀選美的這一節固然無稽，還只有八歲的玉奴卻聽說過這許多的故事，只是無論如何也不可能逆料：日後鬨傳於世間、踵事增華的梅妃佳話，竟有些是她自己的經歷。這種顛倒錯亂，殆因二十八年之後的天寶之亂，楊玉環紅顏禍國之名，狼藉已甚，傳說遂扭折原貌，使梅妃成了一個被楊玉環侵凌恩寵、橫奪雨露的弱質才女，就連楊玉環的妙語柔情，也轉嫁給梅妃了。

楊玉奴，是開元七年生，誕於虢州閿（讀音若文）鄉官家。三代祖楊汪曾經擔任隋之上柱國、吏部尚書，唐初為李氏所誅殺。父親楊玄琰曾任蜀州司戶，在開元十七年——也就是傳言高力士出宮尋訪美人之後的兩年，楊玄琰就因罪下獄而死。十歲的玉奴頓失所依，被送往洛陽，寄養在她的三叔楊玄璬的家裡。

楊玄璬時為河南府士曹參軍，這個官職只有從七品，秩卑勢微，在士大夫陣中，無論是實權前景，皆無足觀；這種人甚至沒有真正的職事可言，不過是食祿備位而已——昔年的詩人宋之問的弟弟宋之遜流落此職，受上官府州刺史屈侮，淪落到為其家妓、妾婢教習歌唱的，所謂「日執笏立簾外，唱吟自如」者，亦有之。其淪落不堪，一至於此。然而，楊玄璬儘管蹭蹬不濟，卻慨然肩負起撫孤恤寒的家族大任，將哥哥的兒子楊仲嗣、楊仲昌、以及玉奴和她的三個姊姊都接納在家，除了供應衣食，還到處奔波，為仲嗣、仲昌營謀仕宦的機會。

楊家姊妹自幼即好聞宮中事，從蜀中移家河南府，宮廷即在密邇，年幼時聞聽人口中的種種奇談，倏忽之間已不再縹緲、不再遙迢，而來到了眼前。她們的相貌都十分出眾，也都相信：身為一個女子，如果能夠明曉禮儀、通識文字，兼之熟翫音律，嫻習歌舞，甚至還有親近顯貴、宮廷的機會。

這不只是稚齡姊妹們童騃而奢遠的想望，也是收養他們的三叔竊心自安的抱負。尤其是音容笑貌都極其出眾的玉奴，儘管尚在稚齡，楊玄璬已然經常刻意提攜安排，逞其驕人之色，迷人之姿，不時串訪那些家中有聲伎樂伶的貴盛之家，一面使之留心聲曲，勤學歌舞；一面也讓人口耳爭傳：楊氏有女，資賦非凡。諸如此類的交際拜謁，以曲以樂、載歌載舞，看來沒有弄權干勢的用心。廣結緣會而大顯聲名，卻不至於為任何人忌憚。

當然，近幾代以來，家族大人的慘酷經歷也時時在提醒著楊家的少女們：自己的身份有如懸絲縋器，只消楊玄璬惹上了擔待不起的罪過，她們還是可以在一夕之間斷碎沉淪，萬劫畢至，至若為妾為婢，為奴為娼，而無以恢復，也尋常得很。

洛陽本是隋朝東京，為秦王府所在；唐太宗即位，名洛陽宮。皇帝行在，即是朝廷，全等京師。到了唐高宗顯慶元年，洛陽正式成為東都。自此，三省六部皆分衙於此。顯慶年間之後，歷經武氏當國，長達四十四年的歲月，直到李白出生的那一年為止，洛陽可以說已經取代了長安的地位。

就軍事考量而言，洛陽雖然險固，河南畢竟是四戰之地，於李唐王朝而言，本非開國立基之處。只是緣於地理之便，多方引進河洛、山東之地的新人才、新門第，以壓抑立朝以來關隴舊臣的聲勢，卻恰合於武氏的私衷。加之以藉助於縱橫如阡陌的運河渠道，輸運東南糧穀、供應中樞，洛中更有其便宜之利。然而，就如同天下庶民的閒言碎語，楊氏姊妹最津津樂道的，還是長安宮廷之中出現幽靈的故事，她們從小就聽說：則天聖后晝夜為鬼物纏祟，寢食難安，終於決議再一次遷都。

李白謫仙降世、到楊玉奴出生的前一年，復經十八春秋，其間西京長安近畿各州連連發生洪水、乾旱、地震和饑饉，動輒便使為數以十計的州郡盡為天災所荼毒。無論是恢復地力、賑濟災荒，都顯得無比艱鉅。開元元年，李隆基初即位，就曾經考慮再一次遷都洛陽，卻不料為太平公主之亂所阻撓。

到了開元五年，由於宰相姚崇一句「王者以四海為家」的鼓舞，皇帝終於依照先前擘劃，行幸洛陽，雖然在經過崤谷的時候，遇上道路崩塌，旅次險阻，終於在二十四天之後，抵達東都，而在洛陽前後待了將近兩年。從此以後的二十年裡，朝廷東來西往將近十次，隨駕定都，成為常態。皇帝大約有一半的日子是在這座牡丹花城之中度過的。

迄於開元二十四年十月，聖駕返蹕回長安，楊玉奴也跟著去長安了。一路錦茵軟輿，賞雪覷梅而行；彼歲之秋，她剛過十七歲，已經出嫁兩年，是為玄宗皇帝第十八子、壽王李瑁的妃子。此後又經過將近十年，直到她受封為玄宗的貴妃，形同國母，儀仗步輦，又遠非昔日可以比攀；每每回首前塵往事，她卻總不會忘記這第一趟西京之行。途中她曾問身邊的十八皇子：

「長安牡丹，何似洛陽？」

「長安淒緊，花不繁密。」

這是玉奴尚在蜀中之時就聽說過的，說是則天聖后在西京時，於臘月天設宴賞花，先在宮廷軒廊外以巨鐺沸水，引蒸騰之氣入殿，催促百花盡得春陽之暖。一夕群芳競豔，奼紫嫣紅，嬌麗萬端。唯獨那牡丹不從慈命，遲遲未開。於是天后下詔，就像是斥逐那些個不能應命成事的僚屬一般，將牡丹「貶去洛陽」。孰料，到了洛陽之後，數以千計的牡丹卻像是重獲生機，一株株開苞吐蕊，大放異彩，前後竟綻放了二十四天。

這還不算，洛陽當地之人盛稱：天后隨即知道牡丹有心違命，更不肯放過，急忙派遣中貴人赴東都，焦燒繁花木本。不意來年冬末春初，洛陽依舊牡丹滿城，那些經過火焚之後的花朵竟然開得比前一年還要鮮豔、還要壯麗了。

「宮中卻也如此？」玉奴問的是花，所思所念所憂慮的，則是無從捉摸想像的殿宇宮室。

皇子笑著輕聲答道：「人如故，花常新。」

這話她記得了，然而，記得反倒是深哀。

十八皇子李瑁，本名李清，比玉奴還小一歲。李清年方五歲時就被封為壽王，入宮隨駕，學習文字禮儀。這是為他日後進一步受封、任官，甚至掌握實質的權柄所作的準備。在謠傳高力士出宮的那一年，七歲的李清正式拜謁兄長永王李璘，其儀容俊秀、舉止端嚴、禮節有度，恰是一個皇室子弟所必須顯現的風範，皇帝立刻下詔，讓他遙領益州大都督，授劍南節度大使之銜。這個頭銜一直到他娶了玉奴之後才更進一階，於開元二十三年加開府儀同三司，改名李瑁。這一年，他也只有十五歲。在當時的他眼中，無論是婚姻、地位、他人生中的一切，都不會再有甚麼改變。

又過了大半年，到開元二十四年十月，朝廷返還長安，皇子、皇子妃一律隨駕西幸，也就在那一番「人如故，花常新」笑語猶溫之際，玉奴不期然擁有了生平的第一個秘密。

那是在御駕即將抵達西京之處，長安城外東南三十里，地名灞陵。這是兩漢時代就赫赫知名的古地，東漢末年董卓、呂布以及王允相繼敗後，李傕、郭汜挾獻帝以令諸侯，王粲避地荊州，便是由此渡河，留下了：「南登灞陵岸，回首望長安」的著名詩句。時入盛唐，東西兩京出入頻繁，每次大政西還，到了灞陵，就算結束了八百里的行程，然而在此，必須檢點三省六部九司員吏、職守、典冊、文籍等，事屬例行，如儀而已。人馬卻要休憩整頓，皇帝、后妃以及宰輔，還有三品以上大員自行指點的親隨，可以在羽林的扈從之下，先行進入萬年縣宮邸，餘者還要在灞陵多停留一宿。而李瑁則為皇帝所親點，留守灞陵，暫宿於驛所專為搭建的帳舍，以行監司整頓之事。這不是甚麼重要的差使，但是對李瑁來說，則有委以專責的用意。他興奮而努力地擔負起職分，親自到各衙署的輿馬帳圍之處視事。

是夜星月隱伏，秋風不興，在宮人侍奉下，玉奴正要安歇，不料忽然聽見帳外角鐵爭鳴，那是宮人夜間有警、相互傳喚的聲音。然而此時也只有角鐵自遠而近，相次鳴擊，卻不見一個宮人。不多時，便看見成行的燈火，迤邐漸近，揭帳而入的，的確是一批紅袖碧鬟、粉妝翠飾的少女——她仔細辨認著她們的容顏，卻怎麼也認不清一個。

少女們挑燈而入，各依序列，隨即進來的則是一乘軟輿，輿前一女，竟然是尚儀局女官的服色，這女官來到玉奴面前，微微頷首，並伸出一隻晶瑩潔白的手掌，朝空按了按，彷彿是示意玉奴安心無多禮，再一回身，軟輿前帘輕啟，打從裡面緩緩步下一位渾身白裳白裙的麗人，不論俯仰轉圜，渾身上下都泛著一環一環的七彩虹光。

女官覷準時機，低聲對玉奴道：「呼貴主即可。」

玉奴不疑有它，按叮囑呼了稱號，軟輿上步下來的妃子朝四下望了望，再深深看了玉奴一眼，眼角微微一揚，紅唇略展，笑了：「汝，可是壽王妃？」

玉奴聞言，正要答話，回頭看那女官，女官昂首肅立，不發一語。白衣麗人一雙玲瓏大眼仍緊緊盯著玉奴雙瞳，不肯放過。興許是迫於無奈，玉奴想起年幼時市井間聽來的無數傳奇，便胡思亂想著：呼為貴主，可是無論怎麼看，這容儀風姿卻像是名滿海縣、婦孺皆知的那位梅妃？

白衣麗人彷彿窺看得透玉奴的心思，仰面大笑不止，露出了一截白皙粉嫩的脖頸，笑罷了卻又不置可否，繼續問道：「汝既為王妃，及身而富且貴，猶自可乎？」

一聽這話，玉奴但覺奇詭無倫，這不是任何妃嬪人應該置諸念中的一問。一朝由寄生女而為王子妃，還能有甚麼「不自可」的呢？遽爾出此一問，想必是身在另一重高不可及之處，睥睨著身份卑賤的人物，漫為捉摸出來的妄念罷？玉奴想著，不寒而慄，遂盈盈一拜，顫抖著答道：「得奉箕箒於聖人之家，奴猶再生人；不敢自可，遑論不自可？」

白衣麗人聞言默然片刻，收斂了先前刻意促狹的神情，點了點頭，忽然轉身對那女官道：「果爾，便迎妃子一行耶？」

女官才答應了一聲「諾」，白衣麗人一隻冰涼如脂玉的手已然捉住了玉奴的左腕，稍一使力，便將她拽上了軟輿。奇的是，軟輿不見其大，而兩人置身其中，亦不覺其小，耳邊廂但聞風聲習習，不過幾數息的辰光，但聽帘外女官報了聲：「至矣！」

所到之處，居然是宮禁之中。

眼前是座一眼看不著東西邊際的宏偉殿閣。前後三進，中間牽連著無數樓閣軒廊，三殿面闊九間，前殿深四架，中、後殿深五架。左右另有天橋，連接著兩座捲檐翼亭，前殿正中榜書「麟德殿」三字。正當央，乃是兩扇巍峨的巨大宮門，通敞向內，可見中殿之處有兩層樓閣，後殿也是一樣。白衣麗人微一抬手，指了指那在夜色中只是森然一片闃黑的樓閣輪廓，道：「彼處是景雲閣、障日閣，乃是聖人宴飲、歌樂、球戲之地。」

且說長安宮闕，分別以太極宮、大明宮、興慶宮三大內為主要的格局。其中興慶宮在外郭之東，原本是李隆基尚為東宮時的藩邸。太極宮則是前隋與初唐時期朝會與皇居的重鎮，唯大明宮特別不同。隋文帝楊堅立國之後，有感於當時古長安城破敗狹小，地勢湫溢，於是便在古城東南方，滻河之西，灃河之東，尋了一塊隆起之地，是為「龍首原」，另築一城。此即爾後大明宮之基址，由於地勢崇高，可以俯瞰整座長安城，高宗之後，漸漸成為皇帝理政機要之區。而麟德殿，就位於大明宮區之內。

天子宮城富麗堂皇，何啻百數十所？為甚麼獨獨來此？

「麟德殿大集鶺鴒之事，一時美談，天下皆知，汝竟不曉乎？」白衣麗人微一皺眉。玉奴的確聽說過麟德殿之名，但是這裡面的典故，不是她的出身所能與聞而盡道，一時被問住了，只能啞口無言。

那是在開元七年九月六日，有鶺鴒數以千計，忽然來集於麟德殿，眾鳥全無離去之意，皇帝看著這群鳥兒彌天掩地，頡頏上下，啁啾爭鳴，更不畏人持物驅趕，一連十多天，昏旦如此。卻不明白是瑞應福兆，還是天示災儆。此時近臣之中，有通儒術者以為：這是《詩．小雅．常棣》之義，當然可算得是祥瑞。

「脊令在原，兄弟急難。每有良朋，況也永歎。」這是〈常棣〉一詩的第三章，原文是以「脊令」——也就是鶺鴒鳥——起興，這種鳥在草原之上，飛則嘈叫，行則搖尾，與侶伴彼此呼應，也因此而令詩人聯想起兄弟之情；兄弟之間，如果有了急難，必定能夠通聲氣、相照應，比較起來，一般在外所結交的朋友，怕也只能自歎弗如而已。

說起兄弟之間相聚相幫，正是皇帝引以為樂、也引以為傲的事。他與五兄弟「長枕大被」，同宿寢宮，共聚相歡的親即之情，他一向津津樂道，於是立刻下詔詞臣魏光乘撰寫了一篇〈鶺鴒頌〉，皇帝還親自援筆大書一長幅橫卷，以資王公百僚瞻仰。既名之曰頌，充分顯示皇帝的沾沾自喜：「伊我軒宮，奇樹青蔥，藹周廬兮。」「連枝同榮，吐綠含英，曜春初兮。」「行搖飛鳴，急難有情，情有餘兮。」「上之所教，下之所效，實在予兮。」

此情此景從九月初至歲暮，每月上旬皆可見，獨獨到了十二月朔日，非但原先的鶺鴒如期而來，尚有雊鳥、虹雉、白鷺、白鳩、鷚雀、錦雞、山雉、甚至鳶隼鸛鷹，居然一時畢集，盤桓數刻，遮穹宇、覆雕甍，聲勢龐然；一時蔚為奇觀，宮中喧噪爭睹，歡踴無及。然而皇帝的神情卻異乎他人，竟悄然若有所失。在他看來，百禽咸至，應須是朝拜鳳凰，然而這群鳥兒畢集於殿中不多久，竟然一舉驚飛，逕往西南巴蜀方向而去，再也不回頭了——牠們似乎只是暫集於此，另有所事，不是來朝拜天子的。

直到開元九年秋，皇帝詔迎老道士司馬承禎入內宮，親受法籙。問起當年佛、道爭勝，僧人慧乘大折道者李仲卿的題目：「人法地，地法天，天法道，道法自然」本義，話鋒一轉，把一年多前九月以迄歲末的奇景說了一過，並垂詢道：「百鳥千禽來降麟德殿，略不棲止，倏忽而去，此象法乎自然耶？」

司馬承禎應聲答道：「巴蜀古來號為寰宇奧區，代出異人，終將為天子羽翼，既有珍禽為媒，導其先路，天子晏然耳！」

老道士這麼說，讓皇帝安心不少。只不過，他並沒有把話說完。他還從皇帝的描述中體會了奇特之象：顯然，在開元七、八年間的冬末春初，巴蜀之地有極不尋常的異人，將這一群朝天之禽召喚而去。他不希望天子雄猜，橫生擾攘，而刻意隱瞞了這一節，只淡淡地道：「聖人宣倫常之情，天下景從，四海清一。」

在說到「倫常」二字的時候，司馬承禎別有所見，卻不忍道破天機，只能深深凝望著皇帝，語氣也特意加重了。

說起倫常，皇帝此時心念所繫，還是兄弟扶持，磐石之固，推而廣之，便是齊家治國、安定天下的那一套。其人生境界，不外書面教訓，或是〈鶺鴒頌〉裡那些「得在原之趣，昆季相樂」、「揄揚德業，褒讚成功」的空言。他已經三十六歲了，成為一個大帝國的元戎，既仗著幾分算計，也不免有幾分僥倖；但是，於情愁愛憎，多不過是予取予求，稱心遂意而已；也還沒有遇見他那獨一無二的妃子。

引玉奴來到麟德殿前的這位白衣麗人忽然長袖一揮，兜身虹彩薰染飛散，整座大殿便燈火輝煌了起來——且還不只前殿，一眼望去，景雲閣、障日閣，以及二三進正殿近旁、東西牽連的複道、亭臺，幾乎無處不透露出燦爛的明光，籠紗燈、明火仗，還有高高低低的玻璃宵檠，一霎時間驅散了夜暗，同時也揭開了宏亮的樂聲，分別來自四面八方的羯鼓、鐘磬、笙笛、絲弦，一時俱揚，分明是無數歌曲、各作節奏，卻有如群山萬壑之深處，各自奔瀉的淙淙溪水，因乘緣會，穿插匯流，共赴一片汪洋。其間有歌唱者、有吟嘯者、有醉呼噱鬧者，更有隱約可聞的猿啼馬嘶，從天涯海角傳來，真可謂萬籟齊鳴。

其間，尤其令玉奴驚訝的是，隱隱然有一款清脆玲瓏的敲擊之聲，與諸樂全然不諧，甚至堪稱凌亂無節，卻又十分悅耳，其聲時發時止，一發也只二、三聲。過了片刻，她才認清，那是一群藏身在花樹叢中的宮娥，手牽彩絲，絲作長繩，繩端繫著小鈴，縛在枝梢，見有雀鳥飛來，宮娥便輕輕拉扯幾下絲繩，鈴聲驟起，如人低語，把雀鳥驚開，便不至於傷了花朵。雀鳥撲著翅子飛去別處了，花叢裡的宮娥則一片譁笑，彷彿搖著鈴、驚了鳥，便是天地肩頭一等樂事。

即使是在洛陽宮的這兩年，玉奴也從未見識過如此華麗繁盛的場面，她感覺暈眩，像是天地萬物就在剎那間據為己有，原本是身外之物情，一霎間都成了本我，竟至千鈞萬石，難以承擔，她的眼眶中湧出了不可收拾的淚水，那不是悲痛或哀傷，卻比她所經歷過的悲痛與哀傷都要沉重。

「苟非當日咸宜公主出降，汝今日──或恐亦在牽絲宮人列中。」白衣麗人回眸道：「一面紅妝，生死淒涼；可惱春風格調，寧不見秋霜？」

2 仙人浩歌望我來

白衣麗人這話，說得直白入裡。置身於帝王之家，縱使只是一介宮人，卻在漫不經心之間，以為自己擁有了一切繁華。

所謂「出降」，即是帝女出閣。兩年前的七月，朝廷還在洛陽，皇帝將女兒咸宜公主下嫁衛尉卿楊洄。楊洄固是皇親，乃中宗皇帝之女長寧公主、與世家顯宦楊慎交之子，身屬弘農楊氏貴戚中最為顯達的一支。而玉奴的三叔楊玄璬藉同宗關係，夤緣攀交，以千匹精帛的代價，讓寄養在家的玉奴成為咸宜公主的隨駕嬪從之一。這個職務原本就是婚禮期間——尤其是在請期、親迎的兩日之間——參與一連串的隆儀盛典。嬪從之數有八，人人粉妝玉飾，畢禮還家，這是常情。

只不過天數注定，人不自由。請期當日，參與婚禮的十八皇子一眼看上了嬪從之中容顏尤為出色的玉奴，忍不住多方探聽，得知玉奴身世，隨即奏明武惠妃：他也有成親的意思了。武惠妃實則另有盤算。李清大排行十八，卻是武惠妃在接連夭折二子一女之後，倖存的兒子。武惠妃擔憂事如舊例，孩子不能養活，便委由剛剛產子的寧王妃元氏代為哺飼，寧王夫婦福德寬厚，也就將十八郎字育成人了。

在武惠妃而言，這個孩子畢竟是親生骨肉。十八郎生得面目韶秀，骨骼魁偉，怎麼看都煥發著帝王之相，如果能取代皇太子李鴻，則母以子貴，隨之而繼位中宮，也是水到渠成的事。要將十八郎一舉而推為儲君，便不能不仰仗中朝大臣。可是，自武、韋乃至太平公主以降，天子防範內外，嚴禁中宮與外廷通款，那怕是言語洩漏，都要受到極大的譴責——當年洩漏廢后之議而遭杖刑流死的寵臣姜皎就是最鮮明慘酷的例子。

欲得朝臣奧援，卻又不能明目張膽地交遊結納，遑論密邇過從、商略權柄。可是，剛剛與咸宜公主成親的楊洄這一家又別有地位。弘農楊氏，堪稱枝披葉紛，蔚為大族，無論在京在郡，有職有任者堪稱不計其數。武惠妃眼睛一亮，她眼中所看到的不是麗人，而是姓氏；而楊氏這一家，亦猶如蒼茫大海之中，朝武惠妃漂來的一枝浮木。楊氏故舊沿溯，門第高華，這一門親結下來，並不失格，而楊氏女的養父楊玄璬官職不高，於武惠妃卻是佳處；有這麼一個並非宰輔大臣的人物居間往來，誼屬親倫之好，也較不易引人耳目。

於是武惠妃也匆忙稟奏，要為十八郎娶婦。她有十成的把握，皇帝難以拒絕。這是因為在咸宜公主出降以前，為了食封多寡，曾經起過一樁不大不小的糾紛，讓皇帝略失顏面，卻也顯示皇帝偏寵咸宜公主的特殊情感。

大唐舊制：皇親封戶本有定額，親王食封八百戶，也有到一千戶的。公主三百戶，長公主六百戶。到了高宗朝，武后所生的沛、英、豫三王及太平公主就不一般了，他們的食封戶口累有增加，逾於常制。太平公主從原本已經逾制的一千二百戶已經增加到三千戶。神龍初年，包括李隆基的父親相王李旦和太平公主的食封甚至到了五千戶。這種聚斂以競相豪侈的格局，去初唐之簡約，簡直不可以道里計。

皇帝並非見不及此，就在誅除太平公主之後，還作過一番整頓，重為張置、立律：皇妹食封不能逾千戶，皇女食封不能逾五百戶，每家給以三丁為限；甚至還約束了駙馬，皆除三品員外官，而不任以職事。當時近臣中也有以為公主邑入太少，已經到了不能「具辦車服」的地步，這當然言過其實，皇帝還下過口諭斥責：「百姓租賦，非我所有。戰士出死力，賞不過束帛；女子何功，而享多戶邪？」接著，皇帝還補充了一句：「此即是勸諭公主們明白儉嗇之道耳！」

可是到了一心寵愛的咸宜公主開始議婚之際，皇帝忘記了他的家教，急著要給一份豐厚的妝奩，忽然間下了一道詔命，為公主增加食封至千戶。然而皇帝還有二十多個只有一半食封的女兒，皆譁然鳴不平。聖人的成命既不能收回，群情又非安撫不可，只好將諸公主的食封都調增為千戶了。

武惠妃冷眼旁觀，深知皇帝對咸宜的寵愛恰可以為十八郎鋪張些許地步，一聽說兒子看上的女子與咸宜許嫁的夫婿楊洄是族親，便迫不及待地提出了自己的主張：何不讓咸宜公主和十八郎的親事連屬舉行？

這樣做，委屈的是十八郎，他只有極匆促的時間完成納采、問名、納吉、納徵……等六禮，期使親迎大禮得以相銜遂行，然而十八郎毫不在意；他心念縈迴，只是娶得楊家之女而已。此時，正當滿宮滿朝洶洶議論著公主加封、有失儉德，有人甚至慷慨陳辭，說起數十年前的開耀元年，同樣也是七月，高宗與武氏為太平公主主持婚禮的事。

彼時太平公主正得天顏厚寵，所嫁的駙馬薛紹出身河東大族，父親也是駙馬，母親更是太宗與長孫皇后的親生女兒、高宗之姊城陽公主，可謂貴盛之尤。薛紹和太平公主的婚禮當時假萬年縣衙署為婚館，衙門太窄，容不下輪畫朱芽、金漆雉羽的翟車，萬年縣令不敢干犯公主的威儀，索性搗毀衙署牆垣，好讓翟車通行。迎送新人的行伍如腸之迴，蜿蜒於京師坊道之間，自昏暮時分起，從興安門設燎站，遠相連屬，以供應人車持爝仗照明，由於隊伍過於龐大，行道兩旁栽植的樾樹都被燻灼得焦枯了。

故事如此，一旦與眼前的婚儀相比附，傳進天子耳中，除了再一次念及太平公主而不免忿忿之外，更不能有所諫阻。倒是武惠妃的說法令皇帝開心了，她說：「合二婚都為一婚，足見天子儉德！」

玉奴和十八郎的姻緣維持了整整五年，也就在抵達長安之後的第三年，小夫妻被生生拆散。不到那時節，她根本不會知道：自己之所以驟爾出嫁、飛上高枝，其實還隱藏著武惠妃的意志與斡旋。然而在初抵帝京的這一晚，白衣麗人的話卻蒙昧模糊地提醒了她：從天而降的富貴，必然有所淵源；而天降富貴臨身，卻也未必即為所有。

「偕汝來觀，但教汝識得：天子之家，樂兮無極，唯安其分耳。」

白衣麗人冷冷地道。說時一旋身，連同先前的女官、宮娥，並眼前一片燦爛光景，聲歌舞樂、鼓角箏笛、花樹燈火、還有樓榭殿閣，一併沒了形影。她悠悠醒轉，復綿綿昏倦，既不知夢境的際涯，又不知現實的邊界，輾轉良久，滿眼迷茫，才察覺一身還在灞陵驛棧的帳圍之中，秋氣暴寒，直向層層的錦幕織氈中沁入。她猛可揭開榻前羅幃，只一皺面青衣的老婦護持著三尺短檠，繚繞著她的，是飄飄之煙，照亮著她的，是熒熒之火。

玉奴轉眸四顧，不由得喊了聲：「那——梅妃呢？」

老婦原本打著瞌睡，狀似對先前玉奴那一趟御風之遊懵然無知，聽玉奴這麼一說，若有所覺，道：「宮中向無號梅妃者。」

「是一白衣麗人，周身彩虹侍駕……」說著，玉奴也覺得情狀詭異不倫，隨即住了口。

老婦皺了皺眉，驀地醒了，搖晃著頭顱，暗自沉吟著：「不該，不該。」

遠遠地，西面傳來了嗚報乙夜的柝鼓，與洛陽宮嘹亮而顯得簇新的鼓聲大異其趣，長安的更鼓凝重而沉厚，每一擊都像是穿透了闃暗的天地，又將那無止無盡的夜黑壓得更深一些。玉奴等待著老婦說下去，有甚麼不該的？是那白衣麗人不該來？還是她不該見那白衣麗人？可那老婦不再言語，又瞌睡了起來。就在柝鼓的餘音杳然消逝的時候，十八郎的人馬回來了，她聽見金鐵碰撞之聲，聽見人馬喧啼之聲，聽見一面一面不知幾丈高闊的遮天大纛，在半空中肆意吸捲、排擊著夜風之聲。

這陣仗來得急遽，老婦為之一驚，拍打著自己的臉頰，一面匆匆向外迎去，疾行數步，又踅了回來，傾身近前，叮嚀道：「妃子得見上仙公主之事，萬勿與人言！」說罷，更搖頭不已，她緊緊握住燈檠，一面使勁朝外努嘴，似乎更有意不教甫自帳衙巡行歸來的十八郎知道些甚麼。

玉奴固性執拗，小有齟齬疑惑，總不肯輕易放過，便追身上前，一把伸手攫住那老婦肘臂，強問道：「上仙公主如何？」

那是二十年多前夭折的公主，宮中殿外，關於她的傳言也頗有一些。據說：開元初，上仙公主誕生之時，武惠妃絲毫不覺分娩之苦，公主更不啼哭，臨蓐異香滿室，在襁褓中就出落得極為秀美，皇帝越看越是憐愛。孰料不到幾個時辰，新生之女即無疾而終，一笑冥逝。皇帝痛惜不已，為舉喪，停靈於掖庭之時，宮人紛紛來報：就在公主的靈座周圍，既有薰風送暖不歇，也有七彩虹雲、團圓環繞，但不知該如何解釋。

皇帝在朝廷上多方諮求，希望能為公主的夭折作一個不失體面的解釋。是時，恰有出身曲江的右拾遺張九齡上奏，以為公主靈位的異象，是所謂「祥風瑞虹」，恰可以為「公主乃是神仙下凡」之證。此說讓原本就深信神仙方術之道的皇帝得著了平靜，不過，更多光怪陸離之事，卻由此而伏下了根苗。

這一度下凡、淹留只片刻的神仙公主自此不時出現在宮闈之中，卻是皇帝難以逆料的。每當皇帝寵幸所御，心有繫屬，或者是掖庭得薦新人，寄獲寵眷，上仙公主便翩然而來；來時總會避過聖駕，或邀那御女往苑囿賞花，或攜之共赴宜春院看內人教習歌舞，或至驪山溫泉所在之地遊觀竟日。雖然芳蹤所過，每不相同，可是這貴主交代的，總是那麼幾句話：

「偕汝來觀，但教汝識得：天子之家，樂兮無極，唯安其分耳。」

後宮故事，老婦知之甚詳，卻一句也不肯洩漏，只喃喃吶吶地道：「不該！不該！」不該甚麼呢？

玉奴問不出個所以然來。

老婦心頭的疑惑卻更為深重：上仙公主是從來不會在皇子妃面前出現的，她從來所示相者，都是皇帝的女人。

3 剪竹掃天花

花朝寂寂漸涼春，癡算多情幾步塵。天女重來本無計，猶遺嗔笑枉沾身。

〈花朝寂寂〉這一首詩無題目，所用天女散花之典十分平易，說的是維摩詰與弟子傳授經法，天女將花籃中的鮮花灑向凡間，弟子身上便沾滿了鮮花，可是諸菩薩在座者，天花隨觸即落，不沾附於身。詩的作者是安陸故相許圉師的孫女許宛。讀來平常，箇中確有宛轉不盡的意思寓焉。欲明究竟，不能不先說「天女」。

此事出自《維摩詰經．觀眾生品》。明明是說天花之落與不落，確有分別；但舍利弗的解釋卻另出機杼，當天女問舍利弗：何以有些花落、有些花不落的時候，以舍利弗所見，則天女之問已然落入「分別相」之思。所以，舍利弗答覆「何故去花？」之問是這麼說的：「此華（花）不如法，是以去之。」將這段話再進一步解釋，是謂「若於佛法出家，有所分別，為不如法；若無所分別，是則如法。觀諸菩薩華不著者，已斷一切分別想故。」花不沾身，是一個譬喻，即謂：在佛法中，尚存有分別心的，乃是「不如法」；不存分別心的，才是「如法」。

不過，這只是舍利弗與天女對話的發軔而已。許宛持此以為詩句，別有作意。「天女重來本無計，猶遺嗔笑枉沾身」一聯，有表、裡兩義。從字面看，天女原本無意投身人間，一旦重來，不免還是沾染了世俗的嗔笑。往深處看，就不能不往散花故事的後文之中琢磨。

典故裡的天女，藉由舍利弗的論斷：「結習未盡，華（花）著身耳！結習盡者，華（花）不著也。」經過幾輪迂迴試探，直到天女迫使舍利弗說出一句：「解脫者無所言說，故吾於是不知所云。」這是「不知所云」四字出處，卻與後世之俚言俗意不同，舍利弗是在解釋：得了道的人言語道斷，心行處滅，無話可講，於是才說：「佛說不可說」。

可是，難道說「結習未盡」與「結習已盡」就不是出於分別心的判斷了嗎？天女卻繼續追問「解脫」的奧旨，所問極是犀利：「言說文字，皆解脫相。所以者何？解脫者，不內、不外，不在兩間；文字亦不內不外，不在兩間。是故，舍利弗！無離文字說解脫也。所以者何？一切諸法是解脫相。」

此問大哉！說穿了，天女就是反詰那舍利弗：不立語言文字，就算解脫了嗎？以傳法證道的常態而言，語言文字就像是助人過渡的橋樑或舟船，儘管過河拆橋、捨舟登岸，不還是要藉助於語言文字，才能解脫嗎？「佛說不可說」不過是一種讓人不拘泥於語文、不執著於字句的說法，持此以迴避論理，只見其無，不見其有；徒作空論，反增妄想，已然落入了偏倚之見。

舍利弗一時不能作答，索性變換話題，將「立文字」與「解脫」之辯扭轉為「實踐」與

「解脫」之辯，舍利弗道：「不復以離淫、怒、癡為解脫乎？」

離淫、離怒、離癡是出家人修行之大旨，這一句反問，似乎是指責天女：若說「解脫」這境界不離文字又不能得，而「一切諸法是解脫相」，那麼，儘從文字求解脫則可，不用出家也能成佛嗎？

天女所答更妙：「佛為增上慢人，說離淫、怒、癡，為解脫耳；若無增上慢者，佛說淫怒癡性，即是解脫。」

佛門俱舍論有七慢之說：通說謂己勝於人者，皆稱為「慢」。其中第五為「增上慢」，指「未證得聖道而謂已證得者」。這話深刻地質疑了面前的舍利弗——這位身為釋迦牟尼前輩而在列為弟子的修行者——並且將論理的層次再推進一層：如果把淫、怒、癡視為人性內在「增上慢」之心的外顯、表象；真正透過踐履修行，所解脫的應該是內在而更幽微的「增上慢」心；若是本來沒有「增上慢」心的，則佛所立的語言文字，便是直指淫、怒、癡的本質（性），這也不能不說是某種形式的解脫。換言之：若要透徹理解淫、怒、癡之性，仍舊非立文字不可，這也就不是持戒修行的實踐而已，仍然可以說是一種不離於語言文字的解脫之道了。

這一場辯論終於結束，舍利弗棄甲曳兵而服善，仍勉強發感歎之詞，不意又露出了論辯上的破綻：「善哉，善哉！天女！汝何所得？以何為證？辯乃如是！」

天女持論並未稍懈，臨了還是當頭給了舍利弗一棒喝，道：「我無得無證，故辯如是。所以者何？若有得有證者，即於佛法為增上慢。」

論道以機鋒過人，的確常令耳聰目明之士感覺痛快，許宛很能賞味這痛快，可是她熟讀《維摩詰經》，並不只是為處處迸發激揚的辯智所吸引，而是因為「天女」的本性。

《維摩詰經．觀眾生品》敘述到此，一直沒有形容過天女的本相，舍利弗卻忽發一問：

「汝何以不轉女身？」

這本是令許宛困惑的一問。此問可以從完全相反的兩面作解：其一是「汝何以常保此女相，而不轉為男子之身？」同樣的，此語也可以解為：「汝何以常保此男相，而不轉為女子之身？」

其驚人之處，在於讀經者會赫然警覺：前此所述「天女」二字，竟為讀經者毫不懷疑其為女身之人。然而，「天女」便一定是女身嗎？這時，天女的答覆也出人意表；《經》上記載天女的答覆是：

「我從（入維摩詰室）十二年來，求女人相，了不可得，當何所轉？」

這話，既可以解釋為「我的確是女身，但是十二年來，仍求而不解女相。」更可以解釋為「我的確是男身，但是十二年來，仍求而不解女相。」天女即使看似回答了舍利弗的詢問，仍未坦言其本性究竟是男？是女？這樣故作曖昧，正是不要人從「相」上分辨男女。從而，天女接著反問：「譬如幻師化作幻女，若有人問何以不轉女身？是人為『正問』不？」

——這是一個合宜的問題嗎？

舍利弗的答覆是：「不也。幻無定相，當何所轉？」

天女立刻以子之矛、攻子之盾，道：「一切諸法亦復如是，無有定相。云何乃問不轉女身？」

天女不但毫不假詞色，步步逼問，還施展神通，將舍利弗變成了天女自己的模樣，而天女本身則變化成舍利弗，並且報以先前對方的疑問：「何以不轉女身？」

舍利弗當即以天女之相而答覆道：「我今不知所轉而變為女身。」

天女從容不迫地答道：「如果舍利弗能轉此女身變成男身，那麼一切女人亦應當能轉成男身。如果舍利弗本不是女人，而示現是女身，那麼一切女人亦本不是女人而示現是女身。所以佛說，一切諸法不是男也不是女。」

回顧許宛〈花朝寂寂〉這首詩，作於開元十五年春，之所以有感而吟成，應該是在另一出自崔滌之手的七律抄遞到府之後。崔滌的信箚先在許宛的父親許自正手上勾留了幾日，才讓她過目。其字句如此：

琴心偶感識長卿，緩節清商近有情。脫略鷫鷞呼濁酒，消淹蠶篆作幽鳴。蕭牆看冷雙紅豆，病雨聽深一紫荊。滴落風流誰拾得，曉開新碧漫皐蘅。

司馬相如與卓文君舊事世人熟知，言在古而意在今，當是指有一才士，或將於來日登門，不免有琴挑之行，頗可留意云云。只是當下無人能會得：詩中所說的「鸘裘」正是司馬承禎派遣門下行走道者齎往金陵相贈於李白的一領紫綺裘。

接到崔滌的詩信，似乎是得著了為許宛議婚的暗許，於是在接下來的幾天之中，許氏、崔氏和郝氏三家各為東道，相互走串商量，往來相當緊密。無論如何，這是必要的禮節；仍是為了許宛之前兩次不了了之的議婚，卻都關乎各家的體面。

即此不能不從安州郝氏說起。

安州郝氏，世出公卿宰輔，郝處俊一支，最為顯貴。昔年郝處俊二娶龍氏、彭氏之女，共生五子，諸子各傳一經，號稱「郝氏五經」。日後除四子朝瑞一支仍然勉承朝廷事功之外，大多沉跡下僚，無籍籍名者多矣。

郝處俊長子郝北叟喪子象猷，不得已，由當塗丹陽郝氏的少年郝知禮承祧入籍安州之家，有人以為是那一次議婚原本逾越了倫常——雖說郝知禮為旁郡別宗之子，但若細究起身份來，畢竟要算是許宛的晚輩。不過，另有一說，言之者鑿鑿，卻說是郝處俊的墓葬出了紕漏。

傳聞：郝處俊喪葬事完畢，有一書生過其墓，長歎一口氣，道：「葬壓龍角，其棺必斲。」日後其孫郝象賢，坐大逆不道之罪，果然被武氏毀壞了郝處俊的墳塋，劈露棺槨，焚燒屍骨，慘烈不言可喻。但是人們發現：郝處俊髮根侵入腦骨，皮毛托附骷髏，無不嘖嘖稱奇，數說這真是貴相之人。

彼時郝家有老僕，趁人驚視皮毛髑髏的異象之際，卻從斲開的棺木之中撿出了一囊物事。

據說在高宗咸亨末年，有胡僧盧伽阿逸多者，受詔炮製長年藥，藥配成了，高宗皇帝正欲吞服，郝處俊卻出言攔阻，說：「天生壽數於人，修短有命，未聞萬乘之主，輕服蕃夷之藥。」

接著，郝處俊還舉了一樁情況相彷彿的近事為例：那是在太宗貞觀末年，令婆羅門僧那羅邇娑寐依其本國舊方合成長生藥。胡人的確像是有些詭秘的門道，四處徵求靈草秘石，歷年而成。太宗服食之後，既無異狀，也無別效，未幾也就頓然衰老將死。彌留之際，御前名醫束手，竟不知道該如何診治調理。彼時朝議洶洶，不免歸罪於胡僧，要將那羅邇娑寐加以顯戮，又擔心這麼一來，反而彰顯了天朝大國英明聖人的愚闇，授人以話柄，貽笑於異族，那就連治理夷狄的政務都不好辦了。郝處俊語重心長地奏道：「龜鏡若是，惟陛下深察。」

高宗皇帝果然接納了他的意見，可是卻將盧伽阿逸多給炮製的長生藥送給了郝處俊，笑道：「卿若不豫，或不吝嘗試此。」郝處俊為人行事光風霽月，坦蕩無私，當然沒有吃那胡藥。然而，藥畢竟是聖人欽賜之物，隨身合葬，終究表示不忘皇恩。

開元六年郝知禮暴卒於街頭之後，有人惋惜不已地說起：卻怎不曾試一試那囊胡僧藥的藥效呢？若是及時餵服了，說不定還就挽回了郝知禮的一條性命。傳言四散，枝葉紛披，久而久之，已經不辨首尾，人人只道郝氏秘藏家傳，有長生藥一帖，而這一門上上下下幾十口人，既不應承，也不闢謠，似乎還真是守著這麼一囊藥，或是待價而沽麼？

三年之後，就是二度來議婚的崔氏之子崔詠了。

先天二年，李隆基剷除太平公主，崔詠的伯父崔湜被宮人所譖，控以毒害皇帝的重罪，蒙賜死，自經於荊州擲甲驛。崔詠的父親崔液則懼禍及己，舉家分路逃亡，一時間父子離散，不知所終。

崔液，字潤甫，乳名海子，狀元出身，詩文婉麗纏綿，可是膽識極淺小。一旦被禍，惶懼尤深，隻身寄居於郢州的友人胡履虛之家，連名字都另起了。稍後聞道朝廷兩度大赦——第二次赦詔公告天下時，還一併改了年號，是為開元一朝，萬象更新，和氣可掬；崔液這才小心翼翼恢復舊名，並暗地裡打聽失散的家人下落，卻遲遲不敢回京。

就這麼蹉跎到開元五年二月，天子駕幸東都，三赦天下，崔液才決意返回朝廷，可是人算不如天算，他畏首畏尾、默觀靜待多年，不意卻在最後一程路途之中，心血暴溢，突然過世。其子崔詠服喪期滿，竟無家業可繼，在族親的催促之下，便就郢州、安州、荊州等地到處遊歷，遍干戚友，好容易經郝氏撮合，大力揚說，稱道當年崔仁師以一篇寬刑之文，影響廣遠，早有厚澤大恩於許氏，是以許自然射獵殺人一案，並未波及許自正一門，這何嘗不是福根早種的吉兆呢？

總而言之，算是牽絲攀藤地說成了和許宛的親事，孰料就在行「雁奠」之禮的當下，那鴻雁奮翮一擊，竟然啄瞎了崔詠一目。對於家道頹唐不振的崔氏而言，真可謂雪上加霜了。

自及笄之年初議婚約起，兩番姻緣破毀，計已近十載，風雨人言，不可說不折磨。許宛度日平淡，讀經作詩，逐漸從那「男有分、女有歸」的古訓之中解脫出來——她只道自己為示現女身，而未必便是一女子。如此說來，「天女重來本無計，猶遺嗔笑枉沾身」這一聯詩意的內在，原來是要更徹底地將自己從「女身」之中得到解脫。

這根柢的透悟，使得許宛從生活的許多方面洗除了女子的面貌。經年累月下來，微小的變化逐漸顯著起來。她去珠飾、卻綾紗、將過往成套的錦繡半臂衫、對襟窄袖襦、泥金帔巾、雲頭緞鞋……一一分贈了僕婦——甚至還辭退了幾個貼身侍奉的婢鬟。不只此也，許宛還為自己獨居的閨房命名為「蘅齋」，取意於漢代古詩〈新樹蘭蕙葩〉，其詩云：「新樹蘭蕙葩，雜用杜蘅草。終朝采其華，日暮不盈抱。采之欲遺誰？所思在遠道。馨香易銷歇，繁華會枯槁。悵望何所言？臨風送懷抱。」蘅即杜蘅，這種香草難得一見，終日採其花，至暮所得不足盈抱，則其孤寂寥落可知。

郝知禮暴卒是在開元六年，不朞年，三千餘里之外的河南道來了一僧，年約三十有餘，遍身塵垢，滿面風霜，一頭披肩的長髮，披覆著勞頓憔悴的容顏。然而郝氏門中長者，無不驚愕異常；熟視此僧面目，竟然與三十年前以大逆之罪遭支解之刑的郝象賢一模一樣。

僧自呼為「塵吼多」——亦即俗稱的「頭陀」；說是來自萊州掖縣晏平仲故里。這地理一經道出，郝家族親更是人人喜淚盈眶了。因為平仲故里為彭氏聚居之地，而彭氏，恰為郝處俊再娶之妻的郡望——當年郝象賢被禍，其妻也身遭顯戮，但是襁褓中有一幼兒，為郝象賢庶母的家人攜去藏匿，由於這嬰孩出生尚未彌月，還來不及報錄「公驗」，取得身籍，偏逢大難臨身，就此而成了「逋逃人」，又名「浮逃人」。像這樣的野人，勉藉度牒，寄身僧院，想來也是隱姓埋名的不二門徑。

塵吼多面上不露哀樂，開門見山表明心意，他是為了那一囊藥而來的，所說的話簡要而冷清：「侍中故物，發塚而得，乃是天意，必有悲願未完，須以此物捨人。」

家人延之入府，塵吼多只是不為所動。僕婦們開門奉茶捨飯，亦不飲食。郝家中門以內有一株數百年的銀杏，根幹粗可數十圍，繁枝出牆，葉蔭滿地，他便取樹蔭下站定，日夜禪定，雙掌合什，兩目深暝，再問他任何言語，俱不作答；更不理會過往人等指點喧笑；彷彿打定了主意，囊藥不到手，便不離去。

如此僵持了月餘，直到有一天，崔詠來拜，他才微微睜啟一目，略視其出入，歎了一口氣，還是沒有片言隻語。兩年以後，由三姓族長安排的親事粗成眉目，未料納采之時，崔詠被大雁啄瞎，塵吼多早就不知流浪到何方去也。坊巷間卻爭傳起他當時那看似頗有意味的顧視與喟歎——莫非郝處俊那一囊隨葬埋沒、復發塚而重見天日的長生藥果然有些未完的功果？

恰似時序更迭，不失節度，崔詠眇其一目過後不到一年，人也癱廢了，那是開元十年的春天，塵吼多又神不知、鬼不覺地回到安陸，還是那一番索討長生藥的言語，依舊銀杏蔭裡，依舊住姿禪定，不應塵囂。

郝家人越以其人其情為蹊蹺，便越不敢搭理，只能盼想他來來又去而已。事為許宛得知，忽一日拂曉乘輿而至，就在樹蔭下與塵吼多攀談起來。

「頭陀來意如藥何？」

塵吼多仍舊緊閉雙眼，答道：「取以施人。」

「便知此藥真延命耶？」

「然。」

「今有崔氏子驚瘋癱廢，可以此藥瘳救乎？」

塵吼多微一頷首，道：「敢不盡力？」

「奴便為頭陀取之。」

許宛言出而諾踐，隨即報門而入，只辨一理：彼長生藥真偽不明，於侍中郝處俊一世之令名反而有損；若這藥根本不能延人性命，則當年苦諫聖人勿用，就確實是有卓識的。反而言之，若這藥真能使人長生，則侍中寧全其死事而不服食，也是大節楷模。總之，知其然、甚乃知其所以然，總比墨守一囊，任由里謠造作，眾議紛傳來得好。談論不移時，許宛便說服了郝氏族人，將那一囊藥發付了門外的塵吼多。

這一裹庋藏多年的胡僧藥囊原本不加縫紉，全由細密的摺疊綰紮而成。無論是當年在宮廷之中，甚或是日後重發於地下，都不曾開啟過。此番到了塵吼多手上，臨街當空一抖擻，黃綾八開，裡頭是九粒徑可二寸的烏珠蠟丸，滿持雙捧，登時異香噴薄，洋溢百數十丈。

塵吼多原只湊近蠟丸嗅聞、辨看，口中喃喃，像是在述誦著那丸藥的材質成色。接著，卻在眾人驚呼聲中，捏碎了其中一枚的蠟裹，指沾泥麨，以舌尖試其味，這還不算了事，塵吼多更有驚人之舉，忽而一仰臉，便把那剝落了蠟封的丸藥塞進口裡，挫牙叩齒咀嚼起來——嚼了片刻，吐出渣滓略事觀看；復嚼之，再吐之，如是者三。三過而後，吐出來的渣滓就不成模樣了，塵吼多渾不措意，隨手拋擲而已。

就這麼一丸嚼罷、再嚼試一丸，嚼到只剩下一枚了，黃綾重新包裹，舉手過額，捧付許宛的輿伕，塵吼多道：「崔氏子得此可以瘳減矣。」

許宛一展眉，笑了，道：「頭陀得其方耶？」

塵吼多放聲大笑，掉臂邁步而去，一面揚聲道：「小娘真大菩薩願行！此方非等閒業；三十年後，能活千萬生民之命！」

就在長街轉角之處，塵吼多留下了在安陸的最後一瞥身影，他雙掌合什，遠遠地回頭對許宛一揖及地，再昂身而立之時，朝東方天際順手一指。許宛順他指尖看去，此日天象真個不尋常；日高近三竿，可是較低處的天壤之間，還有一彎薄如雲煙的新月、和一枚啟明星——俗呼太白金星的便是。

4 採藥窮山川

塵吼多並沒有白鐃這一味藥，他每嚼一丸，便反覆以色性香味勘驗出炮製的原料、份量，乃至擣、磨、煎、熬之合入程式，一一誦過，了無私藏，而許宛也慧心默識，仔細記下了。

三、四載春秋倏忽而逝，正逢司馬承禎、丹丘子與崔滌一行人才罷衡山踏察之旅，便赴安陸，原本只是上清天師開法壇，申玄論道。此時，許自正已自澤州刺史致仕歸林，將三位遠客延邀至家，雜談世事之餘，偶涉醫理，不免也說起了崔滌那癱廢的侄兒崔詠，居然為神藥療癒，一丸既下，非但瞽目復明，人也能夠勉強行坐，雖然不能如常人一般自理生計，總算拾回了半條性命。

許宛的婚事屢遭磨難，其間因果，盤根錯節，更似有說不明白的天意作梗，殆無可以綰解之術，無端鬧得滿城風雨，卻猶如一個荒誕的笑柄。也就在這個關頭，司馬承禎漫口一句「齊大非偶」，又引出了「天火同人」的卦象，明白教訓：「同人於宗，吝道也」——這裡的意思就說得很明白了：應該與「不同之人」結其盟約、訂其交誼、成其姻眷。

極為罕見地，老道君還多說了幾句：以為許宛所合婚的對象，應該是一個「飛雁在天，不受矰繳」之人，這人與能「觀天知時」、「時不至，不行；時既至，不凝。」的大雁一般，多麼特立獨行的一個人？老道君看來甚至心有所屬，懷以定見，再三囑咐：「此人或將訪安州來，有某玉霄峰白雲宮所付信物在身，觸機留意，睹物即曉，毋當過慮。」

許自正不能拒絕司馬承禎作伐為媒的美意，卻不知該如何向女兒開口，畢竟心灰意冷的許宛了無成就婚嫁之意，貿然提及，深恐話不投機，應對冷峭，對老天師一番殷勤熱切之意，反倒不好交代，便順著神方妙藥，說起許宛近年設丹房煉藥的事，未料卻引起了眾人的興味。許自正喚女兒來見，許宛淨顏素服，拜識貴客，老天師、丹丘子和崔滌都不曾想到，她開口所及，竟然是塵吼多隨口解誦的那一味藥方：

「上啟天師一問：世傳大還丹無數，或自西域來，為胡僧所得，有未？」

「七十二草總有靈，」司馬承禎初尚不以為意，漫口應付道：「然十年學仙術，靈物少知音；本草家舉世多有，各隨天緣，得機而入妙者，自有所得，故禮失未必不能求諸野。」

「今有鼡丹、萱草根、女貞實、龍葵子、青木香各二十四分，乾蒲桃二十八分，菰首二十分，寄生實、苦參各十八分，杜苦根十二分，白瓜子十分，蓮子三十二分——此十二味合治，但知合之成丸，『服食以酒，不以水』，卻如何是法？」

司馬承禎聞言，雙瞳一亮，略一思索，說道：「服食必以酒，不以水，此例實不多見，應是『頤神保命丹』也；本朝高宗皇帝在時，傳聞有之。宜令童子添酥油擣之、篩之如膏可成。」話才說到這裡，老天師又連忙搖了搖手，歪著腦袋想了半晌，才又道：「不！尚有餘事——若當春令，需酌以櫻桃實汁和丸；若非此時，需以大麻子汁煎細麵糊以糰之。汝小娘，此方從何處得來？」

許宛且不答他，臉上泛著喜不自勝的暈紅，逕自起身，盈盈一拜，隨即倒步退身，一出廳堂便急急奔入後院。睹此不言可喻：這匆匆一去，不外就是回她的丹房治藥了。

僅此一瞥，令司馬承禎既訝然，又復肅然，登時對許自正道：「大道與仙同，須向草中功。此言不虛；然此亦胡僧之藥劃地自限者耳——彼殊方之人，未可以語大道，所謂『金石能飛走，靈草自相通』令嬡若有修持真仙之想，還應致志於金砂、鉛汞才是。」

司馬承禎所言，也是從王遠知、潘師正以降的上清派逐漸形成的一種看法，固然採藥餌食，煉養滋身，是從上清派陶弘景以來的大宗學說，根深柢固，歷二百年不移。可是，這位梁武帝萬分尊敬的「山中宰相」在句曲山所從事者，就是修煉外丹。以爐鼎燒煉礦物類藥物，目的就是要煉製出使人長生不死的仙丹。其秉信之理，直接承襲自晉代的葛洪：「不得金丹，但服草木之藥及修小術者，可以延年遲死耳，不得仙也。」

其論理之大旨，在於尋得性質常住不壞之物，如黃金、如丹砂者，並在丹爐中具體而微地重現其道，也就是依火候燒煉，藉助於藥力，使彼等金石能在一鼎爐之小宇宙中，逆返天地生成原初之「道」，而人也就藉著服食而得道，奪此造化之功。也因為能將萬物返於宇宙生成之初，故稱之為「還丹」。還初得道，功同造化，術士即此而堅信：肉身也就因證道而不朽了——儘管無數道者和信徒因服食丹藥而中毒身死，人們總以為這只是取法之不當而已。

許宛與塵吼多僅一面之緣，卻大大為其「三十年後，能活千萬生民之命」之語所撼，似乎也就為自己這不祥之身，覓著了一樁功德事業。除了將黃綾中所餘一丸交付崔詠之外，從太白伴月的那一日起，便潛心於煉藥之術。然而，看在司馬承禎眼中，草木之物，與人同朽，無論治病如何神效，究竟還不能企及長生或神仙的門徑。

許自正歎了口氣，許宛兩度許嫁未遂的舊事，甚至讓他抑鬱疲憊至極，甚至恍惚覺得這女兒已經不是女兒了：「文皇帝在時，天下爭傳成弼之事，足以為士庶之輩戒。況成仙證道，俱是奢心妄想；只今小女耽於丹藥之術，唯恐受殃更烈！」

凡人誰不慕仙、羨仙？說來也十分奇突，大唐開國未幾，朝堂特為遵禮道家，不消說是以老聃為標榜，用意還是提振皇家氏族門第的號召。可是卻又不斷自深宮之中傳出道術之陰冷蕭森的一面，令人心生畏忌、恐怖。許自正的「受殃更烈」之說，正顯現了當世人對道術之無常深刻的恐懼——所謂「天下爭傳」的成弼故事，又是另一種丹藥。

相傳於隋末天下紛亂之際，有一無名道者於太白山練丹砂，秘合大還丹，居然得道。這道者身旁隨侍一子，名喚成弼，從學十多年，卻沒有得其傳授。一日，成弼得到音信，他的雙親過世了，不能不暫為辭別。臨行之時，道者給了成弼十粒金丹，並謂：「一丹可化十斤赤銅，足以辦喪事。」赤銅，就是黃金。

憑此金辦妥喪葬之事，成弼再回到太白山來，就有了不一樣的念頭——他要求道者再多給一些丹藥，可這道者說甚麼也不肯給了。成弼仗恃膂力，持白刃以脅之，道者只一味頑抗，成弼砍斷了他的雙手，不給；復斷其雙足，仍不給。看這道者顏色不變，神氣不衰；成弼大怒，索性一刀砍下了他的頭顱，扒開鮮血淋漓的衣物，才發現道者肘後膏肓之處，藏一赤囊，鋒刃所破，竟然是滿滿的一囊丹。成弼轉嗔為喜，抱著丹囊下山，忽然聽見道者在身後呼叫：「汝終將如某矣！」

道者如何死而能言？姑且不論。且說成弼得了丹，多變黃金，成為一邑之富家，反而為鄰人首告，必欲誣之以不法，直到他承認自己身懷數千丹，有變銅為金之能。這事非同小可，立刻驚動了唐太宗，招之入京，日夕以丹化銅，前前後後果然變成了好幾萬斤的黃金；成弼得授五品之官，而天下之「大唐金」多矣。

丹藥有盡而貪念無窮，直到有一天，仙丹用罄，銅積盈庭，成弼再也施不出手段，而皇帝還不能置信，命武士砍斷了他的雙手，成弼自然不能有所為；復斷其雙足，仍不能有所為。最後砍下了他的頭顱，成弼竟如彼無名道者所預言的下場，而「大唐金」畢竟從此而絕。

這個在當時家喻戶曉的傳聞對皇室未必有利，它反映出太宗嗜利又殘殺的個性。然而當朝者似乎不在乎張揚已故皇帝之威刑，卻有意暗示：儘管道者憑空生造數萬斤黃金以充實內府，不可謂沒有大功於國。不過，原無實術而欺君之人，終究會受天罰而身首異處。這裡面所含藏的教訓其實是：方士們用藥草煉成丹藥，鉛鐵為金，死汞為銀，名為「黃白之術」，或恐含藏著殺身致禍的底蘊。

「使君之言，恕某不能苟同。」丹丘子護教衛道之情溢於言表，搶忙道：「黃白之術，淵遠流長，是為萬物相通變化之跡，而不在啟人貪念。」

許自正久歷官常，熟習世態，自己的家族也在數十年間飽經起落炎涼，他早早地歸隱，與其說不耐案牘勞形，毋寧是慣看人情貪鄙，不免憂讒畏譏，這時聽丹丘子放言高論，頗不愜意，止不住搖著頭，笑道：「某本凡夫俗子，看世人求顯達，而後逐財利，富貴皆入手矣，復苦其不能久長，乃慕長生——說來不過一『貪』字，也無足深論矣。」

「黃白之術，恰是儆人以不貪！」丹丘子正色道：「使君試想，設若道果豐碩，遍地黃白如糞土塵沙，孰令貪之？」

道者論萬物之變，實欲證萬物之通。魏伯陽《參同契》創金丹大藥之論，主三變之說，就以為「金液還丹入口，使人長生」，爾後到晉代葛洪更推闡其學，不只是說：「夫變化之術，何所不為？」甚至還強調：「變化者，乃天地之自然，何嫌金銀之不可以異物作乎？」

這樣的變通，原本就有齊一萬物的思想隱含其間，道者嘗試由萬物之間隨機變化而流通的性質，泯除俗世區別貴賤高下的等差之心，那麼，金銀若能以銅鉛砂石隨手造作，則人又何必貪求、掠取金銀呢？

在這個推論的基礎之上，葛洪更進一步，相信萬物變通之無止不盡，也就推衍出人生依循物理的長生之論：「夫陶冶造化，莫靈於人，故達其淺者，則能役用萬物；得其深者，則能長生久視。知上藥之延年，故服其藥物以求仙。」他多方引證古方術之書，藉《玉牒經》說：「天下悠悠，皆可長生也。」藉《銅柱經》說：「丹砂（即汞砂）可為金，河車（即鉛）可為銀，立則可成，成則為真，子得其道，可以仙身。」甚至還藉來歷不明的《龜甲文》說：「我命在我不在天，還丹成金億萬年。」

最後，終於立論於《抱朴子．金丹》，葛洪如此寫道：「夫金丹之為物，燒之愈久，變化愈妙。黃金入火，百鍊不消；埋之，畢天不朽。服此二物，鍊人身體，故能令人不老不死。此蓋假求於外物以自堅固。」

如果能體會道者通體全面的居心，便可知唐初以來那成弼故事，實則另有一層教訓，慘戮於刀下的無名術士之所以不肯將丹術傳授給成弼，卻是因為他看透此子之貪，而在頭顱落地之後尚能呼號言語，則反而暗示這道者並沒有真正死去，其前知之能與不死之身，正是一體的兩面。

儘管戒慎恐懼之心猶未盡除，許自正一時無可再爭之理，只好輕輕道了聲：「諾。」「令嫒從草木藥入手，懷救人之德，抱濟世之心，真難能可貴矣！」丹丘子像是早就覷妥了時機，當下話鋒一轉，回頭向崔滌笑道：「九郎，方才還說要向使君討一樁執柯作伐之事，何不坦坦道之？」

「某侄福薄，不能攀瓊枝，某亦不免耿耿。」崔滌整了整衣襟，斂容再拜，道：「然而，道君既以『天火同人』、『雁候陰陽』二義開示，使君但勿忘所謂『既以天下為貴，乃能不滯於一處』，直是良緣可期。」

面對的，是一位連皇帝都深深倚仗的國師，許自正自然不能不信服其言。然而許宛已經年過二十五，蹉跎無地，不論如何形容良緣終將從天而降，都讓這憂心忡忡的父親益覺惶恐；更何況「天火」那一卦，明明說的是「同人於野」，則彼人若非出身雅尚的高門士族，如何託付得？反過來說：真若是一前列貴姓的子弟，又怎麼能夠看上他這已經日夕沒落的門戶呢？

「天師心目通透，識見迢遙，某豈敢見疑？」許自正還是滿面愁容地轉向丹丘子，低聲問道：「汝道此人『合在楚山裡』，莫非，莫非——莫非亦是採藥之士乎？」

李白從來不是採藥人，然而許自正一句不經意的猜測，卻說中了。千里之外的李白果然在開元十五年冬初抵廣陵之時，不得已而採了藥。

自出蜀以來，無論到任何關戍、津渡之處，李白都是以行商身份，交驗「過所」——也就是往來本籍以外州縣所必須開具的憑證；先是匆匆楚山之遊，由江陵而雲夢、而廬山、而金陵，一路行方自在，蹤跡自由，儘管走馬看花，揮霍貲財而已，向無貿易商販之實務，也不會有人追究。然而自金陵而廣陵，情景便大為不同。

隋代以吳郡為揚州，為隋煬帝殞身之地，治所遠在金陵。大唐高祖武德末年，也就是李白抵達此間的整整一百年前，揚州治所移置廣陵，揚州遂逐漸有了氣象一新的格局。其城南北十五里一百一十步，東西七里十三步，有「江淮之間，廣陵大鎮，富甲天下」之譽。

此地位在古吳運河邗溝與大江交會處，經過有隋一代的拓鑿與疏通，萬石江帆可以直放入淮，非但因地力富厚而饒有農漁之利，百年間僅以水行運輸、南北轉通之便，糧草鹽鐵等物料無不聚散於此，不過數十寒暑，揚州就成為僅次於長安、洛陽的大邑，儼然有王氣隱隱。

除了通都大邑一向不可或缺的工藝事業——如冶金、造紙、紡織、服飾、珠寶之外，這個「新富饒而暴繁榮」的城市還有一項從前代以來就師徒相承、精益求精、轉漸發達的特產物業，就是磨治銅鏡，為他處所無。

坊市間為人所熟知的，有大明鏡、江心鏡、齊月鏡之目，名傳遐邇，而所費不貲；尋常徑可尺許的一面銅鏡，常索價至五、七千錢，而販者仍面有靳吝不捨之色。其中最為卓著的，號曰照妖鏡。相傳此鏡：「橫徑八寸，鼻作麒麟蹲伏之象。繞鼻列四方，龜龍鳳虎，依方陳布。四方外又設八卦，卦外置十二辰位而具畜焉。辰畜之外，又置二十四字，周繞輪廓。文體似隸，點畫無缺，而非字書所有也。」根據古來道者的解說，這種鏡子，非供仕女梳妝之用，而是能讓修行千年的妖鬼現形，若能令那些已經修練得人形的妖物睹此，隨即便可收入鏡中，役使為奴，以為己用；而能夠操持、運用這種銅鏡的，縱使不是王天下之主，也是輔弼王天下者的公卿。

武周以降，天下通貨日益不足，而揚州地方磨鏡之業卻愈發昌盛，有名「方丈鏡」者，其幅員之巨可知。鏡面愈大，工藝愈精，原本是逞業師之能，以廣招徠，可是盡一地之利，大量蒐聚黃銅，相形之下，官方鑄錢之用便日益緊促。

當年蘇頲因窮治盜鑄銅錢而大困江淮地區百姓，終於引發民怨，而被削除了相權，貶官為益州大都督府長史，實則也可以說是他深謀遠慮，看出了這銅鏡之業所消磨的，乃是大唐的錢貨。而在地方上毫無顧忌地鑄鏡、磨鏡，根本是地方之人橫奪天下之財，以窘郡國之利的陰謀。

從另一方面看，蘇頲所憂慮的事，實則早已發生。就在武氏當國的光宅元年，開國大臣英國公徐世勣之孫徐敬業、徐敬猷合唐之奇、杜求仁、駱賓王等人起兵謀反，所根據之地，便是揚州。當地父老傳聞：徐氏一軍初起，廣為號召，造作流言，稱有照妖鏡三面，每鏡徑可一丈八尺，將扶之長驅入京，直取武氏，攝其狐妖面目，以為天下之觀。

不料徐敬業採信所屬薛璋「轉戰江南，先取膏腴之地，以實軍需」的方略，終因戰線紛亂，首尾受敵，功敗垂成。照妖鏡則有說被王師主帥李孝逸以烈火焚熔淨盡的，也有說為副帥魏元忠所得而沉於大江的。總之，這一場亂局前後不過支持了五十天，一切灰飛煙滅。老百姓只道巨鏡淪失，殊為可憾——那可是數十百萬的銅錢之母啊！

作為大唐運輸動脈之運河交通中心，甚至是通往東西洋的港口城市，揚州非但仍然是樞紐之區，亂後依舊繁華如昔。不過，嗣後當局天子以及歷任宰相都不免提心吊膽；廣陵之地富，而民氣益驕，非可以等閒視之。正由此一緣故，在當地勘驗往來士民、商賈的「公驗」，較諸於江陵、金陵，甚至兩京等地，就嚴格了許多。

唐代承襲隋代的律法，凡「救舍客無公驗者，坐及刺史、縣令」，由株連所及之尊，可見行遊在外，原本就十分嚴明。唐人「公驗」，泛指由官府發給、有官吏簽署和鈐印之許可。自凡國人離鄉，不論籍隸士農工商僧道優倡，都先得向本縣呈牒，請發公驗。縣廳不能自主，還須上報於州官。兩處審核，具備名籍，所審覆的文案，謂之「牒」。也由於「遊必有方」，故牒上非僅注明來處，也要注明去處，以及外出原因、人數、身分、奴婢來源、牲畜毛色等等，皆須照實登錄；及至路經各地水路關津，另行一一加卷記載，並押關防，這種用於行旅的文書，專稱為「過所」。

大唐立國之後，在朝廷主掌「過所」的，是刑部，地方上則由都督府或州發給，由各地戶曹參軍主之。貞觀十四年平高昌，置西州，設安西都護府，其後，中外關津制度也普及於中原各地，凡過水旱碼頭，皆須以「過所」為憑——意即請過某所，另具牒申請，由官府審查之後判給。由於這個過程是逐級稟之於公，是以有些時候，稱「過所」，也就是指「公驗」了。

「經過關津州府諸色人等，並須於司門請給公驗，令所在辨認，方可放過。」只是律令文字，由於徐敬業之反所引起的潛在不安，揚州之地對於「公驗」的勘合，可以說是出奇地挑剔。

就地方吏治而言，嚴正法度原本不是惡事。稍早，皇帝為了整頓江南漸漸倚富而驕的民風，忽然想起一人，便下詔使之出任揚州大都督府長史。

這人名叫李朝隱，睿宗皇帝時曾經當過長安令，在任時有太監閻興貴到衙請託人事，當場被李朝隱押了出去。爾後任河南尹，有「政甚清廉，豪強斂跡」之聲，李隆基的太子舅趙常奴欺壓百姓，也被李朝隱捉在朝堂上杖刑羞辱，凡此種種，令開元天子覺得大有可為，可是李朝隱的母親剛剛過世，必須棄職守喪，這事官常規範，不能擅違。皇帝和他拗了一整年，終於奪情起復，派往廣陵。

李朝隱凡事依法論律，不假人情，果然揚州民情就此順服下來。然而，朝中源乾曜、崔隱甫與李林甫等與中書令張說勢成水火，相持不下，皇帝索性併兩造而去之，很快又將李朝隱遷轉回京，代崔隱甫為御史大夫。

任用嚴正之人，戢弭澆薄之風，本來就是帝王用術之大要。只是李朝隱之嚴刑，卻使揚州士吏之風卻轉出一種曖昧的面貌。執事的僚吏但須拘於律令，未必不能藉端成勢，自作主張。尤其是在「公驗」審核這件事上，應對往來客商，不免按律刁鑽。

李白和丹砂初下廣陵渡頭，籠仗厚重，花馬高駿，在過往諸客之間，就是非比尋常，十分惹人注目。而丹砂卻是何等伶俐？朝四下紛紛投來的睥睨目光打量，聽見幾個穿著軍衛服飾的漢子在人叢中推擠排撻，一經過目而猶疑其身份者，便揮杖驅趕到一旁，不許入關。非徒如此，不時還傳來嘈嘈切切之語，說起廣陵城中又添病死之鬼，昏暮之後，鬼物四出討藥，煩冤祟鬧云云。

丹砂心頭一緊，忽然感覺周身繚繞著一股惶恐、肅殺之氣——他和李白先前慮不及此，實屬大謬。倘或直把廣陵當金陵，兀自趨前呈請公驗，關上盤查下來，主僕二人頂著商民身份，卻沒有往來貿販之物，也沒有接應出入的商家，說不得也會讓人一頓桿杖，驅逐而出。

正情急四顧無著，丹砂轉眼瞥見五花馬頸環邊懸垂的籠箙——裡頭有一口李白隨身不離的衲袋布囊——忽然間便有了想法，隨即低聲對李白道：「李郎！我等不即呈簽過所。」話才說完，以掌遮陽，朝遠處眺了眺，隨即拉起馬頭，反向而去，直往荒僻處走。李白不明究竟，只能跟隨呼喊，不料卻惹得早就圍在身邊的一群丐者鬨然而起，也學著李白聲氣，怪腔怪調地叫喚：「丹砂！丹砂！」

原只三、五人，偏讓這麼一喚，立時聚攏了十多個來，看得出為首之人是一褐麻破袍的禿頂老者，搶步近身，對李白道：「郎君不過關？」

李白還來不及回話，群丐卻像是得著了知會，齊聲發喊：「不過關？」這一聲有如驚雷，四下原本熙來攘往的路客也紛紛回過頭，人人都給無端挑起了興味，直往李白身上打量。此際，原本在前方快步急行的丹砂也只得停下腳，暗道一聲：「不好。」再回頭時，麻袍老者已經橫身擋在李白面前，卻轉臉朝群丐道：「郎君不過關，便同爾狗鼠輩的乞索兒作耍！」說著，攤掌朝天，這就是討取錢物了。

這些丐者久慣市井，飽覽行人，即使不知李白來歷出身，也看得出這後生雖然衣衫體面，卻沒有仕宦子弟的勢態。觀其容色稚嫩白皙，會須是初出江湖，未嫻世事，更何況乍臨關津，忽然掉臂反向而去，或許正是這後生心有忌憚，畏懼關上刁難，這就予丐者以可乘之機，於是呼嘯蜂擁，看李白如何發遣。

丹砂不肯即刻入關，確實有著當初意想不到的顧忌。這也是他下了船，耳聞喧呶爭吵，不覺為之一怵，試想：過所上明明注載著行商主奴，一人來自蜀中，一人來自金陵，兩人籠仗確乎不少，可是一旦查驗，看來都是「不售之物」——若更說是買商，則當關小吏只消隨口一問：來廣陵何所貿鬻？他主僕二人便答不上腔了。

可是一波未平，一波又起，眼見身邊的丐者愈聚愈多，已然不是乞討，卻頗現出幾分逼勒訛索的意思，丹砂也不看頭臉，掄起手中的竹策，只一陣揮打，打得有人哀嚎、有人怒斥，也有人趨身上前，眼看就要回手。李白卻不為所驚，任由那麻袍老者扯住了自己的衣襟，也不掙扎，卻眉開目朗地望著眾人，像是看著多麼新鮮有趣的景況，口中儘道：「丹砂！莫打人。」嘴角竟然微微漾出一絲天真好奇的笑意。

丹砂卻不敢輕易其事，他知道群丐這是有意滋擾，若不以威勢嚇之，彼等絕不善罷甘休；他自然也就不肯住手。這廂打得起勁，索性回鞭抽了那五花馬後腿一記——這一擊更不得了，馬兒無端喫打，登時氣性噴湧，齜起兩排長牙，抖擻一頸長鬃，前蹄翻抬，應聲踢倒了好幾人。前邊的倏忽栽倒，後首的也撐立不住，跟著摔跌撲滾，匍匐滿地。一時之間，嘶吼之聲震天戛響，已經有那不耐嘈噪的人起鬨喊道：「瞎驢生鬧事介！便倩官司來拽去！」

就在這紛擾鬧亂之中，馬踏塵揚，起而復落，黃埃乍散，原本煙霧迷茫處緩緩搖晃過來一龐然巨物，遠觀不清，卻把眾人都看傻了，一個個噤聲不語，目瞪口呆——原以為那是幾十個堆疊上天、徑可三五尺的大瓜，待迫近了再一看，才發現來者是一老嫗，只不過頭頂、肩膊、背脊上扛著的不是瓜，是不知為數多少的籮筐，巨大無匹，俱是細篾編成。丹砂看在眼裡，心頭忽然有了主意，猛可喊了聲：「趙老嫗果耳來哉！」

說時，丹砂還不免惡狠狠地掃視了地上連滾帶爬的群丐一眼，手頭鞭策指撥，像是還要揮打的神態——然而他畢竟沒有再出手，一個箭步竄出，到那老嫗身邊站定，低頭附耳說了幾句，老嫗聞言咧嘴而笑。丹砂兜回鞭頭，復指李白，又說了些甚麼，老嫗笑得更開懷了，連連點頭，回身便走，像是引路的一般。丹砂更不遲疑，扭身牽了馬，朝李白喊道：「李郎來也！桃花山趙嫗到了，便隨她去。」

李白甩開大步上前，猶自滿心狐疑，低聲問道：「汝於此間卻有東道？」

丹砂埋首疾步，一意向前，低聲答道：「未有。」

「則這『趙媼』又是——？」

「某亦初來，豈知她姓甚？廣陵萬戶之城，總有趙姓之家。」丹砂的聲音壓得更低了：「奴在家時便姓趙。」

「只今隨她底處去？」

「買籮。」

「作麼用？」

丹砂也不答話，低眉俯臉往身後斜斜一眄，群丐果然並未就此罷休，滾地而起、拍灰趕塵，又三步搶兩步地簇擁著那麻袍老者跟了上來。口中還不時挑釁地吆喝著：「郎君，不過闊？」

丹砂猛回身搡開李白，指鞭站定，揚聲道：「金陵李十二郎有大好差遣發付，汝等乞索奴，若得啖狗屎的氣力，便來擔待！」

麻袍老者一聽這話，實出意外，不免遲疑，隨道：「作麼生？」

「採藥。」丹砂將鞭策朝李白橫去，笑道：「一丁一日十文，這是李郎慷爽，只今汝等乞索奴積德走運，方始覓得！」

丹砂之言，也令李白吃驚，但是隨即猛省：這家僮聰慧過人，真個不枉龔霸憐愛。想這廣陵與先前的江陵、金陵果然不同，乃是萬商雲集之地，行牒在身，號曰商旅，萬一關上盤查嚴密，問起貿易往來之物究竟是甚麼？非但籠仗中沒有，就連嘴中也道不出，豈不大惹嫌疑？然而「採藥」二字前所未聞，果然沒有聽錯麼？

不只李白糊塗，就連麻袍老者也猶豫了起來。他是丐，而廣陵丐者有二，一曰世襲，二曰流落。世襲者成群結夥，在城市逐漸依京師規模興築坊里之前，是以街道為畛域；群伍各有所屬，彼此無犯。這一種丐，在城中只許乞索，不能幫傭代役，不禁與僧道之流周旋。另一種流落之丐，則各自謀生，多有至大戶人家或農圃商店暫為傭作，或是替丁代役，換取微酬者。這一類的人，平素不與僧人、道士往來。兩種丐者各擁天地，一般不相雜廁。

李白撞上的這一群，乃是前者，呼之採藥，的確犯了忌諱。然而，丹砂提出的酬資前所未見；十文錢，在富貴人家看來不值幾何，可是在賤民眼中卻非同小可。近年來江淮間物資豐沛、通貨不足，盜鑄流行，即使以非官鑄的私錢買賣，十文錢也可以換一斗米，那可是好幾天的口糧。麻袍老者有些心動，卻仍舊格於世襲丐者的行規，面上流露出踧踖不安的神情，看了身邊眾人一眼。倒是有人悶悶地道了聲：「總然是城外使力，不在城裡。」

另一個則道：「卻不知採麼花麼草是藥也！」

丹砂聞言笑了，回身又指了指仍自背負著籮筐、踽踽前行的老嫗，像是有條不紊清點甚麼似地數道：「一籮黃連、一籮重樓、一籮木巨勝、一籮麥門冬、一籮地黃、一籮茯苓——看是再添一籮松脂、柏脂，不曉若何可用？」

李白更覺詫異了，低聲道：「汝亦能知草木藥？」

丹砂白了他一眼，隨手持鞭向五花馬頸環邊的小籠篋拍了拍，也不答話，繼續對群丐呼喊：「若是採得珍奇上藥，李郎不吝貲財，另有嘉賞。」

丐者面面相覷，喁喁私議，油然而生了興致。李白看一眼那小籠篋，也明白了：丹砂顯然替他整束過行李，裡面是當年赴錦城和峨眉行前，月娘親手縫製的一個布囊。這一趟出蜀，趙蕤依樣交代了——囊中百衲袋數十口，都是記名的草藥。

5 便睹廣陵濤

晉室東渡以還，道教在江東發展出獨特的地位。這一情勢，誠然和句曲山的地理有關。句曲山，即是茅山，與廣陵隔江相對。其山峰脈綿延，貫穿了句容、金壇、溧水、溧陽四縣。也正由於主峰在句容縣境，故又名句曲山。道教上清派自魏華存以下，一傳楊羲，再傳許謐（穆）、三傳許翽，以及爾後的著名道者許黃民、許邁等，非僅多同宗，也都是句容地方的鄉親。上清派九傳至「山中宰相」陶弘景為宗師而格局大開，這山，還就是句曲山。

句容之山之所以成為靈寶福地，還有歷代不乏奇詭人物的原因，至少不能忽略的是廣陵「聖母飛天」以及「董幼鞭水」的傳說。

相傳於漢末時，廣陵有一女子，遣嫁夫家杜氏，卻在婚後追隨道士劉綱學仙。杜氏不通道，總怨怪妻子不守倫常。而這女子的確有能為，時常施藥治病，救人於急難，受惠最多者，便是城中群丐。有時為了行醫，忽然間便離家出走，數日不歸。杜氏怒告官司，控以妖姦之罪，官司受理，才把她逮捕繫獄，誰知過不多時，便見這女子從獄窗之中破飛而去，轉眼間高入雲中，再也看不見蹤影——僅僅在窗臺上留下了一雙繡鞋。此後廣陵人便以「聖母」呼之，遠近鄉里還給這無名無姓的女子立了廟，敬稱聖母，長久奉祀。

董幼與聖母同里，而晚了將近兩百年。據說他自幼喪父，體弱多病，實在別無所長，只好依道門，事灑掃，原本傭作而已；不料追隨師長勤修勉成，居然在四十一歲上遇到真仙，某夜下凡入室，授以水行不溺之道。那真仙臨去時交付給董幼一支馬鞭，從此鞭水而行，如履平地。據傳董幼在這一番奇遇之後不多久，便辭別了母親和兩個兄長，沿江鞭水而上，西登峨眉山，為他送行的，正是廣陵丐者。他對這一群乞兒的留別之言是：「汝等與某，蓋皆世世傳道業者矣！」

此二說，可以道盡廣陵、甚至揚州一帶道士與丐者淵源之密切。丹砂隨龔霸修行，交接賓客，見聞多矣，遂也約略得知箇中原委。也就是前些日尚在金陵時，他聽這老主家問起孟浩然：為甚麼汲汲然欲下廣陵，孟浩然的答覆很不尋常：「維揚有不識之友十人，錯過此會，便難再見。」

「誠當如此。」龔霸當時點了點頭，歎口氣，道：「某亦久聞此十友，當見則見，某卻不能耽延夫子前程。」

原來「維揚十友」還是廣陵的一群奇人。他們累世經商，家道素封，多少也讀書能文。由於商賈不能入仕，諸人皆無分進取，也就一向不作功名之圖。可是這十個人有志一同，都慷慨豪越，頗具傾囊濟世的襟懷。

每年除了新正建寅、以及端陽建午之月，十友都會醵資一會，輪番為東道主。一開始的時候，不過是以酒食為娛，酣醉足飽而已。久之，其中有幾個愛慕道術的，便常常將宴會之地，設在隔江的茅山，由於地利之便，也常會邀約在山中清修的道士，彼此談玄論理，也別是一種趣味。

或許是經由道者勸說，或許是受到言辯的啟迪，不過幾年，十友商議出一樁德業。那就是每月聚食，都另邀一寒士入席，午時開宴，子夜方散，其間晝夜六時，十友分別與這寒士接語交談，察言觀色，宴罷則各出所有，作為程儀，或助之安頓家室，或資以赴京就考，而從不求任何回報。

由於十友一向不以身家示人，儘管在宴席上彼此不得不相呼，也只是「我友」如何如何，決不傳姓名。至於邀約何人？則委之於廣陵群丐，也就是靠這般日日在街頭行乞的人遠近留心，通風報信，讓江東許多無助的讀書人有了出頭的機會。維揚十友與寒士之約是相當明確的：「揮手一別，不期再見。道法天心，周流自現。」非但不可答報，亦不可傳揚。十友都能從「道體周流不居」的信仰中體認：一旦行善，即成就了流轉於人世間的道——而這道，不必藉助於答報或顯揚而復返於己身；恰由於不返於己身，也才能夠潤澤廣遠。當然，行走於民間道術之士不是沒有利己之說，以迎合俗人俗願；他們總是宣稱：若能將道體多方流轉，也有助於修持者在多年積行聚德之後，得以白日升仙。

維揚十友連綿從事了不知多少年、也資助了不知多少讀書人的妙道，唯於孟浩然一首語焉不詳的〈廣陵別薛八〉中隱約揣摩：

士有不得志，栖栖吳楚間。廣陵相遇罷，彭蠡泛舟還。檣出江中樹，波連海上山。風帆明日遠，何處更追攀。

薛八為十友中人乎？是為孟浩然紹介十友的丐者乎？薛八大約也不願意透露。不過，維揚十友的義行人間罕見，人們捕風捉影，居然轉出了另一怪談。

據說有一次仍是在江南句曲山麓設帳開筵，群丐紛然而至，爭說此日原本應邀而來的寒士無福消受豪宴餽贐，才登船便暴死了。十友猶惋惜不已之際，黃泥路上貿貿然來一麻衣人，鬢髮戟張，肩上佇立著一頭鸚鵡，遠遠地喊：「酒食逼人，豈僅供士子醉飽耶？」

十友打量他一陣，都道是流落之丐，繼之一想，這席間之物本來就是供養天下人飲饌，哪裡有甚麼分別等差？隨即招呼入席。這人也不辭讓，據案大嚼，一人盡三五人之量，還喝了好幾斗酒，才打著嗝兒對眾人道：「來而不往，豈能成禮？聞道維揚十友從不受貺，亦忒不近人情——某野人，勉力為之，亦足供一會。望諸公深會道體流行之德，容某答此一飯之恩。」

這話說得面面俱圓，絲絲入扣，直鑽進了慕道之人的心眼裡。十友又憐他體貌羸弱，而情意悃悃，不好拂逆，便訂了三日之後一約，約在廣陵東塘郊外。至期，十友皆至。但見草莽之中，有一破屋，可兩三間，牆垣傾頹，篷頂破漏，已呈半欹半倒之勢。走近了再一看，平日為十友奔走的那些個世襲之丐也有不少已經各據一席，蓬髮破衣，形狀穢陋，或踞或坐。

見十友也來了，群丐紛紛起身行禮，拱立待命。這東道主人還吆喝著丐者前後掃除、重設菅席。就這麼一折騰，一兩個時辰很快地過去了，室內看來也添了三分煥然一新的顏色，十友都不免有些餓了，主人仍慢條斯理地張羅丐者捧呈醯鹽醬豉，擺佈匕箸籩盤。好半天，才端出來一方五尺長、三尺寬的巨案，案上圍著一圈油布帡幪，不時還打從裡頭朝外冒著蒸煙，彷彿混揉著千百種藥草、佐料的氣息，汩汩而出，果真是異香撲鼻。十友飢腸轆轆，適不可忍，那主人一掀帡幪，橫陳於案上的，竟是一個約莫十來歲的兒童，頭、臉、軀幹、四肢俱全；通體已自因蒸透而發肥了，耳目手足，竟多爛熟而脫落。主人自持一雙長箸，指點著對十友道：「大佳餚膳，且勿辭讓——請！」

十友之中，有的目瞪口呆，有的驚恐嘔吐，有的忿恚避席，沒有一個敢吃的。這主人也不再讓，大口咀嚼，滋滋有聲。一面吃，一面還支使群丐就席，丐者面面相覷了片刻，也就俯身伏臉，載割載食。不多辰光，那蒸兒童便皮骨不存了。

「此餚——實是千歲人參，頗難得。某求之多年，今日原欲與諸友分之，聊報延遇之恩，要知食此者……」主人頓了頓，環視一眼席間群丐，笑道：「便得白日升天，身為上仙。汝等乞索奴有何德？有何能？有何術業？居然致此。」

話還沒說完，那些嘴角還在咬嚼著的丐者竟然在轉眼間化身成青童玉女之輩，一個一個緩慢起身，不由自主地打從破篷敗頂中朝天空飛去，下一刻，便皆消失了形影。主人——以及他肩頭的鸜鵒——也逐漸化入蒸煙，留下了一段聽來並不像告別的話語：

「道體無常如此，諸友還行善否？」

維揚十友當下吃驚不小，白日升仙，歷歷眼前，這化身為丐的仙人所指點的倒也明白，便宜了一群無功無德的鄙野之人也沒甚麼，充其量歸之於幽冥有數，或許他們有累世的陰騭罷了。可是空中還傳來了這麼一陣話語：

「更何況爾等儘將些窮措大、田舍奴送將門第中去，任渠『瘦骨徬徨知制誥，白頭遷轉校書郎』而已。此輩挾書抱策，吃苦受氣，而後泛酸化腐，又何善之有？」

維揚十友始料未及，真仙下凡，非但不苟同他們接濟寒士的所作所為，反而對寒士冷嘲熱諷。在這滿目荒蕪的曠野之中，置身傾圮的破屋之下，他們還真能感受到「此輩挾書抱策，吃苦受氣，而後泛酸化腐」的處境。不過，他們終究沒有透悟那文曲星張夜叉的深意：有些人——甚至可以說絕大多數的人——在功名的誘引、利祿的驅使之下，逞其所能、盡其所有，搶入士大夫之流，卻也僅是一生一世、隨波沉浮而已。

「或則，」其中一人道：「真仙賜教，另有用意。諸君試想：儘教我廣陵物阜民豐，商賈盈城，交易繁華，往來綿密，然畢竟是彈丸之地。我友若欲接濟天下四方士人，會須廣為蒐求才是。」

此說一出，眾人興致又來了，登時有人附和：「廣陵之濤，達濟江海。吳越一隅，豈能盡天下英才？某等何不多倩旅次達人為耳目，趁雲帆利便，西趨荊楚，北赴梁宋，東通齊魯，閱人既遍，或即不使野有遺賢，則道體流行，殊無窒礙了。」

「可不？」眾人一陣喧笑，又都打起了精神，轉瞬間拋開了未能成仙的小小遺憾，從荒煙蔓草中高視闊步，朝東塘揚長而去。

日後孟浩然以鹿門詩隱之盛名，汲汲然應邀到廣陵一遊，從而得著了維揚十友的資助，接著便整裝入西京赴試，便是這一層因緣使然。

至於李白，卻在追隨著孟浩然的腳步來到廣陵之後，不期而然與維揚十友也締結了交誼。生涯到此，他忽然發現：該如何有為於天下，還能讓李客所交代的那一筆不能見人的財富，終於有了一個體面的下落。

事緣採藥而起。

丹砂在廣陵渡頭賣弄狡黠，暫時化解一場紛擾，還招募群丐幫閒，跟著賣籮老嫗，避開市集上盈千成百的黎庶人等，一意往荒中邁步。直走出里許之遙，老嫗猛回頭問了一句：「此前八十里盡荒，小郎欲往何處去？」

這話把丹砂也問傻了。原來這狡童先前同她往來交談，全係誆謊，不只趙嫗不姓趙，近地也沒有甚麼桃花山，他低頭附耳所言，就是把老媼身上的籮全數買下了，許她往空曠無人處行走，以便交割。老媼見李白衣衫柔軟整潔，馬匹行李貴盛，便不疑有它。直走得她口焦唇燥，腿軟腳麻，才歇下一身背負，任那十多個大籮滿地亂滾，遂哀乞丹砂：「還就此地交割了罷？」

「便只一事相求，」丹砂就怕讓身後群丐窺出端倪，還是壓低了聲，問道：「嘗聽人言廣陵貿易天下草木藥材，鄰處可有幾處丘山，便供某等採摭些許？」

老媼聞言，骨碌碌轉動著兩隻灰濁濁的眼珠子，四下張望片刻，指著西邊遠處一約莫五、六尺高的礫石崗子，道：「彼處高，卻也不生寸草。小郎覓甚山？須向江南句容、金壇縣地去耶。」

老媼高聲朗語，沒提防他人，群丐都聽見了。只那麻袍老者突然心領神會，跨步上前，放聲笑道：「死狗奴！以某丐食人可欺耶？說甚麼黃連、重樓，說甚麼茯苓、松脂，廣陵方圓百數十里之內，安知有此等物？分明是逃關賊徒，假託貿販，待某持將去見縣主，也教汝死狗奴喫幾鞭王法。」

李白搶前一步，橫身攔在丹砂面前，陪笑道：「奴僕年少，氣性麤急，直是焦躁失檢，請翁寬諒了。」

麻袍老者益覺得理，不肯饒人，回手一招，群丐蜂擁而前，將李白主僕連人帶馬，團團圍住，間有一丐，撒開腿往回跑——不消說，便是報官去了。偏他跑出一、二十步時，猶自風馳電掣的一般，再奔遠些便蹊蹺了，但見草鞋著地，起土揚塵，偏偏一寸不得向前，連跨十多步，只在原地刨磨，地面登時陷了寸許，他卻彷彿身不由己，竟然停不下腳來，這丐既驚且懼，口中已然吐不出字句，只能癲狂呼喊而已。

麻袍老者固亦不明所由，或以為李白主僕通曉邪術，更不敢大意欺前，腳下不由自主地向後退卻，便在此刻，聽見身後江水之下不知何許深處，傳來一聲吼：

「太白！還記前約否？」

此時四野無風，可是百數十丈開外的江水卻揚起了一堵牆似的排浪，前浪才倒，後浪又興，一連十數起，浪牆一一傾撲而落，水底鑽出一丈夫來。此人形軀近丈，深目隆準，穿著一身及踝的紫袍，袍身卻滴水不沾。他手中握著綠玉杖，頭上戴著小金冠，肩膊上扛著一頭似熊非熊、似羆非羆的怪物。

李白不覺跨步向前，叉手為禮，笑道：「豈能不記？龍君說過：『汝與某道義未盡，向後，容於有潮汐浪濤處一會！』」

來者正是錢塘龍君。

龍君踏浪而來，卻不忙與李白敘舊，逕自大步向前，像座山似地欺近麻袍老者，道：「有約即踐，六合至理。汝既鳩集諸乞兒，來助吾友太白採藥，復去見縣主何為來哉？」

「彼非貿藥商賈，此地亦無草木——」麻袍老者說著，回轉身朝四下一指劃，手卻在半空之中停了下來；儘此時他放眼所及之處，原本童禿一片的礫石大地，長滿了高矮不齊的野樹雜花，草葉綿密，橫無際涯，有的翠碧蒙茸，有的枝幹槎枒，明明不是一時一地之物，居然都在這秋盡冬寒的季節，一時俱發，其姹紫嫣紅，有如春陽開泰，光天化日之下，還傳來陣陣氣息繁複的異香。

「太白可記否？前度初會，汝曾云：一回花落一回新，」錢塘龍君開懷地笑了，復朝那老媼先前所謂的八十里盡荒之地一指，對李白道：「此荒實不荒，日月征馳，亦將遍地樓影花光矣！」

李白順勢望去，眾人亦隨之驚歎連聲，原來就在錢塘龍君手指之處、數武之外，赫然現了一座庭院，院西南腳矗立著七重寶塔，金頂尖聳入雲，每重四角飛簷翹翼，下懸圓白皎潔的火珠，徑可尺餘，象二十八宿之光，在日頭遍照之下，毫不遜色。這塔，與近旁低矮的室宇高低相去甚遠，然而雕樑繡栱，丹楹玉墀則一。在塔和亭台樓閣之間，則是名目不勝指認的各種巨木，前列梓，後列楸；左右參天而立的，則是正飄落著色澤深黃淺黃、焦枯萬變之葉的梧桐；蜿蜒於塔前小徑兩側者，又是華蓋交錯伸展的柚木。

群丐原本還滿地摭拾著竹籮，此刻渾然忘我，麻袍老者咄咄怪道：「彼非城中西靈塔耶？奈何在此？」

「爾輩且自採藥，不日即或成就一樁功德。」錢塘龍君舉杖復一指丹砂：「汝小童既能辨識草木藥材，便在此料理整治，某與汝家主人去去即回。」說著，轉身牽起李白的衣袖，直望西靈塔而去。

6 西憶故人不可見

西靈塔是一座不尋常的塔，數百年傳說，「此塔有翮，每有災異，即飛行」。後人思之，不得不感慨：這與廣陵的處境有關。三國時魏、吳割裂廣陵縣，魏置淮陰縣，到了西晉之時，割淮陰之東，為臨淮國；及至東晉，又於廣陵郡置青州。此後代有更迭，治絲愈棼，南朝劉宋改南兗州，北齊改稱東廣州，繼而呼江陽郡、吳州不一。直到隋開皇年間才廢廣陵，改吳州為揚州，置總管府。

然而天下雖然一統，紛亂未有了時。當局每興望治之心，必先為易地名。即使大唐李淵定鼎之後，人心疲敝，無論民風淳薄，朝廷對於各地總還是那一套，藉著不斷翻新復古的指稱命名，宣示所有；每隔三數年便改州復郡、改郡復州，真無了局。這是揚州、廣陵、江都不時互稱的根柢。而西靈塔似通人情政事，每每皇帝下詔敕改制之前十日，塔身便微微晃動，塔簷上的火珠也隨之旋轉不停。

根據地方載記，高祖武德三年、七年、九年，分別現此異象，而恰恰就是在「塔動，移時不止，簷珠圜轉如疾風五緉，觀者盈千，皆震怖號呼，及止，復相慶無他故。」其中的「五緉」，就是用重量約合五兩的雞毛綑縛成束，狀若雀鴿，懸之高杆，以為風標——當疾風不止的時候，這五緉隨之飛速旋轉，大約也就是火珠受震的情狀。每當塔動之後的十天，的確都有改稱、改名的皇命下達。

遇到了更嚴重的變革、甚至災禍，西靈塔還往往拔地騰空，倏忽移走，有時甚至出現在百里之外。天后永昌二年九月，武則天變唐為周，改元天授，之前十日，此塔夜半遁形不見，直至黎明時分，才有人看見塔身端嚴正直立於江南句曲山的半山腰上，人眾不敢接近，只能遠眺膜拜，塔飛去山曲，亦無別樣，歷一日而返。

二十年後的七月下旬，發生了唐隆之變。早在七月十五日晡時，此塔又於一瞬間不見，眾人這一次乖覺了，紛紛過江而南，一時擁擠雜遝，渡頭為之塌壞。果不其然，西靈塔又出現在句曲山巔。是夜每當浮雲蕩開，火珠光明熠耀，數十百里外皆清晰可見。到了第二天黃昏時分，西靈塔還是不負眾望，又回到了原處。

十天之後的晡時，李隆基微服入禁苑，率劉幽求、鍾紹京、葛福順、李仙鳧等，自玄武門發北門軍將士，誅除韋后一黨，彼時，天星散落如雨。

日後每逢邦織大故，這一異象便層出不窮。直到李白歿後八十年，唐武宗會昌二年，淮南有一詩人，姓劉名遯、字隱之，乘船前往明州遊歷，在艙中偶感睏倦，打了個盹兒，忽然眼離錯覺，以為身在海上。再一轉眼，看見萬頃碧濤之中，有一座七級浮屠並舟前行。而在那塔的第三層上，憑欄站著一個他相識的僧人——正是長年在西靈塔旁結廬而居的高僧懷信。懷信遙迢呼之，道：「貧道暫送此塔過東海，即還。」一覺醒來，也就忘了。

又過了幾天，劉隱之回到揚州，乘興往寺中拜訪懷信。懷信還問他：「猶記海上相見時否？」隱之這才想起那夢境，海上舟帆波浪，歷歷如繪。一時之間，詩人與僧人也就平添了幾句家常閒話而已。殊不料再過了幾天，居然天降一火，焚塔成灰，萬般木石並金箔玉瓦也就在片刻之間，付諸灰燼。《獨異志》記錄當時景觀，有此十字：「方圓數里之內，白雨如瀉。」而塔旁的草堂卻一無所損。只不過原先在草堂中禪定的懷信從此失去了下落。

這一年，懷信整整一百歲。草堂中留有一雨傘、一錫杖、一袈裟、一銅缽和一紙偈。偈語云：「金佛離三界，玉毫迷十方。」這是與傳統沙門之教很不一樣的看法。《妙法蓮華經》謂：佛放眉間白毫相光，能通達萬有，使「東方萬八千世界，靡不周遍——下至阿鼻地獄，上至阿迦吒天；於此世界，盡見彼土六趣眾生。」可是懷信的偈子卻與此說成逆反之論，意思彷彿是說：佛，即將遺棄這個世界，其眉間白毫相光也不再遍照三界。唐武宗之滅佛毀寺、驅逐僧尼，恰其時也。彼時，已是李白初登西靈塔之後一百一十六年。

李白隨錢塘龍君登臨西靈塔時，所賦之詩為〈秋日登揚州西靈塔〉：

寶塔淩蒼蒼，登攀覽四荒。頂高元氣合，標出海雲長。萬象分空界，三天接畫梁。水搖金剎影，日動火珠光。鳥拂瓊簾度，霞連繡栱張。目隨征路斷，心逐去帆揚。露浴梧楸白，霜催橘柚黄。玉毫如可見，於此照迷方。

這是一首五言排律，格調森嚴，除了第一句三平落腳之外，餘皆謹守平仄和對仗的章法。李白刻意遵循「時調」之作總有緣故，一般多為干謁公卿而用之，不得不端正矩範，一方面顯示自己行文亦可不離繩墨，一方面也藉由斟酌精嚴而襯托出作者尊重、禮敬的態度。

此作雖然嚴謹，卻與干謁無關，他是寫給錢塘龍君的。全詩除了「目隨征路斷，心逐去帆揚」一聯略涉經歷，卻也沒有太多的感慨，其餘諸句，更純屬景色的鋪陳，幾乎句句用在眼前所見之塔，並無個人感懷、抱負或情志，在華麗中蘊含著典雅的氣氛。只不過第四、五、六、七諸聯一氣八句，純用一種句式，欠缺詞理變化，於是而顯得語境沉滯拖遝，甚至頗引勉為鋪張之感。直到結句時，為了不使全詩淪為空洞的觀覽，乃鑿入《妙法蓮華經》的典語，看來也是對錢塘龍君神通妙道的一聲褒讚。

錢塘龍君引李白一步一步登塔，直上七級，憑欄南眺是大江，看了半晌，沿著窄廊踅至西面，俯首略瞰，丹砂正捧著布囊衲袋，一面辨識著袋中草藥，一面指點群丐向周遭花樹叢中攀折砍伐。

「此僮神完氣清，根骨靈慧，比之先前那酒蟲，須是大好道侶！」龍君像是同李白說、又像是同他背上那怪物說，引得怪物不住地點頭，連聲低吼。

「龍君去後不多日，指南便病故了。」李白心中敬重這龍君，頗不欲任他說些蹧踐吳指南的話語，神色先自肅然起來。

但是龍君卻彷彿藉著題目，立刻揚聲道：「汝天資秀異，識見卻恁淺俗——寧不知道體所在，周流不拘，忽而為草芥，忽而為木石，忽而為蟲豸，忽而為禽魚，忽而為男女，忽而為糞土。生死不過是小隔別耳！汝既是天星入凡，豈能滯此瑣屑之情？」

「凡身一事無成，固無奈難捨，只是癡而已。」

這個「癡」字——李白在旅次之間尋思已久，實非泛泛之語——它原本是丁零奴從李白略能記事起、就隨口把來笑罵他的一個字。也許不是多麼嚴重的斥責，卻總透露著丁零奴對年幼的李白所著迷之物、所執拗之事的一種輕蔑。彼時，但凡李白有念念不忘而叨叨不絕者，丁零奴別無長言，便以輕輕一聲「癡」為之按語。

李白原本不解，也無從求解。日後，直到他在錦官城大通寺聽維那僧道海說《毗奈耶破僧事》，竟是一則「獼猴捉月」的本生故事，才約略通曉：癡之所狀，便指心有所專，餘事皆無名，彷彿故事裡成群結隊、驚惶哀慼、急著想救拔那井底之月的獼猴。癡，即是心念所繫，導致知見無明，甚且因而賠上了性命，卻也無從追悔的頑耿之性。

儘教他日夜征塵，隨時與江山人物忽遇忽離，恰似〈古詩．驅車上東門〉所謂：「人生忽如寄」。一旦落腳廣陵，就聞聽人言：東去不幾程，便是滄海；如此則看似已經來到天之一涯，可是猶覺世間茫茫，難著根腳；既不堪回眸來處，又不知放眼去處。那些有如浮雲與飄萍一般相會隨即相別的人們，卻總在他吟詠詩句的時候，亭亭然而來——他們或行或坐，或語或默。有時，李白還真不能辨識眼前所見者，究竟是心相或物相，是實景或幻景。久之成習，不得不坦然以對，他也就不再悉心分別：孰為昔？孰為今？何者屬實？何者為妄？總而言之，詩句其來，猶如難以割捨的人；想念之人，盡付橫空不去的詩句。非待一吟罷了，諸象不滅；諸象既滅，他的人生也只剩下了字句。

「百情無礙，一癡害人！」龍君又回頭同那怪物碎念，可是所說的話，卻像是刻意給李白聽的：「莫道只某放汝不下，孰料此子肩背上所負之物，其沉重猶過汝；他卻好隨那江流溷沌翻滾，就勢而下，直出東海去也！」

龍君三言兩語，字字句句刺著李白痛處。

出蜀以來，他一步錯過三峽、一步乖隔九江，一步又一步逐風塵而徬徨，反而寧可徬徨。他不但偏違了原先的目的，也辜負了李客的囑命。尤其是攜將數十萬錢的貲財，究其情實而言，反而更像是背負著李客虧欠於人世的一筆債務。他既不知該向誰清還，也不知該如何湔雪這錢所沾染的恥辱。漫無行方、也漫無止境地遊蕩，似乎是唯一的救藥。

而他每過一處，每遇一人，每經一事，每吟一詩，都藉助於陌生之感而覺得自己宛然一新，暫時忘卻了、也擺脫了自己的過往；那是李客與他父子二人相生而成的巨大虧欠。這一切，的確像龍君肩頭所扛負的莫名之物一般——甚至連暴死於洞庭湖濱的吳指南——也渾似在他的背上，真個揮之不去。

這時，李白凝眸睇視著七級浮屠之下、那些個忙著採藥的丐者，第一次道出了對於吳指南念念不能釋懷的遺憾：「某至此方悟得：指南之死，實以某殺之！」

「噫！」龍君一時聽不明白，問道：「寧非病故耶？」

「昔年某出遊錦城、峨眉，某師趙徵君曾誡某：『見病人，須防失業。』某竟忘之，日後行腳所及，不忍見人病苦，隨手處置，遂博醫名。」

「不能忍人之苦，是癡無疑！」龍君放聲大笑，肩頭的怪物也跟著猖猖作聲。

李白的容色卻益發沉穆，繼續說道：「客歲東行，某師復諄諄致意，仍以『見病人，須防失業』誨某——當是此語，令指南聞之，始終掛懷，乃不從某診治，亦不受藥石；此非某殺之而何也？」

「『見病人，須防失業』是何語？不解。」

「師以功名相期，若旦夕以醫道知名，即入匠業，恐於士行有防。」

「高人知機，高人知機！然知機又復奈何！汝便是一癡人，聊堪自苦而已——」龍君大搖其頭，笑得更闔不攏嘴，道：「至於那酒蟲，也是癡；彼合該當死，竟與汝何干？」

「畢竟幽冥異路，生者遐思無極。」李白苦笑道：「洞庭蕭寺那僧，龍君亦見過，彼還道：指南死後，會當化作丈六金身之佛，足見野人亦堪成就大修行，豈便以酒蟲呼之？」

「既知一死而成萬化之機，此即道體周流之證。汝先前如何語某？尚記否？」說到此處，龍君將起綠玉杖，拍打著欄杆，扯開喉嚨，吟道：「『毋寧捐所繾綣兮，臨八表而夕惕』！此太上忘情之至道也，不幸而先為汝一枝好筆寫出，汝卻行不得！」

猶如「以子之矛，攻子之盾」，這是將李白焚告錢塘龍君釋怨止爭的句子，把來調弄李白執迷不悟的自責；令他尷尬，卻不能不若有所悟。他，究竟能不能像趙蕤一般——至少看來無視於那些浮蕩於塵世間的生老病死之苦？或者至少也仿效那丁零奴模樣，一任東西漂泊、去來自如，似乎全無牽掛。

往更深一層去剖看，這話也恰恰揭露了李白對前世今生的懸念糾葛。倘或自己真如父母一向所言，是太白星所謫，則凡身所遭遇的一切，都不得不視之為應得的懲罰；則口頭筆下的超脫與豁達，恐怕也只是虛言夢囈而已。如此一來，謫下凡來的天星，又何須枉費力氣，追求忘情之道呢？龍君嘲笑他不能忘情，倒像是在提醒他：不必藉此逃避——謫仙之天刑，端在於有情罷了。

「龍君乃是神明，神明無所不能，忘情有何難哉？」

「非也！非也！太白星君此言大謬不然了。」龍君接著道：「儘教吾輩形容百變，馳驟萬端，有時移山倒海，有時摧枯拉朽，術力深矣，威嚇大矣，操縱夥矣；然——恰是無所不能，故宜有所不為；可為而不為，此即神明難處。某今來會汝，偏即為道此故。」

「更請龍君明示。」

「人世亦總有難易兩途，君欲任其易者，抑或任其難者，皆自由，卻不可癡迷莫曉，但須辨其可為與不可為，而後為之。」

「如何是難？」

「生者難為情，有情難為死。」

「如何又是易？」

「遺蒼生以怨懟！」

「啊！那是——」李白沒有說下去，那是他自己的句子，仍出於〈雲夢賦〉的第四章，他勸誡錢塘龍君以蒼生為念，不要為了與涇河龍君的私怨而使黎民受災，原文是：「私抱棖觸而難安兮，豈遺蒼生以怨懟？」龍君削去了領句的一個「豈」字，意思正好相反；說直白了，就是：如果要走的是一條坦易平順之途，就不要時刻以天下蒼生為念。

「念中有一人，即受一人之苦；念中有千萬人，即受千萬人之苦。」龍君道：「汝賦神仙之資，又慕神仙之道，然汝師之言，慎勿輕易；否則恐將為病所累。」

「病？」

「病！廣陵而後，愛憎怨尤、窮愁挫辱，一應俱至，無時或已；是皆始於一病。」龍君又將綠玉杖朝塔下群丐揮了揮，道：「病既來，固有藥以待之。星君且自問：若不能忍人之病，而略施妙手，然則，拯一人於疾苦而不足，拯千萬人於疾苦則足乎？此為難哉？此為易哉？」

7 寶鏡掛秋水

大唐武德元年，李淵受禪代隋。貞觀元年，分天下為十道，分別是：關內、河南、河東、河北、山南、隴右、淮南、江南、劍南、嶺南。至十四年定簿，凡州府三百六十，縣一千五百五十七。另有開邊所納羈縻州郡，尚不在此數。

太宗時期，疫病擾民，無時無之，其據載於史傳者，前後有六次，不可謂不頻繁。尤以貞觀十年關內、河東大疫，流行範圍最廣，舉國之地，半為病死擾。此後百姓衣食漸足，每有疫情，多不過三、五州，少不出一、二州，有時即使並非一地，也多遙遙相隔，各發於關內道、河東道、淮南道、江南道或山南道中，幸而未曾流行。

高宗、武氏時，僅楚州與京師傳出過一、兩次疫病。皆由夏月暴雨引致，大雨連月，洪溢隨之，不只河水氾濫衝突，長安、萬年京畿重地都能淹得水深四尺，隨即整個關中一帶麥苗澇損，饑饉已不可免。然而天不悔禍，雨後成旱，旱後成蝗，非但糧食斷絕，連下種的秧苗都留不住了。接連兩年成荒，自不免人禍相仍，「京師人相食，寇盜縱橫……自陝至洛，死者不可勝紀，相枕於路。」

雖然中宗、睿宗而後，直到開元天子即位，大體而言，舉國三百六十州，風調雨順，衣食稍足，疫病看似忽然絕跡。日後杜甫有七古一首，題曰〈憶昔〉，開篇八句如此，道盡開元全盛時期物阜民豐的景觀：「憶昔開元全盛日，小邑猶藏萬家室。稻米流脂粟米白，公私倉廩俱豐實。九州道路無豺虎，遠行不勞吉日出。齊紈魯縞車班班，男耕女桑不相失。」然而，這樣的景象卻不包括開元十四與十五這兩年。

這是兩個被官史隱藏得相當深密的「病年」。

先是，實際管領揚州政務的長史李朝隱復入為大理卿，未幾，便調來了兵部侍郎王易從接任。這王易從原本是個出了名的神童，八歲上能作詩，十五歲就精通墳典，十八歲遍涉歷代史籍，十九遊太學，二十升甲科，任官史於亳城縣尉，之後丁父憂逾於常制，長達六年。他和先前的李朝隱十分相似，有「直顏正色，莫避權寵」之譽。

皇帝親自簡選他出掌揚州實政，就是要利用他這種積極任事的風骨。卻不料他上任不多久，就因染患了瘟疫而過世，年方花甲。在許國公蘇頲為他所寫的〈王公神道碑〉中有這麼幾句：「以東南封圻，淮海殷雜，雖陸攝水標，填於委輸，而風果氣銳，懲以剽輕，巨鎮何有？翳公則賴。」短短三十二字，把帝國輸轉之繁劇、揚州形勢之重要，以及王易從當責不讓的貢獻都刻畫得相當明白了。

然而，連封疆大吏都能死於這一場瘟疫，可見病勢傳染之猛烈。

開元十四年，源出於洛陽西北的瀍水原本就流經洛陽城東，復流入洛水。但是在這一年秋七月間，只因為一場連下了六天的雨，瀍水忽然暴漲入漕溝，將鄰近各州原本以租運供應往來的船隻數百艘一舉漂沒。由於事發突然，船中皆有行旅客商負販，竟然在片刻之間，全數滅頂，死者盈千，腐屍隨水沉浮，無處無之，這便是疫病的根源。

孰料就從這一個月起，神鬼失望，黎庶隳頹。立刻接二連三地天示災儆——相鄰於荊、楚之區，十五州大旱並霜害，五十州傳出水災，北以河南、河北為最烈；南以蘇州、同州、常州、福州為最顯。有傳聞謂某村家宅廬舍，隨流水漂流數百里，屋中老小俱在，圍坐似共談笑飲食，及至發門戶而細睹之，才看清楚：屋中人都已經是浮腫如豬一般的餓殍了。

也就在這一年秋天，潤州從東北角上吹起一陣連日連夜的大風，這風來勢詭怪，捲帶海潮，直入內地，還兜了個大圈子，直掃江都、六合、海陵、高郵四縣，這已經是揚州舊領之地了，風過濤來，田井土水為之夾鹼，有些地方莊稼不能再生，有些地方的人喝了那邪水，又鬧起了疫病。

第二年——也就是開元十五年——六十三州發大水，十七州鬧乾旱；總計八十州擾攘不安，這已經是天下四分之一的州郡之數了，更何況成災多佔膏腴之區，朝報聲稱「轉江、淮之南租米百萬石以賑給之」，但是江淮之地，其實也拿不出足數的糧食，揚州也就是在這個時節傳出了疫情，道路積骨相支撐，枕藉數十里。

恰在舉朝無措之際，剛為王昜從寫完那篇〈神道碑〉的許國公、禮部尚書蘇頲忽然病死在家裡。死前他曾經毫無頭緒地問家人：「揚州是何方？」家人一陣忙亂，好容易找來陰陽生定了方位，蘇頲竟朝著揚州撲身便拜，行了大禮。家人想是當年蘇頲的父親蘇瓌曾經在揚州擔任過大都督府長史，而這時蘇頲衰病昏聵，約莫是想起過世的父親，亦未可知。孰料他拜起之後，居然對家人道：「久誤此君前程，不能不愧！」說罷，就一命嗚呼了。無論如何，蘇頲也不應該說自己誤了父親的前程；而若猜測「此君」指的是王易從，也是說不通的──畢竟蘇頲不但為王易從執筆定千古之論；講究年紀，他比王易從還小了三歲。

皇帝也聽說了蘇頲臨終的怪事，一時籌畫不出禳災之計，卻想起自己的第二十一子，名叫李沐──這沐，有膏沐、化沐的美意，表示聖人王道，雨露普施，是個吉兆，遂更封李沐為揚州大都督，循例遙領，不必到任。

至於接替王易從之任的新長史究竟是誰？朝中一直沒有定論，王易從生前私募的許多僚屬小吏，卻不是中朝命官，必須離職回籍，中有一人，乃是許自正的外姪杜謀。

王易從臨終之前留有遺命，棺槨須運回咸陽洪瀆原安葬，水陸兼程，要走三千多里地，洵非簡易。此事也由於疾家病戶連綿發作的緣故，耽擱了將近一年。到開元十五年秋冬之際，廣陵城各地出現了「投井藥」，算是有了轉機。

據聞：有一小童，手提竹籃，日夜在城中各里巷中穿東行西，凡有井水之處，便出入呼喊鄰人，發付籃中囊藥，說的是：「此藥體性明白，無庸疑慮，乃是大黃十五株，白朮十八株，桔梗、蜀椒亦各十五株，桂心十八株，烏頭六株，菝葜十二株——以上七味，皆須過上清道明法誓咀，祖師授靈。今拿絳袋盛裝，以每月逢三、六、九日日中懸沉入井，令觸井泥；次日平曉出藥，置酒中煎，至魚眼沸三過，於東向戶中飲之；飲量多少，凡取自在；唯服藥之日，禁絕穀肉蔬果之食。一人飲，一家無疫；一家飲，一里無疫。藥酒飲後三朝，還滓復投井中，能仍作一歲飲，可保累世無病。」

這小童看上去骨肉頑健，膚色白潤，音聲嘹亮清爽，和城裡一般受病男女迥然不同。人道：畢竟有病無醫，回天乏術；而這藥有方有據，一旦服食了，就算沒有療效，至不濟也害不了人，索性都依言試服。令人驚奇的是，滿城疫情，居然就此緩和下來——只是藥囊中所貯之物頗不起眼；有人好事，拆開來翫看，但見其藥彷若青泥，流出如髓，雖然香氣濃郁，可是一經風，藥效就不靈了。這也吻合了古來多少道術之說；無論再怎麼高明的靈丹妙藥，一日廣為俗人揭露，則寖失其神。

無論如何，匠役之力、百工之業，也就在匝月之間逐漸恢復，王易從的靈櫬車馬才勉強齊備成行。杜謀扈送靈櫬離開廣陵之後，還追隨了一程，直至荊州才罷。上江水行數日無恙，就在路過江陵，即將分途的前夕，杜謀有感於王易從知遇之情，這一夕過後，則真成永訣，便在車轅前焚香設祭，朗語告奠，守夜讀書。

時過三更，杜謀微感睏倦昏沉，才一瞑眼，卻聽見靈柩之中傳來了竊竊私語之聲，語勢甚微弱，然而字句卻清晰可辨。

某甲道：「從棺去西京三千里，路途顛簸，窮數百里之途，長驅數日，不見一生人，委實無甚佳處，真不欲往。」

某乙接道：「總勝似在廣陵飲那太白藥、誤爾性命的好。」

某甲又怨氣道：「道途間關，苟不得憔悴枯槁之人，略進滋補，汝與某也無生理。」

某乙像是刻意壓低了聲，道：「若不然，另有一途——某聽彼讀書郎方才焚香祝告，自道欲返安州，安州去此不遠，何不隨此子而去耶？」

某甲依然唉聲歎氣，道：「千金難買一前知！固不當從汝所言……」

底下的話，說得愈發囁嚅窸窣，便再也聽不清了。可是杜謀睏倦稍去，心底卻敞亮了——廄中四壁蕭然，十丈方圓之內空曠無人，棺材裡躺著的是王易從的屍身，還有誰能說話呢？從言語內容推按，分明是兩個祟人的疫鬼。他們所謂的「太白藥」，杜謀也約略聽人說起過，想來便是那來歷不明的投井藥了；這一份藥，的確在廣陵成就了不小的功德。

然而，杜謀聽得分明：疫鬼隨人，不可小覷。

古來坊巷傳聞，大凡癘疫之氣初起時，勢力甚弱，須貼壁挪移，不能破空飛走。所以常人只要不貼壁而立，便不至於罹病。不過，時日既久而鬼聚寖多，群集勢大，根據有些能透視陰陽兩界者所形容，疫鬼滋繁既盛，就能牽連肢體，成破空之態。到那時，傳染尤烈，若無靈藥，就很難遏阻了。

杜謀繼而一思忖：今番解職回鄉，已經相當落魄了，身邊又緊緊跟著兩個疫鬼，看來很難擺脫。然而彼暗我明，首尾難辨，萬一在居家之處，借身乘隙而起，豈不要為禍於鄉人？情急念轉，倒讓杜謀想到了一個主意：既然疫鬼聲稱在廣陵受害於太白藥，可見先前傳聞那小童籃中之物，實則是有名目的；只可惜自己行色匆匆，不記得單方詳細。那麼為今之計，也只有買囑江陵口岸商牒，看有無沿江下行、赴廣陵而又將回程於安州者，一往一返，攜回藥方，如此一來，就算疫鬼日後真要作祟，也還有個抵擋。

只不過杜謀萬萬沒有料到的是：他所請託的帶信商賈，正是維揚十友之一。根據安州許家的傳述，稱此人為「廣陵薛商」。他一向所從事者，乃是長年為揚州大都督府籌措京貢之物，每個月十友之會罷宴之後，隨即啟程，往來於揚、滁、常、潤、和、宣、歙之間——這七州，都是揚州大都督府治下。自隋代以來，京貢漸漸成為當地大事，人們爭相進珍獻奇，期望能在聖人面前邀一寵顧，則揚州之名，便可以比肩兩京了。

尤其磨鏡一業，藉北山銅礦之富，取材不虞匱乏，自隋煬帝時起，便經三五巧匠之手，成就了絕世的工藝。這種鏡有銀、有銅，鏡面都打造得極薄，質地講究的是輕而堅，鏡面光滑，返影如生。史載：唐中宗曾經下詔，令揚州造方丈鏡，四面鑄銅為桂樹，金花銀葉，皇帝每騎馬自照，人馬並在鏡中，皇帝還打趣著說：「天無二日，地有二君。」實則話中有話，說的，似乎是他分別在高宗弘道元年、以及武后神龍元年兩度即位為天子，中間相去二十春秋，天下一度淪於武氏之手。

不知從何時起，咸以當年五月五日端陽節一日間鑄就的鏡為無上神品。其法，須於前一日夜半，初過子時，就將冶爐設於江船之上，槳楫如飛，航行到揚子江心而鑄，需要反覆冶煉百次。其鏡徑九寸，以象九州；鏡背雕琢盤龍，長三尺四寸五分，號曰「江心鏡」、「水心鏡」，這是上品之極，鑄就之後，須以十天的程期——也就是五月十五當天——飛馳遞京，呈貢聖人以為禮。

與此同時進京供應一般市商販售的，還有千百之數，雖然不如貢品那樣精美，也都晶瑩耀目，他方絕不能及。這些銅鏡有的尺寸巨大，有的裝飾華麗。除了銅鏡，還有銅盤、銅盂、銅屏風之類，不只為兩京達官貴人所喜，也經常為外國的使者蒐求而去，成為東洋西域諸邦非常重視的寶物。較李白稍晚的詩人韋應物有〈感鏡〉一首，俱道其美：

> 鑄鏡廣陵市，菱花匣中發。夙昔嘗許人，鏡成人已沒。如冰結圓器，類壁無絲髮。形影終不臨，清光殊不歇。一感平生言，松枝樹秋月。

開元十五、六這兩年京貢揚州之鏡，引起了另一番前所未有的議論。貢物入宮，皇帝招來許多大臣近侍閒談，不拘常禮，為的就是欣賞那攝物逼真、光燦奪目的揚州鏡。眾口交說，提及了五月端午製鏡的舊俗。皇帝隨口出俚語，漫不經心地道：「朕生日亦自端午。」

當下群臣自然恭恭敬敬地應了聲：「聖人千秋萬歲。」

是時每月五日皆稱端午，皇帝是八月端午生辰，距當下還有將近三個月。這時，聖眷新隆的御史中丞李林甫忽然想到個逢迎的話題，順口奏答：「天子萬壽，百姓之福，臣請以八月端午為『千秋節』，容九州同賀天子萬年。」

為皇帝壽誕創立一節日，亙古以來所未曾有，而皇帝所稱意者，還真在於此。皇帝深深睇了睇李林甫，眉開眼笑地問：「以此勞天下郡縣，合宜否？」

「鏡之為物，本是一敬意。」李林甫慣於撏章摘句，巧弄文字，當下指著那面揚州鏡，道：「聖人以天地為父母，此節恰足示臣民以敬天法地之思，乃是邦國大事。」

一說到敬，反而提醒了皇帝，司馬承禎曾經諄諄言及：「天子示人以敬，便是『無為』」，也想起了由於這老道士的進言而下令國師一行主持新修的「大衍曆」——這不正是天機巧合嗎？皇帝立刻不再理會李林甫，轉臉問高力士：「燕國公何在？」

那是前一年才因為源乾曜、崔隱甫和李林甫的排擠而入罪貶職的張說。張說罷去中書令，經過一番鞫審折辱，終究保留了右相的頭銜，人在集賢院供職，專修國史。高力士應聲回奏了張說下落，皇帝興味揚揚道：「此事不可急就，非待燕國公大手筆不能為。」

皇帝所考慮的，的確是千秋萬代之事；他不要讓後人妄加議論：說他做天子，任意以一己生辰為國家慶誕。然而這樣一樁既要滿足皇帝的虛榮、又要切合國家之大體的事，李林甫的雕蟲小技尚不能有為，必須要張說來撰文，才得安穩。

張說〈上大衍曆序〉中，還有這樣的幾句：「謹以開元十六年八月端午赤光照室之夜，皇雄成紀之辰，當一元之出符，獻萬壽之新曆。伏望藏之書殿，錄於紀言，掌之太史，頒於司曆。制曰：『可』。」其中。「赤光照室之夜」六字，原本寫的是「紫微當庭之夕」，卻為皇帝親手改動，有了更加親切鮮活而畢現神靈感應的意象。皇帝當時手持銅鏡，偶來靈感，相當得意。

經由張說的文采詮注，則這一天便不只是皇帝的生日，還是新修「大衍曆」的莊重之期。換言之：大唐帝國千秋萬載的紀歲準則頒佈之日，宜乎普天同敬。

皇帝不會記得、史官也不必記得，這原本是李林甫的提議。在深刻的意義上，同敬，銅鏡——會須是出於李隆基一人孤心自明，普照天下的卓見。而且，為了杜悠悠之口，還特意推遲了一年，直到開元十七年八月端午，「上以降誕日宴百僚於花萼樓下，百僚表請以每年八月五日為千秋節。」這一番群臣聯袂上表，懇請聖人下詔的做作，載諸史冊，則曰：「天下諸州咸令宴樂，休假三日。」開千古帝誕之先河。皇帝始終記得揚州銅鏡之啟迪，十多年後的天寶元年，他割江都、六合、高郵三縣之地，置千秋縣，算是對揚州的一份報答。

早在開元十五年夏天，為皇帝慶壽之議，已經蜚聲數千里，揚州萬商百姓無不殫精竭慮，多方設思，務求為帝誕之期，能貢一新奇之物，出人意表，贏得聖眷。這是廣陵堪堪要同東西兩京一較長短的大好時機。

維揚十友大多從事這籌措京貢之業，從備辦物產、到製作器皿、南北運輸，一應俱全。此事固屬本行，多年來得心應手。廣陵薛商也和其他在道的行商一樣，代人交遞商牒，並不是為了蠅頭小利，而交際所需，目的還是廣結善緣。這一度聽說是安州許家差遣，應聲把解送藥方的事攬了下來；其中還有另一層緣故——那就是製鏡與鑄錢的瓜葛。

早在隋文帝開皇十年，曾下詔令晉王楊廣在揚州設置五處煉爐，鑄造五銖錢，一方面當然是看中了此間古來製作銅器的手藝，另一方面也是因為揚州位於四方水利運輸的中心。這個官爐造錢的背景，使得揚州吏民仕紳都又有一種自知之明：天下通貨，盡在維揚。

大唐武德四年，五銖錢盡廢，百姓所有之錢，各歸家戶，全數登錄收繳，復別鑄一種錢，名曰「開元通寶」——雖然與日後玄宗皇帝的年號相同，但是這錢的發行、使用則早了將近九十多年。

「開元通寶」發行之初，曾經號令天下：嚴禁地方與個人私鑄，違者論死；原是穩定民生之大本，無庸置疑。可是到了高宗皇帝中葉以後，天下物產豐隆，卻微露通貨不足之兆，尤以江、淮供輸頻繁之區為然。官爐所在，行之數十年，擅於鑄錢之家，多世襲其職，以利匠藝傳授。也由於這個緣故，能夠掌握鍛鑄技術者，近百年而寖多。

百多年來，東南郡邑，無不通水，由於運河的不斷開鑿，江淮地區水線縱橫，湖泊棋布，蜀麻吳鹽自古輸販無礙，萬石行舟，堪稱來去如風。而揚州、荊州一水相牽，略無隔闔。對於許家家藏無以數計的銅錢，揚州鑄錢業者早就有所耳聞，覬覦已久。這也跟當時兩京貴官插手幫襯私鑄的風習有關。

自從宋璟、蘇頲以及為政刻削、被怨深毒的蕭隱之禁止盜鑄雷厲風行，接連因庶商小民的喧騰物議遭黜官、罷職之後，朝廷仔細推究，也發現了一個盤根錯節的難處，由於銅錢供應不上貿易所需，人人囤積貨幣，不敢購物，導致物價低落。如此一來，市面冷清，百工益發蕭索。京中頒佈詔敕，也只能敦促加鑄官錢，並懸令禁止買賣銅、錫，以及製造銅器。實則官產之錢，自有定量，就算加工打造，於迫切需要繁榮的市況來說，也只是杯水車薪而已。

官鑄通寶有定額，揚州、潤州、宣州、鄂州以及蔚州等地各有十爐，每爐一年以三十上下的人力，費銅兩萬一千二百斤、錫五百斤，年產三千三百緡——也就是供應舉國流通三百三十萬文錢。連料帶工，鑄造千文一緡的成本是七百五十文，官署獲利二百五十文，可以說是相當穩定的財源。然而，一旦另有私鑄，情形便大大不同了。尤其是揚州一地，挾其製鏡工藝之便，造起成色明明不足的私錢來，幾可亂真。

私錢通稱為「盜鑄」，原本含銅不少，可是既然能夠減料為之，有「偏爐錢」、「稜錢」、「時錢」等名目，但看各家摻合與摹擬手段，有時鑄者獲利，竟在五成上下。由於江、淮一帶，天然水道與人工運河交織如網，到處都有河渠埤塘，常有人扮作漁父渡工模樣，於拂曉之前鼓棹而行，來到水窮無人之處，便扯開小風爐，依樣鎔冶，打造不合乎定制的銅錢，一日數以千計，鑄成了，即就舟邊流水冷卻，至傍晚過後，趁著暮色昏黑，關防疏略，再悄悄把錢埋藏在距離津渡稍遠之地，或者是交由他船接駁。總之，私鑄之錢，交易必需，百姓寧可睜一眼、閉一眼，故作不見其偽，務使能完遂買賣為要。

另一個說法，直指製作銅鏡的工匠，他們才是盜鑄的關鍵人物。

相傳開元天子初即位時，廣陵某匠製鏡不慎，將大量的錫汁傾入銅中，沒想到卻令鏡面勻淨如銀，雪亮無倫，從此銅鏡的製造出現了更急遽的變化，其紋飾、花樣愈發精美，從葡萄紋、瑞獸紋、龍虎紋、狻猊紋、嘉禾紋而增益為各種花鳥風情、人物故事等。其鎏金錯銀、鑲螺附彩，不一而足。此一期間錫汁大量運用，使得合金比例改變，而依然能維持大尺幅鏡面的強韌之性，需要細密體察爐溫之變化，而鑄錢又何嘗不是如此？當銅料普遍不敷所需，又得維持私鑄利潤的時候，製鏡匠人的工藝便頗可借用了。

倚銅山而造錢，固是官家之事。但是國家供應貨幣不足，民間只能藉盜鑄疏通有無，這勾當本來犯律，官府卻不敢窮治，因為一旦嚴刑禁止，物價必然削落而買賣冷淡，百業也將隨之蕭條。盜鑄無時或已，這就給了揚州行商另一門生意，他們經常往來鄰近州郡，千方百計接近累世為官的門第之家——特別是逐漸在仕途上沒落、可是家貲殷富的豪門。這種曾經不只一代出過名公巨卿的人家，為防子弟不肖，難以繼承士行，或則厚積錢帛，或則廣置田畝，為的就是日後還能憑財貨謀生取官。阿堵物不蝕不朽，較諸緞匹、粟米而言，傳之子孫無礙，時人皆專稱門第中人這種愈聚愈多的銅錢為「萬年青」。

此時此世，即使是一個操守清正，風骨嶙峋的九品小官，每年還能領有五十多石的祿米、一百二十石的職田粟糧、十八緡年俸以及為數至少四、五十石的力課補貼，薪水之資，可以說十分豐腆。至若官職愈高、俸祿愈多，積蓄自然極為可觀。箇中還有關隘之處：大小官僚的四種收入多以米糧為計，當然不能盡入口腹，其中絕大部分是得換成銅錢的。而署衙出入，皆為官鑄之錢，成色無虞。

於是，長袖善舞如維揚十友這樣的人物，便得以周旋其間，上下施手。他們將門第中人的上好銅錢假貿易之名，躉運到揚州，名為購物，實則輾轉輸於匠人之手，伺機鎔化，更為合金，轉鑄出成色較差的銅錢，可是數量卻由於摻合了較多的錫、鉛、鐵等金屬而暴多，有以官錢一枚而可私造爐錢七至八枚者，復以較原數多二至三成的盜鑄私錢躉回來處之貴家；貴家再以之蒐奇藏珍、興屋構宇，孰敢不從？至於如何能讓真銅之量僅及於官錢的十之二、三，卻能在新鑄出爐的一段時間之內不異於官錢？就全靠銅鏡匠人的手藝了。

這廣陵薛商一聽杜謀來自安州許氏，知道這一門自許紹以降，歷代頗出職官，家藏銅錢甚夥，而許自正兄弟平生處事恭慎，他家的萬年青一向深藏若虛，如果能藉著代遞商牒而與許家搭上交情，說不定還可以牽引出為數龐大的換錢交易。

8 百鎰黃金空

許家的確藏了為數極多的銅錢，然而無涉於貪墨，卻是從當年許自然射獵殺人之事衍來——其事不宣於外，仍與銅錢有關。

許氏原籍高陽，梁末徙於周，遂家安陸。許自正之祖、許圉師之父許紹，字嗣宗，少年時與高祖李淵為同學，大業末年徵為夷陵郡通守。入唐未幾，受封為硤州刺史、安陸郡公，而後又晉封譙國公。當是時，李淵對李靖極不放心，密令許紹殺之。然而許紹愛才，總為李靖緩頰求情，再三保得不死。

李靖終亦不負信用，在武德三年以八百精銳俘虜五千開州蠻族，確保夔州；接著在第二年秋，趁江水大漲，三峽險惡之際，迫軍夷陵，包圍江陵，迫使佔據荊州、自立為梁王的隋代遺臣蕭銑出降。李淵終於見識到許紹的胸次與眼光，大喜不能自勝，忍不住失聲叫道：「人云：『使功不如使過』，果然！果然！」

此語流傳數百年，源出兩漢間。更始帝時，中朝遣使者巡行各州郡，號曰「督國」，此輩之人，往往藉端仗勢，窮治搜刮。東郡某太守為使者所摘發，即將問斬。當是時，身為郡學教授、兼職官署下掾的索盧放挺身而出，侃侃而言：「太守受誅，誠不敢言，但恐天下惶懼，各生疑變。夫使功者不如使過，原以身代太守之命。」索盧放的豪義之氣打動了使者，非但未曾加誅，也放過了太守。「使功不如使過」之語，遂成為數百年治術典範。

許紹於天下有大功，卻不料，就在次年（也就是武德五年）征伐蕭銑的時候，竟於軍旅中一病不起。李淵極傷心，一時不能自安，賚賞了大筆銅錢，據說「為數巨萬」。巨萬又呼大萬，萬萬相乘，就是以億計之數。安州人數代以來紛傳：許紹的棺木是以十分巨大的四駕馬車運回故鄉來的，可是運載輜重的馬車來而復去、去而復來，絡繹不絕於途，裝載之物究竟為何？沒有人能窺見。但知進了許家的院落——有人說：那都是皇帝私下賞給的錢。

多年以後，時任奉輦直長、職司宮中車駕的許自然射獵殺人，實非意外。

先是他在一次私行出外遊獵的時候，誤犯人田。田主一怒之下，抗聲斥責，意猶未盡，還遣動了家丁，持杖來伐。雙方格鬥了一陣，互有些小小不言的折損，各自收陣。許自然一紈袴子，視之猶如兒戲，原本還不曾動氣。遝笑著拋下兩句閒話：「今日之遊，其樂無極，毀汝禾苗若干，便依時價來奉輦局索去。」

不料那田主知道許自然的身家，竟回敬了幾句難聽的話：「汝家家藏銅棺百口，滿斂青錢，俱是汝阿翁身前收買，身後博回，怕是冥鏹，某豈敢索用？」這話說得相當陰毒，卻不是沒有緣故。

也就是在許自然的祖父許紹病故之前未幾，戰陣方熾，當時蕭銑在長江南岸有安蜀城，與硤州相對，次東有荊門城，都是形勢險峻之地，而蕭銑鎮以重兵，天險人危，絕難力克。許紹攻破荊門之後，高祖大悅，非但下詔褒美，還許以便宜從事。彼時，許紹的士卒若有為敵所虜者，輒見殺害；而許紹若執敵為虜，卻常常發付資給，悄悄遣縱，令其歸鄉。這是後來伐梁之役勢如破竹的重要關鍵——史稱：「賊感其義，不復侵掠，闔境獲安。」乃是基於此。所謂「身前收買」就是士族之人嘲謔許紹行收買民心的手段，有類商賈賄賂，這話聽在許自然耳中，當然是極不受用的。

許自然聞言大怒，當下抽出箭囊中的一支鳴鏑，覷準田主，應弦而發，貫胸而過。有一說這田主當場畢命；有一說他活下來，帶箭進京，控告許圉師「侵陵百姓，作威作福」——無從抵賴的，箭上還清清楚楚刻著許自然的名字。苦主也是世家之子，豈容怙惡輕縱？許圉師私心迴護，想把事情掩蓋下來，不意又為高宗寵臣、中書令李義府所告發，而為太子少師許敬宗所讒謗，以為：「人臣如此，罪不容誅。」

當時這一場糾紛還引得高宗皇帝十分不快，君臣幾近口角。許圉師不能接受「作威作福」的指控，遂反唇相稽：「臣備位樞軸，以直道事陛下，不能悉允眾心，故為人所攻訐。至於作威福者，或手握強兵，或身居重鎮；臣以文吏，奉事聖明，惟知閉門自守，何敢作威福？」這一番話把皇帝激怒了，跺足斥道：「汝恨無兵邪？」

爾後許圉師雖僅貶官虔州刺史、繼轉相州刺史，非但聲譽不墜，地位崇隆，仍為天下士行榜樣；但是許家也從此封蔭日低，風光不再了。倒是士族的門面還撐持著，或以為還是許紹當年以一條老命掙來的家底，那些取之不盡、用之不竭的家藏銅錢使然。

受杜謀囑託蒐求藥方的廣陵薛商久歷江湖，自忖：倘若傳聞屬實，儘就許氏一家所藏，假以適量的合金燒鍛，以一化三、以一化五，當能供應坊市間日益緊縮的銅錢，不數月之內，還可成就數十萬緡的厚利。忽一日，他施施然而來，登門求見使君，說是帶來了杜謀所囑託的「太白藥」。

士商有別，等閒不相接問，這是慣例。然而杜謀先一步返回故里，提及廣陵疫情，以及疫鬼隨身一節，足見事態不容輕忽。待廣陵薛商應命到訪，許自正還是親自見了來客。答問數過，但看此商不只識字能文，通書曉史，劇談遠近人世，可謂博學多聞；其人應對儀態、談吐更十分得體。主客二人不覺移時而忘倦，說起荊揚間的民情市況來。許自正指著几案上的藥方子，順口問了聲：「太白藥向所未聞，當有說？」

「固是市井傳言，謂天星下凡，拯萬民於癘疫；其言殆不可信，唯藥效頗驗。然——」薛商略一沉吟，臉上浮泛出一絲將信將疑的神情，接著道：「某夤緣而遇一蜀商，或疑即是彼人。」

那是在廣陵城極其繁華之處的瓊花樓。樓高六丈，團團八亭，聳入秋雲，每亭之頂做五瓣花狀，髹以白漆，八亭當央，復環抱一樓閣，其間複道相通，形製恰如瓊花叢生之態。樓外有一無名小溪，不過丈許寬窄，溪水清淺，春不肥、秋不瘦，自北而南遁入江濱；唯於晴晝月夜，鬧得粼粼波光，看來亙古如斯，難得竟迴入庭園，成一勝景。

瓊花為江淮名物，外八朵、內一叢，呈九合之狀，一般四、五月收春時節眾芳零悴，此花則大放異彩。通體外觀，其大如盤，潔白似玉。又稱「聚八仙」、「八仙鬧」，此外，它還有一個與古史有關的異名，叫「八公好」。

昔年淮南王劉安帳下之儒，日夕鑽研神仙秘法，其中領袖八人，各皆鬚眉皓素，名曰左吳、李尚、蘇飛、田由、毛披、雷被、伍被、晉昌，此八人竝能煉金化丹，出入無間，時號八公。舊聞八公與劉安攜手登山，埋金於地，肉身白日昇天；而「八公好」看似八朵五瓣白花，簇擁著中間團團密密的一叢小花，所象者，就是八公與劉安升仙之姿。說也奇怪，此地自淮南雞犬升天以來，瓊花逢暖即開，不問春秋時序，這就更加深化了八公神話的影響力。

當地語音經久而訛變，「八公好」衍成了「白毫」之說，甚至還有「仙人白毫子」一詞。無何風月場上，人人喜愛穿鑿附會，漸漸地，就將「白毫子」與八公事蹟相雜，視之為一個隱居的仙人了。

儘管是秋冬之際，瓊花樓盛況亦不亞於四月春花盛開之時。過境廣陵商帆雲集，大多數匆匆往來的過客並不在意疫情，笙笛歌舞，冶遊佳興，似與黎庶之病苦全然無涉。倒是街頭巷尾有童子投太白藥入井、為人治病之事喧騰未幾，這遠近馳名的瓊花樓上忽然來了一位豪客，口操蜀音，自稱「五蠹人」，身邊將攜一童，銀鞍駿馬，意態昂揚，卻不像一般尋芳之客，他是來找人的。

覓人行蹤，總該言明姓氏里貫、年貌身家。可是這五蠹人甚麼都不說，只在瓊花樓留下了一首詩，請樂工伶人「代覓能為者依譜上琴而歌」，還隨手留下了五十貫錢作賞，五十貫斷非小數目，兌大唐純金可得十餘兩，酒席歌筵，這是前所未見的手筆，真堪稱豪客而不名了。

這豪客言明一月為期，譜得合節入律者，向樂工處留下曲式，一旦能歌，五十貫錢可悉數捲去。瓊花樓的報科頭人把那些錢仔細掂量查看，不免吃了一驚——整整五十貫，俱是益州上爐所冶鑄的官錢，一枚不假。

瓊花樓懸賞五十貫求一曲，這事在酒亭歌館之間很快就傳揚開來，非圖廣陵一地，連江都、六合、揚子、高郵諸地之能歌擅樂者，無不躍躍欲試。接著，江南地方也傳出了有意一博五萬錢的人間關而來，登門獻藝——偏偏那豪客一去匝月，說準了再來之期，卻不見蹤影。有人說那豪客遯居在城中某逆旅內，連日不出，似乎也染上了時疫。瓊花樓是有名聲、守信譽的門巷，於懸一賞格徵歌選樂之事，不敢擅自作主，只能守望這「五蠹人」之再來。

他親筆寫的那首詩看似平常，言志不外飛仙，道景頗近素寫，雜用三、五、七言十六句，婉轉遞換四韻，並不恪守時調，而顯示出一種活潑、佻達的情趣；其用語之奇突流蕩，還間雜著魏晉古體的風味。然而，除了九十六字的詩句之外，他還行了一令——譜曲者必須依「瓜州調」而歌。

瓜州、瓜洲不同。瓜洲就在揚州治下，與對岸鎮江西津渡齊名，為長江北渡運河之起點，瞰京口、接金陵、際滄海、襟大江，每歲有八方漕船數以百萬計，地充南北扼要。史稱：「百州貿易遷涉之人，往還絡繹，必停泊於是，其為南北之利。」

另一瓜州，則早在春秋時代就因生產蜜瓜而得名，大唐武德五年置縣，治所在晉昌。此州位於大唐與吐蕃的邊境，迢遙絕塞之區，堪稱往來西域之咽喉。正當此年九月初秋吐蕃出奇兵襲擾瓜州，當先兩員大將，分別是悉諾羅恭祿及燭龍莽布支，據說臨陣之時，二人合乘一騎，風馳電掣之時，竟有三頭六臂之態。

吐蕃一舉拿下瓜州之後，活捉刺史田元獻，還俘獲了河西節度使王君㚟的父親王壽，接著便轉攻玉門。初傳邊報，只說來者混雜兩軍戰旗，一陣為吐蕃贊普所部，一陣為突騎施蘇祿所部，兩方兵馬合而為一，將大唐安西城團團圍住，不久之後，又有更令人驚悚的消息傳來：燭龍莽布支故意縱放了一部份俘虜。讓他們帶話，刺激王君㚟，說：「將軍常自以忠勇，今不一進戰，奈何？」王君㚟只是登陣西望，臨風而哭，偏是不敢出兵。

五蠹人身在廣陵，以眼前之瓜洲渡，命譜萬里之外的瓜州調，十分耐人尋味。很多生長江淮之地，翫習六朝之音的樂工未必知曉那北地邊塞歌調的來歷。五蠹人自稱：「但知西域有瓜州調，某卻不曾習得，願散五萬錢，一聆新聲！」以此懸賞，看在知音者眼中，是有心尋訪某人，而那人顯然得受過邊塞歌調的浸潤。

留在瓊花樓的詩文，是這樣寫的：

淮南小山白毫子，乃在淮南小山裏。夜臥松下雲，朝餐石中髓。小山連綿向江開，碧峰巉巖淥水回。余配白毫子，獨酌流霞杯。拂花弄琴坐青苔，綠蘿樹下春風來。南窗蕭颯松聲起，憑崖一聽清心耳。可得見，未得親。八公攜手五雲去，空餘桂樹愁殺人。

五蠹人之號，顯然出自韓非之〈五蠹〉篇。以「五蠹」自號，則是將韓非子心目中五種禍國亂政之人齊攬於一身。其一為泥古不化之儒、其二為仗劍行遊之俠、其三為唯利是圖之商、其四為逞口辯舌之縱橫家、其五為怯戰不敢言殺之儒夫，號為「患御者」；並稱之為五蠹。

戰國晚期，天下人口漸多，也浮出了一種異乎尋常的現象，大量湧現許多不能歸於古代宗法制度羈縻、約束的人口。其中，遊民托身於豪富之家，以避賦稅、逃兵役；遊士則馳騁於列國之間，憑湊泊之學、強矯之辯，向人君干千金之祿，而邀一時之功。韓非子認為這些人於富國強兵之道非徒無益，甚且有害，故稱之為五蠹。

至於自號「五蠹人」者，的確就是李白。為了恪守臨行時趙蕤「見病人，須防失業」的訓勉，李白雖然在施藥救人這樁事上隱姓埋名，不求聞達，更在自己卑賤的身份上開了一個大玩笑——五蠹人這諢號，似乎微微透露出一份自嘲。

不解白毫子，便不解此作用意。千年以下，為太白著錄詩集者亦不免牽強而附會。《古今注》即謂：「淮南服食求仙，徧禮方士，遂與八公相攜俱去，莫知所在。小山之徒思戀不已，乃作〈淮南王〉之曲焉。」在這一背景上，王琦對此詩開篇就有了誤會，他中論道：「上句之『淮南小山』，本〈楚辭序〉以讚美白毫子之才；下句之『淮南小山』則指白毫子隱居之地而言。白毫子，蓋當時逸人。」此說望文生義，大謬不然。

淮南小山（以及大山），初見於王逸《楚辭章句．招隱士序》，云：「昔淮南王安博雅好古，招懷天下俊偉之士。自八公之徒，咸慕其德而歸其仁，各竭才智，著作篇章，分造辭賦，以類相從，故或稱『小山』，或稱『大山』。」這就是指劉安門下之客的文學集團。不過，在李白創作的意念裡，此山彼山，人事天然；一語兩兼。

實則全詩之眼，開篇已明，並沒有多少扭曲繁複的寄託，說的只是一物：八公好——換言之：就是把「白毫」當作瓊花的另稱；白毫子歌，就是瓊花歌。從全詩第五句「小山連綿向江開」的「開」字視之，一目了然，由於瓊花覆蓋綿密繁茂，淮南小山便像是一整朵巨大的白花——猶如九合一體的朵朵瓊花——逞其全力，朝長江巨流撲騰綻放。李白在此詩中顯示了新奇的手段，交疊起眼前之景、心頭之意，以及物外之象，通合為一，泯除虛實彼此的分際。所以，前一句還說這小山為白毫子連綿包裹，下一句即接二連三狀述「碧峰、巉巖、淥水」，霎時間剝除了花衣的披戴，恢復山水之故我，這便使白毫子之為物，有了瞬間變動、隨時遷化的情味。

白毫子既不是神仙，也不是逸人，但是在仙境之中，此物與松下之雲、石中之髓並列，不可或缺。尤其是「朝餐石中髓」之句，會心者不難將一今一古二事，合而為一作想。從當下看，滿廣陵城受太白藥之惠的人，都知道那救命之物狀似青泥，此為今朝眼前之事；至於古事，也是揚州當地句容先賢葛洪《神仙傳》上流傳廣遠的一段軼聞。

魏晉間，邯鄲人王烈常採食黃精，煉服鉛丹，壽二百三十八歲。其人容色少艾，登山如飛，曾步行入太行山，遇山崩，崖石斷裂數百丈，當下「有青泥出如髓，取摶之，須臾成石，如熱臘之狀，食之，味如粳米。」據說王烈曾經搓合了幾丸泥髓，有如桃子般大，攜回共嵇康玩賞，可是到了嵇康手上的時候，神藥已堅硬如石；敲之擊之，竟鏜鏜然出銅聲。葛洪書上也提到，仙經所云：神山五百年一開，其中有髓，能夠服食到的人，壽數得以與天地同齊。

〈白毫子歌〉所詠的既不是人，瓊花所服食的也就不能拘泥在五百年一開之山所流出的青泥，而是一向隱伏、保藏於大地之中的石髓。這個比擬順理成章，並不難解。真正需要尋思的，原來是這一味太白藥方中加入了瓊花之枝、葉及果，三者並收散熱、解毒、消炎之效。那麼：「余配白毫子，獨酌流霞杯」就是在疫病中飲藥的方式了。當時丹砂奉命到百姓家戶各處分藥，背誦了連篇服藥的口訣，其中就有這樣兩句：「唯服藥之日，禁絕穀肉蔬果之食。」此語，可證諸流霞杯。

此外，東漢王充《論衡．卷七．道虛》載有一則傳奇之事，更證「流霞杯」是辟穀之道。所言為數百年前的河東蒲坂項曼都，其人好道學仙，離家出走，過了三年才回來。家人問其經歷，項曼都的說法卻讓人非常驚訝：

「我去時根本無所知覺，只道自己是臥睡著，卻見有神仙數人，將我上天，離月只數里之遙，仍復向上攀飛不止。但見那月，上下幽冥，不知東西。我便居月之旁，其地寒冷極甚，悽愴可知。旦夕覺得腹中飢餓了，仙人輒飲我以流霞一杯。每飲一杯，數月不飢。通亦不知去了多少年月，更不自意如何全濟也。忽然間又感覺自己仍舊臥睡，一如先前，隨即就離了天界，下凡回家來了。」

因為這一番際遇太不尋常，河東鄉親皆呼項曼都為「斥仙」。這個故事，李白從小不陌生，在他想來，項曼都與自己都是經仙界斥逐的人，恐怕還真得耗盡在世為人的百數十年光陰，才能一窺自己遭受斥逐的緣故。而無論如何，這樣的人，儘管不能並世相處，比肩攀交，可是他們的命運、性格宜乎攸同。

較諸其它遭遇，李白更重視故事裡的「流霞杯」——此三字在詩中固非泛泛妝點修飾之辭，更是近世以來上清派道者到處闡揚的一種法義，也是李白在江陵城天梁觀親自接聞於司馬承禎者，彼時老道士所論講者，正是辟穀之人飲水吸風的練氣之法，由此漸進有功，終至於絕粒不飢，也就不為食慾所控制了。從這個理路上去看「余配白毫子，獨酌流霞杯」十字，作者一方面暗示了太白藥之本事，一方面也藉由錯雜交織的神仙故事，將自己對辟穀導引一派道者之推戴、對來去自如年壽綿永的神仙之企慕，都巧為化用了。

全詩結句在：「八公攜手五雲去，空餘桂樹愁殺人。」兩句，轉用的是淮南王劉安（一說為淮南小山集團）的詩句，詩題〈招隱士〉，其詞有云：「桂樹叢生兮山之幽，偃蹇連蜷兮枝相繚」以及「攀桂枝兮聊淹留，虎豹鬥兮熊羆咆」。然而，桂樹，不只是劉安升天途中令他攀牽不捨而稍事停留的樹木，此樹早在《說文》中已明注為「百藥之長」，嵇康的侄孫嵇含著《南方草木狀》即云：「桂，出合浦。生必以高山之巔，冬夏常青，其類自為林，間無雜樹。」

類以群分而有可同之群，固然是生物習性；轉喻到人事上，類以群分卻不能同其群，卻成了桂樹在此詩中寄託愁慨的原因。說〈白毫子歌〉表達了羨慕神仙之道，則過於膚淺。不如說李白所企羨的，更是淮南王劉安之成仙，並不孤獨，他還有八公為其道侶，簇擁相持而去，若瓊花然，這是何其歡愉的人生際涯？可是反觀李白，卻注定是一株不群之桂。原因無他：在商賈陣中，他沒有道侶；在士人行中，他沒有地位——只能眼睜睜地看著八公及淮南王直入雲霄，此固結句之惆悵也。

9 冶遊方及時

五蠹人再度來到瓊花樓時已經失期逾匝月，身軀看似瘦了一圈，雖然逸興高昂，面容仍不掩憔悴，身邊小童服侍嚴謹，流露出加意照料的神色，看來染過一場病的傳言不虛。這一天，維揚十友例行月會，招宴一個客遊廣陵的寒士，由於天候遽轉嚴寒，野帳不敵風霜，才設席於瓊花樓，所營酒饌之處，就在五蠹人的間壁，一屏之隔而已。

且說那寒士，另是一豪傑，姓高名適，字達夫，祖家滄州，行年二十七。此人門第出於渤海高氏，祖父高偘（即侃），為高宗時軍將，曾經官至左監門衛大將軍、平原郡開國公，贈左武衛大將軍。高偘教子不以武事，故命名崇文，可是高崇文雖然蔭封，官韶州長史，在內遷外轉的仕宦生涯之中，庸碌無所建樹，於開元七年五月間，病逝於廣陵私宅。次年六月，年方弱冠的高適為父親遷窆於洛陽平陰里積潤村北原，與母親渤海吳氏合葬。這一趟移靈遷葬，重修墳塋，是相當大的耗費，非但將高崇文畢生積蓄傾囊而盡，兩代以來在廣陵營置的房產也拋售給維揚十友之一。

廣陵商賈群聚，人人爭傳其事，以為此子「癡愚無狀」，可是也有人以為：孤哀子自以為事親未謹，而令父母雙亡，能夠盡散家財，以營窀穸，也是大孝難得的節行。也就在大事合葬了雙親之後，高適遠赴長安，試圖干謁父祖舊交，盼能得一個出身入仕的機會。雖然高門大第的貴人們大多接待了他，也頗有些贐儀奉送，聊表撫卹之情。可是一旦說起安頓幕僚吏職，人人面有難色，都說：「聖朝霑恩普施，遍及隅隙，唯須於功名中求一溉耳。」質言之，還是指點他讀書應試。

儘管家傳儒風，幼學經史，頗識章句；然而此時的高適家業蕩盡，無枝可依，一貧丐而已。他已經遁離高尚的士族，果欲振作，也力有未逮。試想：如欲再謀仕祿，就不得不應考；如欲應考，就不得不讀書。可是，此時的高適一無讀書之處，二無可讀之書，應考便成妄想。於是也有人指點東西，道：若不能折節讀書，另有一途堪擇，那就是赴邊關、投軍旅、計首功。高適隨即北上薊門——偏偏北邊燕趙諸州，彼時晏然無征戰；高適漫遊了好幾個月，盡人皆以故將之孫待之，多所禮遇，卻沒有任何一主帥能予大用；事實上也無可大用之事。

此後七年，這高適便在父母葬所的梁、宋一帶混跡，於所操之業，不問貴賤，經常力田為農，勉務桑稼。他平生愛交友，有遊俠之風，偶有餘資，便不計揮霍，竟然流落到「饘粥不繼，遊方乞食，勉營口腹」的地步。人們還記得他，乃是因為他脅下一劍，為祖父高侃當年受封為平原郡開國公時的御賜之物，此劍金鞘玉格，寶石鑲柄，價值連城。然而無論如何偃蹇困窮，那劍，始終隨身。因此在乞討時，常讓他受嗤笑，有人諷他不能自謀功名，有人譏他辜負寶劍聲價，當然也有人不時地挑唆他把劍賣了。

高適天生一副傲骨，自負器識不凡，功業可期，但是如何出身？卻極其迫切，而不得不委曲求全。大約就在李白從金陵往廣陵的時節，高適人在荊、襄間漫遊，堪說是百無聊賴，不知何去何從，行旅間每每聽人說起聖人壽誕剛過，揚州大邑巨賈有十友之稱者，一向在此數州之地往來，籌措著來年京貢之禮。高適心念一動，暗自忖道：祖傳御賜之劍，天下至寶，若能夤緣供奉入京，得天子一覽，則皇室之寶，流落草野，畢竟非所樂見。更何況當局者原本就有不使巖穴之士失望的懸念，睹劍而思人，未必不能與以小小功名，以為日後著緋戴紫的基礎。高適一念及此，覺得機不可失，遂乘船下江，來到廣陵，藉著探看父親臨終之邸為名目，實則還是想藉由十友之力，作獻劍之謀。

就在維揚十友與高適相見攀談之際，竟然聽見屏門之外，尋丈之遙，傳來一陣笳鼓，一陣羌笛，接著，還有一陣歌聲。

淮南小山白毫子，乃在淮南小山裏。夜臥松下雲，朝餐石中髓。

只此四句，忽然間有人喝道：「失度矣！」聽得出來，喝叱者語帶嬉笑，可是意態相當堅決，隨即一聲鞭尺落案，鼓笛中斷，歌聲也倏然而止。人聲窸窣了片刻，再度鳴弦出聲的，是一張琵琶，卻只拉了個起調，又為先前那人斥住，道：「此曲入耳歡快，與詞義遠矣。」緊隨著，又是一聲鞭尺落案，琵琶聲也幽幽咽咽地停了。

第三人唱腔先行，唱罷兩句，自己笑道：「此詞聲字疏密間雜，抑揚無節，真不能合瓜州調。」只不過須臾光景，一連五七首曲，皆未終章，奏來竟全然不合那說話人的意思，然而間壁傳來的笑謔之聲，卻愈發地喧嘩了。

十友不耐嘈囂，竊竊私語了一番，怨聲連連，卻無人敢起身相問訊。想那些能聽宮辨角、引商刻羽之人，度曲識字，必屬士流，管領風騷有餘，若非白身，手中必定還掌握著大大小小的權柄。另一方面，身為貿販者流，能夠到瓊花樓來一親風雅，已經算得是叨竊忝據，豈敢聲張？話雖如此，作東道的十友卻沒有一人料想得到，今日邀來的這寒士卻大起好奇之心。

高適一介遊俠，多年來放浪形骸，早就慣習了不為常禮拘束，我舉止自我舉止；我歌哭自我歌哭，聽人孟浪噱笑，只道他有可觀可喜之情，豈容錯過？當下深深一頓首，向十友叉手環臂一揖，翻身離席，拉開屏門，急奔而出——可以說相當莽撞地闖入間壁，向內喊聲：「瓜州調，某識得！」

瓜州之戰，九月啟釁，王君㚟始終怯懦不敢接敵，到了十月中，吐蕃悍將燭龍莽布支分兵另取南鄰的常樂縣。縣令賈師順是出身西北鄰近邊地的岐州地方人，為人耿介而剽悍。臨敵無多智慮，但能堅守。他沒有想到，瓜州很快地陷落了。悉諾羅恭祿接著移兵會攻常樂縣，打了十多天，居然還是讓賈師順撐了下來。

據前線飛報傳告入京，載於開元報狀：吐蕃曾賚檄文，謂賈師順：「明府既不降，宜斂城中財相贈，吾等當退。」賈師順讓士卒們排成一列，在城堞女牆之間士脫去甲衣，於刺骨寒風之中赤裸相迎，賈師順還站在極高之處，放聲吼道：「常樂別無長物，僅此微軀數千，虜來可取！」悉諾羅恭祿知道唐軍無財，卻還有死戰之心，只得引去，把北鄰的瓜州城夷毀殆盡。

這一場戰亂，實則另有早先埋伏的枝節因果。

此前十多年的開元初葉，突厥可汗阿史那默啜發兵襲擊鐵勒九姓，大破拔曳固於獨樂水。不料卻被敗陣之敵的散兵游勇頡質略、從柳林之中飛身一刀，砍下了頭顱。默啜的頭顱輾轉為唐軍力士侯矩送回了長安，而突厥迫奪鐵勒之地的局面卻已形成，故鐵勒四部——回紇、契苾、思結與渾——從此穿越大漠，徙居甘州、涼州之間。

王君㚟尚未發達之前，經常往來四部，受盡這些異族之輩的輕鄙，是以爾後當上了河西節度使，駐節涼州，常以酷法虐之。這種你來我往的銜怨已甚，不可緩解；而鐵勒四部中熟悉唐人風情的，也有了機心深刻的法子，他們秘密派遣使者，直赴東都告冤。王君㚟一旦得知內情，索性先發制人，急遞驛奏，說是：「四部難制，潛有叛計。」

玄宗見兩造俱陳，是非難辨，只好飭令中使親赴邊關查察。而鐵勒四部根本得不到面見使者的機會，受屈不能訴直，都給定了罪——回紇部的承宗，原封瀚海大都督，被流放到瀼州。契苾部的承明，原封賀蘭都督，被流放到藤州。渾部的大德，被流放到吉州。思結部的歸國，原封廬山都督，則被流放到更偏遠的瓊州。這樣的流放，可謂極天地之南北，鐵勒各部之於大唐之怨毒，是以愈結愈深。

正當開元十五年閏九月，吐蕃贊普與突騎施蘇祿可汗共圍安西城時，回紇部被流放到瀼州去的先主承宗有一族子，名叫護輸，此人默觀世變，乘勢而起，糾合黨眾，口口聲聲要為承宗報仇。正當吐蕃遣使從小路聯絡突厥的時候，發現王君㚟在一旅精銳騎兵的保護之下，馳往肅州巡邏，未幾即還師，則是向甘州以南的鞏筆驛而去。

護輸得報，設下一支伏兵逆襲，與十多年前默啜遇害的情景相彷彿——護輸帳下的勇士一舉自林中躍出，奪了王君㚟的旌節，反手用那旗槍刺殺軍中判官宋貞，當即剖出心臟，指著王君㚟道：「始謀者是汝！」王君㚟不得已，率左右數十人力戰，自朝至暮，左右盡死。直到暮色沉暗之時，護輸斬殺了王君㚟，載著他的屍身奔赴吐蕃。當此時，駐紮在涼州的唐軍為數不少，這一支部隊平素紀律嚴明，堪稱勁旅，一旦接敵，威懾可畏，很快便佔了上風，不多時，便殺得護輸棄屍而逃。

無論如何，王君㚟驟然敗死，極令關隴震駭。就在這一年十月，朝廷命朔方節度使蕭嵩為河西節度使。蕭嵩引刑部員外郎裴寬為判官，又收了王君㚟帳下的判官牛仙客，共掌軍政，復以建康軍軍使張守珪為瓜州刺史。此刻的瓜州城，僅斷垣殘壁耳。張守珪親負土石、操版築，修輯武備。就在將士相顧，戮力構工之間，忽然發現遠處風煙大作，塵土飛揚——居然又是吐蕃的馬隊到了。城中吏卒，相顧失色，全然沒了鬥志。張守珪卻道：「彼眾我寡，又瘡痍之餘，不可以矢刃相持，當以奇計取勝。」

張守珪的法子是在瓜州城殘破的牆垣上置酒作樂。吐蕃兵眾懷疑其中有詐，不敢強攻，逡巡片刻而退。未料張守珪居然別出奇兵，縱馬揮戈，奮擊長逐，大獲全勝。瓜州得以保全，張守珪受到嘉賞，邊關一時安和，各復舊業。十一月，朝廷改瓜州為都督府，以張守珪為都督。

可是未及一月，京中報狀一連數紙，幾番簡略地提及此次勝績，便有如鼓弄起一陣漫天捲地的大風，無論是東西兩京、亦或各州郡通都大邑，都有好事者紛紛議論：在殘城之上置酒作樂，所飲者何？所歌者何？就在高適來到廣陵之前不多時，即使在荊州、襄州、安州各地的酒樓歌館、妓家旗亭，還真有所謂瓜州調一曲流行。許多號稱「搊彈家」的樂工爭相製作，但是言人人殊，所譜之曲，雜用三言至七言不拘，與原本流傳於南方的樂風大是不同。

在江南，六朝故地，城邑綿延，原本就是「歌酒家家花處處」的所在，酒筵饌宴之間的伴酒歌舞多只在士人、官吏相迎相送的場合出現，一向沿襲故制，沒有太多的變化。所謂歌，也就是吻合五、七言整齊有秩的「著辭」，無論是樂工、伶人獻演，或者是與會主賓自娛，漸漸形成了歌舞相和的傳習，並且與飲酒的節奏相配合。

酒筵歌舞，原初時帶有解脫於禮儀的用意，甚至連酣暢的醉態，也還是禮儀的一部份。無論獨歌自舞，答歌對舞，或者輪歌迭舞。時日既久，踵事增華，歌舞之間的周旋相顧、以及歌調本身的運用發明，日趨細膩。當時泛稱此為「送酒」，送字多義，既表伴隨，又表勸進，當然也有餽贈的意思。

送酒的「著辭」，五言一句，或七言一句，四句成一曲是最尋常的，因為這個長度，恰足令人滿飲一杯。一般說來，多屬「一曲送一杯」——也就是勸酒一杯，須歌一曲以送；罰酒一杯，也要有歌為送。更細膩的講究，是在喝盡一杯酒的過程之中，正好唱完一曲。然而，「著辭」也就因此而成就了樂曲與歌詞相互對應的關係，歌者咬字的旋律、與夫樂工演奏的旋律，必須維持一致。

舞蹈有辭相屬，是從魏晉以後才慢慢發生的，所以後世南宋史家鄭樵根據《樂府詩集》所蒐輯的曲目而在《通志．樂府總序》提出：「自六代之舞，至於漢魏，並不著辭，舞之有辭，自晉始。」至於合曲之辭，則出現得更晚：「琴之九操十二引，皆以音相授，並不著辭。琴之有辭，自梁始。」

從太宗貞觀二年祖孝孫考奏雅樂、皇帝與御史大夫杜淹的一場激辯之後，大唐朝廷對於殊方異族的音樂一向採取兼容包舉的態度，的確讓大江以北的各地——尤其是兩京地區——凡有歌管處，皆能時度新曲。以宮廷為核心的教坊到處徵集樂工，廣採天下四方之樂，最著名的一個曲子從高宗時代、歷經中宗、武周、睿宗，直到開元天子之時，都可謂「風靡寰區，無處不有」，那就是〈回波樂〉。

據載：北魏時的權臣爾朱榮曾與同僚聯手踏地而歌〈回波樂〉，是關於這個曲子最早的著錄。歌詞早就亡佚了。這個曲調沿入大唐，而得以保存。現存的唐之作，率皆為六言——

也就是六言一句，兩句一節，或四句、或六句、或八句的格式。起句通用「回波爾時」四字。

詩人沈佺期得罪丟官，遇恩赦回，名義上拾回了官秩，卻還沒有復職，也是趁著皇帝舉行內宴，群臣輪唱〈回波樂〉的機會，當場「撰詞起舞」：「回波爾時佺期，流向嶺外生歸。身名已蒙齒錄，袍笏未復牙緋。」當下中宗就賞了緋魚袋。

較沈佺期年輩略晚的崔日用也有雷同之舉。仍是趁著皇帝設宴的機會，起舞而自歌，目的是求皇帝賞賜一個「修文館學士」的頭銜。崔日用所唱的就是〈回波樂〉，小有異者，唯起句沒有「回波爾時」四字：「東館總是鵷鸞，南臺自多杞梓。日用讀書萬卷，何忍不蒙學士。墨制簾下出來，微臣眼看喜死。」唱罷，惹得皇帝大笑，崔日用的學士頭銜隨即到手了。

〈回波樂〉最著名的一則掌故是御史大夫裴談。裴談崇佛而懼內，時人頗以為笑柄。當是時，中宮韋氏勢燄方盛，頗有武后之風，中宗無可如何，徒呼負負而已。又有一次內宴，教坊中的優伶就拿裴談的處境和皇帝的心情併作玩笑，也唱了一曲〈回波樂〉：「回波爾時栲栳，怕婦也是大好。外邊只有裴談，內裏無過李老。」（栲栳，編錯柳條，做盛物之器，俗呼笆斗，此處借韻起興而已）韋后聽了，頗為躊躇滿志，賞給這優伶大批的束帛。

從這些例子看來，〈回波樂〉已經大不同於南樂，除此曲之外，百年間尚有〈傾杯樂〉、〈三臺令〉、〈輪臺歌〉、〈醉公子〉、〈酒胡子〉、〈醉渾脫〉、〈幽州歌〉、〈燕歌行〉及各體〈涼州詞〉等，不勝枚舉。顧其題目便知，皆與唐時東、西、北邊外各胡族密切不可分，〈輪臺歌〉最為顯例：「燕子山裏食散，莫賀鹽聲平回。共酌葡萄美酒，相抱聚道輪臺。」其中，「燕子」指「燕支山」，「食散」是「食餐」，「莫賀」為天山左近之地，「鹽」就是音樂的單位詞，猶如「曲」。整首歌的意思很簡單，就是說：在燕支山野餐，聽著莫賀曲在山間迴響，暢飲葡萄美酒，親切地談著輪臺。其辭旨淺白直露，卻具有健朗開闊的情懷。這保留下來的曲詞透露出一點：早在開元時代之前，泛稱的西域胡樂已經廣泛地傳入中原，並且對當時的宮中教坊、以至於民間歌館產生了長遠的影響。

太宗奬掖於前，高宗追步其後。能歌擅舞之伎遍及宮廷、軍旅、諸王公貴人之門，將軍宰相之邸，官有家有，公蓄私蓄，聲歌一事，竟然差可與農桑耕織相提並論，堪稱大熾於天下之業。幾十年間，僅併時列名於太常寺、鼓吹署的樂人、音聲人、舞伎之數，多時可以數萬計。

開元二年，皇帝特別將燕樂（「燕」即「宴」，專指宴會飲饌時所用的音樂）之伎由太常寺獨立而出，耑設內教坊，以與原本設置於兩京的外教坊相對，各樹一軍。皇帝甚至親任教席，指點那些學習聲曲歌舞的秀異少兒，名之曰「梨園」，號之曰「子弟」；此舉更是亙古所未見者。

而就燕樂演出的內容看來，絕大多數都是異族殊方樂舞。如傳自西涼的〈西涼樂〉，引自天竺的〈天竺樂〉，來自高麗的〈高麗樂〉，顧名思義可知演奏、傳唱、踏跳這些歌、樂及舞蹈，不只是娛樂，不免也有昭示大唐國勢威權之意——其中又有融器樂、舞蹈、歌謠於一爐的「大曲」，如〈涼州曲〉、〈甘州曲〉、〈劍器曲〉、〈柘枝曲〉、〈綠腰曲〉者是。大曲中有一類更繫名曰「法曲」，尤為莊嚴恢弘，如〈霓裳羽衣曲〉，皇帝自造謠詠，謂此曲為天子於睡夢中親往月宮奪來，記其曲譜而傳於太常。

瓜州調，則是這一類從邊塞入中原的曲式之中最新的一支，日後也一度編入大曲之目。

高適不數日前才從上江處荊、襄旗亭聽人唱此，耳邊爛熟，於是聲稱「識得」此曲，這麼輕率闖入，縱目而觀，眼前為之一亮——滿座二三十人，各擁吹彈樂器；外圍半弧列六、七樂工，各持排簫、胡笳，其相鄰另是半弧，列坐四、五人，各秉羌笛、竽、角之屬。向內另是一長弧，也有十人上下，人人各據一席，面前矮几上置了琴、箎、銅鼓、阮咸和豎箜篌、臥箜篌。再往內，復有半圓一列，都四、五人，面前也各有一小几，卻無樂器，只鋪陳著紙筆、墨硯、牙版等物，其間還有一人，面團圓、膚色黧黑，眼瞼如核桃，身著淡青交領寬袖袍，頭上戴黑色繫頰牙簪小冠，胸前一環金銀織絲繩掛著支精工細雕的篳篥，手裡卻捧著牙版襯紙，奮筆而書，小字如足甲，大字如核栗，也看不清所畫是何山何道的符籙。

這一室人眾，俱朝西拱坐，垓心東向而坐的，是一年約二十五、六的清癯男子，著幞頭長衫，右手持一鞭尺，輕輕地點顫著，昂首微笑，以對來者——他所凝視著的，顯然是高適脅下的寶劍。這男子身旁侍立一童，這時不疾不徐、從容有節地問道：「聽來客口音，似是宋中，能識得瓜州調，足見遊屐萬里，——敢問大姓？」

這童子聲如雛鳳，清鳴柔宛，看來並沒有驅逐闖入之客的意思——這當然也就顯示了為主人者的態度。即此一屏之隔的十友，當下放了心，稍張些膽色，從屏扇的縫隙間窺看著那滿室人眾的動靜。

高適報了姓名里貫，與那主人無多寒暄，直道：「近日荊、襄諸樓館，無處不歌瓜州調。某憶其曲，本是七言六句一章，章三疊，簡易如此——」說到這裡，他旋身按劍，手拊金鞘，看似以劍擊掌，也像以掌擊劍，琳瑯之聲，如碎浪拍石，作奏節之狀，可是連打了幾下，只能拼湊著哼唱了幾個零碎的音，卻連一句完整的歌也唱不出。那主人卻聽得開懷，撩起左臂衫袖，解下縛臂短匕，一拔、一合，應和著高適劍掌相迎的拍子，隨即轉眼向中列一擊銅鼓者頷首示意，擊鼓的當下明白，跟著輕輕擂起鼓鎚。

高適一掌、一劍，未曾停歇，此時加入的鼓節卻不期而然地敲醒了他的記憶，道：「三疊首二句，自為一疊。」意思是說：每六句的歌詞的前二句是重複的，其情恰如〈回波爾樂〉第一句中的「回波爾時」四字。

「那便是——」主人追隨著高適哼唱的零碎聲調，串成一句完整的旋律，復稍變抑揚高下之勢，補充了第二句，唱道：「淮南小山白毫子，乃在淮南小山裏——」

此時羌笛、竽、角也按節加入，樂工相視、相聽，彼此間並無片言隻語，卻彷彿能互通心念，尤其是那些雙目皆翳的瞽者，雖然偏額斜頸，側耳諦聽的模樣古怪，可是一旦手中管弦起奏，聲籟齊發，其壯闊閎麗，竟似有震筋撼骨、動搖樑柱的巨力。

當笳、鼓、阮咸、箜篌紛紛應和之時，那身著淡青袍子，頭戴小冠的樂工也放下牙版，捧起胸前篳篥，一聲逼出，似仙禽唳空，群鳥依迴，將滿目琳瑯的樂器所發出的聲音盡皆統御了。

高適此時豁然開朗。他訝異了，竟是這一群看似從未演奏過瓜州調的伶人，依循著天地間某一不知如何生成、又不知如何演嬗的法式，讓他想起了此前在荊州或襄陽等地過耳即忘的歌調。緊隨著一聲接一聲、一音接一音；音聲相隨，不絕如縷的第三句、第四句，乃至於五、六句，都像是高處岩壤間自然流溢而出，傾注而下的溪泉，涓滴不止——將就著曲式，那主人口中辭章也信腔而行，唱成：

松雲夜臥朝餐石，白毫回峰巉巖碧。此花連綿向江開，流霞一杯余獨酌。

其後的第二章、第三章，也同第一章一般，乘勢奔流，天然不鑿：

淮南小山白毫子，乃在淮南小山裏。拂花弄琴坐青苔，綠羅春風樹下來。南窗蕭颯松聲起，憑崖一聽清心耳。

淮南小山白毫子，乃在淮南小山裏。小山石髓可得見，江花流霞未得親。八公攜手五雲去，空餘桂樹愁殺人。

曲子是眾樂師依照音聲之理推按而得，歌詞是那主人自己剪裁修飾而成，可是五十緡的賞金卻歸了高適。報科頭人不免帶著些故示隆重其事的玩笑之意，打起小令旗繞室巡行，口中又像是呼喊、又像是吟唱，旗蹔子上的小銀鐘鈴鋃一陣脆響，隨即側間廊門大開，過道上兩健僕併四小鬟簇簇擁擁扛抬著一木箱，來到高適面前，往返三過，開箱一看，滿是簇新晶亮的銅錢。

高適睹此，與其說是歡忭，更多的反而是訝然。一時之間，拒納兩難，有些不知所措地拱手為禮，道：「某尚不知主人高姓大名，合當請教。」

「某，少時略讀五經，沾上些許腐儒氣，此其一；及長喜言長短之術，又沾上了些許縱橫氣，此其二；出入閭閻之間，欲效俠行，故仗劍而遊，看似個以武犯禁之徒，此其三；實則出身商籍，將本求利，也不多稱份，堪稱擲金如土，此其四；而某為人，尤不愜論戰陣之術、殺伐之學，勉強稱得上是個儒夫——」主人一一屈數著手指頭，說到最後一句，正屈到小拇指上，索性攢成一拳，遂抱拳笑道：「平生略無可欺豪傑之志，故自號曰：『五蠹人』。」

高適畢竟讀過幾年書，對於韓非子「五蠹」之說原本不陌生，但是居然有以五蠹自號者，卻甚為罕見，看這人雖自報為商，吐屬卻像個士行之子，遂不敢掉以輕心，道：「君所作歌，慨然有神仙之思，其飄逸酣暢，不同於俗謠俚曲——然，雖得瓜州調之曲式，旨趣卻與某所聞於荊州、襄州、安州之旗亭者大相逕庭。」

五蠹人聞言不覺一怔，急道：「然則，汝尚能記其詞否？」

高適想了想，道：「以某所聞，似是妓家自敘身世之語。」

五蠹人不覺傾身向前，一張原本蒼白的臉上忽然間湧上了些微血色，雙眸眈眈閃爍，鞭尺一揮，列席樂工再度擊節促拍，奏起了先前那瓜州調的樂章。這首歌，一如先前五蠹人所作，恰由於聲調不盡合於中原時律，聽來便特別有一種迢遞疏離的異域風味。

長安一辭十萬里，魂夢長安誰家子。周郎寧憶吳中曲，此行吳中何時絲？江花東歸逐春風，江波影稀看不足。

長安一辭十萬里，魂夢長安誰家子。牙籤漫几玉梳橫，琵琶初聽若有情。金犀注酒懸絲起，綿綿更銜長江水。

長安一辭十萬里，魂夢長安誰家子。蜂黃褪盡春莫道，寧教煙花作主人？煙花無種不留意，我從吳曲顧君頻。

這一首三疊之歌，載詠載歎，起手「十萬里」天涯之遠，說的好像是邊關之人對於京畿的懷想。可是「周郎」二字一出，便可知另有事典，所運用者，乃是三國時代周瑜的故事。《三國志．吳志．周瑜傳》謂：「瑜少精意於音樂，雖三爵之後，其有闕誤，瑜必知之，知之必顧。故時人謠曰：『曲有誤，周郎顧。』」那麼，隨後的吳曲、江花都是寄託相思的人所自擬之境與情，而所思念的人卻久居長安而不歸。第二疊裡的「牙籤」、「玉梳」、「琵琶」和「金犀注酒」諸語，在在顯示了相思之人是個頗工於詩文的聲妓，注酒而懸絲，音諧懸思，而思念竟有長江之勢，取法夸飾，而奇警真不可遏。至於第三疊，則娓娓訴其幽怨之所由生，乃是因為：「蜂黃褪盡」，此處所用，為煉氣之士在道經之中常說的：「蝶交則粉褪，蜂交則黃褪」，以蝶與蜂交尾之後褪色為喻，自然也就表現了愛戀之情轉趨淡薄的哀傷。

五蠹人聽完一過，垂頭長喟一聲，良久才道：「果然是她。」

這時，席間眾人都還沉浸在歌調的餘響之中，唯獨那吹篳篥的青袍樂工側過頭，深深望了李白一眼，似有話，但是沒說出口。

10 相思在何處

從屏門的罅隙間左右覷看，所見實在無多；儘廣陵薛商所能記憶，拼湊著瞬目所及的情景，也只能略述膚廓。要之：有那麼一個病容懨損、而不掩神氣朗秀的年輕人，縱酒放歌，湊泊樂章，出口成吟，字句略無參差，而每令聽者粲然驚歎，彷彿聽見了向所未聞的曼妙聲曲。恐怕也是他，以一劑太白藥救治了廣陵無數生靈。

「然而，汝卻謂其人面有病容？」許自正摩挲著几上的藥方，他自有憂慮：能以仁術救人者，自己竟然染了病，其方可信乎？萬一這能言善道的行商所帶來的藥單無效，而安州疫情鬼使風發，屆時又該如何抑遏？

「使君光明堂第，賤商不敢隱瞞。」廣陵薛商心眼通透，立刻看出了主家翁的疑慮，連連比劃著誇張的手勢，接道：「彼人看似清癯，是否染疫，某實不知，卻是當晚為高氏子往來引見，匆匆一面，往來數觥，無多深談。彼知某素為行商，有西溯江流之途，故委以札子，交送大匡山趙徵君處收執，具述病體無誤。」

「札子？」

薛商心思仔細，推測許自正所疑者，乃是札中所書之事，怎麼會讓一個交遞商牒之人得知？於是搶忙道：「某遊商十方，蹤跡百城，為人交遞商牒，疏通音信，也是分內。委札是那蜀商當場抄錄、一揮而就的，原本還要發付樂工伶人編唱，可惜滿座大醉，不能成辭。」

說著，薛商還真取出一疊札子，翻檢片刻，找著了一方布衲；一望而知，這布衲是順手從旅者隨身攜用盛物的囊袋中撕扯下來的。衲中一紙，展幅兩尺寬、一尺高，墨瀋淋漓，字跡迤邐，有如醉中之人信筆揮灑而就。然而觀其筆畫，於努掠磔之處，毫釐端穩，不稍失鋒怯力，甚至還透出些許娉婷嫵媚之姿。開篇首二行即書題目——淮南臥病書懷寄蜀中趙徵君蕤。本文如此：

吳會一浮雲，飄如遠行客。功業莫從就，歲光屢奔迫。良圖俄棄捐，衰疾乃綿劇。古琴藏虛匣，長劍掛空壁。楚冠懷鍾儀，越吟比莊舄。國門遙天外，鄉路遠山隔。朝憶相如臺，夜夢子雲宅。旅情初結緝，秋氣方寂歷。風入松下清，露出草間白。故人不可見，幽夢誰與適。寄書西飛鴻，贈爾慰離析。

詩末另有一行六個小字，較之於本文，顯得匆促潦草：「弟子李白拜啟」。

許自正反覆讀了幾遍，讀到後來，不自覺地搖頭晃腦，讀罷捨不得放下，又捧起來看幾眼，再看幾眼，才輕輕收回衲中。看薛商收拾了那一疊商牒，卻猛然將一張臉板了，斥道：「不讀這札子，某還信汝所言；既讀了，其誰能信？一介蜀商，能作得出這般詩句？本朝立業以來，等閒不曾聞見！不曾聞見！」

僅看第一句，就不是行商之人所能操縱的手筆——「吳會」（指吳郡、會稽二地）、「浮雲」這兩個詞，來自曹丕〈雜詩〉：「西北有浮雲，亭亭如車蓋。惜哉時不遇，適與飄風會。吹我東南行，行行至吳會。」而其精約簡要，倍過於子桓；如此顛倒字句而仍能巧用事典，更不覺繁複。唯「相如臺」與「子雲宅」不知何地，但是許自正原非白丁，可想而知：以司馬相如與揚雄來為居室之地命名，則此人不論是不是商，斷斷乎可證為蜀中的子弟了。

緊接著的第二句「飄如遠行客」是從〈古詩十九首〉而來，原句「青青陵上柏，磊磊澗中石。人生天地間，忽如遠行客。」無疑這般起句，是為了將整首詩帶入一個慕古、復古的情調，也就是「刻意不入時聽」，這也可以從「古琴」、「長劍」的感慨覆按得之。

許自正忽然想起來，多年前，的確有一個也是出身蜀中的詩家陳子昂。此人甚至明旗張幟地說：本朝詩歌，學步於南朝綺靡豔麗的多，所以在風骨和寄託上，都有著顯著的欠缺，他從而發出了震懾時人的感歎：「齊梁間詩，彩麗競繁，而興寄都絕，每以永歎。」那陳子昂在高宗崩殂之後，赴洛陽上書，倡議為大行皇帝起造陵墓，從而受知賞於武氏，拜為祕書省正字，官至右拾遺，一時顯赫，震動京朝。

或許，形式上的反樸復古，也意味著讓詩作包藏以更宏大的旨趣，這正是多年來蜀中文人風尚之所獨標。許自正不免要想：此一出身舉止都十分神秘的青年詩人，與題目中的趙徵君，究竟是甚麼關係？他們所欲共事的良圖，也像陳子昂那樣，試將聖朝藉由舉試而奠定起來的詩風歌調故為鼎革嗎？

從寫作的筆力看來，這篇〈臥病書懷〉雖然不切合試帖詩的一般格式，但是句句聲律鏗鏘，屬對工穩完熟，渾然是大家矩範。以如此文字入場，當可輕易博倒天下舉子。而不得不令人驚訝的是，這樣一個作手，既精熟於醫、樂匠作之流所業，又是個四處漫遊的青年，懷抱著當世少見的思古懷舊之情，浪遊於江東萬商雲集之地，感到光陰匆匆而逝，心情急迫，並因此而懷念故居，儘管也是人情之常——可是，下一句便不免令人詫異而狐疑了：良圖俄棄捐——試問：一個商賈賤民，能和一個「徵君」，能共有甚麼樣的「良圖」呢？更何況，詩中「楚冠懷鍾儀，越吟比莊舄」明明是寄喻著敵國對壘的情操。

這些蜀中豪傑，究竟要與誰為敵呢？

胸中存疑如此，不免是世家之人對於滿天下商賈往來崛起，有些難以釋懷的嫉忌，眼前遠來之客就是此輩，倘或當面流露出這種憂心，反而是有失士族身份和尊嚴的事。許自正於是兜了個圈子，似是漫不經心地看了薛商一眼，露出帶有輕嘲意味的笑容，道：「商賈將本孳息，輸利四方，近世獨大有功於天下。我朝以來，宮廷盛稱『民間』，這『民間』二字，十之八九，所指亦即是商賈。且看：汝居揚州，彼出益州，揚州、益州，乃大江之首尾，天下財貨，半歸此區；市集貿易，全操汝輩，毋怪乎學舌吟誦，還能作得出『楚冠懷鍾儀，越吟比莊舄』此等壯語。」

「確然！庶民如草，須以士風引領東西，若不其然，賤民行誼，豈有歸止？」廣陵薛商當然聽得出許自正話裡的酸譏之意，然而，他近半生周旋官司衙署的修為也不白饒，面不改色地順著主人的話頷首連連，道：「倒是這蜀商於散藥、賦詩之餘，還能仗義疏財，也是某平生僅見。」

「商賈之輩仗義疏財？」這卻引起了許自正的好奇之心。薛商口中的五蠹人不只是一獨善其身，行旅天涯的負販，他還顯示出一種近年來隨著帝國逐漸安定、富強而倏忽掩至的強大勢力。

這種人，有的挾其巨資，求田問舍；也有的不惜重寶，賄賂公行。他們的行止，會令人想起漢代太史公筆下的朱家、郭解之流，看似一無所取於人，卻可以儘世間散財市恩，傾囊解紛，施惠於無親無故者、而竟不求答報。在另一方面，他們到處結交公卿，藉買賣所得，通款上下；也讓各級官吏們得以大事參與普遍關乎百姓生計的大宗交易，如借貸、鑄錢、採銅、釀酒、榨油、車坊、碾磑甚至客舍邸店等，看來都是一本萬利之業。

就在許自正末任澤州刺史的時候，還發現地方惡少之輩，原本放閒遊蕩得多，居然人人繫名於軍旅，平時不在營當值，犯事而得罪之後，則潛逃入軍，令官署無由追捕；此事居間媒合其弊的，正是商販之輩。許自正觀微知著，不能不有所儆，看來商賈之勢，已如風生雲起，浪濤澎湃，日後要形成買官鬻爵的勾當，看來也是順理成章。也就是看出了其中關節，他才下定決心辭官歸里的。

薛商也覷得出主家翁睥睨貿販之徒，情知若是一言不合，就會說成個僵局，那麼，向後圖他許家萬年青為銅本鑄偏爐錢的買賣就作不成了。想到這一層上，便益加謹慎於遣辭用句，不忘在褒揚人的話中，小心翼翼地埋伏好自吹自擂的言語：「某維揚十友，發願接濟吳、楚寒士入京應舉，殆有年矣，此乃四民相持互助之誼，原亦不足掛齒。倒是這遠來的蜀商，與某十友萍水相逢，居然一諾百金，傾囊助義，事了拂衣而去，了無得色，此子真不可測！」

「汝等著意功名，也得具足慧眼，日後可知『永以為好也』，亦頗不枉言。」許自正冷冷地說——這話不免還是帶著刺，用的是《詩經．衛風．木瓜》之語；原句：「投我以木桃，報之以瓊瑤。匪報也，永以為好也。」彷彿是說：於人寒微時，擇雋才而助之，受助之人日後發達了，當須不減回報。

這卻給了薛商一個據理反駁的機會，他且不為維揚十友辯駁，只替那蜀商說了幾句：「若非這一封書札之末，押記署名，這個五蠹人行走江湖，一向刻意隱埋姓字，怕也難以與人討好。」

許自正一聽這話，倒覺得在情入理。畢竟那蜀商隱姓埋名，的確沒有張揚索報的意思。所謂的「一諾百金」，是漢初季布的故事，所謂「得黃金百斤，不如得季布一諾」，古語終歸是虛語，那五蠹人究竟拿出了多少家底，漫為寒士之資斧呢？正要問，薛商似已微察其意，叉開三根手指頭，道：「三十萬錢，一擲三十萬錢。」

李白在一夕之間，傾其隨行所攜，付予維揚十友——那是李客所交付的三十萬錢——貨真價實的八十兩大唐金。

似乎是為首座上的五蠹人豪舉所動搖，當夜，高適也喝得盡興，趁醉大喊了一聲「慚愧！」隨即解脫脅下之劍，向維揚十友道：「某今日來意，本欲倩諸君代呈此劍，上干天子，聊念故家仕宦之孫，流落於江湖之外；或冀天恩未絕，聖人不棄，勉賜一職，為効薄勞。不意教這五蠹人以言以行，醍醐灌頂，豁然解悟——」說到這裡，他搖搖晃晃站起身，道：「至於這劍麼，還是要歸還於聖人，幸能擇其忠烈果敢，貞固幹濟之士以賜之。某，便也做五蠹人去了！」

一個世家之子，沉隱失志，竟然以五蠹自詡，此事聽在許自正耳中，不啻荒唐而已。他連連搖頭，沉吟了半晌，才道：「少年士子，乘酒興、使意氣，以揮霍自雄，某意亦不可取。不過，爾輩商賈，卻能立志賙濟四方寒微，使盛世毋遺瑗璧，野賢不自隱淪，已經難能而可貴了。」

「賤商忝居四民之末，勉効微勞，利用厚生，輸通有無，此以江湖之波瀾，聊映魏闕之輝光耳。」薛商幾番言語試探下來，知道這主家翁自矜門第，傲岸不群，是個極難相通款的人物，真要冒冒失失央他拿出萬年青來鑄錢獲利，怕不一聲令下掏出宅去？於是只好耐住性子，徐徐說道：「那五蠹人與高氏子臨別時說了一番話，卻直說透吾輩肺腑。」

許自正沒有立刻答腔，倒是抬了抬眼，示意他說下去。

原來高適不只執意留下家傳御賜之劍，也不肯收拾那五萬錢賞格，更不願再談接納十友資助，入京應舉。雖說當下大醉滿飽，快意而行，不知到了幾十、幾百里外，舉目無親故，還就是為人幫使勞力，短役長徭，不知伊於胡底，也就是餬口維生而已。

李白於是笑道：「僅教汝頭頂明月、袖攏清風而去。也做不得五蠹之人。」

「安得如此？」一面問著，高適一面舉起一大爵瓊花樓自釀的鬱金香，胡亂添注些蔗汁，灑了胡椒佐味，滿飲之後，登時額頭蒸汗淋漓如雨下，道：「某不欲有為於此生，其誰奈某何？」

「五蠹非虛誕之說。其末流號『商工之民』，某僅以此道奉聞——」李白微笑道：「古云：走販曰商，坐售曰賈；商賈之道，或走或坐，而無寸土之依，此其為天下蠹人之本也。往來天下者何？將本求利，積少成多而已。汝今不得名一錢，日後難免寄死人家，故汝不足以言商。」

高適的確不曾經商，也不通貿易之術，無可爭辯，不得已點了點頭。

「至於工，」李白接著道：「《莊子．徐無鬼》謂：『郢人堊慢其鼻端，若蠅翼，使匠石斲之，匠石運斤成風，聽而斲之，盡堊而鼻不傷，郢人立不失容。』汝能為匠石否？汝能為郢人否？」

高適也笑了，搖頭帶擺手地說：「不能、不能！」

「五蠹之四，號『患御者』，姑且容某亦以其道奉聞。」李白也舉起杯盞，娓娓道來：

「韓非子稱：『積於私門，盡貨賂而用重人之謁，退汗馬之勞』者是也，此等人寧賂私門貴盛以重寶，以免御駕臨陣，受征伐之禍，然乎？」

高適又點了點頭。

「汝向稱汝北走薊門，遍遊燕趙，欲有所為於邊事，奈何時罷征戰，請纓無門；此好戰之人，豈足以當彼『患御者』？」李白接著指了指剛從間壁移席而來的維揚十友，道：「彼輩是貨賂盈門之人，亟欲款納汝，贐儀在囊，車馬就道，待汝笑納而取功名，汝竟卻之，又烏足當『患御者』耶？」

此言一出，連維揚十友都大笑不已，彷彿自己的身份忽然之間就被抬高了不只一等第。

李白談鋒方銳，豈能罷休？隨即仰飲而盡，手勢一揮，丹砂會意，膝行上前，復自大爵之中分斟出一盞鬱金香呈上，聽李白一發不可收拾地說下去：「五蠹之首，曰儒生；五蠹之次，曰言談之士。汝自謂少時曾略讀書，及長，唯佃農耕稼耳。則汝既乏孔門應世之文，亦乏合縱連橫之論；於儒家經術無所發明，於縱橫長短更無警策。此二蠹，君當免矣！」

李白這麼說，看似譏諷已甚，卻隱隱然含藏著一種推許、嘉勉其不隨流俗的趣味，高適也跟著眾人一齊撫掌大樂，道：「某，確乎不敢稱儒，更不敢以言談自高。」

「居五蠹之中，非『帶劍者』而誰乎？」李白斜眼睨了睨那一柄給高適抛擲在席邊的御賜寶劍：「將此劍歸奉聖人之家，與汝則無干矣，汝今竟一蠹亦不能也！」

「如君所言，一蠹尚難及如此，而況五蠹乎？」

「懷其才，抱其學，肆其所樂，樂其所事，無所用於天下，亦不甚難。」李白道，同時欹身伏榻，拾起了那柄御賜寶劍，顛來倒去把玩片刻，又雙手捧近高適面前，儼然以當年趙蕤為他授燈書時的語氣道：「汝甘為農，則農矣；汝甘為士，則士矣。為農，則以此為百畝之器；為士，則以此為百兵之君。還劍於天，古來無此君臣之禮；掛劍而去，則微憾於進退之道，某，實為汝惜哉！」

「掛劍而去」顯然用的是延陵季札掛劍的典故，可是「微憾」之說，卻令高適困惑，仍然一舉大爵喝了，另隻手將劍接了過來，道聲：「請教這『掛劍而去，則微憾於進退之道』。」

季札，春秋時吳公子，為吳泰伯十九世孫，吳王壽夢之第四子，封於延陵。廣有賢名，壽夢本欲立為嗣君，季札亟以為不可而讓。壽夢不得已，只好以長子諸樊攝政。及壽夢薨，諸樊依遺囑讓於季札，季札還是辭謝了，他引用的是昔日曹君不義，諸侯與曹國人欲立子臧，子臧卻以不合於禮而逃位去國的例子。在當時堅守宗法制度的士君子眼中，子臧是「能守節義」的典範。季札抗命的論旨相當清晰：「君義嗣，誰敢干君！有國，非吾節也。札雖不材，願附於子臧之義。」

可是當時吳國國人仍舊堅持立季札為吳國君侯，季札索性拋家棄室，赴野而耕，連公子的身份也不要了。吳人無奈，只得立諸樊為王。諸樊得位十三年，死前仍有遺命，暫時授國予二弟餘祭，試圖以次第相傳，終將至季札即位而止。

吳王餘祭繼立之後，使季札聘於魯，最重要的工作似乎是「觀樂」——也就是保存在魯國的禮樂。其中包括周南、召南、邶風、鄘風、衛風、鄭風、齊風、豳風、秦風……一直到大小雅及三頌；甚至還觀賞了從有虞氏、夏禹氏、商湯氏以迄於周武王等歷代相傳而來的舞蹈。

季札逐一評析，不但知音辨聲，還能夠從樂風和曲式的表現，俱道各國風情、民俗、典章、法律的特色，並點評其民事之勤惰、文化之深淺、政情之良窳、德教之盛衰。這一段經歷，可以視之為季札日後周遊列國的資斧。他隨即到齊國勸勉晏平仲，到鄭國交好子產，到衛國結識了史鰌等六君子，到晉國甚至干說孫文子勿以耽溺於鐘鼓之樂而廢棄了國政，以及預言了多年之後三家分晉的命運。此一廣泛參與列國政治實務的經歷在在證明：季札之以讓國聞名於世，並非一意遯逐隱退而已，他反而是經由擺脫一國國主之「節義」，進取更恢弘的志業。

季札初使於外，道經徐國，徐君對季札所配之劍情有獨鍾，而口不敢言。季札微知其意，但是身為上國使，不能不依禮佩劍，遂不得已而沮餒徐君之意。孰料待其遠遊歸來，徐君已經薨逝了；季札於是解下那隨身之劍，掛在徐君墓前的樹上。隨侍之人問他：「徐君已死，尚誰予乎？」季札答道：「不然，始吾心已與之，豈以死倍（悖）吾心哉？」

季札一生行跡之流傳於後世者，多在「掛劍」一節，於此公平生漫遊之宏圖大業，若僅由信諾二字譬之，顯然以偏概全。李白刻意以一劍為喻，卻有意揭示其餘——他甚至對季札還有全然不同的看法。

「某略讀書，不識大體，姑且放言高論，聊貽士君子以一笑。」李白正襟危坐，揚聲道：「季札至齊，所為何事？不外勉晏平仲歸還封邑與政柄，所謂：『無邑無政，乃免於難』，此其一。至鄭，所為何事？不外告子產以執政者荒侈無度，將有禍難臨之，此其二。至晉，所為何事？誡孫文子勿親鐘鼓之樂，所謂『辯而不德，必加於戮』，此其三。此三者畢竟只一事：以有易無，以無易有而已。此某本家祖老氏之道也。」

季札、老子或約並世之人，但是高適一向未曾聞知此論，不覺笑道：「某孤陋，尚不知季札曾學於老聃。」

「道心唯一，無須相學而同。」李白根本不糾纏於實事之考求，僅此片言，打發了高適，接著卻說：「季札以言以行，所事者，無非放手不做耳——其所得愈大，愈不以為己有，故博名愈高，養望愈厚，而人益信之。寧不憶彼於去晉前所說於叔向乎？」

高適一時不復記憶，搖了搖頭，道：「願聞。」

叔向，名羊舌肸，晉國公族，為季札出使到晉國之時的大夫，一向以端直多能著稱於列國之間。季札離開晉國之前，已經看出當時的國君亦犯「侈」病，而晉國國政日後不免要委之於韓、趙、魏三家大夫。他的臨別贈語是：「吾子勉之，君侈，而多良大夫，皆富，政將在三家。」這幾句話，李白別有一解——

「儒生論史，咸以『良大夫』為論旨，殊不知三家分晉，其素行不良之事亦多過牛毛矣。以某觀之，季札之言，應拈出彼一『富』字為論旨是也。」李白這才又舉起丹砂為他淺斟五分的小酒盞，略一作飲勢，環觀眾人，最後將視線落在外圍的維揚十友身上，意味深長地說道：「季札道術，毋乃是千古第一大商，所仗之資，偏是一個讓字，故能以無易有，以有易無。」

「然則——」高適擎起手中之劍，鋒尖指天，笑道：「掛劍之義，又何預於商賈之道哉？」

「此即是『以有易無』！」李白這才舉盞沾脣，從容不迫地說：「徐君小國之主，所見者未必寶，所寶者未必貴，其所欣慕，季札之名而已。季札以一不名之劍，而邀千載重諾尚義之名，這筆貿易，盈昃如何？」

高適為這一番強辯所折服，更被他的性情所感動，卻仍心存疑惑：像這樣一個詞章俶達、思理矯健而神氣清爽的人物，為甚麼看起來卻與世間千萬汲汲營營的士人逆路錯身、甘於隱淪，而不惜破費、大張旗鼓、驚動周郡所事，竟然只是為了一曲瓜州調？

「既云商賈所事，將本求利，積少成多——」高適不禁追問：「汝徵歌度曲，不吝重金，視黃白如無物，又是何貿易？」

李白一戟指，眼中帶著笑意，反問：「汝自道破家蕩產，興築墳塋，歸葬雙親，至無立錐之地，所為何來？」

「固人子之義也。」

「人子之義，固情之所衷；」李白雙手一攤，比了個寬幅，道：「某亦自有一段相思。」

就在這一瞬間，篳篥聲不期而然地輕輕揚起——這是很常見的，許多吹管伶人，於演奏終章之後，都會儘氣息所及之量，吐一領調之長音，謂之「洗濁」。只不過這樂工更像是在呼應著「一段相思」之語，將這一聲吹得婉轉淒涼，雖只孤音獨奏，聲量微小，卻出之以種種吞吐抖顫、斷續疾徐的變化，而顯得動情不已，勾人泫然。

李白終於留意於此伶，歎道：「汝誠會心人也。」

廣陵薛商記憶中的這一位五蠹人則非徒一衝州撞府、抱布貿絲的蜀商而已，他是大唐盛世正在嶄然漸露頭角的一種新人。這種人與此前不知多少世代的市儈迥然有別，他們雖然去士族不啻霄壤，可是生於富裕之家，倚仗父祖輩的貲財庇蔭，經由種種捐輸獻納、甚至易籍更名，長年免於力役，稱得上是養尊處優了。也由於商賈交遊結絡之所需，家門極重視禮儀教誨，多有親近書卷、迎聘文儒，以成就子弟之見識，雅馴其談吐，豐腆其問學者。時見此輩交接於士族，竟不知其為賤商之流。

許自正聽這薛商款款而言，一俟說到季札的「以有易無，以無易有」之道，忍不住跌足大歎，道：「這五蠹人真個知見非凡，堪稱國士之資矣！不過——」

他的疑慮也和高適一樣；如果說季札還能夠藉由「一不名之劍，而邀千載重諾尚義之名」，那麼這五蠹人一舉而散擲三十萬錢，發付維揚十友，去資助那向未結識、亦不知下落的寒士，究竟所為何來？

薛商這才引出自己要說的話來，他也拍拂著几案上的那一紙藥方，道：「憑方取藥，炮熬濟人，恰為醫家本分。醫家擬一方子，療人疾病，復豈能家戶訪求，日月索報？儘教吾等商流，末學無文，多少也有淑世之心，略進棉薄，所為，不過是聚斂四方之錢，成就十方之業，此無他，勉效士君子之德而已。然而此中功德，尚不止於資助寒微、入京應舉而已——使君若有意於匡濟天下，何妨聊著意於湖海之間、市廛之內，無處不有輕而易舉之功德？」

接下來的話，就容易說了。薛商仍以那三十萬錢為例，但是話題卻偷換成三十萬錢如何轉手至廣陵，旦夕之間即成六十萬錢、即成八十萬錢、甚至百餘萬錢，而令江淮間處處吃緊的錢荒得以稍事紓解；這，何嘗不也是福國利民的大事？

他刻意不提及坊間傳聞許家有多少萬年青，只是反覆陳詞：近世以來，天下物產豐阜，而銅山發鑿不足，供錢量少，難以衡準貿易所需，人人斬其所有，不敢商購用物；長此以往，市易枯澀，貨賤而不流，錢愈不出，家戶抱守著不能衣、不能食、因為難以周轉反而困窮無價的銅錢，任由百業蕭條——廣陵薛商的確有幾分危言聳聽，卻言之成理，無懈可擊。說來說去，用語漸重，乃有「此為本朝一大難，而前朝歷代所未見。」

許自正原本對那難得一見、亦俠亦商的五蠹人已經充滿了驚奇的敬意，也是在這個根柢之上，更佩服起眼前的薛商，但覺他也有一種廣大而細膩的憂懷。許自正忽然有一種豁然開悟的感動：像這樣的一個商賈，非春秋時代的弦高而何？他們既有士人的儒雅風流，也有農工之人的勤勉奮發，更因行腳眼界而多所經歷聞見，雖區居四民之末，卻有著比任何人都活絡的心思，精敏的觀想，以此而顧天下之計，誰曰不宜？許自正心動了。這是一種相當複雜的情緒，他既覺得自己可以有所為於邦國，或許還能獲大利於義舉。

他再答話時，竟然口唇顫抖，聲音沙啞，不免透露出躍躍欲試的亢奮：「商事緊要，確乎須留意哉！」

11 愴然低迴而不能去

瓊花樓的一番遇合，分別在三個人的生涯行腳上轉出新的方向。廣陵薛商得著了發墾安州許氏家財的商機，李白和高適則心事重重。

不能不說是李白開啟了獨特的想法，令高適終於能夠看清：縱使想要終身隱淪於巖穴草莽，做一個無求無爭的野人，也不那麼容易；必須滿懷放肆、甚至囂頑的志氣；繼而低眉一忖，自己既不能像面前這非儒非士、亦商亦俠的人物，具備狂傲的性情，更不甘心藉世家流蕩子孫的身份勉邀天恩，倖求利祿了。他重新捧起那柄御賜的寶劍，緊緊握住，抗手為禮，道：「幸蒙五蠹人片言之教，啟某蒙昧。敢請為賜歌詩數行，用申永以為好之誼乎？」

不待李白開口，一旁的丹砂似乎早就守候著這一刻了。他一面在硯台裡順手添注了些蔗汁，起勁地磨上墨，道：「主人開口便有，且以新句化酒。」

李白病後酒量不寬，早已醉了五七分，只是豪興牽引，豈肯罷休，一時不假思索，脫口道出了多日以來時刻在念的幾句話：「世事固有不必付之吟詠者矣！」

乍聽來，這是相當明確的拒絕了，高適一時不解，還以為貿然索句，莽撞失禮，當下紅了臉，正要致歉，卻見丹砂咧開嘴笑了起來，還回頭看了高適一眼，微微一點頭，又轉對李白道：「得之矣？」

李白也爽快地笑答：「得！」

丹砂這才對高適道：「說是『固有不必』，實則『豈能不然』。」

那是數年前還在大匡山上攻書問學的時候，趙蕤入山採藥，行方不明。忽一日，月娘在相如臺廊下招呼李白用飯，李白信口占得「新晴山欲醉，漱影下窗紗。舉袖露條脫，招我飯胡麻。」一語帶輕佻，不意惹惱了月娘，肅色斥道：「世事固有不必付之吟詠者矣！」

此後，無論醉中病中，每當李白起念吟詠，就不由自主地冒出這一句，很難說是揮之不去的自責，抑或自嘲。說罷索筆攤紙，擎起手版，一面寫，一面朗吟出聲，是一首帶有精巧對仗趣味、但是聲調上則比律體自由、活潑多了的仄韻五古：

危冠標士行，長劍來宮鑰。激昂出青雲，揚眉吐然諾。王侯意氣睨，貧賤襟期託。一擲急艱難，千金散靈藥。相親唯大道，長憶歡清酌。對酒推抱懷，騫鴻齊搶雀。鸞鳳豈同群，風流自商略。孔明發畎畝，少君歸嵩嶽。天機付笑談，誰更邀名爵？歧路迎輝光，朔雲下日腳。寧復計晨昏，抗手為盟約。他鄉易別離，緩節逐涕落。

乍逢初會，不及深交，李白卻能以相當簡鍊卻不失細膩的手段，將高適的身家、性情、抱負、渴望以及鬱結的悵惘說得面面俱到。破題首聯，即轉用了《莊子．盜跖》裡的句子：

「使子路去其危冠，解其長劍，而受教於子。」在原典裡，莊子藉由天下巨寇盜跖的一連串質問，將孔子問得「再拜趨走，出門上車，執轡三失，目茫然無見，色若死灰，據軾低頭，不能出氣。」

這個「假莊劫孔」的思想背景是個關鍵，詩中並未現身的盜跖，正是五蠹的轉喻，「危冠」、「長劍」二詞看似以孔門賢者子路比高適，自根骨析之，李白還是流露出貶謔儒者的底意。可是，此處機巧層層，由於用「宮鑰」指宮廷，指點出御賜寶劍的淵源，那麼，至少從表面上略事遮掩了盜跖之嘲。

「青雲」語出司馬遷，就彷彿月一般，為李白念念不能或忘的一個意象，用這個詞，說的是高適脫離了士大夫的門第，卻仍保有崇高的品行、格調，「然諾」不只是行遊江湖，慨然踐盟；更精確地說，亦指涉高適信守所應承於父親的遺言，不惜傾家蕩產，將靈柩歸葬至宋中；這種禮序的實踐，即使世間公卿，也未必能夠，正是士人堪以睥睨王侯之地步。然而，具有相同襟懷的人，卻應該深相結納、互為寄託；也由此而映帶出李白散千金之方以救人，而深以為得意的俠行。

自「相親」至「商略」無疑是李白不免誇張而半出於假想的歡會光景，不過，「騫鴻」和「搶雀」卻不免道出了李白仍十分在意自己出身微賤。騫鴻，為鴻之高飛，以喻高適有朝一日得以飛黃騰達的祝福；而與天邊大雁相對的，則是能夠搶躍撲跳、及於榆幹枋枝而猶以為高的燕雀——這依然是《莊子・逍遙遊》注文中再三轉解的：「故鵬鼓垂天之翼，託風氣以逍遙；蜩張決起之翅，搶榆枋而自得。」一方面，可以說李白守齊物之論，以為鴻、雀之各適其性，不應該有甚麼差別；另一方面，也可以說李白還是以低下卑小的鷃雀自況，而抬舉了被譽為鴻雁的高適。

歌行來到中段，形成了全詩意義上的高峰。李白延展開先前與高適對峙的局面，在「孔明發畎畝，少君歸嵩嶽」兩句上再一次形成了強大的張力。由於高適曾經躬耕多年，這對於一個士人來說，原本稱不上是甚麼光彩之事，可是李白妙筆一提，將諸葛亮〈前出師表〉：「臣本布衣，躬耕於南陽」之語稍轉，高適便不是服役餬口的丁男，而成為隱居待時的賢者。

至於對句，要拈出一個能與諸葛亮相呼應的人物，並不容易。李白卻毫不遲疑，一吟而下——「少君」姓李，無疑為李白借喻。葛洪《神仙傳》所載，李少君是在漢武帝時行跡為時人所知，能具道某九十餘歲老翁家祖瑣事，至少歲在百餘以上。據傳李少君從安期先生傳神丹飛雪之方，誓約口訣皆全——而安期先生已是秦始皇時代名滿天下的神仙人物了。總之，以李少君與諸葛亮相頡頏，還隱隱然有以儒家拱衛高適、而以道家解脫李白的況味。

這首詩以兩人殷殷致意告別為結，日腳，是陽光透過雲間縫隙而投射落地的金色微光，景語秀麗，看似酒後不辨晨昏，所以字面上難以分辨是朝霞或是夕靄。但考之於廣陵薛商所描述的瓊花樓之會，當以拂曉的景色較為接近實況。

也就在天色將亮未亮的時候，正是李白那一句「他鄉易別離」深深打動了高適，於吟誦終章之際，他當席匍匐良久，才緩緩對李白道：

「客歲某北遊幽、燕，一心唯發達、報效二事，縈懷不能自休，比聞連路胡謠漢曲，堪說充耳不入，只今聽主人按節成吟、依腔製曲，字句或悠揚、或宛轉、或幽峭、或恢闊，某到此始味得詩三百篇十五國風情義，想來，實在汗顏！」

「汝平日不多吟？」

高適逞其醉意，仍復垂頭匍匐，含糊地說：「某才不及於分，學又不及於才。」

分，指的是自己身為士人的出身，「學不及才、才不及分」是相當嚴厲的自責了，但是高適說得懇切，一點不像是客套。

李白回頭環視在席諸樂工、伶人及商賈，最後視線落在丹砂身上，笑道：「某亦醉，偏不信才與學，更無分。」

丹砂則像是好容易等著了說話的機會，亢聲冒出一句：「主人作詩，但憑高興。」

「高興？」果然語出意外，非但眾人面面相覷，連李白自己都顯得吃驚。

「主人忘了。彼日於病中昏倦焦熱，伏榻囈語時所說——」丹砂隨即便模仿起李白的蜀中鄉音、以及病中濃濁的掩鼻腔，道：「『某寫詩，皆不落題，據題寫去行不遠——豈能作高興語？既不能作高興語，何必有詩？』」

學舌學得相似，的確惹來滿座歡噱。可是李白卻於微笑中緊緊蹙起兩道濃密的劍眉，不由自主地說了一聲：「吾師乃於病中來見哉？某竟不復記憶！」

經丹砂這一提醒，李白才約莫起了印象。那是在逆旅中藁草寫成〈淮南臥病書懷寄蜀中趙徵君蕤〉一詩的當夜，這個黯淡的情景又回來了一次。與其說是一夢，倒不如說是一段遙遠飄零而散碎的記憶，所憶者，是李白初入大匡山時，趙蕤教他如何為所作之詩命題，當年他抗拒過，卻又屈服了。但是在病榻之上，他早年未曾來得及抗辯的話脫口而出。正是丹砂學舌的那幾句：「豈能作高興語？既不能作高興語，何必有詩？」

高興，是李白從東晉殷仲文〈南州桓公九井作〉詩中學來的語句：「獨有清秋日，能使高興盡。」支道林〈逍遙論〉亦早一步用此語：「至人乘天正而高興，遊無窮於放浪。」意思更顯得通明而飄逸。

在李白看來，沒有比這兩個字更能表述他作詩的意趣。興，忽然而來，杳然而去，與天地自然、與人物情感、與江山景致得到了不期而會的感通，而這種感通，更須是未曾為前人所道過；既然未曾為人所發，也就必不能據以為題。「高」字在此，便有廓清前人、超越往昔的境界——也就必須是在「獨為我所有」的吟詠過程之中，逐字逐句才能「會」得的。

「高興，高興！妙解之極。此即邊塞諸曲精妙所在！」突如其來，內側弧列一席之中，那面團圓、膚色黧黑，眼瞼如核桃，身著寬袖袍，頭戴牙簪小冠的樂工竟然插嘴道：「儘一聲字，便領行一腔，其餘以次而出，尚未出，不知何音；既出，始得其調。如人在大漠荒原中，向日而行、迎風而行、逐雲山煙景而行、率心懷意緒而行，不知伊於胡底！某度曲，亦愛此道；而這『高興』二字，果然傳神，幸承主人雅教！」

接著，他凝眸注視李白，舉起繫在胸前的篳篥，貼向唇邊，噴出一音，隨即敷衍成曲，看似全未依從任何譜式，然而李白卻再熟悉不過——那是在金陵孫楚樓的布環宴上，合崔五、瞽叟、以及簪花、擊鼓的兩個小妓四人，連番輪唱、即席作成的一首〈楊白花〉歌，原來的歌詞是：

涼風八九月，白露滿空庭。秋聲隨曲赴高閣，傷心人在亭外亭。回鞭才指長安陌，身是長安花下客。誰似吳江一帶水，攜將明月夢魂裏。

雖說此刻有曲無詞，回想當日即席而成的景況，的確可證：「一聲字，領行一腔，其餘以次而出，尚未出，不知何音；既出，始得其調。」之論。不過，讓李白更覺興奮的是，這人熟諳此調，顯然曾經與段七娘有過一番際會，或許能道其下落。

「此曲更從底處得聞？請教。」

「安州。」那樂工道：「主人今夕所作，意興斑斕，與某之接聞於安州歌館者極似，遂不揣淺陋而奏此，獻醜了，唐突了。」

安州，那是雲夢之北，李白暗忖：客歲由江陵而南，遍歷洞庭數海，之後順帆東下，恰錯過了安州。至於安州何地？門庭如何？可是與瞽叟相伴？……這廂滿心疑惑，一時輪囷糾結。他還沒來得及問訊，那樂工似乎已經從歌調之中揣摩出他根本不可能得知的詞句情味，笑道：「愴然低迴而不能去之音，著實逼人——這，可是主人那『一段相思』？」

李白想了想，答道：「庶幾近之，亦不盡然——敢問匠師高名大姓？」

「隴西董大，小字庭蘭。」

此言一出，室中諸樂工伶人突然都挺直了身子，交頭接耳、竊竊私語起來。那報科頭人更面露驚詫之色，環臂叉手為禮，像是不知該向李白、還是該向董大說道：「恕某眼拙、恕某眼拙！某只道搊彈家四方來集，共襄選曲之會，竟不知『沈祝天聲』大匠亦在焉，格是失敬了。」

董庭蘭自幼習琴，這原本是家學，數代以降，工伎相沿而已。但是董庭蘭卻因緣際會，遇上了一個叫陳懷古的參軍。州郡參軍無常職，雜司地方六曹庶務，這陳懷古一生精研琴曲，號稱兼通當時天下知名的「沈家聲」、「祝家聲」。鳳州刺史知其才大不可遏，倒是想出了個斂財的手段；為之覓訪一宅僦租，日夜分批，收徒授琴。

董庭蘭在孩提時代，便與鳳州當地許多才具秀異的伶工同入陳懷古之門習琴，而獨能出眾的原因是：只有他，不只在彈撥提按的技巧上精益求精，往往還能夠用別樣的吹打樂器，摹擬琴聲；復以琴具仿效笙笛竽角之屬，轉出別調。興來時，更以胡笳奏琵琶曲，或以篳篥演琴曲，總之是擺脫故習，自出機杼，務以新奇變怪為能，卻竟因此而博陳懷古之知賞，而盡得其真傳。

琴聲雖然古雅，但是大部分傳世的曲譜都顯得單調、沉重而肅穆，難以展現輕快、歡愉、乃至意興高昂的情趣。尤其是在隴右近邊之地，各式各樣的胡樂早已風行無倫，江湖絃管，風采繁複，琴曲遂逐漸式微。這樣一個環境卻為董庭蘭帶來了無限的機會。他十三歲離家出鳳州，最初只在山南西道的梁州、利州、興州等地遊歷，周旋歌館，丐食而已。以一笙、一竽、一篳篥、一胡笳隨身，浪遊無定所，漸漸聲名大了，還會有旁郡通都的茶肆酒家主人，不遠數十百里之途，慕名而來，殷勤邀訪，或以旬月為期，酬以鉅資，號稱「沈祝天聲」。

在董庭蘭而言，謀生是太容易的事了。他周遊南北，闖蕩關河，向不以聚斂財帛為務，卻總想著要學盡世間聲歌，兼協眾音之美，故所過之處，必先求問：「久聞貴處搊彈家夥矣，可賁緣一會否？」就算見不著心目中獨樹一幟的演奏者，也常對那些只能吹彈山歌村曲的樂工虛心前席，再三致問，故而高適一眼看見他執筆擊版，有如畫符一般，那是他正在錄寫著當下所聆聽的曲式。

李白雖不識董大，然此時的歡悅之情，溢於言表。他沒有想到，僅此一夕歌酒之會，他竟然從兩個素昧平生的陌生人口中拼湊出段七娘的行蹤——雖然，他念茲在茲的人，不是段七娘；然而段七娘會須是解開他那一段相思的鎖鑰。他抬手抹去了嘴角的濁酒餘瀝，睜大雙眼，伏身向前，小心翼翼地對董庭蘭和高適低聲問道：

「然則，二位都見過段七娘了？」

令李白更意外的是，董庭蘭與高適相互望了一眼，都搖了搖頭。

12 當年意氣不肯傾

一個祖上內遷至洛陽落戶的鮮卑女子，十一歲以姿容姣好被薦入宮，能倚聲製字，翻作新腔，多演〈幽州歌〉、〈燕歌行〉及各體〈涼州詞〉，而博得「搊彈家」之號。

未幾，由於天子召集宮人，為邊軍納絮結棉，製作冬衣，這鮮卑女子在裌襯中隨手寫寄相思之詞，不料卻被得著那件棉衣的戍卒所洩漏，為邊將所告發，以為中宮矩範失檢，幾乎惹來殺身之禍。幸而皇帝另有深刻的機謀盤算，看似不以為罪，卻把她嫁給了那個戍卒。

不多時，那戍卒卻糊里糊塗地戰死，此女流落妓家，人稱「製衣娘子」。開元中，製衣娘子心有所屬，卻一再為屬意之人所誤，於是布環脫籍，自拔以出風塵。時人只知她從金陵東門而出，所過之地，隨遇而安，但凡來到一處旗亭妓家，或聊佇旬日，或淹留月餘，總不為久長之計。

也就從年前秋日以來，淮南道的楚、滁、蘄、安各州，逐漸流傳起一種號稱「授衣調」的樂曲；多雜糅邊塞野謠風調，吹彈之具更是新變百出，機巧奇突；一曲之內，某一吹彈之具，僅三五至十數聲，易學而不必務求其工。另一方面，由於樂器多，此起彼落，相互補綴彌縫，聽來百籟繽紛，或壯麗、或繁縟，耳不暇接；妓家一旦得之，常相互揣摹，寖成流行，咸謂遲出於此女。

當面向她請益的人愈多，知之而道之者亦眾。傳言此女年約二十六、七，在行中堪稱殘花敗柳了。然而她的行徑，又有別於尋常假母之流，因為她一不施脂粉、二不養小娘、三不酬賓客、四不預筵席，除了隔簾弄藝，總不拋頭露面。

世人只知她偕一瞽叟，行走於各州郡最繁華的酒樓歌館之間，至則如客，即席授作歌曲，傳習聲腔，居停主人慕其技業，盼之不迭，愛敬如尊長，多賂以厚幣，很快地，便成為民間妓家的師尊。

她的確是段七娘，卻再也不以段七娘之名行世了。

民間妓家沿革，布環宴之後，不應再返門巷、重操舊業；設若不得已而為之，則會須褫脫舊名。於是，又由於「授衣調」之廣為傳衍，遂仍以「製衣娘子」為號。只是她萬萬不曾料到，當年在金陵傷心留別的兩封信箋，一時都落入了范十三的手中，崔五和李白皆未及寓目。

而李白想再見此人，卻是因為金陵之會，彼夕匆匆歌酒，直待他看出段七娘對崔五有一款不尋常的情意，筵席已經匆匆散去。彼時李白便滿懷疑惑，始終未解——他想要知道：對於崔五，不是積累了多少年的牽掛、想念和期盼嗎？為甚麼重逢一面，尚不及幾許目迎膚觸，哪怕是一番軟語溫言，或者啼泣悲歌，都是常情可度之事。然而，她卻忽爾斷念，絕塵而去。李白不得不翻想：倘若決絕如斯，才是用情深切的況味，那麼，自己牽腸掛肚的心事，就未免顯得淺薄而傖俗不堪了。

李白心上，果然也有那麼一個人。尤其是在廣陵這一場病中，教他神魂衰弛，興念萬端，晝夜不能釋懷的，只是迢遞千里之外，蒙昧窈窕的紅顏。他不敢逼真作想，形影又揮拂不去；不敢追摹辨認，容色卻迫近眉睫。那人，始終在他的詩句間徘徊，吟去寫來，儘教水月疑幻，合是山月隨身。儘管有時不過是作尋常景物描寫，也忍不住隨手刻畫。

就在逆旅中臥病得夢，勉成〈臥病書懷〉一詩的那晚，李白但覺昏倦逾常，不能起坐，放身睡倒，不辨更漏，仍復輾轉難以成眠，只能隨口漫吟，不外顛來倒去的兩句：「夫君弄明月，滅影清淮裏」、「夫君弄明月，滅影清淮裏」……其情其景，彷彿昔日金陵江邊孟浩然大醉之餘、夢囈作詩、而始終不能成篇的窘態。過了不知多久，連一旁短榻上的丹砂都忍不住了，往臉上拍了幾巴掌催醒，道：「李郎又成一首矣！是麼詩？都此二句繞轉耶？」

李白隱忍著不敢吐實，勉強亂以它語：「想起襄陽孟夫子，似可成一誦。」

「便是龔爺呼為『龐德公』者，丹砂記得此人。」丹砂受龔霸囑咐，李白但有詩篇，當即援筆錄之，不能疏漏。遂翻身而起，剔亮燈火，支起几案，墨池中添注了些許清水，一面呵息連連地磨起墨來。這是無心而偶成，李白只好將就著，無奈而作，遂以孟浩然興意，順口成章如此：

嘗聞龐德公，家住洞湖水。終身棲鹿門，不入襄陽市。夫君弄明月，滅影清淮裏。高蹤邈難追，可與古人比。清揚杳莫睹，白雲空望美。待我辭人間，攜手訪松子。

「李郎無詩不有月，」丹砂皺著眉，想笑又不敢校的模樣，道：「有此一月，今夜一弄之，明夜復一弄之；總不厭倦，畢竟須是個心上之人。」

李白一驚，突然念起吳指南——丹砂與那吳指南原本兩不相侔，又復天人永隔，可是寥寥數語，其洞察世態人情的慧見卻如此神似；世間多少廢書不觀、棄筆不學的人，卻儘能穎悟通透，一眼便識破了文墨間匿藏的輕淺痕跡？李白撐持著迷離搖蕩的心思，把這首口占之作反覆讀了兩遍，果然發現：那「夫君弄明月，滅影清淮裏」除了一韻牽連之外，無論是情味、理趣，皆與上下文扞格不入，顯得十分突兀——居然連丹砂都看得出來了。

縱使在瓊花樓的這一夜，亦復如是。眾賓客醉後閒話間，廣陵薛商說起溯江西行，或恐還有入蜀之計，李白靈機一動，託付他往綿州代遞一牒，薛商也慨然允諾了。李白當下默憶前作，即席揮毫，謄寫了那首〈淮南臥病書懷寄蜀中趙徵君蕤〉。就在寫罷「贈爾慰離析」的結句之時，丹砂忽而在一旁嗤嗤笑了起來，插嘴問道：「主人吟誦，一向滿懷是月，森涼透心；偏偏此首，半個月字也無。」

幾句笑語閒言，原本無足經心，卻讓李白為之噤口不能應答了。丹砂所指陳者，正是李白時時感到踧踖不安的；一個令他不能或忘、卻也不敢念起的人。他只能不斷地攀想：有朝一日，若能再見到那同樣浪跡傷懷的段七娘，或許該向她細細追問一個究竟：這難道就是相思滋味？

月娘，又如何可以是他的相思之人呢？

此刻正當拂曉，瓊花樓中各處都熄滅了燈燭，拆下了軒廊內外隔絕面向坊市的門板。霜風沁涼而帶來了新鮮的氣息，這是新的一天，報科頭人早就喚遣內外僕役在門前列侍，有的引客到深堂靜室安歇，有的則備齊車駕，送客出門。

維揚十友告辭之際，那廣陵薛商詞氣謙卑而心意執拗地追問李白姓名，李白猶在沉醉之中，嬉謔之心大起，偏不肯說，一逕指著陰沉灰暗的天色，居然應聲而吟得一首口號之作，不只應付了薛商糾纏，也藉由「懷古」二字的一語雙關，向董庭蘭表達了相當的敬意——詩中用句，雖只寥寥一二語，可是人情洋溢，卻讓董庭蘭銘感五內，時刻眷懷。

這一首詩經丹砂抄錄而得以保存，多年以後，李白將生平詩作託付門人魏顥編訂集卷，曾幾度欲剔除之，蓋以為隨口放吟，卻過於切合律體時調，缺少奇突新變的格調：

瓊樓三百尺，託我近鄉身。何必留名字？忽然驚世人。雲浮山自遠，鷗過意相親。懷古傳仙曲，來吟高處春。

就文義而觀之，通首明白曉暢，破題兩句，隱喻太白星入塵世，用的卻是登樓回望、以天為鄉的比興，相當巧密。全詩僅用《列子．黃帝》篇中一典，謂：海上之人，有與鷗鳥相善而親者。此人每旦之海上，與群鷗嬉遊，鳥臨其身，不下百數。忽一日，這人的父親道：「吾聞鷗鳥皆從汝遊，汝取來，吾玩之。」明日復之海上，鷗鳥舞而不下也。

物類感通機心，這是很通俗的一則故事，李白用之，也是隱約暗示：當世之人相逢於江湖，不外相期以性情，相合以道義，相感以懷抱。至於何名何字，期往期來，實在無關乎興會，皆屬多餘。這一點，廣陵薛商倒是看得清楚，他深切地體會：能有這樣的才分學養，五蠹人不但無意親近商賈，其刻意疏遠的程度，或恐尤甚於士大夫。

可是，身為士人的高適不期然結識了這號稱「五蠹」的野人，雖不能知其姓字，內心的震懾感慨，也頗不尋常。

「聞君歌雅調，著我動歸程。與君相交，才豁然明白了古人所言：『內負宿心，外恧良朋』竟是何意——」高適的確也流露出難以為繼的醉態，幾乎是咬著舌頭才能說話，話中儘多自慚與自責：「某空負士行之名，寄身於禾稼之業，勉能以租庸所務，聊報聖朝。然某識書不多，向學不力，縱使勉任其難，也作不出些子中式詩句；權且將就那瓜州調，答汝一歌罷！」

這首歌行，非徒自道高適早年落拓邯鄲，蕩檢逾閑的經歷，字句跋涉，還藉由泛呼「邯鄲子」的疏狂不羈、放浪形骸，對照出高適心目中的典範人格，應該是戰國時代的平原君

——就面前這麼一位豪邁從容、慷慨飄逸的人物來說，不算誇張附會。

然而，就在三十年之後，一樣是淮南廣陵之地，李白居然成為高適的敵壘。彼時高適身後是帝國皇家的討逆旌旗，李白則身陷亂臣賊子之列，狼奔鼠竄，猶不能逃其刑。陣前遙相觀想，帆檣連雲，煙塵蔽空，高適確乎想起這首舊作；當年初遇時的滿心傾慕，盡在歌中「未知肝膽向誰是？令人卻憶平原君」之句，回首舊憶，其情今安在哉？

此歌後來便以〈邯鄲少年行〉作題目，全然掩去了早年初會李白時的攀慕心痕。所用曲式，正是先前那〈瓜州調〉，凡兩仄兩平四換韻，若削去重複的領句「邯鄲城南遊俠子，自矜生長邯鄲裏」，全文與先前座中歌奏的「淮南小山白毫子」、「長安一辭千萬里」聲腔並無二致：

邯鄲城南遊俠子，自矜生長邯鄲裏。千場縱博家仍富，幾度報仇身不死。宅中歌笑日紛紛，門外車馬常如雲。未知肝膽向誰是，令人卻憶平原君！君不見即今交態薄，黃金用盡還疏索。以茲感歎辭舊游，更於時事無所求。且與少年飲美酒，往來射獵西山頭。

大醉執手，歡會將終，高適、李白幾乎是同時出口，問了對方一句：「還故鄉否？」

接著，兩人略不遲疑，同時答了對方一句：「還故鄉有何用？」便再也忍不住縱聲狂笑起來。

「還故鄉有何用？此語大哉！」李白喃喃道：「昔年在蜀中時，某師為解史事，語及我朝高祖時督君謨誡王靈智向學，師徒二人所言，皆動人——」

唐高祖李淵左驍衛長史王靈智，年方弱冠，即身攜鉅資，不辭迢遞，從大興出潼關，至范陽，慕名而追隨一個年僅十八歲的劍術名家督君謨習藝。督氏之藝由春秋時代仉督氏家族而傳，術有射、劍兩門；一以矢取敵，一以劍敵矢，相互攻防，箭士、劍客兩造有如矛盾相搏——射箭的一方，除了發揮「長兵之極者」，力求制敵於百步之外，一射不中，還要能再射、三射、四射……。用劍的一方，則不但要能以劍摒削來勢極猛的箭矢，還得以靈活跳躍的身形步法、快速欺敵，斬以鋒刃。此藝熔長短兵於一爐，不可偏廢。

不過，督君謨卻時時提醒他這高徒：仉、督二氏原為一族，盡督氏之藝，未盡善也；若欲有所為於天下，還該到魯地去尋訪仉氏。王靈智日後依言來到魯地，卻始終沒有尋著仉氏劍術的傳人，倒是將督君謨所傳之藝分別教給了裴氏、韓氏二徒。裴氏能射，韓氏能劍，亦不可兼善，卻仍舊成了家學。

范陽傳藝三年下來，督君謨傾盡所能而授之；就在王靈智即將返回大興之前，督君謨問他：

「還故鄉有何用？」

王靈智應聲答道：「隴右風光，豪傑滿地，欲大用於天下。」

李白遙想王靈智開口道出那「隴右風光，豪傑滿地」之語的時候，是如何地心雄萬夫，不能自抑；他自己就是不時會流露出這種「高興」的人。可是瓊花樓一番話別，提及百年前的江山人物，也不盡然空口追慕而已——他接著拍了拍高適脅下的劍鼻，道：「數年之前，嘗於蜀中金堆驛遇一好漢，彼告某以魯地裴氏、韓氏各得督君謨、王靈智一脈之藝。汝既以豪傑自詡，學書、學劍，各窮其途，亦不相違。」

同樣是一柄劍，李白隨口指點，卻與高適原先的獻劍之謀南轅北轍。細心想來，以本朝開國名將王靈智的志行相附會，既有期許之情，也有稱道之意，的確令高適心生感動，道：「君子于役，不知其期；汝與某萍水聚散，應有後會。」

話說至此，李白向報科頭人使了個眼色，當即指使僕役抬過那一篋五十貫銅錢，道：「廣陵道四通八達，但恨某足跡不能一時而俱至，便倩高兄代某遂此壯遊耳！至於後會麼——浪跡所過，歌曲相迎，無非酒旗飄搖之處罷？」

「主人、貴客，切莫說麼『還故鄉有何用』——」董庭蘭大笑起身，說：「蕩子銷金之窟，卻是某覓食之鄉。」

說著，董庭蘭已經舉起胸前篳篥，即席吹了一曲，聽來卻不似管樂，但看他一陣疾行吞吐，一縷氣息，吹得有如春風壓境，萬瓣飄零，入耳竟然像是十指齊發，勾撥著琴上之弦了。這曲子很短，沒有翻奇求變的花腔，也沒有曼衍周折的詠歎，一氣噴出，想來便似空山百鳥，還散還合；浮雲萬里，乍陰乍晴。轉瞬間一曲奏罷，董庭蘭重新繫了牙簪小冠，整了整寬袍交領，恭恭敬敬對李白作了一揖，道：「有酒旗處，未必有此『授衣調』；循其聲，人即在矣。」

13 明朝廣陵道

廣陵旅次中的一場急病，為李白帶來模糊而頑強的影響。在誦罷了那一首看是追想孟浩然的古風之餘，他已經放盡氣力，原以為自己就要死了。

於死之一事，李白所能想到的，便是洞庭湖邊蕭寺破榻上的吳指南。那時，吳指南神智迷離，通體膚色有如斑鏽之金，一息既入，萬念俱灰，雙眼朝天一瞪，再不瞑目。李白自覺此身亦復如此；胸前汗濕透裳，這是脾胃失和之癥；鼻頭汗亦時時滲出，堪見肺氣已然不足；兩首詩折騰下來，背脊也汗出涔涔，這就不但是陰陽雙虛，還兼有濕寒之兆了。至此，氣息時而弛散、時而賁張，似已不能隨心所欲。

他為自己診脈，可是心頭耳畔聽得診此脈象的，卻是趙蕤的聲音，仍是那一副玩世不恭，虛實難辨的語氣：「按律，積債不償，科杖板二十耳，何足以過此？」

「積債不償」所指，就是李白乾沒了兄弟的賈資，刻意揮霍。趙蕤的話語聽來還是那樣從容不迫，一如往昔，對萬事萬物，總透露著些許冷淡的譏嘲；這遠在幾千里之外的師尊，像是看透了李白的病勢原本不甚嚴重，又像是隨時要揭露李白視此病為天懲的慚恧心思。不多時，李白索性鬆開了數計脈搏的手指，跟自己鬥起氣來。他恨自己擺脫不了趙蕤的雜學業道，也擺脫不了他的片言微笑，縱使身行來到天涯海角，就彷彿還在他的襟袖之內。

卻總是在埋藏深密的記憶角落裡，還有月娘那句：「世事固有不必付之吟詠者矣！」像是瓊花樓畔淙淙而來、淙淙而去的溪水，帶來清涼舒緩的撫慰。只那一句輕聲細語，帶著萬般無奈，像是斥責，更像是感歎，卻是趙蕤從來不曾與聞的話，李白視之為月娘對他吐露的私語。

當時孟浪，脫口而出的一首小詩，似乎冒犯了月娘。可是月娘一句簡單的回應，反覆浮沉於臟腑之間，三數年下來，卻轉生出別樣的意思。她像是不斷地在叮嚀著李白：生平萬端，看似縈繫在懷而不能去、不能捨、不能須臾而離者，實則真不值一語道出。

就是這句話，讓李白在廣陵之後的行腳，有了意外的轉折。

瓊花樓前，李白與高適告別之言，並非等閒應對：「浪跡所過，歌曲相迎，無非酒旗飄搖之處」若說此刻的李白對於未來還有甚麼想望、還有甚麼抱負的話，已經不再是趙蕤在臨別時那般瑰偉的期許了。細辨〈臥病書懷〉「功業莫從就，歲光屢奔迫。良圖俄棄捐，衰疾乃綿劇」所謂的「功業」、「良圖」——他從崔五、范十三、孟浩然、高適甚至龔霸的身上，已經看見一個又一個消磨隳頹的生命。

身為士行中人，一言以蔽之：都因為繼承或背負了士人的「功業」、「良圖」，而不能夠遂其快意。這是他們看來如此親近自己、喜愛自己，甚至羨慕自己的原因。每當這些人稱道李白的才學、讚賞他的詩篇，或與他相期相約、日後在長安道上重逢共事云云，他反而覺得悲傷莫名。

長安，與江陵、金陵、廣陵甚至另一個帝都洛陽全然不同。天下至大，無論他寄跡何處，都還許稱得上是「高興之遊」，長安則不然。赴長安意味著他必須追隨趙蕤的意念和算計——隱瞞自己的門第，獵取廣大的聲名，贏得任何一位穿緋著紫的大臣之賞識，一步而登青雲。

然則，「浪跡所過，歌曲相迎」的確說的是實情實境，他眼看董庭蘭逍遙無方，也深深受到段七娘行蹤不定的鼓舞，所以「無非酒旗飄搖之處」，並非作貴冑公子銷金浪遊、駐馬啣杯之觀，卻是他雕章琢句，覓食求宿之地。說得更明白些，李白即此明志：儘管日後還有機會相逢，我等也不再是儕流同道之人了。

然而，李白也記得，月娘掉臂而去、不知行方的那個晚上，她在月光下問他：「昔年汝曾說過：『並無大志取官』；還記得當時師娘如何答汝否？」

「記得的。」李白當下答道：「師娘訓某：若無意取官，便結裹行李，辭山遥去，莫消復回。」

可月娘卻把個「無」字偷換成「有」字，道：「只今汝若有取官之意，便仍好結裹行李，辭山遥去，莫消復回。」

兩般言語，取意不同，但是一以脅斥、一以勗勉，其告誡李白向學進取，則並無二致。

唯令李白耿耿於懷、別有牽掛的，是留別的那幾句：「天涯行腳，舉目所在，明月隨人，豈有甚麼遠行？」這話中意緒，難道不是依依相共、念茲在茲的情分嗎？

正由於李白固執地相信：月娘於他，一定也有些情愫不可置疑，那麼，所謂：「便仍好結裹行李，辭山逕去，莫消復回」的用意便更加曲折有致，當著趙蕤的面，她或許只能暗示李白：離開了大匡山，離開了子雲宅和相如臺，離開了趙蕤和他的長短之術，才稱得上海闊天空——那麼，欲得「明月隨人」，卻在「天涯行腳」之處了。

「功業」、「良圖」在長安，隨人的明月卻只能在別處。

這一會，畢竟曲終人散，李白望一眼衝北而去的高適、再望一眼向東徐行的董庭蘭，最後低頭凝視著那流經瓊花樓畔向南蜿蜒而去的一帶溪水，忽然對丹砂道：「彼夜某憶及孟夫子而起興之詩，尚未落題。」

「尚未落得。」

「於今有之。」李白的眸子裡反影著明亮的波光，道：「便題作『寄弄月溪吳山人』。」

「弄月溪何在？」

李白朝樓下的南流小溪一頷首：「此是也。」

「吳山人又是誰？」

「不是某人。」李白指了指高適和董庭蘭的背影，道：「廣陵吳地群山，皆可名之曰吳山，舉凡行腳於吳地之人，俱是吳山人。」

「起句『龐德公』不是孟夫子麼？」

「龐德公可以是高君、可以是董君，似也可以是李某。」李白笑道：「孟夫子亦來過。」

有了這個題目，原詩中的「夫君弄明月，滅影清淮裡」，便不再是結意鬆弛的病句，反而經由一條不著痕跡的小溪，串起了廣陵道上多少不同心事的遊歷之人。李白立意不再去想長安，他要試著背離趙蕤那無所不在的形影；他的人生，在別處等待著。

嘗聞龐德公，家住洞湖水。終身棲鹿門，不入襄陽市。夫君弄明月，滅影清淮裏。高蹤邈難追，可與古人比。清揚杳莫睹，白雲空望美。待我辭人間，攜手訪松子。

14 豈如東海婦

迢迢水出走長蛇，懷抱江村在野牙。一葉蘭舟龍洞府，數間茅屋野人家。冬來純綠松杉樹，春到間紅桃李花。山下青蓮遺故址，時時常有白雲遮。

世傳〈西瀼溪〉詩為杜甫之作，其詞雕琢鄙陋，實為魏牟記事之詠，按該詩小序所云：「長史毛公感青蓮意，入西瀼溪山，拂雲而去，一洗塵垢。」千載以下，聚訟紛紜，主要的原因在於不明白「青蓮」二字的意旨。

綿州有青蓮鄉，李白幼年寄籍之地。然而綿州長史毛韜早年因贓搆陷僚屬而遭無名女子蹤跡逐迫之事，似乎隱然其間。關鍵在於青蓮（清廉之性）常為白雲所遮，於是，「拂雲而去，一洗塵垢」才是解意之樞紐。

此事，與開元中葉經由妓家旗亭等地詩歌傳播而愈發流行、鞏固的幾個古老故事有關。李白在這一陣潮流中至少寫作了兩首詩，一首是〈東海有勇婦〉，一首是〈秦女休行〉。兩詩題下各有一行看似無關緊要的自注，卻是指點後人如何看待李白重視此二詩的管鑰。

〈東海有勇婦〉題下有一句話：「代〈關中有貞女〉。」這「關中有貞女」五字還曾經被疑為筆誤錯寫，《李太白全集》的編者王琦便以為：「〈關中有貞女〉當是〈關東有賢女〉之訛。」此訛實非訛，而另有密意寓焉，容後再議。至於〈秦女休行〉題下小注則是這麼寫的：「古詞，魏朝協律都尉左延年所作，今擬之。」說明此作也同〈東海有勇婦〉一樣，是有所本於古。至於為甚麼要本於古？必有相近似於古之今事可詠。

考之於《宋書．音樂志》所載，漢代、魏代各有相傳習的〈鼙舞歌〉五篇：屬於漢代者包括〈關東有賢女〉、〈章和二年中〉、〈樂久長〉、〈四方皇〉、〈殿前生桂樹〉。到了魏代陳思王曹植的手下，也有摹擬漢之〈鼙舞歌〉者——曹植題名〈精微篇〉的歌行，就是漢之〈關東有賢女〉。換言之，曹植以〈精微篇〉為名，以〈關東有賢女〉為音樂或主旨的格式，內容說的是關東地方一個為父報仇的勇烈女子蘇來卿的故事，篇中還羅列了歷史知名的救父之女——如緹縈、趙女娟等；此外，一開篇還將哭夫破城的杞梁之妻也借來比附、品題，看似對性格剛烈、意志堅決的女子有一份強大的同情。文末，則對於赦免之皇恩浩蕩作了一番題外的頌揚。

〈精微篇〉留下了兩處令後人疑惑的記載。原詩第九、十兩句本謂：「關東有賢女，自字蘇來卿。」可是在十三、十四句上又如此寫：「女休逢赦書，白刃幾在頸。」休字或可作「不」解、或可作助詞看，也許都不算誤解；但是也令人懷疑，這女子是否名字又作「休」？或者，索性以「蘇來卿」為一人，「女休」為另一人；蘇來卿因報仇而「身沒」——極可能是由於服辜而遭刑戮——女休卻得到了「赦書」，可是如此一來，就不能解釋其下

「俱上列仙籍，去死獨就生」究竟何所指了。

唯同樣處身於魏代，任職協律都衛的左延年便在他所作的歌行中完全不提「蘇來卿」這個名字，直寫「秦氏有好女，自名為女休。」左延年將報仇女的行徑刻畫入微，也不似曹植之盡用五言，而間雜著使用三言、四言、六言、七言乃至於十一言之句，看起來參差錯落，應該是為了更活潑地和歌入樂而作了極大的調整。不過，大體說來，比對〈精微篇〉和左延年的〈秦女休行〉可以看出：從〈關東有賢女〉衍申而來的女報父仇故事，有一個清晰的脈絡：一個執刀據矛的女子，親手殺了仇家之後，自投官府認罪，幾乎論罪問斬，卻由於孝心感動當道，而在臨刑前獲得了赦免。

同一個題材到了西晉傅玄手中，又轉生出新的枝節。報仇女既不是「蘇來卿」。也不是「秦女休」，而成了東漢末年以忠烈見聞於當世的龐淯之母，覆按於《後漢書．列女傳》，龐淯之母姓趙名娥，趙娥的父親為仇家所殺，而她的三個兄弟都染病而死，仇家自喜無所懼，卻不料趙娥「陰懷感憤，乃潛備刀兵，常帷車以候仇家，十餘年不能得。」兩造最後還是在都亭不期而遇，趙娥終究報了大仇。

傅玄較曹植、左延年添加的內容還包括了官吏受感動的歎息：「縣令解印綬：『令我傷心不忍聽！』刑部垂頭塞耳：『令我吏舉不能成！』」這應該還是從《後漢書．列女傳》本文之中踵事增華而來——趙娥投案、「請就刑戮」之後，地方官（官名『祿福長』）尹嘉一時衝動，居然「解印綬，欲與俱亡。」倒是趙娥深明大義，不肯逃刑，還對那想要徇私縱放她的祿福長說：「怨塞身死，妾之明分；結罪理獄，君之常理，何敢苟生以枉公法？」事後，趙娥畢竟在同情宗親報仇的民意擁戴之下，得到了當局的赦免。於是，法理之外尚有更高貴的人情，則成為傅玄之作的主題。

具名的詩歌分別出自曹植、左延年、傅玄之手，而實踐宗親報仇的女子卻也有蘇來卿、秦女休、趙娥等三個名字，即使秦女休之名為左延年根據曹植的「女休」而杜撰，似乎也可以看出：女子遂行宗親報仇是有一個難能可貴而備受揄揚的傳統。曹植以諸女自況，藉此宗親報仇所展現的精誠，正是向兄長魏文帝求援，以逃脫身受監國者之危疑讒害。

到了李白手上，竟出之以兩首擬古樂府，殆知李白對於烈婦報仇之事，應獨有所鍾。明胡震亨《李詩通》於〈東海有勇婦〉第五句「勇婦」之下注云：「勇婦者，似即白同時人。」已看出了端倪——這兩首詩並不是一般的摹擬練習之作，而必有隱括時事、兼以深懷感觸的內情。

前揭《李太白全集》編者王琦曾經指出：李白在詩題下自注的〈關中有貞女〉是一個錯訛，王琦按諸《宋書．音樂志》之著錄，以為這個注寫錯了，李白所擬的古歌行，應該就是〈關東有賢女〉。但是，若就李白及身所聞的烈婦報仇之事而言，把「關東」寫成「關中」，「賢女」寫成「貞女」，當屬故意。因為不如此，就不能託以影射：李白之不同於先前曹植、左延年、傅玄等人之處恰在於令他心懸念繫者，不只是一樁為宗親報仇的故事，而是另有切身可感的一個人。此女出身關中——秦女休的「秦」亦指關中。

到底是甚麼樣一個女子？報了甚麼樣的仇？李白在兩首詩中欲隱欲揚、忽揚忽隱，甚至利用前人之作來穿插藏閃，使得有些動人的敘述被放大了，像是〈東海有勇婦〉裡的：「白刃耀素雪，蒼天感精誠。十步兩躩躍，三呼一交兵。斬首掉國門，蹴踏五臟行。」〈秦女休行〉裡的：「西門秦氏女，秀色如瓊花。手揮白楊刀，清晝殺仇家。羅袖灑赤血，英聲凌紫霞。」就是刻意突出的表象與動作細節。

然而，也有些身份關係卻刻意模糊了。前人諸作中的蘇來卿、秦女休和趙娥都是為父報仇，但是李白卻在〈東海有勇婦〉裡這樣寫：「捐軀報夫仇，萬死不顧生。」；在〈秦女休行〉李這樣寫：「婿為燕國王，身被詔獄加。」彷彿是為丈夫報仇。這個轉折是李白的操縱變亂之法，而不能看死在那勇烈的婦人只是為夫報仇而已。因為李白的兩首詩都還保留了曹植詩中反覆運用的典故。

〈精微篇〉寫緹縈故事如此：「太倉令有罪，遠征當就拘。自悲居無男，禍至無與俱。緹縈痛父言，荷擔西上書。盤桓北闕下，泣淚何漣如。乞得並姊弟，沒身贖父軀。漢文感其義，肉刑法用除。」其事千古傳揚，毋須贅述。

此外，曹植還大段敘述了趙女娟故事：「簡子南渡河，津吏廢舟船。執法將加刑，女娟擁櫂前。妾父聞君來，將涉不測淵。畏懼風波起，禱祝祭名川。備禮饗神祇，為君求福先。不勝釂祀誠，至令犯罰艱。君必欲加誅，乞使知罪諐。妾願以身代，至誠感蒼天。國君高其義，其父用赦原。」

這一則具載於《列女傳．辯通傳》的故事發生於春秋時代的趙國，趙簡子欲南渡伐楚，與管理渡口的河津吏約定過河時間，可是屆時河津吏卻喝醉了，不能護送過河。趙簡子怒欲殺之。河津吏的女兒「娟」則為父親辯解，說河津吏之所以大醉，乃是在向九江、三淮水神供祭祈禱時喝了巫祝杯中的殘酒所致，酒以成禮，不得不然。如果一定要殺之謝罪，趙女娟請求以身代父而受刑。趙簡子道：「非汝之罪也！」趙女娟的辯辭是：「妾恐其身之不知痛，而心不知罪也。若不知罪殺之，是殺不辜也。願醒而殺之，使知其罪。」這一段辯議卻打動了趙簡子，終於赦免了河津吏。事後，復因趙女娟在渡河途中數度與趙簡子不卑不亢的對話，深得賞識，趙簡子伐楚歸國之後，「乃納幣於父母，而立以為夫人」。

李白在他的擬作〈東海有勇婦〉中寫下「津妾一棹歌，脫父于嚴刑」的句子之際，應該沒有忘記他的老師也姓趙，而趙蕤之所以能夠娶回月娘，正是因為當年在環天觀聽她以通明達辯之才，對眾論旨，演故講經，舌燦蓮花，大勝鄰寺高僧之故。其間固不免有巧合，然而李白埋藏的用意也至此而稍稍暴露：那為宗親報仇的勇烈婦人，正是月娘。

這裡面隱藏了她守候十八年的一個秘密；也因為這個秘密，李白故意在〈東海有勇婦〉裡把「蘇來卿」錯寫成「蘇子卿」。

蘇子卿，蘇武，西漢武帝天漢元年奉使匈奴被囚，於昭帝始元六年才獲釋回到長安，其間羈留異鄉一十九載，若以月娘的父親被冤而死，直到她押逼毛韜棄官出走的時日計，也恰恰是十九年。所以「何慚蘇子卿」並非「蘇來卿」的錯寫，以一「子」字易一「來」字，根本是影射那隱忍十九年歲月的冤痛。

其下「捐軀報夫仇」就更見刻意——若是蘇來卿，早在曹植詩中已然說得很清楚：她是「壯年報父仇，身沒垂功名」，而月娘明明也是為父報仇，李白卻必須為之隱諱，既寫成了「何慚蘇子卿」、又寫成了「捐軀報夫仇」、甚至在〈秦女休行〉裡還寫成了「婿為燕國王」，看來都是故作雲嶺煙嶂之語。反而由此可知：在現實中，為父親報仇的月娘，並沒有獲得像秦女休、或者龐娥那樣的寬貸，甚至還可能像蘇來卿，遭到官府的追捕，這也是李白藉由詩歌試圖打動或伸張的一點：他多麼想要看到有一位擁有無上權柄的赦免者出現。

李白〈東海有勇婦〉是這麼寫的：

> 梁山感杞妻，慟哭為之傾。金石忽暫開，都由激深情。東海有勇婦，何慚蘇子卿。學劍越處子，超騰若流星。捐軀報夫仇，萬死不顧生。白刃耀素雪，蒼天感精誠。十步兩躩躍，三呼一交兵。斬首掉國門，蹴踏五臟行。豁此伉儷憤，粲然大義明。北海李使君，飛章奏天庭。舍罪警風俗，流芳播滄瀛。名在列女籍，竹帛已光榮。淳于免詔獄，漢主為緹縈。津妾一棹歌，脫父於嚴刑。十子若不肖，不如一女英。豫讓斬空衣，有心竟無成。要離殺慶忌，壯夫所素輕。妻子亦何辜？焚之買虛聲。豈如東海婦，立事獨揚名。

其〈秦女休行〉則是這麼寫的：

西門秦氏女，秀色如瓊花。手揮白楊刀，輕晝殺仇家。羅袖灑赤血，英聲凌紫霞。直上西山去，關吏相邀遮。婿為燕國王，身被詔獄加。犯刑若履虎，不畏落爪牙。素頸未及斷，摧眉臥泥沙。金雞忽放赦，大辟得寬賒。何慚聶政姐，萬古共驚嗟。

二詩所詠是同一回事，除了揮刃、報仇、遇赦大體相彷彿之外，兩作一鋪張、一駿快，格調絕不相似。比較言之，〈秦女休行〉更著意於報仇事件的刻畫；而〈東海有勇婦〉則是將報仇女子放在史傳故事之烈婦、孝女、和刺客三種角色之間交織對比。在這錯綜複雜的影射之中，原先在傅玄詩裡那「解印綬，欲與俱亡」的福祿長尹嘉竟然神奇巧合地印證了現實——不遠千里跋涉，追隨在月娘身後的，可不就是悔罪棄官、但求贖死的綿州長史毛韜嗎？

15 殺氣赫長虹

彼時月娘一身勁裝，頭裹青綠繡花巾，覆縛一頭長髮，盤髻之上壓了頂寬簷風帽，一襲絳紅衫，以錦帶結束，下曳黑、金雙色條紋褲裙，囊橐在肩，儼然一遠行胡女。她快步在前，像是領路，卻無行方。毛韜則隨行於後，相去一箭之遙——他是為了踐死而來，卻不知月娘要帶他往何處赴死。

啟程之際尚不到二更，黯淡的星月之下，毛韜只能勉強辨認，他們走在群山雜木之間，行腳一路向東。仇家女一語不發，似乎並無急於下手之意，直走到前路天色微明，毛韜才大膽問了一聲：「敢問，何處是某死所？」

月娘停下步伐，卻不回頭，只道：「任長史自擇。」

毛韜環顧著四下的蓊茸山林，沉吟了好半晌，才歎息著道：「惜生，實不忍死。」「不死則復行。」月娘說時，繼續邁步向前，此後再無一言半語。

毛韜只道這仇家女將心報復，不外求其速死，卻不意月娘也有不忍之心，雖然利刃藏身，卻只能步步遷延。兩人一前一後，行到有溪澗處，即汲水解渴；林野間蔬果叢生，便摘採了充飢。月娘守定一念，縱令殺手難施，就這麼一路走向天涯海角，終有教這毛韜不堪困頓勞苦之一日，就算走死了這惡人，也算了卻了多年懸望。

如此日夜無稍停歇，逕走了不知多少時日，直走得兩人容色憔悴，足底破泡滲血。途中毛韜百念橫生，回想起這大半生宦途營營，治事苟苟，徒然藉邀名爵、廣肆徵斂，今朝求田問舍，明朝聚寶藏珍；到頭來還是良心一點不能斷離，一念悔過，踏上了這不知伊於胡底的征程。說這是一條死路，其間萬般辛苦的，卻堪堪在於不甘一死而活得了無盡頭。

月娘又何嘗不是千迴萬轉，思慮層生。她暗自思忖：這仇家若作逃脫之計，她大可以揮刀而決之；但凡行經絕嶺峭壁，也想著逼那毛韜自去跳落，自己也不至於沾血污身。然而這些俱是顛倒妄想，凡於念頭中擺佈，總難以在手腳間施為。想著、走著，不免一再落淚而已。

更不知走到第幾日上，崎嶇蜿蜒的山路走盡，眼前是一片粗礫田畝，土表平整，卻蔓生著齊短的野草，看來先前有人耕墾過，旋又廢棄了。一片平蕪，在冬日黯陽之下了無遮蔽，只里許之外，塵路旁似有一無枝無葉的枯木。再走得稍稍近些，才看清那不是甚麼枯木，而是一個遍體灰土、雙掌合什的僧人。

正當月娘行經面前之時，那僧人忽然開了口：「女檀那，別來渾一紀矣！」

十二年為一紀，月娘心念電轉，登時想起，那是她隨趙蕤入大匡山的一年。按諸往事，也正是她辭別王衡陽、離開環天觀的時候。這僧——

她停下腳步，打量著這滿面風埃，形貌枯槁的中年僧人，忽然想起來了。

此僧正是當時在環天觀隔鄰寺中升座講法的和尚。那時兩棚對峙，各演佛、道之詞理。是她色相驚人、口舌便給，一時佔了上風，將那僧逼退，而引得盈千庶民過客重圍聆睹，而趙蕤恰巧是觀者中的一人。

月娘還一合什為答禮，慢聲道：「和尚別來無恙。」

僧人闔上眼，繼續說道：「貧道萬里不辭，專程入蜀，且為女檀那解憂，以報昔年厚貺。」

明明是一場強詞奪理的論辯，她大振談鋒，逼得這上寺來的演法之師鎩羽而回，怎麼說來卻像是她奉贈了對方一份大禮呢？此言一出，月娘更如墜雲霧，瞥一眼那佇足於百步之外、不停喘息的毛韜，似仍無遁走之意，算是放了心，才回頭答道：「恕不能解和尚法意。」

那僧微微一哂，道：「彼時所辯，女檀那尚能回憶否？」

「歲月奄忽，聲聞縹緲，不能復記。」

「當是時，貧道所演者為佛祖『不問有言，不問無言』之義。未料女檀那升座數語，盡摧某論，因此曳尾於途，倉皇遁走，從此箝口結舌、括囊拱默，不敢務虛談機辯矣——這，全仰仗女檀那成全。」

「不問有言，不問無言」是從南朝以降、關於佛法言傳的一個十分知名的典故。相傳有一外道，聞見深廣，辯理精微，一日登門求見釋迦牟尼佛，開口八字，皆歧義紛解之語，看來是想要挑之以繁複的辯難：「不問有言，不問無言。」

倘若深究其言，必然墮入迷障，因為這兩句話根本沒有完整的意思。佛只要答其一端，便注定偏失了另一端。而當時佛卻一語不發，默然良久。那外道守候了半天，忽然領悟，趕緊禮讚道：「善哉！善哉！世尊有如是大慈大悲，開我迷雲，令我得入。」外道離去之後，阿難問佛祖：「外道以何所證而言得入？」佛祖道：「如世間良馬，見鞭影而行。」

這一則公案還有底細。那外道顯然熟知：佛祖曾經打過一個譬喻，以世間良馬駑馬之分，來比擬人悟性之高下。所謂：馬分五等，第一等見鞭影即馴，第二等受鞭打才得馴，第三等受錐刺才能馴，第四等須穿透皮肉才肯馴，第五等則益甚，非俟利錐透骨入髓而不知馴。

而佛祖之不以辯語夾纏機鋒，正是逆反那外道之理而行，讓外道成了「見鞭影即馴」而神悟的良駒；此即令外道自行感悟的關鍵，於是他才會說出：「大慈大悲，開我迷雲，令我得入。」所謂的「不可說」，並不是指那外道原先的質疑——不問有言，不問無言——有甚麼深奧的道裡，而是佛祖不與他執論爭勝、字斟句酌，也就是無在彼在此之見，無因是因非之別，純以一心空之法，讓外道體悟而感服。

可是當年的月娘乃初生之犢，受命登壇，演說道義，全無顧忌。她一見僧人說馬，隨即振臂高鳴檀板，一陣搶白，說的也是馬，劈頭一聲問，銳利無匹：「天下有良馬耶？天下本無良馬！」

這是徹底推翻了僧人的譬喻，所論所辯，出自道術之士經常引用的《列子》。在《列子．說符》篇中，即有此語：「天下之馬者，若滅若沒，若亡若失。」這話原本說的是世間之好馬，未必能從筋骨容貌的皮相上賞識得出。然而，月娘則強詞奪理，用這話來破題，引得聽者十分好奇，不由得不聽下去。月娘當下略不遲疑，揚聲辯道：「一見鞭影而馴，豈騎豬哉？」

唐代俗語，嗤鄙某人遇事驚惶失著，屎尿齊流，有「騎豬」一詞，蓋取「夾豕走」之意，而「豕」、「屎」諧音，「夾屎」可知狼狽，固為笑談。月娘卻板起臉，故作肅容，三擊檀板，聲震綵棚，展開了她的雄辯，以強勁的反詰直搗對方的論旨：

「放蹄於野，望塵莫及，安能謂此良馬？若謂天下良馬，必為御者所用。是耶？非耶？」話才說了沒幾句，觀者撲湧如潮，人人跟著發鬨，搶聲呼應，此起彼落。

先說天下沒有良馬，再說良馬之良，原本出於御馬者的評斷，這都是方便以下將辯論導向御者與馬兩相為用，也就是強調：馬之良，實非馬之良，而是馬的性質符合了御者之所需。這又是《列子．湯問》裡所謂：「推於御也，齊輯乎轡銜之際，而急緩乎脣吻之和，正度乎胸臆之中，而執節呼掌握之間。內得於中心，而外合於馬志，是故能進退履繩而旋曲中規矩，取道致遠而氣力有餘。」也就是說：堪稱良馬，是御者耗其神智精力，悉心打造而就。

在原本的譬喻中，列子以為：「良弓之子，必先為箕；良冶之子，必先為裘。」彷彿出色的製弓之匠，會先訓練其子學作簸箕，以培養彎曲木竹之能；優秀的冶金之匠，會先訓練其子製作皮裘，以熟練接補鎔合之法。這樣說來，良馬之良，不由其本性，而在御者與馬之間的熟悉、契合。所謂：「得之於銜，應之於轡；得之於轡，應之於手；得之於手，應之於心。」

說起最高境界的馬，令御者「不以目視，不以策驅；心閑體正，六轡不亂，而二十四蹄所投無差。」尤其是最後這一喻：六匹馬二十四蹄奔馳就道，迴旋進退，莫不中節，簡直是神乎其技了，可是又豈能說是這六匹馬的本性都純然一致呢？扭曲了對手的論旨還不算，月娘接著從《列子》轉入《莊子．馬蹄》。馬的本性，不就是食草飲水，高興了就交頸而摩挲，憤怒了就背立而踢踏，一旦加之以衡軛，齊之以月題，非但不足以造就馬的良知良能，反而戕賊其天放之性。

在講論時，月娘手中檀板或疾或緩，載揚載沉，顛填起落；時而有如馬蹄，時而有如車駕。說到了野馬逸馳，則脆響連天，如破埃塵；說到了駕夫鞭撻，則搥擊當身，如裂皮肉。聽者驚愕癡狂，彷彿自己就是那踐霜履雪、齕草迎風的馬，簡直不能不舉足而跳、豎鬣而奔。末了，月娘將檀板奮力一收，促拍乍停，環顧眾人一過，但看她環髻堆雲，鳳釵橫玉，霓裳霞衣，牙簪瑤珮，可不是一副清格仙骨，柔姿冰瑩的模樣，可是口吐談辯，結論咄咄逼人：

「試問：如何可以是良馬？豈其鞭影未至，神魂喪沮，渾然忘其任行任止、呼鳥呼風之大本，卻令佛祖屈折智辯以匡天下之形？高懸慈悲以媚黎庶之心？這——堪堪是馬之非性，而伯樂之罪也。」

道旁僧人將十二年前的舊事約略道過，月娘聽罷，苦苦一笑，道：「一紀飄忽，和尚仍欲了此清談麼？」

「清談何似果行？」僧人道：「貧道有大惑不得解，欲向女檀那尊前求教。」

這僧來得突兀，月娘未遑細忖其來意，只能頷首示意他說下去，孰料他轉臉向毛韜道：

「萬物群生，草木遂長；汝亦步亦趨，求一死所，卻不忍死，豈不苦哉？」

一語道破心事，毛韜如霹靂當頭，不覺渾身顫抖起來，加之以長途跋涉，晝夜不歇，忽然間支身不住，雙膝遽軟，豁浪一撲，磕倒在灰石礫土之中。

僧人的話鋒接著又轉向月娘：「女檀那從王衡陽遊，七載畢其術業，何事不可為？且報宗親之仇，大義也；奈不一旦而遂之？」

月娘何嘗料想得到：一個和尚居然會鼓勵她殺人？難道這就是所謂報答「厚貺」而耑程來為她解憂的嗎？不過，聽他這麼一說，頓時氣血翻騰，多日以來在心田周轉的殺念，就像是揭簾啟牖，放進一室明光，遍照隅隙，不使纖毫匿藏。她腰間的確短刃橫斜，匕柄在握說動手，也就彈指之間而已。

「然則，」僧人仍文風不動，沉聲道：「此去四方荒蠻，行腳需十餘日，才許得見人跡、市集，則彼死身如何施設？便攜之耶？瘞之耶？抑或曝之耶？攜之不法，瘞之不便，或恐唯有曝之。我道有論：人之既死，七日受生，善者入天人、阿修羅與人間道；惡者入畜生、惡鬼、地獄道。卻別有一種人，非善非惡、有善有惡，信鬼好巫，貪吝鄙淫，生時好財貨，死後戀軀體，此即我道之《瑜珈師地論》所謂「中有」，或曰「中陰身」——中陰身曝於野處，死不轉生，魂魄散此天地之間，亦不免作祟害人。啊！女檀那，何若讓貧道演一故事，便就這僻野之地，先行超渡此子，是後棄屍野處，亦不礙其轉生。」

僧人說到這裡，也不待月娘首肯，逕自招袖一拂，說也奇怪，那毛韜的身軀便好似一片敗葉般，遠遠地被捲到了僧人袈裟角下。

「當年貧道一論未畢，更從此始。」僧人像是早已在胸中備就了藁草成篇，登時開講，還是從馬說起：「我朝裴憲公保惜獅子驄事，天下風聞久矣，貧道便以此事拈出一論便了。」

隋文帝定鼎天下，大宛國來獻寶馬。長鬃委地，神駿非凡，號「獅子驄」，性情猛悍，意氣矯捷。置之於帝殿天閑，竟然沒有一個圉人能夠馴服，更不消說為之鋪架鞍韉了。文皇敕詔懸賞，隨即有郎將裴仁基請命而來。但見這郎將挽袍攘袖，去獅子驄十多步開外，一縱身，躍上馬背，隻手攥執馬的右耳，另隻手摳住馬的左眼，獅子驄一時顫慄不敢動，於是降服。日後朝發西京，暮至東洛，如御風神行，當世無可匹者。

裴仁基得了寶馬，從此戰功彪炳，於張掖大敗吐谷渾、靺鞨，復從煬帝征高麗，升任光祿大夫。到了大業十三年，由於分兵支應洛口倉城一役失期，論軍律理當問罪，裴仁基明知失期之過，在於軍中伕役飽受苛虐，心懷悵憾，索性斬殺監軍御史蕭懷靜，據虎牢關，率其部曲降了瓦崗寨的李密，也從此「無君無父，以攘天下之柄」。就在十日之內，攻下洛陽，焚燬天津橋，大掠而去。

中原無主，若依裴仁基韜光養晦、擁兵待時之計，李密所部一支勁旅或仍可與王世充、李世民爭雄，奈何瓦崗寨諸將如單雄信等急功冒進，浮躁發兵，直欲於旦夕之間摘取王世充的首級，豈料洛陽城雖然是四戰之地，很難堅守，但王世充部器械精良，又是憂懼奮勵之師，舉凡守備整頓，兢兢業業，嚴嚴整整，不敢絲毫輕率。瓦崗軍初接敵隨即大潰，裴仁基與其號稱「萬人敵」的兒子裴行儼雙雙被俘。

此役，使得瓦崗寨的勢力飛灰湮滅。戰機錯失，在於裴氏父子強兵攻打西城之時，裴仁基本想趁一陣西風鬆轡拍馬，一躍衝霄，直上城頭，斬關而入，令王世充的城防將士措手不及。這勾當於寶馬獅子驄原來也不是甚麼難事；孰料西風自陣後催來，裴仁基夾馬前奔，獅子驄忽然四蹄僵直，自行煞住了奔踶的勢頭，回過頭來，用力嗅聞著身後吹來的西風，彷彿那風中帶來了遠方西域豐草美泉之地無限的消息。而裴仁基則一時收不住勢頭，蹌跌落地，隨行在後的裴行儼亂了方寸，滾鞍落馬來救，慌急間未遑細顧，父子倆都教城上搭下來的無數撓鉤網繩給擒了去。

獅子驄則飛揚四蹄，西向狂奔，從此蹤跡銷匿，京洛之間，無人知其下落。當時傳言：裴仁基一喪其忠悃於隋室，誤投李密帳下，已為失計。眼見又將為王世充二度招降，名馬亦所不齒。而太宗皇帝一向獎掖騎射，得天下後獨對此馬念念不已，下敕諸州郡縣，繪影圖形，十方求索。皇天果不負苦心人，多年之後，居然被同州刺史宇文士及在朝邑訪得。是時，獅子驄已然流落商農鎮戶，肩背上套了靠架，為主人拉碾碨、磨麵粉。傳說中此馬神駿的模樣已然不可復辨，鬃尾焦禿，皮肉穿穴，齒口也因長年嚼食粗礪的秣草而磨損殆盡，看得宇文士及都忍不住放聲啼泣起來。

唐太宗終究是以前所未見的待遇收留了這匹傳聞中千載無雙的老耄寶馬，甚至由於老馬牙口衰頹，還請御醫製方，專以桑白皮、麥門冬、紫蘇，添加薑、棗引提，再和上鐘乳粉調製而成的鐘乳餵養。皇帝以此馬作種，日後還繁殖了五匹小駒，皆號稱千里足。

僧人所說的裴憲公，乃是裴仁基的幼子裴行儼。

洛陽城決戰，裴仁基與裴行儼一陣受俘，是這一對父子生涯的轉機。王世充愛惜降才，不但封賞裴仁基，還招裴行儼為婿，然而裴仁基心念故主，一逕謀劃著推戴皇室楊家的後人再掌江山，那便唯有揮戈咫尺之間，血流五步之內，襲刺王世充一途而已了。孰料事機為另一名王世充手下的老將張童仁所獲，隨即出首告發，王世充立刻夷滅了裴氏父子三族。能逃此一劫而僅以身免的，就是裴行儉，彼時他尚未出世，母親則遠在絳州聞喜的裴氏祖家。

玄宗時的宰相張說奉命撰寫《裴公神道碑》是這麼說的：「考仁基，隋左光祿大夫，以陰圖王充，仗義舊主，遭時不利，玉折名揚。聖唐龍興，旌淑勵節，贈原州都督，命謚曰忠，蓋《春秋》之褒也。」王世充改稱王充，是為了避李世民的諱；而所謂「仗義舊主」，是指原本裴仁基想要擁立的越王楊侗。裴仁基兩度變節，仍能受到忠義的褒揚，可見李唐皇室對於關隴士族之籠絡，堪稱苦心孤詣。

實則不只是封贈，裴行儉打從一出生，就受到獨特的禮遇和照拂，少兒時，便受委進入剛剛成立沒有幾年的弘文館讀書，這是唐朝廷專為培育治國之才的學院。裴行儉隨後明經中式，當下任為左屯衛倉曹參軍、長安縣令。即使參與了阻撓高宗冊立武氏為后的密謀，也不多得罪，微加貶謫而已。此後他當將帥、為書家、任尚書，位極人臣，竟無波折，多少與家室、祖蔭有關。據說，也是由於太宗皇帝之全心倚賴。

貞觀中葉某日，太宗心血來潮，忽然召入當時還在弘文館讀書的裴行儉，由中貴人逕行引入天閑。一行人走到御馬圈前，那中貴人指著一匹毛皮雖已失去光澤，且可見傷痂遍體，然而依舊神采煥發的老馬，道：「此即獅子驄，乃尊府仇讎，若非此物，老尚書與長將軍亦不至於受困屈志，以至殞身。聖人頗感於此，敕某來獻一物。」那中貴人一面說著，一面示意從人捧出來一副籠篋，開蓋視之，乃是一索、一錘、一匕。不消細說，這是天恩獨眷，鼓勵他親自下手報仇。

好容易滿江湖覓訪得回的寶馬，竟付之於一豎子騍爾結裹，太宗皇帝用心如何？著實難測。然而裴行儉手撫錘索，將短匕從籠中取出來看了一眼，又放回去，隨問那中貴人道：「聖人垂訓誨否？」

皇帝的確有話吩咐過的，中貴人稍稍退了兩步，一垂頭、一低腰，迸出八個字來——意謂所言全出皇命，並無半字虛冒：「不馴有用，不馴無用。」

裴行儉應聲答道：「此西方聖教『不問有言，不問無言』之義！聖人所著意者，非馬也，人也。」

唐太宗的話，轉生自彼外道挑戰佛祖的「不問有言，不問無言」，這可能是皇帝對此八字有獨到的體會。如果用「不馴有用，不馴無用」八字反推，則外道原先的用意就分為兩般境地，其一是「不待問而立言」，則所「言」不受「問」的規範、牢籠，此即真言；相反地，也可以把「問」看做是「言」的來歷、根源，那麼，但凡出現了「言」，都意味著它是由某一隱藏著的「問」所推導而成的。

將「問」改成「馴」，再將「言」改成「用」，這不是授命而決行那麼簡單的一件事，殺此獅子驄否，也不是報仇一意而已。皇帝的意思似乎是要讓裴行儉思索：寶馬有其不受馴養的天性，為此馬秀異不群之處；可是正因如此，這馬卻在緊要關頭，不能為人所用。這樣的馬，該留在人世間嗎？

說是讓裴行儉報仇，可是深深玩味皇帝的話，他卻體會出另一層用意；皇帝是要他憑心衡量：一匹悖逆馴養理法的畜生，可能為人帶來不測之禍，則殺之為宜？抑不殺之為宜？報宗親之仇，是堂皇天賜的名目，當年若非此番陣前失足，父兄不至於誤陷敵壘、甚至為了不降志辱身而謀刺王世充，以至於殞命。可是裴行儉所想的卻更深刻：在不及遠慮的當下，奉旨報仇，會不會只是一個順從以取悅皇帝的藉口？他的仇讎之念，也只是為帝恩所馴的一段幻念呢？於是他做了讓中貴人大惑不解的事——把盛著凶器的籠篋掩上蓋，倒退一大步，深揖及地，道：「請中貴人上覆聖人：臣某不馴，不能奉旨。」

中貴人將此情此景轉達皇帝，皇帝微微一笑，說了句不相干的話，可是後世咸信，話說的雖然是馬，意旨卻在人：「獅子驄果爾有種！」

這風塵僕僕的僧人說完這段百年前的國史軼聞，唸誦了一段冗長的經唄，天色已經轉為陰沉，暮靄四合，霞雲十色，瞬息萬變。他轉臉對月娘道：「此賊之性，向未馴於禮樂律法，貪鄙嗔殺，莫不俱足，合當絞之、錘之、割裂之；不為過！」

月娘緩緩抽出腰間的刀，銀牙咬挫，渾身顫抖；然而她勉強站定身形，鼓足筋力，試著將刀尖向毛韜的後背心猛可一遞，剛遞到脊下膏肓，柔軟的皮肉，赫然又抵了回來，刀尖上的氣力乍地卸了個地火風水四大皆空。

在這越發闃暗的晝夜之交，唯獨她兩眼晶瑩剔透，滿是堅決的淚光，可第二刀也情同於前，刀尖才迫近脊樑，又彷彿被一股不知來處的千鈞之力彈回。這一刻，月娘索性揮刀過頂，以泰山其頹的態勢往下劈了，鋒刃卻只削落了幞頭，依然未著髮膚。月娘知道，自己是再也殺不了這仇家的了。

臨事而不忍為之，十九年懷冤含憤，居然枉付霜露煙雲，她一時惱恨，也來不及往天地間號訴，只能壓著聲哭。耳邊卻聽那僧人道：

「鞭影著來，此子死矣！」

16 月行卻與人相隨

毛韜確然是那樣跪著死了。他遍體無傷，卻心膽俱裂，說是被月娘那不忍切膚的三刀給活活嚇死的，也不為過。總之，一副屍身便趺坐於驛道旁的落木叢草之中。幾個時辰以後，被東西兩驛間的邏卒發見，復耽延及翌日拂曉，才招來了鄉中專事殯葬的仵作驗看，直以行路人飢寒凌迫，惡疾暴發了事。

可是好事者不乏其人，仵作裡有一勘輿人，一向好弄道術，偏偏是他一口咬定：屍身近旁塵埃中有削落幞頭一頂，髮絲一綹，刀痕俐落明白。而死者胸臆間瘀血如掌，堪見臟腑碎裂，統而言之，豈非有人力與焉？

如此一來，更多的好事之人從而紛紛想起：屍身出現的前半夜，東行驛路上確然有勁裝胡女的形跡——彼女頭裹繡花巾，髻扣寬簷帽，身著絳紅衫……由此而生出的轇轕，如風帶雨行，不多時便沿江而下，紛傳諸郡。喧騰最烈的，便是女子俠行報仇的說法。不多時，謠諑也傳到了李白耳中——他不得不為之驚心；那所謂「胡女」的裝束，他朝朝暮暮思之念之，當然熟悉得很。

至於路邊這僧人，則出於另一段因緣。此人祖上為李唐皇室，受封為瑯琊王，曾與越王共謀起兵反武后，滿門為武氏誅殺殆盡，唯一子在襁褓間為乳母持竄而苟全。這孩子八歲的時候，乳母委之於岐州，任令生滅，僥緣遇一僧，奇其樣貌，乃為之落髮，令出家。此子日後長成，戒行具足，成為長安青龍寺的住持，法號儀光。

儀光禪師與裴行儉的姪孫裴寬有長達數十年的情誼，之所以不辭千里間關，迢遞入蜀，也是由於裴寬一封來信所提醒。之所以會有這麼一封信，卻是由於另一名高僧一行的緣故。

裴寬一向為神僧一行所私淑，為在家弟子。這號稱國師的神僧近年間奉皇命修大衍曆，天文地象，萬理分陳，諸稿齊備，只待細校再勘、以為定抄之際，一行本人忽然在本年九月間圓寂了。當是時，裴寬為河南尹，坐府於洛陽。由於生小篤信佛法，與一行的師父普寂禪師也有方外交。某夕，裴寬到普寂受詔管領香火的敬愛寺拜訪，普寂面色出奇凝重，道：「貧道恰有細務，暫無暇，使君自擇處稍憩。」

裴寬熟門熟路，不以為意，隨興揀了一間閒室，入內趺坐小歇。不料斜眼一瞥，竟然從兩三扇錯落開啟的紙屏門間，透見了令他終身難忘的景象。先是那普寂禪師，親自灑水持帚，清洗著大殿，並捧執香火入爐，貌極恭謹。是後巍然端坐，瞑目喃喃，像是在默誦著經卷。不多時，殿外傳來敲門聲，有小沙彌童音繚繞，連綴不迭：「天師一行和尚到了！天師一行和尚到了！」

此公明明人在長安修訂曆法，然而眼前數武之外，這甩開大步邁上殿來的，可不就是他本人嗎？一行僧是歲年壽四十五、臘數二十四，看上去卻額頰皺摺，顏面枯縮，渾似八九旬行將就木之翁，世人都說這是他博覽強記，洽詳墳典，與聞天機過甚之故。

但見他來到普寂面前，先行過尊師三拜之禮，復因身為國師、而受了普寂的迎拜之禮。往還已畢，一行傾身上前，普寂則俯首帖耳，凝神諦聽。一語既畢，相互頷首；復語其次，再相互頷首，如此再三再四。普寂只有一言應答：「是。」其間，還回頭往裴寬憩身之處望了一眼。

一行交代完幾番話語之後，繞過普寂，向內走下臺階，進了南屋，反手關上門。普寂這時才緩聲吩咐眾家弟子：「放鐘。一行和尚滅度了！」驗諸後事，一行的肉身並不在南屋之中，可是一身袈裟，卻有如蟬蛻的軀殼一般，頭向北方，腳向南方，齊整平坦地鋪在榻上，彷彿人形。據聞，一行真身是在長安雲居寺滅度的，皇帝哀痛不已，先敕有司以五十萬錢為起造金剛寶塔一座，此舉亦大唐開國以來所未曾有。

箇中關節，尤在於一行圓寂之前化魂千里而來，直赴洛下敬愛寺，究竟在他師傅普寂耳邊說了些甚麼？據日後筆記家傳聞，國師一共囑咐了五件事，其中第四樁，似乎是因裴寬就在密邇之地，臨時起意，而順便交代了與裴寬日後遭際有關的幾句教訓。第五樁，乃是從裴寬身上又接引而出，遂涉及長安青龍寺住持儀光和尚。關於這最後的一樁，一行僧是這麼說的：

「因緣合和，莫可相失，師便去同府尹說：彼有一方外友，交甚篤，斯人在長安青龍寺領香火，有十二年前所結宿緣未完，會須逐驛道入巴東，任意而行，必有所遇；則知我佛所言：『世間良馬，見鞭影而行』，洵非誑言妄語也！彼法慧通明者，自能了計。」

儀光除了出身皇族，所遇亦甚奇，民間傳聞：他曾經為了拒納岐州刺史李彧之女，卻又不忍以僧佛道理之辯，拂逆對方一片善愛之情，索性持刀自宮，斷絕大欲。足見其人性情瑰奇，節行偉烈，向道之志，萬古彌堅。而在八歲上為他落髮的和尚，亦非泛泛之輩，彼僧法號明達。

明達法師來歷蒙昧，中土鮮有人知，只道到他經常從潼關之下的閿（音文）鄉出入，師事一僧，法號萬迴——據說萬迴僧也是天上菩薩犯戒，謫下凡間，有前知之能；而這未卜先驗、觀微知著的能耐，就由萬迴而明達，復由明達而儀光，一脈傳了下來。

舊說：某過客，專程來拜萬迴，謂：「某欲進京省謁雙親，不知親安否？」萬迴給了那人一根竹杖，待彼抵達京師的時候，父母親都過世了。原來杖者，服喪之相；授之以杖，顯係預告丁憂之事，堪見其術不謬。但此事卻在《紀聞錄》中誤繫於萬迴的徒弟明達的名下。

明達年少時初隨萬迴遊京時，曾經指著受封為恆國公、官拜麟臺監的權相宰相張易之新造的宅第說：「將作！將作！」當時人皆不解其意，後來張易之事敗、受誅，宅第充公為將作監的官署，人們才不得不服其神明。可是這一段經歷，卻又被《譚賓錄》、《兩京記》等書誤記為萬迴的故事。

至於另一樁異行，則是將儀光所言，錯錄到明達名下。《紀聞錄》又云：「（明）達又常當寺門北望，言曰：『此川中兵馬何多？』又長歎曰：『此中觸處，總是軍隊。』」日後天寶之亂，哥舒翰擁兵潼關，堅守未幾，卻由於不能忍事，大軍決城而出，結果一敗塗地，死傷狼藉。方圓數十里間，枯骨堆埋數尺。而這幾句早就逆料而驗的話，實出於儀光，而非明達。

儀光此番入蜀，原本另有訪舊的目的。乃是十二年前蜀中那一趟雲遊，曾與峨眉山清涼寺濬和尚結識。當時濬和尚告以：初從大通寺一個名叫道海的僧人之處學了一曲〈風入松〉，勤操勉拂，夙夜不輟。然而無論多麼恬適的心情、寧靜的光景，彈來總是「風自風、松自松，兩不相干」，嗣後返山，〈風入松〉的曲調卻常縈懷繫心，不可或忘。每苦丈室無琴，只能「空揮煙靄，聊憶宮商」。

可是多少歲月過去，即使手邊無琴具，濬和尚仍舊經常冥思弄曲，似乎頗有進境。兩、三年前，道海僧曾經發付一客、一奴攜古琴「綠綺」過清涼寺，又讓這濬和尚「暢意撚撥，漸識天籟」。

依《譚賓錄》所載，濬和尚晚年已經能「窺音聲相感、吹萬應答之理」；有時聽旁的僧人敲擊木魚，還會說：「此擊，聲從槌來；此擊，聲從魚來。」其精審細辨如此。當裴寬將一行的遺言轉告儀光時，儀光頷首答道：「此貧道合當入蜀之期，便聽琴去者！」

至於那「不馴有用，不馴無用」的故事，究竟是說給月娘聽的？還是說給毛韜聽的？似乎也一如木魚敲擊，難以分辨究竟是槌聲？抑或是魚聲？總之，儀光誦罷經唄，算是在生死剎那之間超渡了毛韜。他隨即杖錫西奔，日夜兼程，又過了一個多月，終於來到清涼寺。一見面，濬和尚當下喚來那個名叫務本的琴奴，吩咐道：「累汝居此瀕三載，今日可攜琴返矣。」

接著，濬和尚便為儀光奏了一曲〈風入松〉。彈罷，乃道：「某初抱琴習此曲一月，即歸。是後空憶聲韻而弄之，每以左手為風，右手為松，三年而不得；改以右手為風，左手為松，又三年，復不得。前承道海借『綠綺』來，更三年，漸覺風非風、松非松；指非指，琴非琴——不意竟得之矣！行將就木之年，始知心、物兩端，寧非如此？一念強為區別，不如百載晝夜，時刻聆聽木魚。」

「和尚窮一紀之力，悟至道於一曲，當說幸甚！」儀光皺了皺眉頭，他此行途中已有感應，濬和尚時日不多，此夕或即是兩人最後的一晤。

濬和尚看來卻相當坦易，連說起一樁憂心之事的時候，都還面帶微笑：「今某臘盡，猶恨老憊而話多，未能及於無生法忍，曾經誤了一人。」

「無生法忍」之忍，認也、任也。除了俗習字面的承當、耐受之外，尚有以正見正覺而認知、深識的意思。有此識力，乃能「無生」——不分眾生與眾生之異，也不別眾生與一己之異；即使是度眾生，亦能不見眾生，相對說來，也就袪除了諸般我執。菩薩在未成佛之前，證得「無生法忍」，於是認得智慧，圓悟透徹。這是濬和尚當下體認，漫對來客說教，雖然是一片諄諄之心，日後思來，或許於那少年未必恰切。此時的濬和尚但覺片言之教，貽誤於人，似乎又嚴重了，不免令儀光好奇起來，道：「如何是誤？」

濬和尚左手兜纏袍袖，右手平伸一掌，從琴額之岳山以迄於琴尾之龍齦，橫撫一過。雖然掌心去弦三寸有餘，然催氣而行，琴上平素就應指起落的樂音這時竟油然而作，聲不甚高，好似沉吟。但聞濬和尚趁聲而道：「彼少年，自云『心不平靜』，貧道告知以：心不靜，更不說——此即大誤人！」

「何以見得？」

「人盡說：言為心之畫，情為言之本；貧道則謂：心為言之具，言為情之本。情動則不靜，情既動，復勉之以無言，固無情矣！」濬和尚又將琴上懸空三寸的右掌逆向朝琴首拂了一過，這時，不著拈指而自鳴的綠綺琴像是受了馴服、能通彈者的心意，繼續沉吟出聲，仍是那一曲〈風入松〉。濬和尚則接著說道：「汝昔年所斷，一器而已；彼少年子若乃奉貧道當日之說，則情根不免斲傷矣。」

濬和尚所舉以為例者，看似一微不足道的經歷，可是儀光卻別有體會——他隱約察覺，濬和尚是要藉著那「言為心畫，情為言本」和「心為言具，言為情本」二語，開啟一番針鋒相對的辯論。

這是南朝蕭梁以下、楞伽宗大興以來，一個新興的辯旨——心為何物？武氏當國晚期，有一名僧，年九十餘，法號神秀，曾於久視元年為武氏遺使迎至洛陽，復入長安內道場，深受崇敬，弟子普寂、義福等闡揚宗風，時號「兩京法主，三帝門師」，神秀示眾偈雖寥寥數語，卻風行天下：「一切佛法，自心本有；將心外求，舍父逃走。」自中宗、睿宗兩朝以來，無論世俗方外，凡有士大夫群聚囂談之處，多有講論「心之為物，如何是本」者；這種談辯，也為日後禪法南北二宗之爭開了先河。而這種以「心法」為核心的爭議，是有淵源的。

整整兩百年前，菩提達摩一襲棉布袈裟自中天竺東來，隨商旅、乘海船，至廣州復抵金陵，傳求那跋陀羅《楞伽經》之法，以佛國高僧法駕之尊，面謁梁武帝蕭衍，一番晤談，卻不歡而散。其事具載於《五燈會元》：

> 帝問曰：「朕即位以來，造寺、寫經、度僧，不可勝紀，有何功德？」祖曰：「並無功德」。帝曰：「何以無功德？」祖曰：「此但人天小果，有漏之因，如影隨形，雖有非實。」帝曰：「如何是真功德？」祖曰：「淨智妙圓，體自空寂，如是功德，不以世求。」帝又問：「如何是聖諦第一義？」祖曰：「廓然無聖」。帝曰：「對朕者誰？」祖曰：「不識。」帝不領悟。祖知機不契，是月十九日，潛回江北。

達摩所謂的「人天小果，有漏之因」，是取譬借喻，指蕭衍自以為完備的功德實則有如漏杓，不能累積；復如形影，不成實體。蕭衍接二連三的追問，都是徒務名相，不究本然，與達摩所欲開示的空寂圓融、絕聖去智等無相諸法，根本是圓鑿方枘，相去甚遠。達摩因此一葦渡江，至河南嵩山少林寺的山洞中面壁九年，相傳即此「壁觀」之法，舍偽歸真、無自無他，日夕默然，時稱「壁觀婆羅門」。而後以袈裟為信物，再傳二祖慧可、三祖僧璨、四祖道信、五祖弘忍、六祖惠能，代代楞伽師衣缽相沿；至於惠能，便開啟了後世稱為禪宗的法門。

近事，則須從五祖弘忍說起。

弘忍為四祖道信在破頭山中偶遇之栽松道人投胎，生於李白降生前整百年，七歲上遇見四祖道信，道信一眼看出，這童子就是當年曾向他覓法的山中故友，遂宣稱：這孩童「二十年後，必大作佛事。」弘忍以此而入破頭山道場，六年後披剃。由於道信有意栽培，弘忍苦修三十餘年，在永徽三年——也就是弘忍五十歲上，道信付法傳衣，由弘忍繼承此宗法席，日後還在破頭山之東的馮茂山另闢道場，額曰「東山寺」。

東山法門顯然與弘忍沉毅靜默的性格與氣質有關。《傳法寶記》謂：「晝則混跡驅使，夜則坐攝至曉，未嘗懈倦，精至累年。」這種勞其筋骨，力任雜役的實踐更與《楞伽師資記》中所稱「緘口於是非之場，融心於色空之境」是一致的。無論行住坐臥，身口意念，皆是道場佛事，而此一緘默，又旁通於道家的「清靜」、「去欲」、「無言」，故云：「蓋靜亂之無二，乃語默之恒一。」

《宗鏡錄．卷九十七》引這五祖弘忍語：「欲知法要，心是十二部經之根本。」而心與佛法的傳承有關，乃是漸變而來。二祖慧可的傳法偈子是這麼說的：「本來緣有地，因地種華生。本來無有種，華亦不能生。」三祖僧璨的法偈則更進一步：「華種雖因地，從地種華生。若無人下種，華地盡無生。」猶是將農事為傳法之喻，到了四祖道信，開始將心做地，而云：「理盡歸心，心既清淨，淨即本性，內外唯一心，是智慧相。」再到五祖弘忍，則云：「但守一心。即心真如門。一切法行。不出自心。唯心自知。心無形色。諸祖只是以心傳心。達者印可。更無別法。」

也就是在這百年間，佛、道兩家各自發明、互相滲透，多攻心法。關鍵在於「口說玄理，默授與人」，而佛法存言一旦融合了道家的修辭論理，便益發容易在士大夫群中宣揚傳播。一時之間，虛靜、語默、坐忘、無言……成了時興的話柄，即使不修行、不觀想、不辨理、不窮經，一樣侃侃談得。

襲法衣而主宗派之後十度春秋，時當龍朔元年，弘忍已經是花甲一僧，也有尋覓法嗣的意思，便命門人各呈一偈，以驗功果。當時上座弟子神秀呈一偈，曰：「身是菩提樹，心如明鏡台，時時勤拂拭，莫使惹塵埃。」另一弟子惠能亦呈一偈，曰：「菩提本無樹，明鏡亦非台，本來無一物，何處惹塵埃。」

傳聞：弘忍讀此二偈，高下立判，即招惠能入室，趁夜為宣講《金剛經》大旨，至「應無所住而生其心」處，惠能豁然開悟，弘忍遂將達摩初祖的袈裟密傳惠能，示為傳人，命他連夜南歸。《神會語錄》所載，則其間不只一日：「忍大師就碓上密說直了見性。於夜間潛喚入房，三日三夜共語。」這是師徒之間的私傳密授，內容若何？應無外人得知。據推測，應答所及，乃是「佛性」究竟。然而惠能隨即夜下九江南行，其緣故一直眾說紛紜。有以為弘忍授意，為免宗派繼承之爭，故命惠能連夜遁走，這是沒有根據的。

按諸實事情理，弘忍曾經以打趣之語稱惠能「獦獠」——這是說惠能出身為獵取生靈為食的野人——值此傳燈之夕，竟遣惠能遠赴嶺南故鄉，或恐另有用意。早先，弘忍的玩笑是這麼說的：「汝是嶺南人，又是獦獠，若為堪作佛？」惠能的回答則是：「人即有南北，佛性即無南北；獦獠身與和尚不同，佛性有何差別？」這一問一答，開出了兩條門徑，其一，指向弘忍發付惠能出走的動機，明明是要讓能通嶺南殊方之言的惠能回到故里去宣教。其二，則指向了佛性是否存在於一切人身；當然也包括了後來的禪宗以諸佛菩薩與凡人狗子同具本性的議論。

五祖弘忍入滅，門下神秀一支聲勢廣大，脈絡深密，到了久視元年，武氏尚且迎禪師入京，跪拜相迎——當時的惠能仍無籍籍之名。武氏欲以神秀為國師，神秀還親口上奏：傳承衣缽者，乃是師弟惠能。當時神秀的弟子以惠能「不識字」而欲加嘲謗的時候，神秀卻為惠能辯護：「他得無師之智，深悟上乘，吾不如也。且吾師五祖，親傳衣法，豈徒然哉！吾恨不能遠去親近，虛受國恩。汝等諸人，毋滯於此，可往曹溪參決。」至於惠能，對於神秀所傳法有異於己，也頗能相容，而有這樣的描述：「法本一宗，人有南北，法即一種，見有遲疾；何名頓漸？法無頓漸，人有利鈍，故名頓漸。」

總之，在惠能與神秀兩人身上，傳法袈裟之歸屬、以及修行法門之差異，原本無涉於宗派之區別、傳承之真偽。六祖究竟是誰？似乎也是「菩提本無樹，明鏡亦非臺」的問題。

惠能赴嶺南三十七年，多在曹溪寶林寺弘法，後世稱為南宗。相對地，在京洛之間的神秀，則被人呼為北宗。其間——也就是李白一家自西域潛返蜀中的神龍元年——武后曾派內侍薛簡往韶州曹溪召惠能入京，惠能藉辭年邁風疾，又已久匿林下，拒不應命。

朝廷雖然尊重惠能之意，並賜贈袈裟及五百疋生絹，以為供養，可是南宗不來親即，北宗卻因此而日益受到皇室的提倡，以及士大夫的攀附。而惠能所傳南宗之法，要一直到開元二十年前後，多次由惠能的弟子神會召開無遮大會，展開滑台之辯，力主袈裟為正宗信物，更主頓悟之法優於漸悟之法，曹溪之學才重新受到世人青睞。而在三、五年之後展開的那多場辯論之中，神會的對手之一，就是神秀的高徒，已經年邁的敬愛寺高僧普寂。

這是開元十五年秋，敬愛寺普寂從他的徒弟一行和尚處得法語五則，一行隨即滅度示寂。其中第五則，是讓裴寬轉令儀光入蜀，完其緣法。第四則，是告以裴寬十六字偈語：「四維之傾，將在安陸；彼時出家，卻添官祿。」其事將驗諸天寶年間，安史亂前，裴寬因之而逃過了一場死難。

第三則，乃是關於普寂日後應對惠能弟子神會召開無遮大會時所提出的辯難，俾一立論的窾竅；一行的遺言如此：「日月之行，與人相隨；袈裟法意，須臾不離。」這話可以從兩面看，一面是說：無論人行跡何在，日月總當空明照，猶如袈裟在身；另一面則是說：菩提達摩袈裟乃是傳法信物，宗派所在，猶如當空日月，不容不從。而所謂袈裟，是惠能受於弘忍、攜往嶺南之物，乃菩提達摩所遺。日後牽動了禪宗南北二宗、頓漸二法的千古之爭，這，都在一行對普寂交代的另外兩則遺言之中。

彼時，一行與普寂互禮已畢，相對趺坐安身，一行復傾身向前，道：「奉師上座一偈。」

「願聞。」

「逢會不會，默守吉祥。道遠不遠，傳止興唐。」

此中「會」字兩意，「遠」字亦兩意，皆須於三數年後方能驗之。第一個會字指的是神秀、惠能兩宗的弟子神會；第一個遠字指的則是一名來自山東地區的著名說法僧崇遠，普寂和神會在日後的滑台之會上脣槍舌劍，往復陳辭，掀起禪宗南北兩派之爭。而崇遠也以此與普寂捲入了更綿密的是非因果，普寂終於在開元二十七年、以八十八歲高齡坐化於長安興唐寺，滅度前口中喃喃數語，即是一行所贈的第二偈：

「言漸其功，心頓其果。參於造化，是以無我。」

若說前一偈預示了滑台之會的情景，那麼這第二偈，則揭示了一行自己宏觀宇宙的心地；當然也就反襯出開元中葉以後，「為法嗣嫡傳之爭而邀招於方外清淨之地」的帝國權柄，已經完全迷墮於凡事有我的境界。

一行在滅度之前分魂東入洛京，對於普寂殷殷相囑，顯見意有所寄，他不希望師尊普寂日後介入無謂的辯難。尤其是在「南頓」、「北漸」這一俗說紛紜、而於修持無實益的爭辯，所以才會有「言漸其功，心頓其果」的平議，他用意殷切，是在指出：諸般關於佛法的思索，都是經由語言日積月累形成，一旦有所開悟，總是頓；也一定是漸修而成的結果。這一番話，居然與惠能所謂：「法無頓漸，人有利鈍，故名頓漸」、「法即無頓漸，迷悟有遲疾」不謀而合。只可惜普寂一意專務於禪宗授受號召，不能捨離嫡傳名位，日後還是不免與神會展開了一場權力的爭鬥。

至於遠在峨眉山清涼寺的濬和尚，面對不辭迢遞而來的老友儀光，只能留下令人一時費解的遺言：「貧道資質魯鈍，不知誑語誤人幾何，幸汝緣法，祈為正謬。」

「師何所尋覓？」

「綿州李十二白。」

「何所垂訓。」

「只說貧道也不平靜。」

17 濯纓掬清泚

日後塵緣聚散，暫且休話。經歷了金陵、廣陵兩處交遊，眼看著一個又一個才情洋溢、可是情志鄙瑣的士子們苦其所愛、愛其所苦，魂夢拘牽、念茲在茲者，只那不知根柢何著的科考；這是李白無從想像的煎熬。與大匡山上趙蕤縱論天下之事，謂取官如探囊而得物的豪慨，何其不同？然而此時，趙蕤的面目已經模糊了，他口中多少議論，把歷代的帝王將相，文士騷人俱說成是筵前之客、案頭之友；與眼前這群大抵不算得意的士子相較思之，那夜課燈書中聽來雲淡風輕的霸圖良策，竟然透露出一種欺誑的況味。

李白帶著些許拗性，反而決意要遠離這一切。

沒有人知道他溯江而上，原本有個甚麼去處。日後，也只能從小童丹砂抄錄的詩卷次第辨認：有一首〈安州應城玉女湯作〉，是離開廣陵之後最早的手筆：

神女歿幽境，湯池流大川。陰陽結炎炭，造化開靈泉。地底爍朱火，沙旁歊素煙。沸珠躍明月，皎鏡涵空天。氣浮蘭芳滿，色漲桃花然。精覽萬殊入，潛行七澤連。愈疾功莫尚，變盈道乃全。濯纓掬清泚，晞髮弄潺湲。散下楚王國，分澆宋玉田。可以奉巡幸，奈何隔窮偏。獨隨朝宗水，赴海輸微涓。

這是一首不盡然貼合近體格律的五言排律，從八句以下，失黏折腰之處四見；但大體而言，每聯之內，李白依舊遵循著嚴整的聲調句式，出之以工整的對仗，與時調之綰合，堪說是鑿痕歷歷。用這種看似與他所樂為與擅為的奔放之筆差異極大的手段，是有諷刺之意的——畢竟，經由每一場科考而琢磨出來的、用語華麗璀璨、鏗鏘琳瑯的排律，本是大唐帝國文教的核心，情懷的徵候。而李白的諷意，就要從詩中「散下楚王國，分澆宋玉田」說起。

楚襄王大集語言侍從之臣，命各為〈大言賦〉以競，宋玉所作最佳，得了封賞。楚王又命為〈小言賦〉，許雲夢之田以賜佳作。大夫景差、唐勒各出機杼，說甚麼蚊翼蚤鱗、蝨脛蟣肝，無所不極。輪到宋玉，則不只是窮狀摹形，還進一步拈出「小」的論旨：「無內之中，微物潛生，比之無象，言之無名。濛濛滅景，昧昧遺形。超於大虛之域，出於未兆之庭。」乃直接向景差、唐勒提出了挑戰：「二子之言磊磊皆不小，何如此之為精？」楚王仍以為善，於是將雲夢之田賜給了宋玉。

李白用這個典故，乃在於稱小不稱大，並且以小自況，用以對比那些胸懷大志、眼瞻遠圖的士大夫，從玉女湯的神話展開。安州東北八十里的應城古有傳聞：當地惠澤有溫泉，其湯滾熱，每到冬月，幾里之外的行人就能夠遙望白氣，浮蒸如霧。有時蒸騰之勢略滅，束煙墮垂，又成車輪雙轅之形，上下交映，狀若綺絹。人說：古時不知何年何月，曾有玉女乘車而來，自投此泉。直到今日，還不時有人會撞見那女子，生的是姿儀光麗，往來倏忽。一代又一代的野老都不忍說這女子一死而為鬼，反而說她是女仙，看上了這福澤寶池，用沸煎之水，煉大還之丹。

「陰陽結炎炭，造化開靈泉。」即借用賈誼《鵩鳥賦》：「天地為爐兮，造化為工。陰陽為炭兮，萬物為銅。」之境，展開了這個神話。任人皆知：溫泉能療百病，李白巧為組織，將煉丹之象，復轉貸於炮藥之象，也就可以用來作為他在廣陵施藥驅疫的一個暗喻——似此做意，非徒庸夫俗子自伐其淑世救人的功果而已，深入言之，也是趙蕤再三叮囑他「見病人，須防失業」的一個逆轉、一聲頂撞。於是，「愈疾功莫尚，變盈道乃全。濯纓掬清泚，晞髮弄潺湲。」四句一分為二，前兩句看似說的是玉女溫泉有療疾之功，實則隱指醫藥之術，雖為一般士大夫所不齒，卻可以是大道周流上下、普惠萬民的明證。

後兩句是一般人熟及而留的典語，有的出自《楚辭》：「滄浪之水清兮，可以濯吾纓。」「與汝沐兮咸池，晞汝髮兮陽之阿。」此外，「清泚」又結合了謝朓〈始出尚書省〉詩：「趨事辭宮闕。載筆陪旌棨。邑里向疏蕪。寒流自清泚。」的詩句，明明都是一片遠離官場、避開爭競的心思，其寄託再清楚不過：李白寧可沉淪於黎庶小民之間，其言也小，其事也小，其志也小！

當其時也，大唐天子巡幸驪山，以溫泉洗浴為娛的消息不時可以見諸京師裡雕版印製、分發九州關驛的雜報，天下爭傳，盡人皆知。李白出蜀之後，知見益廣，豈能不聞？以此之故，才會有文末那幾句用語相當微妙而傲岸的結論：身為小之又小、小小而幾至於不可名狀的一滴水，我李白還能夠為聖人做些甚麼嗎？或可以當皇帝巡幸出宮時，以這滴水隻身奉為湯沐浴？可是轉念一想，又只能徒呼奈何！奈何呀奈何，帝王在長安，微涓在安州，殊相乖隔，誠欲有所報效，恐怕我這一滴小水，也只能追隨著千百江川，像朝拜汪洋大海一般地奔赴碧波萬頃而已。

《書經．禹貢》有謂：「江漢朝宗於海」，說的是百川以海為宗。《周禮．大宗伯》也說：「春見曰朝，夏見曰宗。」海大而江小，小水滴更是小中之小，以小就大，是假借自然之態而為人事立言，這是很深刻的嘲弄。但是，後世之注李白詩者，卻普遍從正面立論，以鬱結悲慨為高，遂墮庸俗腐朽，王琦《李太白全集》引蕭士贇按語便如此說：「寄興謂士不幸居於僻遠之鄉，雖抱王佐之才，而無由自達。身在江湖，心存魏闕而已，悲夫！」

實則，李白在寫〈安州應城玉女湯作〉之時，了無悲慨，他獨能體會得宋玉〈小言賦〉中的快意，若非於不久之後遁入一樁突如其來的婚姻，這快意尚不知伊於胡底。

18 揮鞭直就胡姬飲

這匹身色棕紅的健馬，碧鬃烏蹄、額白體肥，風神濇然。銜轡鞍韉拂拭得鋥亮，綵縚皮絛的韁繩新換過，繫在旗亭門前石柱上。由於這馬的儀態神駿罕見，路過之人，少不得多覷幾眼。

晌午才過，打從西城門外踅進兩行輜重，輿人騾伕十多口，前後懶懶散散地趕著大小行裝，當央還簇擁著半蓋小車。勞役之人個個神情萎靡，像是經歷了千里跋涉，都已勞頓不堪了。卻在打從旗亭前掩過之際，半蓋之下鑽出一張精神煥發的老臉來，但看此人膚色黝黝、垂鬚鬖鬖，頂上無帽，卻像是穿了一身藍不藍、綠不綠的官袍。識者會心，應該知道：少說是個有職有銜的官人，至於品流，大約在六、七品間，無足稱道。這人忽然面露驚喜地喊了一聲：「白鼻騧！」隨即叫輿人停車，一個鷂子翻身，匆匆來到這馬兒近前，抬手往額前那一綹短短的白毛上順手一撫，又前後將馬兒仔仔細細打量了一圈，便邁步衝旗亭內走去。

這人名叫李衍，日後由於仕宦得意，內遷而高升，由於名字與上官同，也為了擺脫先前曾任雜佐小吏的出身，於是復改名為「李賁」，賁字取意於《易》之無咎無憂，其自詡可知。

李衍年少時，追隨從事商旅的長兄從安西入中原。雖然精通算術，能在片刻之間理就百千帳大數稽核，在營商人眼中，不啻天縱之才。可惜他不肯將生涯盡付與些抱布貿絲的勾當，倒頗傾心於士大夫衣冠，於是一入中原便與長兄分了家產，脫卻商籍，自謀一「流外官」的生計。

流外入流，當在隋、唐之間逐漸形成，大唐武德年間已漸有規模，亦不知確切起於何時。但稱為「流外銓」、「小選」、「小銓」；而流內九品以外的職官，俗呼「小吏」。如令史、書令史、亭長、掌固、典事、謁者、楷書手等等，自中央以至於地方，皆須此類原本無權無柄，但使有職有俸的胥吏。這一類的吏員，有的經辦文書、有的跑腿佐雜，也有的具備些樹藝醫卜的專才。

自高宗、武氏以降，官僚集團迅速膨脹，天下官署所任用之諸般胥吏，計達三十五萬人，其中，身在九流三十階以內的職事官，卻只有一萬八千人上下。可知真正維繫官署職事庶務的，都是這批人。

胥吏無品流，在官、民之間。倘或時風殘刻，律法蕩弛，自然也不乏貪鄙侵凌，奸猾盤剝的行徑。原本為了防弊，也有鼓舞胥吏進入流內、成為清要之官的設計，一方面以前程二字嘉許其自尊自重，為國為民；一方面也得以就官僚體制之常態，予以監督控管，遂有流外入流之制。

史載掌故：「凡擇流外職有三：一曰書、二曰計、三曰時務」、「三事中，有一優長，則在敘限。」就是以書法、會計與通曉邦國或郡縣時政之所需，以力行稱職為選目，「其工書、工計者，雖時務非長，亦在敘限，三事皆下，則無取焉。」李衍便是這麼個流外入流的出身——他自幼嫻熟數計，又苦練書體經年，楷法優美，加之以出身商賈，有著同齡人所欠缺的圓融練達，應對進退之間，顯著精明幹練，堪稱上上之選，很快就取得了胥吏任用資格。對於一個原也無甚出息的小吏而言，這是幸，也是不幸。

自其幸者而觀之，流外入流的制度設計，使得不須經由科考而任事者能夠嶄露頭角的機會放寬。自其不幸者而言之，胥吏、小吏既本無功名在身，官職升薦實則有限——於中朝，不過起居郎、尚書諸司員外郎、城門郎、通事舍人；儘管有文學之才，或可至秘書郎、著作佐郎而立頂；於郡縣，不過下州司馬、上縣縣令而已。

李衍最初也沒有料到自己還能有多麼顯達的地位。倒是在開元六年初，以佐雜之身，幹了一件令上司越州都督大為讚賞的事。

越州古有會稽郡，以錢塘江為界分為吳與會稽二郡，山陰一向是會稽郡首縣，南渡時，大批的中原士族也就充實了此間人口。武氏垂拱二年，山陰、會稽同城分理州治，為「郭下縣」。李隆基即位，越州已有十萬家戶，城居之民十五萬，所謂「川澤沃衍，有海陸之饒，珍異所聚，故商賈並湊。」地位可謂繁昌。正當此時，孫逖〈送裴參軍充大稅使序〉有云：

「會稽郡者，海之西鎮，國之東門，都會蕃育，膏肆兼倍，故女有餘布，而農有餘粟。」而「雲帆轉遼海」所成就的，便不止於「粳稻來東吳」。越州還有絕佳的青瓷器皿，隨著南北水運之拓展，甚至可經海路輸往朝鮮、日本。此地發達，堪比擬長安、洛陽了：「銅鹽材竹之貨殖，舟車包篚之委輸，固已被四方而盈二都矣。」

開元初，兩京繁盛，物產豐溢，但是不過幾年之間，銅產不敷所需，通貨漸露不足之象，而盜鑄寖多，江淮諸州郡首當其衝。當是時，宋璟與蘇頲秉政，每著力於開拓交易，充分供應良錢，以及嚴禁惡錢。在開拓交易上，相公們的主張是請出太府錢二萬緡，在京師設置南北市集，以平價良錢購買百姓「不售之物」——即使是原本夠不成買賣的破箕爛擔，也以公帑買來充實官用，如此一來，成色佳美的良錢便廣為流通了。這在兩京繁華之地，頗見成效。李衍心思敏捷巧密，依樣在他所任事的山陰推展起來。

然而，顧名思義，所謂「不售之物」，即使充入官署，未必得以有用。刁頑之甚者，便將燒製過剩、囤積於家的青瓷甕來官署換良錢，李衍因之每為百姓譏笑，說他買得的瓶缽百數十計，「寧不作遣之作兵衛、列廳前、治盜賊乎？」久而久之，憑藉著經營買賣的直覺，他看清楚這一套強行貿易是行不通的。

官鑄良錢不足，朝廷又嚴禁以私鑄彌縫，人人一錢在手，靳吝不能出，各行各市，交易愈發清淡；而世間之錢，也就看似一日少過一日了。李衍出身安西，與當地肇造四鎮之一碎葉城的粟特人過從甚密——粟特人原本就是西域最善經商的一個部族，他們往來東西何止萬里？其間夷狄諸部，沒有不知道他們經營買賣，貨販往返，也都知道他們隨身攜行，必有價值不菲的財物，作為營生本利。可是卻很少聽說粟特商人遭遇劫掠，因為他們有的蹤跡無常、神出鬼沒。也有的執戟橫戈、結群恃武，每於外人不可測度之時，強兵過境。

最令覬覦者徒呼負負的，是一旦掌握甚或控制了粟特人的商隊，起手搜刮，所得竟往往是些不值錢的粗食破布，全無價值。時過境遷，才又自遠方聞知：當時放過的商隊，實則暗藏了若干雄富的珍寶。這還不足為奇，有時磧礫風埃之間，駝馬行伍百數十輩，旌旐列張，使人不敢輕犯。事後才赫然省得：原來那些駝馬背上騎乘之人，根本不是勇士，而是從中原邊區拐擄來的唐人女婦——而這些女婦的身價，常過於珍珠瑪瑙。

一般說來，粟特人從中原購得絲綢，轉輸之於西域；再從西域攜趕畜牧牲口、挾藏美玉奇石，入關互市。有謂粟特人雙眉之間有另一隻隱眼，能分辨瓌寶珠玉的真偽——其中當然也不乏巧詐。除此之外，由於商旅程途艱險，道阻且長，儘管機變百出，善謀多智，粟特人仍未必安心負載大批金銀錢幣，便常將應該收取的帳款，交易來數量極為龐大的絹帛，再以絹帛貸予需要周轉的漢家商賈、甚至「京師衣冠子弟」。如此，一筆錢財兩般獲利取息，而粟特商人只消在袖裡懷中，保此書契，雖千萬里一去來，也不愁遭遇甚麼不測。

借貸於人，許以日後歸還，不徒牟取高利而已，這般以信諾為資產，令手邊無錢之人，假未來之資，以為當下之用，還真是李衍早年在碎葉城時就從粟特行商處學來的手段。遂於山陰當地，走訪大小商戶，訪得諸般日用貨物川流起迄，勸說彼此普立信用。其法，就是在交易當下，不必舉以通用的錢、帛，但凡立下書契即可，三數月甚或一年半載為期，「且無抬舉之費」——也就是彼此都不收取利息。這本是通用錢、帛供應不足的權宜之計，故可稍稍緩解黎庶下民無錢可使的窘境，一旦貨暢其流，衣食常用之財無虞取納，就不至於鋌而走險，仰賴盜鑄。

此法行之有年，不止山陰，鄰近皆屬越州的會稽、諸暨、餘姚等縣，多起而效之，遂使市面繁盛，尤過於平昔。越州都督府長史會刺史據銜上報，褒舉李衍貞固幹濟，勤劬多能，居然還真讓這流外入流的胥吏出掌一縣，任在嘉興。

然而，水能載舟，亦能覆舟。

到了開元八年初春正月，門下侍中宋璟、中書侍郎同平章事蘇頲會銜奏派監察御史蕭隱之下江淮，窮治惡錢。蕭隱之用法嚴苛急躁，括蒐入罪者極眾，整治得怨嗟盈路，皇帝為了表示親接民心，斷然斥逐了蕭隱之，就連宋璟和蘇頲也因之而降爵去職，實施了整整兩年的錢禁大開，惡錢再度充盈各地。

其間御史臺風聞奏事，波及李衍，奏報中提到：嘉興縣令李衍，小吏出身，薄有微功，入流執事，卻佐助蕭隱之「括理私鑄，助長怨情」。隨即中朝敕下，李衍貶斥到長沙。究其淵源，實有不可為外人道者，原來還是京師中那些隨時領取高額俸祿的達官貴人，一向在暗中傾私家良錢，供應盜鑄者鎔錫夾鉛，倍增其量，這樣的生意又豈容外人插手破壞呢？

這小吏出身的李衍，在朝中全無奧援，很快地就被朝廷淡忘，只是他在長沙依舊大舞經營之袖，居然透過當年在越州地疏通有無的手段，做成了一番不小的功業。

原來長沙自初唐以降，舊有彩瓷產出。在城南五十里銅官鎮到石渚湖一帶，其地依傍湘江，交通利便。主產之物，多作家戶中罐、壺、瓶、缽實用，釉色有青、有黃、有白，風韻只是樸實，略無供人賞玩之趣。

李衍初不在意，偶於任中閒暇，微服四訪，來到一村落，發現窯坊方圓數里，窯前各堆疊大缸、酒甕，數以百計，有如兵衛列陣，行伍森然，極是壯觀。然皆非販售到尋常人家、作為器用之物，乃是各窯坊為顯揚手段，誇示匠藝，而刻意燒製的。今日東坊若稍擅勝場，明日西坊就要傾力悉心，必欲出其右而後已。瓷器愈燒愈大，也就愈不堪實用了。

然而景象壯麗，觸動了李衍的心緒，卻無論如何不能參悟其底細。直到有一日，他與衙中僚屬閒話，說到先前在越州為發放良錢躉買民間「不售之物」、而為百姓噱嘲的往事，忽然間心眼頓開，舉掌拍髀，道：「某得之矣！」

是在這一刻，那「不售之物」四字讓李衍發現：就連多餘的青瓷，都可以是商品。當初越州的老百姓說得不是很鮮活嗎？那麼些根本不能入手為用的青瓷，「寧不作遺之作兵衛、列廳前、治盜賊乎？」易碎的瓷器形體高大壯美，豈真能治盜賊，但是若有巧手匠心，製成鳥獸人物之形，啟人美觀，這不又是一樁生意？

李衍一念通透，將越州、長沙兩地瓷窯作一聯想，越州匠藝文理精細，足可以為後者攻錯之師。於是，他立刻派人遠赴山陰，請來燒瓷作手，為銅官當地匠作傳授彩繪裝飾的技法。其妙處，是在青釉、白釉之下，先於胚上彩繪，點染各種雲形飾紋，加之以貼花、刻花、堆花的裝飾。不多時，匠人們甚至開始以文字作裝飾，所書者，包括詩詞、銘語、佛經等不一而足。這就讓日用器皿有了別樣的風情，成就無所用而用的商機。製成的瓷器，佳美不可方物，甚至令人不忍盛裝漿水，有如奇玩珍玉，船載而出，販售遠方，從湘江起航，入洞庭湖，或溯江入巴蜀、上長安，或順流出海，遠銷異域。

時移事轉，遷長沙兩任縣令，居然讓青瓷大開生面，李衍重博幹練之名。但是，若要在群官之中再爭上游，可就難於登天了，因為「小吏」二字，如影隨形，無從擺落，清要大員們當然都捨不得讓這樣的人物出頭。

無論如何，堪稱斐然的政績歷歷在目，朝廷不能視而不見，又不甘即為升轉。吏部郎官磋商了半天，還只有一套老辦法：把人召進京師，找一勉可居留之地安頓了，儘以前任官職祿養，供應其日常起居，察其言、觀其行，過一段節衣縮食、且不知如何了局的日子。要是熬忍不住而又有人肯為之干謁說項，便尋那緊、望以下等級的偏遠縣分，再放出去歷練一任、兩任，這人一生仕宦之志，也就磨損得差不多了；無論再怎麼長袖善舞，也往往因為年長體衰，而隳頹其志。

此正值開元十六年春二月，尚書右丞相張說「罷政事，專文史之任」，雖說免去相職，卻另有朝旨，敕兼集賢院學士；朝廷每有大事，皇帝常派遣中使到集賢院訪問，國之大柄，似在懸疑擺盪之間，中外人事，像是浮塵，只能隨風聞上下。處境如此，李衍從長沙卸任，回京待職，就更沒有著落了。此行攜家帶眷來到安州，雖說還存著一絲力爭上游的希望，而內心猶不免忐忑。官場慣見那等不及出身、困頓於守選、落得個癡狂老病的比比皆是，所以這一路之上，李衍朝思夜想的，就是如何先安頓了妻小。

歷任外官既久，有些人情世故的枝微節末，李衍會直覺留意。像是到了接近安州的驛所，即使毋須歇腳佇留，他還是會緩停行步，讓從人理一理囊橐。自己則勉強戴上那頂緊箍著頭皮、令人不甚舒適的紗帽，到棧中寄掛商牒之處覷看幾眼。

一般而言，近城驛所多設此。通壁二三丈寬、等身高下，張掛布帳，以常見姓氏為隔別，同姓者合為一衲，別姓者又合為一衲，供往來商牒暫時寄放所攜行而欲交遞的書信。商賈代人投送信牒，畢竟不是本分必然，有些行色匆忙的商賈匆促登程，常有不及入城尋訪收信之人的情狀。受人之託，總不能誤人之事，於是就借驛棧方便之地，暫為置放。南來北往有識得收信人的，也會順口知會，就說：「君家有尺書在驛壁。」

驛壁，就是指那一方布帳。李衍去看幾眼，也就知道此間李氏可有族人否？而安州的確沒有令他失望，同姓異名之人，分居不同里集，留名於壁者，竟然有七八個人之多，這足以顯示：安州地方還有許多李氏宗親，若要攀上些遠近關係，則一二可信用者，尚可委付家眷。

不但如此，進得城來，一眼乍見旗亭前石柱上繫著的那匹五花馬的時候，李衍不免又一心驚，還略帶疑惑地自言自語道：「會是他？」

肺腑翻騰，心血激盪——他想到的是李客，一入中原便答應和他分了家的長兄。當時舉族從安西遷徙入關，迎風沙、越石磧，不辭萬里之遙而來的群馬之中，唯獨此物獨標神駿，可是再一尋思，這馬可不已有二十餘年的壽命？安能健旺如此？

前後二十二、三年睽隔，李白對這個小叔已經全無印象了。可是看那一張皺紋密佈的風顏霜面，還不時有些只在自家人臉上鑽眉透睫而出的諧笑性情，卻在轉瞬間帶來了熟悉的感覺。李衍開口的兩句笑談幾乎就讓李白認定：來者，真是遠方的家人。

那兩句話，說的是門外的五花馬：「不意白鼻騧尚留得命在，尚未燒了？」

這是安西地域粟特人的習俗。交易入手的牛羊駝馬，一旦老去，不能應差遣，便徵價賣了。但是依家而生養的牲口，如已不能承勞役，就得供養至老死，或放野處任其自滅，或與人一般，行天葬。也有的主人與牲口特別親近，甚或操刀而殺之，篝火燒其頭，分食親族。

「白鼻騧確是燒了——門前那一匹，是其種嗣。」

李衍原本一句玩笑，未料卻勾來一絲悵然。不覺心念流轉，登時算出分家至今，果真二十二年又七月有餘日，則眼前的少年，還真不能呼喚名字呢。

李白宿酲未解，衣衫上遍是層層如波紋花印的新舊酒痕，搖搖晃晃從旗亭後的複道深處走來——昨夜，一如過去數不清的百數十個連晝之夜，他和小童丹砂都宿在彼處，陪伴他們的，是一榻、一几、一燈、一硯，還有幾十樣薄暮之後才會顯露精神的樂器。

旗亭主人願意容留酒客暫歇長宿，原本並不罕見。倒是此客頗有些不尋常的地方。初來之日，不多三言五語，能與眾客寒暄，如親舊世誼；即使是片刻之間，周旋應對，竟使賓主款洽。他一身白衣，卻有穿朱著碧的官人們遠遠不及的貴盛之貌。所過之處，還帶來了傳聞中只有兩京地方才有的風俗——也就是在呼酒命歌之際，隨聲看賞，不問敷餘之數。他還能即時即事，就眼前所見所聞，隨聲度曲，信口作歌，其詞雅俗兼致，文情兩收，歌姬們悅愛殊勝。尤其是當「綿州李十二白」的名聲倏乎傳揚遐邇之際，更有令人驚訝且豔羨的傳說捕風捉影，為之備注：聽說那「製衣娘子」與此子亦有舊！

段七娘居安州久矣，她立過規矩，向不見人，終未破例。可是每當這李十二白在某酒樓、旗亭為歌姬製作新詞，隔日辰巳之間，無分晴雨，製衣娘子便已遣人來授曲式，並殷殷叮囑：務必帶得李十二郎回話。而居間遞送文詞曲稿者，據說就是那十二郎貼身使喚的小童。

旗亭偶遇，叔侄隨緣漫談，各自述說了多年來本家景況，雖然話題凌亂，問答參差，卻還十分親切和悅。李白看得出這小叔雖然音容和藹，意態閑雅，畢竟身著碧衣，與當年在大匡山上見識過的李顒等一行官人仍舊十分彷彿，舉手投足之間，透露出一陣陣含藏不住的威嚴。

李衍初見子侄，除了驚喜，更多的卻是惋惜。以一個在士族間撲風滾土二十餘年、好容易流外入流而博一明府之職的人眼中，商賈本是四民之末，固已無足深論，於今溷跡歌館，不問前程，墮落孰甚？

難以免俗地，他想知道李白究竟還有沒有上進之心？試探地問了幾句家常，總不得要領。自顧笑道：「汝父澹宕之人，東西萬里，一身如葉，汝應須也不慣作羈身之圖？」李白隨即也體會了李衍的心意，索性直白不諱，笑道：「季父久歷官所，任懷清要；某自慚猥賤，難充下陳，不若放心肉食，自甘鄙事。」

乍聽起來，是十分謙退的話，但是末了兩句，還真是說中了近世以來士大夫不忍向人明白道出的委屈。「肉食鄙事」混用兩則舊典，其一，是《左傳．莊公十年》上曹劌所言：「肉食者鄙，未能遠謀。」其二，語出《論語．子罕》的夫子自道：「吾少也賤，故多能鄙事。」這兩句話，各有來歷以及用意；在曹劌，是看不起當局食俸祿卻拿不出謀略來的卿士大夫。在孔子，則是強調自身庶民能夠鍛鍊粗賤工藝之事。可視為李白操之縱之，意思完全不同了，他表面上謙抑有加，骨子裡說的卻是士大夫們不能放懷享受生活中美好的事物——比方說：吃肉。

唐承隋制，京城及州官立寺之所，每年正月、五月、九月，從初八到十五，「凡是有生之類，皆不得殺。」是為「三長齋」。每月之內，復兼取佛、道兩教的儀節事典，而有十齋日，亦不得殺生，違者重懲。這一類的法令嚴行於官守、疏責於小民。李白舉重若輕，噱談功名如此，讓李衍不免有些啼笑皆非，卻也訝賞他能如此便捷地搬弄辭鋒，橫生妙趣，搶忙接道：「此地李氏宗族極夥，汝後生初至，可一一拜識否？」

「未。」李白無可隱瞞，道：「至此匝月，轉瞬間事，總以次日將行，或當日即行；不意留連，而竟留連。」

李衍一皺眉，道：「行客天涯，每至都邑鄉里，必訪親故，此天下人之禮，無分士庶。汝父七澤五湖間人，日夜征途，以逆旅為家，豈未誨汝乎？」

李白絲毫不以聆訓為忤，臉上的笑容粲然如故，道：「某初出江湖，闖走關驛，奉家父之名，縱使果為訪親道故，人亦不以為然。」

話說到此，朝屋角上握手肅立的丹砂點了點頭，雙掌前後交錯一攤，比了個展卷而觀的手勢，丹砂當下會了意，轉身朝內奔去。不多時，捧出來不知多少軸紙卷。有的闊約尺許，粗可合掌一圍，有的窄不過五七寸有餘，捆紮成一束，一束之中又不知凡幾。李白卻狠狠搖著頭，直道：「非也，非也。」雙掌又比了個翻書的手勢，丹砂才忙不迭去了又來，這一回拿對了；是一大疊分別箋以州郡府縣之名的契券。

李衍生小在粟特人商旅之中打滾，一眼看出那些契券行款，無一不是借據，也就明白了李白話裡的意思。想那李客，長年遊走江湖，地無分大小、路不愁遠近，只要是買賣，無不儘力周旋。行道生計，儘管有現錢可資運用時，也不易隨身攜帶，經常得託請都督府給予便換，在甲地押納錢帛領取文書，到乙地憑文書兌換錢帛，這是常理常情。

有些時候，買賣主另有要務，或者是不意間撞上些個水火風雷的尷尬，不能如期到地親為出納，往往仿效那些千里間關、奔波往來於中原和西域的粟特行商，將契券周轉至他方他人，輾轉融通，而不急於兌現，而使貨流商務暢通無礙，也緩和了支應雙方、甚至多方的資財困境。

進一步設想：李白攜帶著為數如此龐大的契券隨身，這本來就是行商術業相傳、使能自立的手段，或許就是父親為兒子備辦的一筆盤川。無論如何，當李白說出：「奉家父之名，縱使果為訪親道故，人亦不以為然」就是另一番世故之見了——試想：多年來李客輾轉行商，獲利無數，與各地宗親之間，或亦不免有交易債務。行囊裡儘是可以索求於人的憑據，又怎麼能夠坦然登門，而不啟人憂疑呢？

「汝倒是宅心寬厚，阿兄豈不知汝？」李衍不由得頷首笑道：「他發付了這許多文書，而汝果不以之兌錢，竟為無用之物了。」

李白聞言，略一思忖，舉手指向丹砂先前捧出來的紙軸：「某生計所繫，盡在此中。千里程途，揮鞭來去，歌酒不歇，豈復他圖？」

他指的是詩歌，李衍稍後才逐漸明白：這是一門前所未見的事業，在雅俗之間、在士庶之間、在酒食樂舞之間。當世公卿，但視此為辭章墮落末流，無關宏旨，渾不以為意；但是在大帝國三百二十八府州，一千五百七十三縣邑，隨時隨處新設繁孳的酒樓、歌館、旗亭、妓家，卻開門廣納，使之不再是士大夫們興寄身世感慨或者讚頌聖朝輝光的雅馴之物。李衍將要一卷一卷地展開這個侄兒的作品，他會赫然想起幾年前初謫長沙時在銅官鎮所目睹的景象：矗立於窯坊門前、有如兵衛列陣的巨大瓷甕——那些不售之物。
不售之物，終有可售之機。

19 會桃李之芳園

李衍不急於趕路，因為他知道：京中吏部那些個官人們也不急於安頓他的前程。他在安州待了下來，就住在驛所之中，瞬逾旬日。因為看起來，此間的確是安頓家小的一個好所在。以遷轉之間待職縣令的身份派人查訪，十分利便，很快就得著回音，李氏在當地的親族果然不少；也有經商的，也有作牙人交際九流的，也有擔任過多年胥吏，在地方上小有頭臉的，也有初入仕途、風標煥發，看似頗孚仕紳之望的。其中一人，年方弱冠，名字與當朝一大老相同，曰「令問」。

先是，大唐開國之初有名將李靖，系出隴西丹陽一房，佐高祖為行軍總管、撫慰大使，收嶺南近百州之地，領百萬之民，復大敗吐谷渾，封衛國公，堪說是位極人臣了。李靖有同母弟名李客師，與秦叔寶、程咬金、尉遲敬德同列，頗樹戰功，勞績勳猷，不減乃兄，累封至丹陽郡公。大約是在唐高宗永徽初年，才因年老致仕。

李客師厭征而好獵，近百歲無疾而終，死前不多時，猶能跨烈馬、挽強弓。他在京師昆明池南建築了一所別業，醉心於騎射，晝夜相從。京中人傳言：自長安城區而外，西至澧水，一鳥一獸都識得此翁，每當他親自出獵，漫天鳥鵲追飛噪鳴，山林間的小獸也紛紛出頭竄走，有如隨扈，人逕以「鳥客」、「獸師」的諢號呼之，而李客師也不以為忤。他是在總章年間一瞑而逝的，入睡前交代家人：子孫襲蔭，百代不絕，莫與人爭官爵，但於鄰近名山大澤之處，圈地買山，廣造園林，以花樹為名，收引飛禽走獸。直到他的孫輩，都還謹遵這一遺命——他們在長沙築杏園，在廬山築栗園，在安州築桃花園。李客師的孫子，就叫李令問。

開元天子當年還是臨淄王的時候，便與李令問相當熟稔。李隆基即位，李令問以協贊有功，遷殿中少監。開元元年，還襄佐誅殺竇懷貞，因而封為宋國公，實封五百戶。恩遇非比尋常，然而他始終沒有忘了祖父的教訓：若要官守綿長，就不能與人爭功鬥業，於是明明是個寬肥軟弱的體格，卻也仿效其祖，時時以遊獵自娛，無論騎在多麼威風的駿馬之上，都顯得沉重累贅，惹人譏訕不已。

李令問錦衣玉食而不干時務，外人視之，厚奉養，侈飲食而已。此時去武氏當國未遠，朝廷重臣仍沿襲著嗤鄙肉食之人的風氣，有人便勸諫李令問：「君宜少（稍）蔬食示人，毋為忌者笑。」李令問卻說：「此畜豢，天所以養人，與蔬果何異？安用妄分別邪？」

也就是大半年之前，吐蕃襲擾瓜州，轉攻玉門。河西節度使王君㚟與鐵勒四部在皇帝面前互訴恩怨，王君㚟佔得地利，先發制人，指控：「四部難制，潛有叛計」。鐵勒四部無從申辯，誣服定罪，其中回紇部原封瀚海大都督的承宗，被流放到瀼州。承宗的族子，名叫護輸，乘勢糾合黨眾，斬殺了王君㚟，載著他的屍身奔赴吐蕃。雖然護輸隨即敗戰棄屍而逃，然而唐廷喪師，顏面盡掃，非窮究深責不可，輾轉攀牽，居然發現承宗一族有女與李令問的兒子居然結上了一門親事。

李令問當下被貶，至撫州任別駕，原本是從三品的中朝大員，一落而至於從五品的外州隨官，李令問豈能不惱羞憤懣？到任不久，便一病不起。多年以來一路跟從李令問的一個歌姬，號明珠，或恐憂心主家翁歿後自己無所託身，就在撫州邸中自縊殉主，此事相當罕見，當地耆紳還列之於地方志中，視為節烈。

考究事實，李令問與西北邊關糾絞盤錯的政務、戰局一點瓜葛也沒有，驟爾被逐，實遠出於中外之望。李衍當然也風聞久矣，卻不敢置信，及至安州，他也才從李氏宗親的談議間聽說了另一樁大事。原來李令問在安州當地所興築的桃花園或許也保不住了。

桃花園佔地不大，方圓數十畝，其間野生桃樹數千本，錯落自然，疏密有致。春來花枝齊放，殷紅淡緋，壯美之極。此地還有一溪如帶，蜿蜒自西北來，潺湲三折，復向東北而去，李令問承庭訓買此山川，當然不是為了行獵，而另有他日後歸隱林下的盤算。就在鐵勒四部被控陰謀造反，而吐蕃贊普與突騎施蘇祿可汗共圍安西城時，有感於邊事變亂頻仍，他還有一首感時之詩，題為〈秋賦桃園有懷〉，與此園有關。詩是這樣寫的：

窮秋驅雁伴行吟，一任幽蹊自在陰。塞鼓紛紜猶似昨，芳枝零落到如今。騎羊志意歸雲夢，射虎聲名託野心。欲赴桃源無別語，差留閒墨付蕭森。

首聯描寫時序，正是王君㚟與鐵勒四部相互攻訐起釁之際。「幽蹊」不消分說，自然寓有「桃李不言，下自成蹊」的意思，這蹊徑，指的無非是桃花園。「塞鼓、芳枝」一聯，分別側寫了本家祖上出身邊關，以戰功建勳業的來歷，以及李令問不能光大家族名爵的些許嘆息或慚愧。

「騎羊」二字顯然還是從劉向《列仙傳》記載周成王時羌人葛由刻木作羊，並乘木羊入西蜀綏山的故事而來。因為追隨葛由登山的王公貴人皆不復還，後人便以「騎羊」為得道成仙的代詞——這就表示李令問確實有一份親近道術、欣羨神仙的情懷。以下「射虎」二字，按諸李令問之祖李客師畢生射獵的事跡，也可以窺見李令問所歸心適志者，不在積極進取；其中「野心」二字，指的是閒散恬淡的性情，猶如《宋書・王僧達傳》所載：「爾時敕亡從兄僧綽宣見留之旨。闇疾寡任，野心素積，仍附啟苦乞且旋任。」

以下的尾聯上承前六句作結，述說自己對於前途的瞻望，大約就是歸隱山林，閒著文墨。這本是所有身居要津者刻意作放曠之思的口頭禪，慨然有歸志，以示不戀棧功名權位，老生常談罷了。可是壞就壞在兩個關鍵的字眼；一個是「野心」，一個是「桃源」。

當臺諫諸官拿李令問與回紇部的承宗聯姻作文章的時候，偏以為「射虎聲名託野心」足證是李令問不甘寂寞，要與前文中喧填塞鼓所從來處的鐵勒四部夷狄之人共謀，以圖恢復當年李靖、李客師一家「射虎」的霸圖。至於「桃源」，在字面上其來有自，原本是陶淵明的〈桃花源記〉，〈桃花源記〉裡索居於桃花源中之人，是為了「逃秦」而自逐於武陵的。但是大唐太宗文皇帝在藩邸時即封秦王，逃秦，難道是要逃離李唐的江山嗎？

桃花園、桃花源，固不同義而巧為羅織成一義，實在欲辯無言。李令問當時還不知道自己陽壽無幾，猶思不再招惹物議，以圖日後出入清安，遂於外放撫州就道途中，修書一封，飭令家人從速將安州桃花園物業重為安頓，把先前起造的幾棟樓宇都拆了，只留下臨水處三數亭臺，並刻意間雜地栽種了千百株李樹，連園子的名目都改換了——桃花園從此改稱桃李園。李字既是樹木之名，也兼表姓氏。

李令問本家之人多集居於雍州三原、以及長安、洛陽兩京繁盛之地，距離這一份別業，不只千里之遙，且多視此園為得罪之由，以為大不祥。然而祖訓言猶在耳，家產又不能荒棄不問，如何保守，的確是椿惱人的事。倒是在李令問病故之後，喧騰了一段時日，安州在地的李氏宗親卻給出了一個主意：桃李園畢竟不是野處，臺榭得有人修葺守護，花樹也得有人栽植疏伐，可巧城南便有一家子弟，名字也叫李令問，看來天意巧合，如能讓那年輕的李令問自以家資繕理園務，而使千萬株桃花李花春日繁榮，同兆兩郡家業昌興，歲歲年年，不也是一樁美事？在安州諸李族親看來，當朝大員身後遺命，平白奉贈一片園林，這更是求之不得的事。於是桃李園之所歸隸，也就一拍即合。

李衍也看上了桃李園。

這是一個相當別致的所在。信步遊觀，揣摩原先的主人翁，應該是個清懷肆志之人。當初指點起造時，有意節制房舍，並沒有尋常高門大戶人家那些複道重樓、雕甍畫棟的排場。從尚未拆除完竣的樓宇廢墟可以看出：每屋間架都不十分深廣，棟樑敷設較密，可見沒有擴充廳堂、大延賓客的需求。但是李衍卻想在此地大延賓客；他要藉由這個園子，讓安州李氏宗親融入在地的名門士族；也要藉由這個園子，讓他那有才無分、有學無求的侄兒李白融入安州李氏的宗親。

能讓桃李園在眾目睽睽之下，轉入新人之手，大聚地方名士，誠屬必要。李衍商借桃李園的事十分順利，邀集李氏諸家子弟也不難。唯獨於他姓士族也能與此高會，則實屬不易。可是出乎他意料之外，機緣送上門來——就在新正之日，驛長來報：有名薛乂者，號曰員外，攜酒來拜。

員外郎或簡稱外郎，或節稱員外。在南北朝時，專指那些近侍皇帝的員外散騎侍郎，密邇天顏，地位尊貴。到了隋代，便開始在六部郎中之復下設員外郎，以為庶務之推行實任，地位便忽然低落了。在唐代，此官位列從六品上，屬尚書省六部二十四司，仍為郎中的副貳。但是還有一種員外，是以看似謙遜的說法，掩飾身為地方胥吏的佐雜身份——稱員外者，不是真指員外郎，而是員額以外的省稱，這樣就模糊了胥吏低微猥賤的身份，卻也不能算是明目張膽冒充高官。李衍一看名刺上是員外，而無郎字，便推側對方與自己的出身並無二致了。

春正時節攜酒訪舊，本來是尋常；但是在這樣一個日子上，奉春酒於素昧平生之人，則必有請託。尤其是對方還先遣僕役送來了不多見的禮酒，分別有五提，各為容量三升之觶，堆放在門邊楹下，裹以紅漆皮封，這表示送禮的人早在年前就準備妥當了，否則僅此一番裝飾的手腳，也得搬弄大半天。從壺中之酒，更看出來者極有誠意，那是上好新釀的屠蘇酒，觶壺周身綴滿了珠圓玉潤的水滴，近旁地上也滲開了黑殷殷的水痕，顯示酒是密封之後，浸泡於井中相當一段時日，特為於此日打撈出來的。

當下李衍迎進禮酒，收執名刺，與來訪僕役約訂節後再見之期。屆時薛乂果然依約而至。初看第一眼，李衍就覺得與此人頗為投緣——但看他頭頂淨巾，足踏雲履，一身淺藍單布袍，外罩玄素長帔，肘後懸劍似地掛著一柄紅傘，恰似一個眉目清朗的在家道士。

見面還說不上幾句寒暄的話，薛乂坦然道明來意：他是廣陵人，的確如李衍所料，乃從胥吏出身；日後也和李衍履歷略同，經過流外入流的曲折，在荊、襄一帶州、縣，做過幾任縣尉、參軍，由於深慕道術，遂早早地棄職歸里，之後復遠遊天台山，投玉霄峰白雲宮司馬承禎為徒。

自客年夏、秋之間，薛乂即受命於宗師，四出雲遊，遍過昔年歷任官守諸州，俱是江南江北洞天福地，往來殊方道者，相期相交，以辯以論，廣通妙談，結為盟好；這是上清派多年來的一樁始終未曾間斷的使命。除此之外，便中還要「訪一國士，作合一樁因緣」。說到這裡，薛乂緩了口氣，四顧再三，才低聲道：「令侄李十二白，便是某師所欲訪得的『國士』。」

「作合因緣？」李衍不覺有些訝然，歎道：「此子日夜歌酒成歡，以為平生快意，不過如此。莫道以國士之業相許，即以常人婚娶稽之，恐亦不耐。」

20 則桃源之避世者，可謂超升先覺

在桃李園的春夜之宴上，李白是一張陌生的面孔。他的衣著與安州當地的年輕人明顯不同，從頂戴頭巾便一目了然。

此物古已有之，兩漢時人即以黑色帛覆髮，為使固著、不至於傾墮，便用絲帶綑縛於腦後。自北周武帝時有了專名，叫「帕頭」，又呼「襆頭」，又作「幞頭」，纏裹髮束，前後交絡以四帶挽繫。由於紗羅其質，柔軟易皺，流行既久，便有以木片、銅絲為襯裡，巧為設施，形成挺拔美觀的裝飾。

襆頭顯示身份，故工商以下賤民初不許有，挽髮僅得以覆裹巾帕，謂之「幘」（音責），唐初以來，在皇室隱隱然的策動之下，原本天下門第高下次第不斷起伏更迭，除了考試任官還有極為嚴格的屏障之外，士庶服色的分際逐漸寬弛，帶幘者也常常在腦後綁上繫帶，看來與襆頭沒有太大的分別——李白所著的幘巾就是這款式。

不過，滿園李氏子弟多為士族，他們頭上的襆頭，已經有了很獨特的變貌。多年以來，或許是從長安、洛陽行客身上模仿而得，他們也把襆頭上後垂的兩腳改繫成圓環，或者將繫帶加寬變闊，周邊飾以金銀絲線；也有的縫襯細鐵絲作支骨，稱之為翹腳襆頭、看上去真稱得滿頭熱鬧。相較之下，李白一頂單純覆裹的皂絲絡頭，質樸得近乎寡淡，真是格格不入。卻也因之而使他引人注目了。

李衍側眼旁觀，發現李白似乎渾然不覺，只見他在人叢中往來踅走，神情專注而欣悅。他一一打量人們的服飾，有如賞看著新鮮的春景，有時駐足旁聽人說話，眉眼舒張，時時流露出驚喜和愉快，而這樣一個隨緣和善的後生，卻又有一種掩藏不住的冷冽和清淨，彷彿置身於一切喧囂與絢爛之外，在一個不知有多麼遙遠的地方。

園會雖由薛乂使錢備辦，李衍奔走招邀，但是出面的，卻是桃李園的新主人——年輕的李令問——藉此以昭告桃李園的歸屬，這是一個難能可貴的機會，然而說來畢竟突兀，尤其是李衍還想把邑中高門名族如郝、許諸家也請了來，就不免略顯猶豫了。正躊躇著，發生了一樁閒事，在當地李氏宗親間閧傳。

說的是安州城西北五、六十里之地，有兩座小山，一名壽山，乃是相傳古昔之時，山民有壽百歲者而得名。此山再向西，即是當年太白星君在南天門與天將醉酒走棋，不慎拂落一子，因之憑空立地而冒出來的一座山，既有本事在焉，便稱白兆山。這兩山攢吸雲霞，峰巒秀出，號稱雲夢精魄，自兩晉時起，每隔數十年，便有好隱求仙之人，來此覓一枝棲。說也奇怪，有緣能借此山川者，似有定數，無論僧俗老小，一俟竹杖芒鞋轉進山間蹊徑，便無入而不自得，沿路通幽，自會居停之地。或草廬、或瓦舍，似由天授神予，而一代又一代澹泊其志的隱者，凡是恬心安處，一向無虞風雨。更蹊蹺的是，來這兩山盤桓居留之人，往往十年為期，屆時自有它故遷徙，有的奉詔出仕，有的念舊還鄉，傳說中更多的則是受這壽山和白兆山上仙人的指引將攜，更登別處洞天福地的妙境。

近多年來，就有那麼兩個老翁，一居壽山、一居白兆山。二翁都姓李，人但知其行輩，不詳名字，便以十七翁、二十四翁呼之。兩翁不約而同來到壽山和白兆山的時候，彼此並不相識。可是生平經驗，卻十分相近——他們都有心從正途出身，苦讀久試，屢預進士科考而不達；直到四十多歲上才釋褐得官——十七翁曾經在親王府擔任過諮議參軍、記室參軍之職，二十四翁則是歷任州、府的錄事參軍——但是，轉眼年過知命，能兼濟天下的時日也著實不多了。壯心消磨殆盡，精力蹉跎不起，轉念一想：還有個遙遠而黯淡的神仙之想，居然前腳後腳來到安州。

兩翁皆無家室之累，各據幽境，同申雅懷，一見傾心。二翁熟識之後，情同手足，終日約為偶伴，遊山玩水，論道談玄，怡然自得。安州父老經常看他們周遊域中風光佳妙之處，一旦會心，必有題詠；每每置酒食、張筵席，務求餚饌精潔豐盛，卻無他客，二翁舉箸不多，盤飧當面，沾唇而已，略飲三兩杯，即招呼街坊中成群丐童，陪席共饗，並授之以進退起坐之禮，以為遊戲，鄉人遂呼二翁「神仙東道」，這樣的東道轉瞬間做了十年，雖只一頓飽餐、片時之誨，卻不知有多少丐童受惠。

就在李令問接掌桃花園之後不久，特意走訪壽山、白兆山，敦請二翁到園遊觀，爾後更名桃李園，也是這一雙「神仙東道」的主意。開元十五年冬，天候酷寒，一異於往昔，二翁不能決疑，各占一卦，言明以十七翁所占為本，以二十四翁所占為變；而十七翁占得的是屯卦，二十四翁占得的是豫卦，偏偏是「由屯之豫」——與春秋時公子重耳流亡西秦，在秦穆公的協助之下、返國奪取政權之前親自占得者相同。

屯卦震下坎上，豫掛坤下震上，卜筮之官以為這兩個卦象徵「閉而不通，」大不吉。可是司空季子卻割裂了《易經》原文，認為：屯卦和豫卦的卦辭裡都有「利建侯」，既然占卜前詢問於天的是「以得到晉國為上」，那麼「利建侯」就是得到了天意的承諾。

非但如此，司空季子還進一步拆解屯卦和豫掛的字句，說：「震，車也。坎，水也。坤，土也。屯，厚也。豫，樂也。」質言之，就是應該勞師動眾，順江河就下之勢，取其土地、得其人民，所謂：「車有震，武也；眾而順，文也。文武具，厚之至也。」震是車，坎是水，坤是土；屯是厚積，豫是快樂。車馬往來於內外，以黎庶順服而追隨，領土厚積，樂得其國，何不吉之有？

而在豫卦之中，坤是母親，震是長男，親老子長，有繼志成業的抱負，因之而豫——豫這個字的本義就是「愉悅」——故豫卦爻辭也說：「利建侯行師」這也是發動軍旅而得掌國政的卦象。

兩個與世無爭的老者，如何「行師」？又如何「利建侯」呢？十七翁靈光一閃，屈指算去，道：「汝與某在此為散仙，不亦十年耳？人道此間清修，有福不過滿數，今歲之寒，幾不能度，或即是天意逐客了。不過，嚴冬霜雪尚不能禦，汝與某，且去何方『建侯』？」

「建侯不外當國，」二十四翁大笑起來，道：「某等行將就木之人，聊具菽水之資，勉可自足，餘外不過周濟幾個丐童，還妄想做甚麼齊桓、晉文麼？」

十七翁低頭想了想，卻搖著手笑道：「海縣清一，國中不復有國，能建侯而豫者，其唯桃花源乎？」

二十四翁一聽這話，也笑了，接道：「陶公之文尚在，謂彼處『芳草鮮美，落英繽紛』『有良田、美池、桑、竹之屬，阡陌交通，雞犬相聞』——果然不聞有霜侵雪蝕之苦。」

「盍興乎往？」

「便不即回？」

這就訂了行止——他們要沿江而下，先赴江陵，次過廬山，以舟以車，深入武陵。相傳早在春秋、戰國之時，武陵之地屬楚。秦時黔中、漢時武陵，直到魏、晉兩朝，皆因襲故制而已。武陵本來還有另一個名字，叫義陵。屬辰陽縣邊界，與南方夷人接壤，時有爭戰，在東漢光武時移民東出，寄以「止戈為武」的祝福之意，又因為地勢高而平曠，遂名曰陵。

二翁在地方上夙負令名，高門士族也多所欽敬，而今要聯袂去尋陶淵明筆下的桃花源，或恐別後一時難期再會，理當奉餞送行。在李令問看來，這覓訪桃花源一事，與先前的園名深相契合，若能群集俊彥，足見風雅。於是這一席春宴，除了有饌有酒，還要輪番吟詩留別。

較之於先前的桃花園，拆除了幾棟高大樓宇的桃李園顯得疏朗許多，宅邸基址尚在，有幾處樓閣，雖然拆去牆垣，卻依然保留了甍瓦樑柱，顯得通透而明亮。園中紅白相間，桃李爭妍，尤其是當薄暮時分，有微霧自東徂西，撩起一陣若有似無的煙靄，好教那枝間群芳，一忽兒明、一忽兒暗，顯隱迷離，竟恍如與滿園的遊人一般熙來攘往著了。

至若酒食之具，多設於渠水近旁的臺榭，任人自取。郡中高門如郗、許之家出遊，總會自攜几榻帳具；他們的家僕早在清晨間就來巡看隅隙，揀選地位，先擇高曠所在，敷設遊帳，以與尋常人家稍事隔別。這般門戶的帳圍，必然要鮮豔其顏色、寬闊其尺幅，不妨流露著幾分夸飾容止的意思。其餘李氏諸家，雖然規橅略遜，卻多不失整潔精雅。有些少年自恃文才、書法優長俊秀，特意在几硯筆墨等器物上勾鬥奇巧，一旦擺佈，也頗能引來陣陣的熱鬧。

滿園百數十人各以群分，既要盡興遊觀、不廢談笑，其間還得分神設思，諷誦吟詠，更不能擰眉皺面、徒然暴露腹笥困窘，尤其講究的是時時維持著從容不迫的神情，洵非易事。

夜幕深垂之際，園中處處有篝火巨燭，光燄點染，更見熱烈的情趣。二翁已經往貴客帳中巡拜一過，也率先吟誦了他們的留別之作。

十七翁是這樣寫的：

罷酒桃源看雁飛，書空字句太希微。劉郎莫記來時路，祇許劉郎一度歸。

「劉郎」醒目，次聯兩呼劉郎之名，說的當然是〈桃花源記〉文末循傳言走訪桃花源的南陽劉子驥。儘此以立題旨：此行，應無歸期。

第二句「書空字句」用的是東晉殷浩的典故。

彼時北地後趙石虎病逝，宮中諸王子爭立而內亂，殷浩受桓溫之命北伐，官拜中軍將軍，屯兵秣馬近四年，卻在出征時由於前鋒姚襄之潛叛，一戰而潰。桓溫遂因此而上表，建請將殷浩廢為庶人，流放到東陽郡。殷浩表面上風雨無憂，清談不輟，但是每天都對空書字，久之而為人所識得，寫的是「咄咄怪事」四個字，足見內心之不平了。

殷浩的遭遇與十七翁有何相似相關之處，已無從考辨。毋寧另作臆想：殷浩出兵喪師，是在永和九年的冬天，而那一年三月初，正是王羲之與其諸子凝之、徽之、操之、獻之等大會謝安、支遁、孫綽、許詢、郗曇……四十一人於會稽山陰之蘭亭。其間二十六才人賦得三十七首詩作，流傳後世。是否藉蘭亭以影桃李園？則寓以相同的風流、感慨，詩心便未必要拘泥於殷浩一人的憤懣，十七翁留給了後人的，竟是無限的歧義與遐思。

想起蘭亭的，不只是十七翁，還有李衍。雖然在入夜之後，視野昏沉，但是李白一身練袍爽白如月，十分亮眼，即使在人叢之中，舉目可辨。李衍看他與初識之友縱興攀談，逸趣湍飛，當即大樂，就在十七翁朗吟其作才罷，李衍趨身近前，眉飛色舞地問了李白一句：「此會，如蘭亭修褉事何？」

李白略一俯首，應聲答道：「使我思廬山。」

乍聽這話，似覺答非所問，李衍還在琢磨著：是不是因為二翁志之所向，乃是桃花源，才以陶淵明在廬山的故鄉栗里立說——但是，這與蘭亭修褉之事畢竟無關，不是嗎？正狐疑著，一旁的李令問也大感訝異，道：「賢郎便是綿州李十二白乎？且容某持主人禮，為群公紹介。」

李令問體會李衍心思，也再三聽薛乂說起這位遠客深受上清道者之推重，也就對李白滿心好奇，但是格於士庶之別，為不使高門來客進退尷尬，便隱瞞了李白行商身份，只說是「李衍明府之侄」，暫棲安州。而在眾李氏子弟之中，亦不乏日常留連於歌館旗亭之間者，與李白時相過從，聽李令問溫詞好語地稱頌李白人品家世，也儘管竊笑。

李令問一套致禮之辭道罷，轉將聲氣一昂揚，道：「二翁將赴桃源，乃是陶公故里；陶公之詩又云：『榆柳蔭後檐，桃李羅堂前』，更為我園立一高隱地位。十二郎適才言及：今日之會，好似廬山，聽來頗有深意，十二郎何妨聊一闡之？」

此時，無分李姓外姓、也無分老者少者，都將耳目照會過來，聽李白往下說去：「陶令節誤觸塵網，終還舊林。後人但知他園田墟里，虛室荒村，卻不識其滿眼俊秀，隨身賢達——」

李白才說到此，不遠處的二十四翁滿面酡光，大步上前，帶著些許酒意，執起李白之手，朗然笑道：「『滿眼俊秀，隨身賢達』二語，料應有說！無說會須浮一大白！遙想當年，陶公在日，檀道濟以粱肉饋之，王弘設酒於途，想來此輩稱不得俊秀；督郵橫眉而至，縣令責陶公以束帶折腰，如此侮慢高士，怕也算不上賢達之人。」

陶淵明隱而仕、仕而隱，幾度遊宦，為時都不算長，殆心性不堪為官常所拘。二十四翁侃侃而言，提到的檀道濟、王弘……的確也具載於史籍，這些庸官俗吏雖然不乏景慕陶公志節之意，卻的確不能算是他的知音道友。

然而，二十四翁雖自以為得理，不意卻誤蹈了李白與人交談時慣設的機栝之中。當眾人將目光齊集於這青年身上的那一刻，他抖擻袍袖，灑然向李令問一揖，道：

「且答賢主人：陶公故居柴桑，舊名尋陽、彭蠡，今之江州是也。廬山綿延自武功來，在其南，故古稱南障，高三千三百丈，山勢凡七重，周回五百里。此山與天下名山之大不同，乃在無主峰；青碧之色，橫潰四出，嶢嶢嵺嵺，各為崇高，幾無尊卑上下，互不拱揖，此其大異於他者；正《易．乾卦》：『用九，見群龍無首，吉』——」

一口氣如珠錦玉繡的言辭吐屬而出，聞者已然為之屏息凝神，悄然無聲。李白更不假須臾，轉身向二十四翁也一揖，道：「陶公撫琴，琴上無弦，所撫者，琴趣而已；然則柴桑之友，何必友其人哉？自有群山出風降雨、抱異懷靈，峰巒相伴，亦可以成交遊，某所謂『滿眼俊秀，隨身賢達』，廬山足當之！以某今日所見，桃李園中，陽春煙景，大塊文章，群季之樂，何止天倫？但覺如入廬山，仰群龍也！」

這是對身邊賓主眾人致上最高的賞譽，一番話說來婉轉又深刻，不卑不諂，語意懇洽，不少人入耳傾心，爆出了一陣喝采，紛紛譁讚，卻個個瞠目結舌，不能接語。李白遂微微垂首，更向二十四翁低聲道：「翁酒中得意，何妨有詩？」這一轉圜，不但顯示了他遜謝稱賞的風度，也為機鋒稍挫的二十四翁緩頰。二十四翁還了禮，借持一觴在手，分三次滿飲，間成四句一絕口占之作，吟得如此：

江陵雨落武陵車，一入桃源縱意奢，去路將攜今夜酒，暗香微染晉時花。

吟罷，十七翁也走近前，望著李白，道：「前輩詩家宋考功有應制之句云：「不愁明月盡，自有夜珠來」，吾宗後進，才識如夜珠，豈能藏於櫝而晦其明哉？某二老一去千里，但與山川訂交，此後欲聆雛鳳清音，想來也是極難的了——諸少年，何不請令各賦佳句，以為某留念別懷？」

一說到請酒令，群倫喧噪，爭相試賦。其中，也有許多原本就想藉著席間行令作詩、以便露才延譽之人，早就宿構先成，從袖中掏出了箋紙，上頭密密麻麻寫著以桃李為題目的詩句。

李令問年紀與李白相彷彿，較之於園中少年同儕，算是世故較深的兄長了。他的詩才不佳，每逢題詠，總是拘守試律，今夕身為主人，只能當仁不讓。遂於攢眉苦思片刻之後，率先成句，也因為他書法工秀，眾所周知，隨即應眾人鬨鬧，當場書之於絹，張布於帳圍之上，任憑觀覽。所作不外稱頌二翁之灑脫飄逸，其句如此：

何曾當久別，歲節望重逢。遠道無塵念，幽居祇舊蹤。風侵桃影亂，酒漸客愁濃。應手師青李，仙懷效赤松。

這首詩中規中矩，連尾聯也收煞不住、作成對仗之句，其試帖習氣與功夫堪稱了得。唯「青李」既是眼前伴酒餚核之一，卻也另有典實，出王羲之〈來禽帖〉：「青李、來禽、櫻桃、日給藤子皆囊盛為佳，函封多不生。」不消說，李令問暗中以王羲之為榜樣，一方面是對自己書藝的標榜，一方面也將蘭亭修禊與桃李園夜宴作了巧妙的聯繫。篇末拈出赤松子，畫龍點睛地恭維了二翁將要成為仙人。

出乎李衍意料之外的，李白雖然在人群之間往來交親，舉酒高談，卻始終沒有作詩。宴前聽說蜀中遠道而來的才子之名，一番即席縱談，人們的確見識了他的錦心繡口，然而當那些少年爭試筆墨的時候，李白卻和一個在帳圍間奔跑遊玩的孩子嬉鬧起來——那是李衍的長孫李耑，年方七歲，總角丫髻，齒白唇紅，一片天真。也是李白隨和可親，這孩子總腳前腳後伴著他，時而抬頭仰視，眼中一片欣慕。直到二十五年之後，李耑與李白在宣城重逢，已經成人的李崙還記得這一夜的遭遇，甚至還記得李白教會他作了平生第一個對子——此時李崙模仿著周圍那些一面暢飲燒春酒，一面呻其呫嗶、吟哦字句的公子哥們，指了指樹枝枒間掩映而下的月影，對李白笑說：「舉頭望明月。」

李白立刻接道：「低頭思故鄉。」

「耶耶教訓過，」李崙朝不遠處的李衍一努嘴，道：「出句、落句不許重字。」按諸試律準繩，這一聯非但重了個「頭」字，連聲律也不甚穩諧，可是李白卻大笑道：「汝便一枚頭顱，俯仰由之，豈便理會這許多規矩？」

偏在此刻，李衍把孩子驅開，捉著李白的肘袖，低聲道：「汝且隨我一見郡中人物。」李白這時已經頗有酒意，隨手漫指，如點兵將，笑逐顏開道：「此中曾與某至旗亭把酒者，十之二三；曾與某赴歌樓鬥句者，復十之四五。此固不必虛禮相見者。餘子袞袞，日後當須是長安道上奔緋逐綠之人。道既不同，且容某不相與謀！王光祿不有言乎：『酒，正使人人自遠。』」

王光祿指的是晉孝武帝的岳父王蘊，曾任吳興太守、光祿大夫、徐州刺史，堪稱一代循吏，唯此公生平好飲，老而不節，在魏晉名士中，雖素以內斂清和著稱，留下的銘言：「酒，正使人人自遠」卻與他的政績和操守不相附和；「人人自遠」四字，看來是將醉飲之餘、蕩遠飄遙的境地視為離群獨化的手段，毫無進取兼濟之心了。

這簡直是要辜負至親的苦心安排，李衍畢竟有些不悅，仍勉強按捺，承其言而逆其理，教訓道：「王叔仁出身太守，封侯建昌，官居刺史，德化四方——汝偏耽斯人一句酒話，毋寧屈煞前賢？」說罷，一甩手，逕往前邁步而行。

李白吃李衍一番申斥，酒醒三五分，不敢再發議論，垂手低臉，隨行在後。來到一臨水小丘，帳圍高嚴寬深，重屏三疊，方圓數武。李衍忽而止步，側耳傾聽，約略聽見圍中是薛乂與一老者揚聲攀談，意興正高，話題居然是錢。

由於不知前情後果，只聽那薛乂不時地稱說「家兄」如何如何，老者則不時地叨唸「敝甥」如何如何，彷彿今日夜宴，他二人也是初遇；倒是交談中提及的那兩個親戚人物似又頗有來往，而言談所及，都是江南私鑄通寶成色如何，語聲忽高忽低。李衍心思縝密，知道這不是拜進謁見的時機，只能守候片刻，直聽見兩人勸飲閒談，才向李白使了個眼色，高聲唱名：「待職縣令綿州李衍率侄李白候進。」

這一天，是李白和許自正頭一遭碰面。許自正始則面容肅穆，但上上下下打量著李白，無論說起甚麼，只是頷首而已。在許自正的身旁，另有一人，一時不言不笑，由於置身在燈燭的另一側，始終看不清面目。薛乂的應對則大是不同，他朗朗而談，聲若洪鐘，於互道姓名，依式寒暄過後，張口居然提起那一領紫綺裘：「客歲，某承師命江南雲遊，將攜白雲宮名物至金陵，所持贈者，即是李郎；所持贈物，即是此袍。」

李白聞言，醉意又化去一半，瞪著一雙圓眼，期期艾艾地迸出幾個字：「噫！那是司馬道君之厚貺——」

「道君謂汝有神仙之質，然未可以輕離世間之志，」薛乂微笑著轉對許自正道：「更何況，家兄與李郎雖也只一面之緣，卻勝稱此等人物，江湖無兩呢！」

李衍和李白當然不會明白薛乂話裡的意思，相互對望一眼，正要追問，薛乂自眉飛色舞、有如揭露一驚世之謎樣地說了：

「家兄平生行商於荊、揚之間，坐賈於廣陵之郡。」薛乂道：「一度在瓊花樓得聞仙樂清辭，大為歎服，久久不能釋懷。」

是哪個廣陵薛商？面目都有些模糊了。

李白轉念一想，不對，當初在瓊花樓盤桓多日，徵歌選曲，尋訪段七娘下落時，總是藉名「五蠹人」，怎麼會讓那薛商知道自己的里貫姓名呢？才狐疑著，許自正卻將忍不住，終於開了口，搖頭復點頭，直像是不知該如何讚許的模樣，道：「李郎後生，詩才絕頂，某雖不能吟，眼力還有幾分。僅是這幾句，還教老夫沉吟至今：『古琴藏虛匣，長劍掛空壁。楚冠懷鍾儀，越吟比莊舄。』『旅情初結緝，秋氣方寂歷。風入松下清，露出草間白。』諸如此類，其豪快蕭瑟，直追老來庾子山；當今士林，恐未有能與汝比肩者！」

李白聽許自正這麼一說，身上所殘餘的三兩分酒氣盡皆蒸騰而出，不由得打了個寒顫——那一首他幾乎忘懷了的詩；乃是在瓊花樓大醉之夕，抄錄篋中藁草，託廣陵薛商代遞蜀中而去——由於是以詩代札，的確在紙末迷迷糊糊地寫下了「弟子李白」的字樣。

「紫綺裘，仙山神器，更非庸人所可得見——」薛乂湊近許自正，扭臉向後，對長几裡側那個臥蠶飽滿、烏鬟濃密、始終不發一語的長臉士人說道：「九郎京、洛名山洞府行腳遍矣，應亦不聞有此？」

今夕之會，稱九郎而不道姓氏，應知這位客人也是李族宗親。此時李九郎附和著點點頭，道：「紫綺裘為上清道者至珍之物，非但常人不能親即，縱使身在教門，授受亦必有奧義在焉——」話說到此，忽然打住；眾人順著李九郎的視野望去，那是在李白身後，不知何時出現了一個矮小的身影。李白猛回頭，那身影更矮了半截，直向錦茵一般的草地上跪去。

來者是小童丹砂，他的背上扛著兩捆徑可二尺有餘、寬約尺許的油皮囊裹。旁人不知那是何物，李白則一眼便明白了：囊裹之中，正是過去這一年多來丹砂隨侍在側，日夜留心，得閒便謄錄下來的詩篇。只此時，這孩子匆遽闖來，魯莽已甚，必有緣故。再看他滿眼噙著淚水，李白不覺間心往下一沉，低聲問道：「金陵有音訊來麼？」

「龔爺病榻書札，託付商牒到驛館，但望能在有生之年，讀些李郎的詩篇。」

21 喜見春風還

丹砂是來辭行的。

擅闖貴人帳圍，原本是十分失禮的事，而主人不能不責。可是李白轉過念頭，覺得生死事大，情慨唯真，只這剎那間，無論如何輕微的訶斥之言都說不出口，只淡淡囑咐了句：「汝自為珍重，水陸平安。」原本還想問一句：「汝去便不回耶？」然若說了，在這許家的筵席上，就顯得更加失儀了；只好將忍住，一揮袍袖。不料丹砂早已從袖中摸出一函，遞了過來，隨即三稽首作禮相辭，又起身向几榻邊圍坐群公環揖數拜，像是默默告罪著，直到退出數步，才轉身飛奔，迅即消失在夜暗之中。

突如其來這一陣騷擾令李白有些恍惚，他隨手將那函塞進袍袖，不意片刻之間，恰恰失落在榻旁。李九郎卻沒忘了將先前給打斷的話題拾回來——說的還是那一領紫綺裘，他凝視著李白，道：「令節佳會，十二郎乃不著紫綺裘來？」

話是問話，然而意思卻不見有甚麼疑惑，語間神色，毋寧還洋溢著讚許之意。

「紫綺裘授受之義究竟若何，願聞九郎高見。」許自正似乎早就想擺脫先前薛乂關於銅錢的一番高談闊論了，索性側身一讓，把一陣燈火明亮也讓上了李九郎的臉。

唐代道者服飾，從初入道門的平冠、黃帔。歷經正一、道德、洞神、洞玄諸階，先戴芙蓉玄冠，著黃裙、絳褐，而後服黃褐、玄巾，而後戴玄冠、著青褐，而後洎升至黃褐、玄冠；一般皆無紫色之制。唯於上清一派，另有紫袍之制，法自南朝劉宋時代的知名道者陸修靜傳來。陸修靜非但是道教三洞之說的創始人，更是上清一派的推動者。

東漢末年張道陵創天師道，天下普設「二十四治」，各有祭酒，領戶化民。久而久之，祭酒之制不足以羈縻徒眾，新的道官制度應運而生，加注了更為縝密的教義傳授、家戶登錄、租米徵繳等律法，具有官吏一般身份的法師可以宣佈科禁，考校功過，甚至直接向天曹啟告，請神下界守宅安家，禳災卻禍。

魏初以降，天師道北遷，科律廢弛，道民多不赴集會，不報戶籍，不交租米。相對地，許多道官便藉威乘勢，自謀其利，「妄相置署，不擇其人，佩籙惟多，受治惟大，爭先競勝，更相高下」，以至於「縱橫顛倒，亂雜互起，以積釁之身，佩虛偽之治籙。身無戒律，不順教令，越科破禁，輕道賤法。」

這一切，都在陸修靜的規橅之下，才逐漸有了轉機。他確立了由一般士庶升為道民的「功德」——無功德不能受籙，既受籙復須累積功德，方可升遷。初有「將軍籙」分十等以迄五十等，再依次升為散氣道士、別治道官、下治道官、配治道官，爾後還有下、中、上「八治道官」。道官之極，是所謂「明煉道氣，救濟一切，消滅鬼氣，使萬姓歸伏」的道師，僅這些疊床架屋的構築，就看似充實了、也嚴肅了從早年「祭酒」以來道教內部權力歸屬的階層。

陸修靜同時提倡禮拜，置誦經、禮拜、思神三法，名曰「齋直」，也就是把齋醮體系之諸般細務當作「求道之本」。此中議論，不無借言取法於儒家以及釋氏之群經者，但是確然令道教思想顯得更有體系，而這一份事功，恰與道教經典之採集互為表裡。

陸修靜曾經「南詣衡湘、九嶷，訪南真之遺跡；西至峨眉、西城，尋清虛之高躅」。這一段話裡的「清虛」是指王褒，固為早期漢代道教果證成仙之典範，然而「南真」更為重要——此語所謂，乃是魏華存，上清派的開山之祖。宋文帝元嘉中，陸修靜只三十一歲，便刊正《靈寶經》，編撰《靈寶經目》。整整三十年後，從廬山溯江入金陵，居崇虛館，又從宮廷舊藏中發得上清派楊羲、許謐所手書的上清經真訣。他隻手打造了「三洞」（洞真、洞玄、洞神）和「四輔」（太玄、太平、太清、正一）等七大部類的體系，區分出道經品級的高低，道士身份之次第。後世所稱：「修太清法成仙，修靈寶者可成真，修上清者成聖。」即從陸修靜而來。唐人所奉行的：「初受《五千文籙》，次受《三洞籙》，次受《洞玄籙》，次受《上清籙》。」本來就是陸修靜的主張。

這一切都說明：上清道法在大唐立國以後一步一步被推為上品的道法。而就在開元天子當國的此時，受命編纂《一切經音義》的京師太清觀大德張萬福就曾明白地承襲陸修靜之說：「凡人初入法門，先受諸戒，以防患止罪；次配符籙，制斷妖精，保中神氣；次受《五千文》，詮明道德，生化源起；次受《三皇》，漸登下乘，緣粗入妙；次受《靈寶》，進升中乘，轉神入慧；次受《洞真》，煉景歸無，還源反上，證於常道。」（《傳授三洞經戒法籙略說》）

李九郎之言，還涉及陸修靜編撰《靈寶經目》之時一樁令世世代代的上清道者傳為美談之事。據說，在元嘉十四年春三月上巳日，陸修敬奉詔編輯道經，此後三十年，無論其間體驗多少霜雪，亦無論經歷多少奔波，他始終容顏不改，望之便是當初而立之年的體態與相貌。直到初抵崇虛館發典藏故紙之時，正當泰始三年冬日，宋明帝體恤他在藏書的秘書寺必須日夜忍受苦寒，加賜柴薪燈燭，以及一領形製奇特的皮裘。

宮中呼名，所賜原本是一張「鹿皮帔」，鹿皮經過反覆鞣製，務使柔軟如棉，也有以裘名之者。襯裘貼身的裡子，則是一塊相對也極為柔軟的綺羅，色青近黑，與鹿皮帔之紫相近而略微深湛。此外，由於皇帝再三囑咐宮人，要照料陸修靜的起居寒暖，這鹿皮帔也就特別添製了寬大而保暖的夾袖。

一個冬天過去，歲時更迭，已經年過花甲的陸修靜也頑健如昔。一日晨起，忽然覺得氣候有些禁不住的暖意，便換下了厚重的袍子，孰料登時打了個噴嚏，一張臉猶如一池風來吹拂的水波，驀地皺老了。非但如此，經春日照射的烏黑髮絲，也在轉瞬之間斑白了。秘書寺諸吏員見狀，無不大驚失色，陸修靜卻平靜而愉悅地說：「老而不使人知，是欺天也；天不我欺，故應喜見春風。」「喜見春風」於是成為日後上清派道者新歲相逢迎賀的慣用之語。

陸修靜隨即便以這副嶄新的佝僂容貌覲見皇帝，上奏了編纂「三洞群經」的計畫。三年多後，《三洞經書目錄》編成，一共著錄道家經書、藥訣、符圖一千二百二十八卷。皇帝欲加封賞，陸修靜卻拒絕了，只表示：天恩浩蕩，福庇攸長，但望能夠以當年那一領「鹿皮帔」賜為道者服製，以彰榮寵。皇帝不但答應了，還給了這款式的皮袍一個名字：紫綺裘。又由於陸修靜有「喜見春風」之語，春回大地，得證生機，故自齊、梁以下，上清派天師常以此裘為傳宗證物，猶如達摩袈裟故事。

紫綺裘在李白囊篋之中，是隨身不置的行李，然而一旦聽說舊聞，不禁滲出了一身冷汗，忙要往几上尋酒壓驚。李九郎舉起一大觥遞來，道：「衍道傳宗，此業大矣！司馬道君知機入微，必有深意寓焉。」

「某慚惶！」李白接過酒，還不及仰飲，搶忙應道：「昔年於江陵天梁觀曾接聞道君講『服氣精義論』，其廣聞覃思，博采獨見，蔚為大觀。數載以來，某猶不能悟其十之二三，豈敢說麼衍道傳宗？」

「啊！老夫想起來了——」許自正喃喃自語著，他並未留意席上這兩人的對話，令他專心致志者，卻是司馬承禎昔年過安州時曾經說過的一段話：「飛雁在天，不受矰繳，普天下禽獸，唯此物能觀天知時。時不至，不行；時既至，不凝。」老道君甚至還下了兩句玄之又玄的結論：「既以天下為貴，乃能不滯於一處。」若說這是對一個年輕人有所寄望、有所託付，這是多麼迷人的一方遠景？

而眼前這後生，不就是當時老道君與崔滌等口口聲聲要為女兒「執柯作伐」所許之人麼？

「汝便是那大雁了？」許自正衝口而出。

22 瀟湘江北早鴻飛

春夜桃李園之宴，李氏子弟皆有吟詠，唯李白未作。當日在一旁嬉遊玩耍的孩童李凗於多年以後與李白重逢於宣城，那時的李凗已經是個卓爾有成，鬱負秀氣的士子，他還記得李白振筆疾書、文不加點、令一旁圍觀的眾人嘆服不迭的神采，可是當李凗問起：「所作何詩？」時，李白卻連連搖頭，直道：「未曾作得。」

他寫的是兩篇精悍而綺麗的文章，其一，乃是當日總集諸李吟詠的卷首文，題名〈春夜宴桃李園序〉，其二，則是篇幅稍長的〈奉餞十七翁二十四翁尋桃花源序〉。

「何以不吟？」自從李凗能夠記事以來，不時從李衍口中聞知：李白斯人積學深湛，才氣勃發，天生而為國士，幾無不可吟詠之事，亦無不可吟詠之時；而在桃李園的盛會之中，他非但未與人聯句，亦且不曾獨出機杼、自謀篇什，其中會須有故。

對於這一段在人們口中盛稱數十年的雅聚，其「群賢畢至，少長咸集」，似乎不亞於蘭亭，可是，已經年過半百的李白卻面帶些許鄙薄之情，淡然一句作了了結：「醉中別無長言，但知世事固有不必付之吟詠者矣。」

實則，並沒有因為歲月流轉而消磨的記憶，依舊烙痕宛然，當日夜宴所見，滿眼是早在桃李園之前，就已經相知相識的儕流，多少個日夜，他們一同在旗亭酒家聯袂呼醉、共觴歡歌，早已稱兄道弟。可是一旦到了春宴上，卻改換了個衣冠分明，士庶井然的局面。先前還在一張几榻之前與歌姬撓搔調笑的儔侶，此時赫然板起一張生分的面孔，挺起一身華麗的袍服，端嚴其狀貌、高恃其身家，雖然彼此聯宗的時候，各推宗祖、自序行第，略定輩分，人人都顯得彬彬有禮。這些子弟們相互揖讓吐囑，魚雅從容，握管濡毫，儘管其中泰半尚未獵得功名，卻都流露出天閑騏驥的高貴意態。不過，僅僅與李白睟眼交接的那一瞬間，只餘千萬種莫名其所以的疏離。

他從旁觀望著那些來自絳郡房的從兄、來自姑臧房的從弟、來自敦煌房的十三季叔、來自武陽房的三伯……幾乎沒有人不提及當今開元天子承襲前中宗皇帝詔命左散騎常侍柳沖所修撰的《姓族系錄》，此書卷帙浩繁，都二百卷，看來談論它的人也都未必讀過，可是不能不談的原因卻與每個人的地位息息相關——透過這部書，從太宗以來的《氏族志》、高宗以來的《姓氏錄》都要打入煙荒，沉淪永劫，因為大唐盛事的門第必須重新布置。

早在百多年前，太宗文皇帝在時下令申國公高士廉、黃門侍郎韋挺、禮部侍郎令狐德棻、中書侍郎岑文本等修《氏族志》，排定各姓氏名人的等級高下。高士廉出自渤海高氏，屬於山東郡姓，韋挺出自京兆韋氏逍遙公之房，是關中郡姓首族，令狐德棻出自敦煌令狐氏，為河西大族，岑文本出自南陽岑氏，也是僑姓大第。

這幾位大臣對於郡望的次第，自有其出於南北朝士族貴賤的傳統之見，而所論列之天下第一姓，乃是博陵崔氏。這讓李世民相當不滿，指責高士廉、令狐德棻等人不諳時勢。朝中以關隴功臣為主的官僚集團議論紛紛，也附和上意，以為「山東人士好自矜誇，雖復累葉陵遲，猶恃其舊地」，此後，無論是《氏族志》或是《姓氏錄》，乃至於這一部當令時興的《姓族系錄》都有一種改以皇族宗室為首，外戚次之，並尊重現實中累世高門地位的傾向。

百多年來，江湖遍處的李姓子弟最喜於公讌私筵上與人談聯宗之事，就是因為無論怎麼勾稽耙梳，總可以將大約三百五十年前出生的涼國武昭王李暠推為共祖，李暠的地位之確立，於皇室有有利處，也有不利處。

自其有利者觀之，承認了身為李暠的後代，就可以往上將郡望的來歷，從以鮮卑人為骨幹的「隴西狄道」轉向以漢人為骨幹的「隴西成紀」；也就確立了李淵一系對於絕大多數漢族庶民之統治權柄，並非來自異族。李氏皇族與天下人共其親舊，其樂也融融，自然是好事。

自其不利者觀之，李暠有十子一女，承祧者眾，所謂「開枝散葉，紛披無算」。如果從李暠的次子李歆起算，則第七世孫就可以推及李淵，第九世孫為高宗李治，第十一世孫即是本朝天子李隆基。不過，在同一個族譜上，另從李歆的六弟——也就是姑臧大房之祖李翻——往下推衍，李白的父親李客則是和唐太宗李世民同一輩的遠房兄弟，而李白則是李隆基的祖父一輩。由於譜牒記錄詳盡者不乏多有，敘起親疏長幼來，滿天下到處可以找到得皇帝的祖伯爺娘，也是莫可奈何之事，則皇權尊貴的地位，似乎反而因此而拉低了。

天下諸郡的李氏卻樂之而不疲，人人爭立譜證，樂聞新說，不只是希望能藉著聯宗而得到同姓親族的接濟、援助，同時也以之樹立一己在士林與仕途中的地位。即使是在桃李園歡飲的這一天，這身份也始終矜持自詡，也就和李白別有隔閡。當李衍要李白也即席賦詩、一顯身手的時候，李白隨手召喚了許家兩僕，為他搴起卷紙，自己隨意捉起一支長鋒大筆，寫下了這一篇文字：

夫天地者，萬物之逆旅；光陰者，百代之過客；而浮生若夢，為歡幾何？古人秉燭夜遊，良有以也。況陽春召我以煙景，大塊假我以文章；會桃李之芳園，序天倫之樂事。群季俊秀，皆為惠連；吾人詠歌，獨慚康樂。幽賞未已，高談轉清。開瓊筵以坐花，飛羽觴而醉月。不有佳作，何伸雅懷？如詩不成，罰依金谷酒數。

石崇〈金谷詩序〉作於晉惠帝元康六年，石崇大會時流潘岳、左思、劉琨、陸機、陸雲等二十四友於別業金谷園中，主賓共三十人，聯吟成詩卷。金谷園「有清泉茂林，眾果、竹、柏、藥草之屬」「又有水碓、魚池、土窟，其為娛目歡心之物備矣」。眾人在此間晝夜遊宴，「或登高臨下，或列坐水濱。時琴、瑟、笙、築，合載車中，道路並作；及住，令與鼓吹遞奏。遂各賦詩以敘中懷，或不能者，罰酒三斗」，其感慨，堪稱開〈蘭亭序〉之先河，有所謂：「感性命之不永，懼凋落之無期」而已。至於「金谷斗數」，具載於文中，是三斗。

走筆至此，李白的思緒在「感性命之不永，懼凋落之無期」兩句上盤桓，而稍稍停頓了。他微笑著朝圍聚群觀之人，一一看去，試著在朦朧的醉意之中清晰辨認每一個人的臉孔和姓名，然而，這些人的面容卻越來越模糊，越來越遙遠，片刻之後，唯一還能清楚辨識的，卻在清風眉月之間，只有他識得：那是他久未罣懷的老朋友吳指南的臉，一個曾經和他相親相狎、甚於手足之人；而在李白的耳邊，也不住地反覆著吳指南臨終之前的兩句話：

「筆是汝家舊物耶？」

「非是。」

「某意亦然。」

夜宴上的眾人皆不以紙面上「罰依金谷酒數」幾字為終章，可是李白顯然也沒有再寫下去的意思，他只怔怔忡忡地望著手心裡的那枝筆，朝明亮而虛靜的夜空凝眸良久，隨即將筆擱下，忽然若有所答地笑道：「便罰某！」說時，捉起大爵便一陣痛飲。

至於第二篇〈奉餞十七翁二十四翁尋桃花源序〉，則是十七翁與二十四翁相攜而來，以大醉之態向李白討的。十七翁敧身側肩，幾乎不成字句，吞吞吐吐地道：「某二老，向死之行，去不復還，可乞一詩以為別乎？」

適時李白三斗飲迄，道：「卻為送此不歸之行，深哀在抱，二翁其恕某不敢文吾作韻語。」

二十四翁仍不肯放過，道：「李郎必有卓識，灑然數語，聊慰老懷，差可矣！」

「昔年秦皇祖定鼎天下，律法錯然，公族以降，洎至奴庶，皆無所逃。此寒灰之劫，莫可倫比，日後陶公遂有桃源野處之記。」李白黯然道：「想那桃花源，偶一遇而終不能再尋，其情正與生死同——二翁試看：群生之來，無非偶然；而一死之去，無非必然也。然則，可一偶遇而不可再得者，則非生死而何也？」

三斗酒還在腸中激盪，李白卻不願意就此落筆，因為將桃源視為死地，這只是一個發前人所未發的意旨，卻還不全然表達了「向死之行」所帶來的感動，他還要往更遠處推尋，還要繼續說下去：

「生不欲死，人情之常，而二翁慷慨就焉、逍遙赴焉，此古來神仙縹緲之說所掩隱者也。始皇無知，遂以求神仙為得長生，寧不知——」說到這裡，李白抬起袖子擦了擦朦朧的雙眼，復舉頭看看當頭的夜空，吳指南並不在那裡。

「李郎賜教——」十七翁和二十四翁卻等不及了，同聲問道：「寧不知何者？」

「寧不知神仙之道，乃是縱此一生之偶遇，與相知者契闊同流，不惜永絕於人世。」李白聲色豪壯地說出了他的結論，再擦了一把眼睛，接著笑道：「吾祖吾宗，俱以身證此神仙之道矣！老子西出函谷關，以五千言可道之道，付之於關令尹喜；李少卿胡服不歸，一腔怨望，盡在報蘇武詩中。此二公，非神仙也何？」

果爾，李白的〈奉餞十七翁二十四翁尋桃花源序〉是這麼寫的：

昔祖龍滅古道，嚴威刑，煎熬生人，若墜大火，三墳五典，散為寒灰。築長城，起阿房，並諸侯，殺豪俊，自謂功高羲皇，國可萬世。

思欲凌雲氣，求仙人，登封泰山，風雨暴作。雖五松受職，草木有知，而萬象乖度，禮刑將弛，則綺皓不得不遁於南山，魯連不得不蹈於東海。則桃源之避世者，可謂超升先覺。夫指鹿之儔，連頸而同死，非吾黨之謂乎！

二翁耽老氏之言，繼少卿之作，文以述大雅，道以通至精。卷舒天地之心，脫落神仙之境，武陵遺跡，可得而窺焉。問津利往，水引漁者；花藏仙谿，春風不知。從來落英，何許流出？石洞來入，晨光盡開。有良田名池，竹果森列，三十六洞，別為一天耶？今扁舟而行，笑謝人世，阡陌未改，古人依然。白雲何時而歸來？青山一去而誰往？諸公賦桃源以美之。

這篇文字下筆著意，千回百折，曲徑通幽，實非尋常作手所能料想。看似從人盡皆知的「逃秦」立主旨，將暴政之主驕矜自喜，一轉而求仙成神、貪圖永生，二轉而扣住賢達韜隱之義，藉四皓、魯仲連之遁山蹈海，既呼應了陶淵明「歸去來兮，請息交以絕遊。世與我而相遺，復駕言兮焉求」的心境，又註解了二老尋訪武陵遺跡的動機。

更微妙的是，文中仍寓藏著李白自己的遭遇感慨：拈出哲人李耳、將軍李陵，非徒因同宗而比附，也對比了人世間得一知音的艱難——畢竟青牛背上遠引無蹤的老子還有五千言可道之說，付諸關令；而李陵也騁其悔愧憾恨，將心事情懷投報於給蘇武的詩篇。相形之下，李白沒有道出、卻耿耿於懷的，則是自己的平生摯友，非但不能解識他的文字，還在漫遊途中，帶著一身悵惘、滿腔寂寥而死去，槀葬於荒波蔓草之間。

與會諸人——舉十七翁與二十四翁在內；並不知道意氣風發的李白居然會對桃花源有這樣深邃的感慨。李白寫罷「赴桃源以美之」這一句，隨即將筆一扔，大笑再飲，昂聲道：

「二翁同行，彼此會心，至矣！李十二白請以此文與二公絕交！」

他說破了，而且破得透徹，這場春宴，乃是與會之人同十七翁、二十四翁的絕交之宴。這一夜春宴通宵達旦，外姓貴客約莫於子時離席，只留下了善後清理帳圍、几榻和飲饌之具的奴僕；本宗子弟則依依不捨，人人持盞守候，與二翁殷殷話別。黎明前巨燭燒殘，餘煙繚繞良久。未曾燃盡的燈火，仍兀自與天色爭光。眾賓主猶不肯散去，舉目仰見，江外一雁，低鳴而過，北向孤飛，一去不回。

23 纏綿亦如之

吳指南病中囈語，說過「紫荊樹下那女子，也誦得汝詩。」李白一向不以為意，因為紫荊樹本在綿州故里、自家門前，若說樹下有女能吟誦自己的詩作，也會須是有朝一日回到家鄉，方可應識。

他卻沒有想到：就在許自正家宅門裡，看見了這樣一株幾可盈抱的蒼蒼巨木，比之於家鄉者，看來粗大了不知幾許，而且時值初春，已經殷殷然有發花之勢，數以千計的花苞芳豔欲吐，像是爭著要向來客報聞春暖的消息。

這一趟走訪，也是李衍和薛乂安排的，兩人卻各有打算。李衍是準備在開春之後、赴京之前，完遂了姪子的姻緣——如果能順利就婚於許家，對於李白日後進取功名，當然是有極大的便利。

而薛乂兄弟的計議，則是要說服許自正，發取家中數代以來的「萬年青」，作為「母料」，供應廣陵工匠從事私鑄。無論是易一而得三、易一而得五，雖說非當局所樂見，可是就實論事，非但有利可圖，更於促成天下貿易之利便有大功焉。這件事，許家必須有一個既能信任託付、又堪當遠行交際的親人。

一年多前經司馬承禎與崔滌的揄揚稱道，許自正的確心有所繫，而今這李家後生既然出現，一見之下，儀表真個不凡、文才也確乎出眾。不過，他也不是沒有顧慮。

首先，李白之家並非士族。讓獨生女兒下嫁一行商，就是自貶門第。其次，又聽說這李十二縱跡於旗亭歌館，頗有浮薄浪蕩之名，但使不加約檢，日後還敗壞了許氏的門聲。可是話說回來，十餘年間，許宛兩度許嫁不成，洗盡鉛華，耽意於道經藥理，肆志於吟詠詩書，甚至不以女身自持，到了這般年紀再談婚事，又何嘗容易？從桃李園夜宴歸來，他輾轉多日，終於忍不住同許宛閒話探問：「若與再議婚閥，汝意如何？」

許宛嫣然一笑，道：「是時。」

許自正聞言大感意外，也只能尷尬陪笑道：「兒豈得其人哉？」

「客歲崔太史遺贈一詩來，語甚詳，阿耶豈不記哉？」

「啊！『琴心偶感』——」許自正想起來了，是那一紙下署著「付安陸許」的七律：

琴心偶感識長卿，緩節清商近有情。脫略鷫裘呼濁酒，消淹蠶篆作幽鳴。蕭牆看冷雙紅豆，病雨聽深一紫荊。滴落風流誰拾得，曉開新碧漫皐蘅。

就如同當年的司馬相如，這也是一個來自蜀地的儇佻少年，或將以琴音挑逗卓文君的情意，於落拓無聊之際，也不免將鷫鸘裘貰酒而飲；而這鷫鸘裘，或許就是在夜宴上眾人議論不已的紫綺裘。此外，蠶篆本來就是道者符籙之書所用，便再一次說明：這是個受司馬道君屬意的人。詩中尾聯設問：這樣一個人物究竟如何止歸？「滴落風流誰拾得？」答案在末句：皋蘅，近水澤之野，偶生香草，語繫「蘅齋」主人，不就是許宛嗎？「曉開新碧」，說的則是這一個剛剛到來的春天啊！許宛所謂「是時」，看來並不意外。

這反而讓許自正不知如何應對了。這個多年來全無待字許嫁之心的女兒，竟全然沒有抗拒這樁人生大事的意思。可是揆諸情理，她不會明白對方是甚麼人、甚麼出身、甚麼行業……一切茫然無所知，卻接受得如此坦易，殊不可解。但見許宛撥弄著手中的藥草枝葉，卻先開了口：

「婚媒常例，如儀而已，阿耶毋須瑣瑣。」

許自正還是試探地問了一句：「可知郎君家世否？」

「二姓婚耦，謀合有媒，斟酌有妁，非兒所可與辦者。」

許宛並未吐實，她是知道李白的。桃李園夜宴之後，安州各鼎食門第間不免鬨傳，有蜀地綿州李氏十二郎名白者，肆揚才氣，發越文章，這還不足為奇，實在令人揣摩不透的，是他的身份。

有人說他是個行商，車馬籠篋之中充盈著無數契券，舉凡大江南北商驛、坊市之犖犖大者，皆過從甚繁。也有人說他是個道者，隨身行囊所攜，正是天台山白雲宮信物，奉司馬老道君旨諭，周遊天下名山，交盟各地道流。還有人說他是個劍客，少年時在蜀中便使氣橫行，仗義殺人，只今袖藏一劍，浪跡江湖，猶時時赴歌舞之地，與遊俠人物通往來。

最令許宛好奇的，是其中一個經歷，來自拘謹木訥的表兄杜謀——據他比合廣陵薛商與員外薛乂兄弟二人的說詞，這個蹤跡不定、形影飄忽的青年恐怕還是在廣陵出手施藥，消解一時疫情的醫家。除了最後這一個身份之外，李白似乎從未否認過他複雜的面目與經歷。

猶有甚者，市面上有人稱道旗亭倡優新製酒令曲詞，時不時也會在蓄養了樂妓歌伶的人家流傳，高門大戶之間蜚語輾轉，說起某歌某曲之作手，居然也會提到李白的名字。管弦飛聲，箏笛馳響，渡其詞而流其情，最讓許宛心動的是兩首〈代美人愁鏡〉。

這兩首歌，都是在郝處俊家族的私宴上傳唱開來的。郝氏家妓之中，有與旗亭歌伶通往來者，得其聲譜文辭，細心揣摹仿擬，熟練之後，便在自家宴席上獻藝。這是近世以來由於水路暢捷、交通利便、遊宦之家往來頻繁，而形成的時風。

出身有別的歌樂伶工彼此之間，互通有無，是相當常見的事。百年後的司空圖以詩句描繪這情景，便十分貼切：「處處亭臺只壞牆，軍營人學內人妝。太平故事因君唱，馬上曾聽隔教坊。」此詩之題只一字，曰〈歌〉。所狀述的，是具有樂籍身份、長期居住於樂營、衣糧由官方供給的「營妓」。無論所轄歸於郡、州、府之地方長官，皆為在地之「兩頭娘子」——這是因為當時軍中編制二十五人為一「兩」的緣故；一兩之長，便呼為「兩頭」，而被借稱為「兩頭娘子」的營妓雖然冠以營之名，卻不專屬於軍旅，她們往來於地方行政官長的私宅和官衙之間，閱人無數，見多識廣，常與同行接觸，而傳遞了當時從宮廷中推廣出來的服飾、髮式、妝容甚至聲歌樂曲。

聲色活動樣貌之流動，也可以是相對的。有時，營妓或家妓中姿色、技能、才華之佼佼者，往往經由一場官宴或私宴的邂逅，而得著意想之外的賞識，飛上枝頭，成為貴人的私寵；有時，這私寵的名聲上達天聽，間或也有入宮成為司空圖詩中所謂「內人」的。也就由於各地伶妓人物的流動，民間、士族和宮廷之間，總藉由歌詩樂曲而遙通想像、互仿模樣。往來之人，也將殊方異地的樂風歌調流傳至不同的城邑，雜以新變，交相影響。其中較隱微者，就是文詞。為了遷就曲子、遷就演唱，合樂而作的文字也變得活潑多姿，不拘於格律，甚至使得藉由考試之規範而愈趨穩健的聲律也動搖了。

〈代美人愁鏡〉其第一首如此：

> 明明金鵲鏡，了了玉台前。拂拭交冰月，光輝何清圓。紅顏老昨日，白髮多去年。鉛粉坐相誤，照來空凄然。

在郝家初聞這兩首〈代美人愁鏡〉時，是併作一歌，作三疊。前一首的八句，拆成二疊短歌，可以視為兩首五言小絕。許宛巧思琢磨，發現：作詞者並不在意他的詩作是否合律，似乎更加在意這詩一旦與曲子咬合，是否能藉由曲子而喚起更為動人的感興。

合兩疊成為一氣，便是一首大致上遵循格式的五言八句之律體。純從詩律看，李白除了首聯用對而次聯刻意摒棄對仗之外，於第四句和第八句的第四字，都借平換仄，使得末三字「何清圓」與「空淒然」產生出輕揚高舉的情趣——這種作法，若施之於應試之作，是不合乎聲調的，一定會因為格律上的舛誤，被考官們打落。

但是聽那伶娘依曲唱來，三平落腳卻唱得遞漸高昂，許宛別生感動。尤其是「光輝何清圓」一句，接連五字皆是平聲，一字還拔一字高，才真能推宕出遙遠空曠的意境；可以想見：作詞者依聲換字，不純以書面之作為依歸，可見兩者相契之深，非比尋常，如果不是經常切磋磨合，豈能臻此？

其第二首——也就是演唱時的第三疊；聲律恣肆變化，體製曲折跌宕，固然同署〈代美人愁鏡〉之題，耳邊情味更加流蕩：

> 美人贈此盤龍之寶鏡，燭我金縷之羅衣。時將紅袖拂明月，為惜普照之餘暉。影中金鵲飛不滅，臺下青鸞思獨絕。稾砧一別若箭弦，去有日，來無年。狂風吹卻妾心斷，玉箸並墮菱花前。

這一首曲式全變，間雜著著豐盈浩渺的情思，以及曲折層疊的典故，出以雜言古體的形貌，更因樂句而有了靈活佻達、長短不拘的變化，讓曲子發展成更悠揚的變貌，囀音時而上下，吐字間以緩急，原本聽來陌生的新曲卻又像是糅合了不知多少曾經在耳際千迴百轉的細碎語句，喃喃不絕；一枚鏡子，竟能產生如此雄渾厚重的意象。許宛從來沒有聽過一首歌曲，藏有那麼細膩的風雅指喻，卻又那麼不合乎士人吟詠的規矩，遂向郝家伶娘討來歌詞細讀，一面讀，一面問道：「歌曰〈代美人愁鏡〉，詞中所託之意，竟不似出於美人之手。」

「曲子是從製衣娘子套來，詞是李十二郎所作。」那伶娘遂將門巷人家張揚了好一段時間的蜚語，說來一過，大致是原本身為宮中內人的段七娘如何變成「製衣娘子」的身世，復加之以李白遊歷廣陵，藉徵歌以尋人的傳聞。兩般頭緒搬來弄去，卻怎麼說不清：這一雙男女究竟是個甚麼來歷和了局。

許宛反覆讀著曲詞，又讓那伶娘低聲細氣地單為她唱了兩回，才忽有所悟，笑道：「這歌，明說愁鏡，暗寫思人。倘或如汝所言，確有詞曲兩家的淵源本事，則聲詞依偎，符節吻合，他二人形影相隨，近在咫尺，又何苦作迢遞相思之語？庶幾可知：這製衣娘子卻明明不是李某所思之人。」

如果從詞意內在探掘，更可以發現：「愁鏡」並非即景生情之作，應該是因事起意的鋪陳。起手的「明明金鵲鏡」也見諸於第三疊的「影中金鵲飛不滅」，這裡頭藏著典實。

託名東方朔、實則應出自東漢道者之手的《神異經》上記載：「昔有夫妻將別，破鏡，人各執半以為信。其妻與人通，鏡化為鵲，飛至夫前，夫乃知之。後人因鑄鏡為鵲，安背上，自此始也。」這是金鵲的來歷。男女相歡，不忍隔離，一旦一方「與人通」，對於落寞的情人來說，確實無奈而殘忍。縱使這個誇大而荒誕的情境未必要落實追究，可是金鵲畢竟象徵了睽違兩地，隔別萬里之際，兩人心意相通的一個懸望、渴想。

與金鵲相呼應的，還有青鸞。古來相傳，鳳凰之赤者為鳳，青色為鸞，昇仙者多以為坐騎。當不為仙家所御的時候，青鸞也可以飛越關山，遊走於現實與夢境之間，為情人傳遞書信，許宛自己日後的詩句便有：「不勞鴻雁書人字，偏有青鸞入妾堂。」

然而，青鸞之為物，在李白這首詩中別有用意，仍與鏡子有關。

西域有罽賓國，國王在峻祁山捕得一鸞，大為珍愛，特為之打造純金樊籠，飼以珍饈醴泉，可是豢養三年，這鸞不發一鳴。國王夫人遂獻計：「嘗聞鳥見其類而後鳴，何不懸鏡以映之？」國王便命工匠打造了一面巨大而雪亮的鏡子，抬到金樊籠外，這鸞一睹其形，忽然悲鳴大作，哀響終宵，一奮而起，便在這衝撞之下，當即殞命。「臺下青鸞思獨絕」之臺，乃是鏡臺；鏡中睹影，恰見孤棲。

金鵲在鏡子的背面，鏡面則是一枚令許宛深深動容的月亮——她還沒有見人這樣寫過月亮。從年紀幼小的時候，她就在許自正的教導之下，讀過許多著名的南朝詠物之作，特別是劉宋時代謝莊所寫的〈月賦〉，堪稱古來描寫月色之尤者。其設想如此：三國魏末，陳思王曹植思念早逝的文友應瑒、劉楨，憂傷閒居，中夜命駕寒山，睹秋景而傷懷，臨時差人送了筆墨簡牘給王粲，讓他寫一篇文章遣懷。

〈月賦〉就是兩百餘年之後，謝莊假借當夕情景，託擬於王粲手筆而作的應景抒情之文。題為〈月賦〉，通篇所寫的乃是月下之世界如何華美，月下的人情如何深摯，尤令許宛念念不忘的句子是在終章：「美人邁兮音塵闕，隔千里兮共明月；臨風歎兮將焉歇？川路長兮不可越。」以一輪圓月之千里相共，像是渡越了千里川路的綿長阻絕，的確動人心魄。

但是，讀了李白的兩首三疊之歌，許宛才驚悟：謝莊賦月，美則盡美矣，未盡善也！因為謝莊的月亮，始終只是孤懸天末，增華地表，不過是「升清質之悠悠，降澄輝之藹藹」的那麼一個裝飾；天光自天光，人事自人事，兩造映襯而已。直是到了李白的筆下，經由一鏡，而將人和月融溶為一，相隔兩地之人，以鏡得月，由月入鏡，終成其繾綣。

可也就是這「相隔兩地」，教許宛平添許多臆想，著那伶娘再去蒐求，這李十二還有何許曲子詞。不一日，回音來了——夥矣盛大其事，郝氏主婦伴同自家姊妹，喜笑顏開地領著一班家妓並那伶娘，上門走訪，也呼來許氏門中的娘姨們，索性在蘅齋設下了歌榻，合兩門第中二、三十個婦道，齊聚一廳，為的就是欣賞這一曲〈閨情〉。

流水去絕國，浮雲辭故關。水或戀前浦，雲猶歸舊山。恨君流沙去，棄妾漁陽間。玉箸夜垂流，雙雙落朱顏。黃鳥坐相悲，綠楊誰更攀。織錦心草草，挑燈淚斑斑。窺鏡不自識，況乃狂夫還。

顯然，這還是一首兩地相思之詩。再比對起先前的〈代美人愁鏡〉來，榻上年輕的姑娘們便熱鬧喧嘩著了，你一言、我一語爭著打趣，有的說：這一首裡也有「玉箸」，堪見美人確是愛哭。有的說：「青鸞」變作「黃鳥」了。也有的嬉謔更甚，直嚷道：還是那尊舊鏡臺！

許宛所見，卻與他人大不同；她所想的，是那個「代」字。

一段相思兩處人。一般說相思、道相思，總不外要讓那被相思的人得知，這害相思人的心情處境；可是這幾首合樂的歌詩卻是害相思的人易地而處，扮作被相思者，借擬其志、轉假己意，包舉了兩造的感懷。更藉由被相思人，反襯害相思人，此乃化主入客，使主客兩身、兩界、兩情為一體，遂不辨孰為主、孰為客，而造就一大朦朧。如此才看得透：固言美人贈我以寶鏡，而照鏡之人既是我、也是美人。

然則，除了這害相思的作者之外，世間是否真有那樣一個被他苦苦想念的人呢？一個看來備受愛慕之意煎熬的人，化身成他所思念的人，而這個化身，若非實有其人，或恐還就是這男子自己罷？

關於男身女身之辨，她已熟思多年，領悟盡在「天女重來本無計，猶遺嗔笑枉沾身」的詩句之中，但是她從來沒有想到：天外飛來一人，竟以代擬之作，道破了莊子在〈齊物論〉裡所說的：「彼出於是，是亦因彼」之辨；質言之：一個真正的有情人，滿懷相思，未必求其所耦，他既是憐人惜人之人，也是被憐被惜之人。

不過，許宛也會須從另一面設想——設若世間真有那麼一個讓李十二朝夕思慕的人呢？

〈閨情〉的確透露出蛛絲馬跡。「流水去絕國，浮雲辭故關」這兩句與作者來自蜀中的身世吻合，流水當係指滔滔之大江，江船出峽，一去不返，則遊子天涯不歸，所思者當是在「故關」就認識的。「水或戀前浦，雲猶歸舊山」二句轉借自西晉張協〈雜詩十首之八〉：「流波戀舊浦，行雲思故山」，看似攘奪前人名作，但一經改寫，雲之有歸而人無可歸的反襯，使離情更形出色。

令許宛微覺不解的是接下來的一聯：「恨君流沙去，棄妾漁陽間」「流沙」實有其地，一說在沙州郡西八十里，一說在甘州張掖東北一百六十里，號居延海，彼處風吹沙走如河川，故名。另有記載：玉門關外與吐谷渾領地之西北，亦有流沙數百里，而賀蘭山以西至沙州之間，更有東西橫跨數百里、南北縱深近千里的沙磧之地——無論確切所在如何，都位於西北絕塞之域。但是漁陽，卻為古燕國所轄，至隋屬玄州，入唐屬幽州，這又是在中原東北邊荒之區，看來既不該是這李十二遊歷所經，更不會是一個蜀中女子所能跋涉而至之地。

不過，藉由東西兩地，極邊萬里，夸飾其睽隔不通音問的環境，往往是胡族歌謠共有的題旨，既然作曲的製衣娘子精擅異族音律，自己也有一段不堪回首的邊愁離恨，則因其聲而擴其情，充分表現了男女兩造天各一方的處境，便未必膠柱鼓瑟於作歌者的身世了。

以下「玉箸夜垂流」至「挑燈淚斑斑」六句，直是鋪陳思念之殷，戀慕之甚，情景交織，語苦而情切，卻無本事可追。要之在末聯「窺鏡不自識，況乃狂夫還」，說的是這鏡中人悲感當下容顏已然憔悴、甚至衰老，幾至於不能自認，若還要等待蕩子識途而返，又不知要守候多少歲月。

許宛三復斯言，忽然若有所覺。在她的眉睫之外、靈臺方寸之間，忽然浮現了一個模糊的人影，那是個上了些年紀的美貌女子，踽踽而行，不知所終，唯見遠處是流沙，她的腳下有霜雪，頭上有圓月，斯人斯景，似在鏡中——而對鏡之人，時時以袍袖拂拭著皎月一般的鏡面，這人不是甚麼紅粉佳麗、愁蹙蛾眉，卻是李十二——傳說中那才氣縱橫的浪蕩子。

這浪蕩子一身白袍，昂首闊步，卻沒跟上在前引路的司閽蒼頭，他一心只想看一眼許家宅院裡那宛如自家門前的森然巨木，才邁步來到二進庭院，便往伸展著槎枒的紫荊樹蓋踅去，身後的李衍和薛乂還來不及攔阻，他已然穿過西牆角門，踏入院中，跨院裡不只有樹，還有許宛。

許宛手捧箋紙，那是她親手謄錄的〈閨情〉。她口中正唸著一句：「綠楊更誰攀？」唸著時，漫不經心地看了他一眼。

24 誰明此胡是仙真

綠楊誰攀？詩心所寄是月娘。

這時的月娘已經身在謠諑裡。有的傳聞，把她形容成一個為父報仇的孝女；有的閒話，把她雕琢成一個為夫報仇的烈婦。人們不知其名字、不明其下落，但言此女頭裹繡花巾，髻扣寬簷帽，身著絳紅衫，赫然一勁裝胡女，卻因為俠行而感動了官府，鬆動了刑律。種種脫略事理、近乎荒誕的情節，多多少少也都跟歌樓酒館、旗亭妓家之地，藉詩歌、衍故事、推波助瀾的力量有關。一首〈東海有勇婦〉，一首〈秦女休行〉，本來只是李白憑著對月娘的記憶、雜以里巷的傳聞，呼應了流傳數百年的舊說，妝點著茶餘酒後的娛樂，渲染著綺思異想的傳奇，李白不可能料到：月娘居然活脫脫地走進她的詩篇之中。

而在開元十六年，別過了儀光和尚，流落於道途之間的月娘，已經離大匡山太遠，也離過去三十多年的生涯太遠，身上的糗糧已罄，若欲回頭，只能丐討，計所需程里，三數月也就回到綿州了。然而，她身上背著刺殺當朝命官的不赦之罪，驟爾返鄉，徒然株連趙蕤而已。

更何況，此行初衷本是潛蹤報仇，只在僻野之間，沿途避過關津、不入城邑，也從未交驗「過所」，一旦為邏卒發獲，必然捉拏進官司求刑。如此一來，她已經不具備任何身份，是個徹頭徹尾的「野人」，儘於長江大河、三山五嶽之間流徙，蕨食泉飲，不外是一意孤行，隨遇而安罷了。

四顧蒼茫之際，她也有些許不敢深求的想望，在諸般飄絮也似的念頭之間，畢竟有那麼一個模糊的身影，是她渴望重逢的一個人。她身行所向，是迢遞不可即的長安，彷彿在跋涉之際，耳邊總有一個聲音提醒著她：那人會須是去長安了罷？那人會須已在長安了罷？可是，月娘又不敢把念中身影想得太逼真、太切實，她不能讓那人顯現眉目——那樣會比四下裡紛蔚叢雜的煙靄蓬蒿更令她迷惑、更令她恐慌。偏在此刻，月娘盈心繞懷不能去者，竟是昔日老道長王衡陽的兩句話：「煙火後先，俱歸灰滅而已。」

當年流落環天觀之日，王衡陽曾指點二路：若不做「官使」，就做「仙使」。官使就是「風聲之婦」，妓也；仙使，則是方外修真的女冠：「為官使，則絕代風情，芳菲錦簇，怎麼看都是繁華；為仙使，則滿園枯槁，鐘螺清涼，怎麼看都是寂寥。」她當時毫不遲疑地投拜在王衡陽門下，十八、九年轉瞬而逝，無論孰為煙、孰為火，於今思之，不寒而慄，倘或事有定數，命無可違，難道這竟是她投身門巷人家的時候了麼？

這遐想令月娘不寒而慄。她已經三十三歲，縱令要委志於娼門，也已經錯過了年華。浮生漂蕩，念此一身，既已無籍可寄，亦復無家可歸，從此能陪伴她的，不過是一條又一條隨它通往不可知之處的荒徑；而行道兩旁，相去不數武，便見數百年來與日俱增、或堆積、或散落的曝骨，總然是一代又一代流離失所、輾轉溝壑的生靈，也就這麼無聲無息地逝去。此物觸目所及，月娘也只有淡然一念：但取能行則行，無依無止；或恐今日之我、明日之我，也就同彼等髑髏骸骨一般了。

京師長安出南山三大谷道，分別是沿斜水、褒水而出洋州的褒斜道，歷鄠（讀若戶）縣、盩厔（讀若周至）縣，過終南山入駱谷北口、再由儻谷出口的駱儻道，以及先秦時即已開通、王莽時重加推拓而命名的子午道。這三條谷道，或因水陸接濟暢旺，或因兵家恃以為險要，或因路勢取直便捷，出蜀入京、出京入蜀的行旅堪說是絡繹不絕。月娘其實無多識路，儘自不疾不徐，看前後路塵飛揚，就轉入山道中，權且隱匿高處，俯瞰著一陣又一陣的車駕驢馬，見行旅稀少了，復返於山道之中。

適逢霜天之月，龍潛不出，蒹葭滿眼。昏暮前，遠方城堞在望，月娘不能再信步向前了，她得繞路，不期然轉入了駱儻道的一條岔路。

駱儻道於三國時代為兵家筋絡，晉室南遷之後寖廢，沿途猶有些殘垣斷壁，是數百年前軍旅哨守的烽堠。到了隋煬帝時，大治天下水路渠道，才又頗見人跡車轍；然直到開元年間，唯略加疏通、不使堵塞，沿途數百里，全無驛所，鳥道長空，猿聲相銜而已。

時方入夜，曲折東向的小徑邊荒草叢中，有一古烽火臺，臺高五丈許，底徑三丈餘，到了高處，便只一丈寬窄，那是昔年哨守者燃放狼煙的井口。彼時，每一烽堠設帥一人、卒四五人，統稱「烽子」，所事與驛所士卒略同，一方面是邊塞或域中僻野之地的郵傳，轉遞往來文書符牒；另一方面，早晚以狼糞烽煙，向鄰堠報平安。鄰堠烽子在數十里外得見平安火，則更迭相繼。若否，就顯示有敵虜盜賊相侵了。

此外，為避蛇獸擾害，臺高兩丈之側有穴室，中藏糗糧、火引、狼糞、柴禾等物，勉可數人併臥，這是烽子們夜眠容身之處。南北朝以降，除了邊塞之地以外，域中烽堠多廢毀，流離失所的野行之人泰半也只能藉此間暫避霜風雨雪。

月娘面前這烽火臺圓頂完好，看來又是可以暫避一夜風寒的棲所。她四下巡了一過，見上下繩梯還十分堅韌，登時毫不遲疑，沿梯而上，抬手掀開穴室門上的草帘。孰料原本應該是闃暗不明的穴室裡居然一燈如豆，燈下一席，席邊圍踞著四五人，一個個氈帽皮褌，麻衫草屨，人人手上拄著、肩頭靠著的，竟是刀矛槊斧，環堵之間雖然頗有暖意，可是到處瀰漫著一股血肉腥羶的氣息——果然，牆角還散置著臠割成堆的獐鹿殘軀；不消說，這是一幫獵戶了。

一個只一隻眼的獵戶露齒而笑，道：「小娘來得晚耶？」

月娘腳下是繩梯，身後無退路，只能一步跨進穴室，不意身形雖然閃過，腰間短刀勾住了草帘，露了相。

另一個五短身量的獵戶當下縱跳起身，手中鐵矛向前一挺，逼近月娘胸前，道：「眼前大道不走，身攜兵刃夜行，這小娘來路不尷尬？」

眾人隨即昂聲齊呼：「不尷尬！」便哄笑起來。

鐵矛尖向後縮了縮，又猛可朝前一遞，如是者三數過，這矮子也笑了：「小娘投某等來，想是天緣定數，莫辜負了。」

月娘疾掃一眼，只恨這穴室狹仄，幾不容騰挪。縱使倏忽出手，勾銷了面前這矮子，不旋踵間，也必然會受制於他人。正躊躇著，但聽天穹之上、烽火臺頂傳來一聲罵：「瞎豬狗！夥者不要命耶？」

「夥者」，成群結黨之謂，則此語顯見是說給獵戶們聽的。月娘隨眾人一抬眼，但見烽堠頂上原本覆蓋完好的苫頂忽然被人豁地一手給掀開了，接著便露出一張暗森森的老臉，朝下打量──且說那苫頂儘管陳舊，而徑足一丈、厚可數寸、以麻莖皮索密織而成，烽子們每日晨昏點平安火的時候，都要通兩三人之力合為之，始能開闔，怕不也有數百斤死沉之力，而今被這老者扠指揭開還不算，此人忽地縱身躍起，立在烽堠的牆沿上，隨手將苫頂一扯，綳斷了與烽臺間的索縧，順手飛擲，似乎把那苫頂扔去了天涯海角。

如此一來，穴室便透了空，日後若降雨雪，此處便不能再容人歇宿了──之於在地獵戶而言，此舉無異於毀家，可是竟然沒有一個人吭聲。老者扔了苫頂，瞬間縱身而下，兩條腿堪堪落在矮子身邊。但見他深目龍準、滿頭赤髮，一頷黃鬚，一隻手上牽著條又細又長的皮繩，皮繩的另一端隱沒在黑暗之中，不知何所繫縛。他環顧眾人一遭，末了，視線落在那瞎了一隻眼的獵戶身上，像是獨有用意地說：「娘子不殺汝等，即是天大慈悲，還不速去？」

獨眼獵戶冷冷笑道：「康胡生計作到儻谷口來耶？」

「天下坦蕩，豈有我九姓人不能到處？」說著，一隻手輕輕搭在矮子肩頭。

那矮子忽地肩一沉，雙膝微微顫了顫，勉強站穩，老不情願地收了鐵矛，同伴當們使個眼色，昂頭對這老者恨恨說道：「今夕為汝所乘，他日駱儻道中還好相遇，汝莫要輕心大意。」接著，他再轉向月娘，似笑非笑地道：「小娘，萬千保重了！」

獵戶們動靜俐落，一發鬨起來收拾兵刃、獸肉，接著便掀開穴室洞口的草帘，一個接一個跳了出去。那老者猛可抖了抖手中皮繩，登時打從烽頂上落下一筐來，這便是他的行李了。他一語不發，往筐裡一陣東挑西揀，不多時已重新生上了一盞油燈，此燈不但明亮過前，還傳出來如波似浪的陣陣香氣。

「某，康居都督府州之胡，從府字為姓。」老者指了指月娘腰間短刀，道：「此刀為採藥者隨身之物，某卻識得，乃隨娘子行腳過百里，便是為了解此大惑——劍南道破天峽有霸藥師微生亮者，與娘子是何干係？」

微子、亮生原是當年趙蕤隱居巴蜀北邊之地時所用的名號，人呼「微生亮」習以為常。至於這柄短刀，也的確是趙蕤所有。聽這個姓康的老胡口呼「劍南道霸藥師」可知，彼與趙蕤不但相識，或恐還有往來，其事，又應該在他們夫妻落腳大匡山之前了。那麼，此人飄然而來，當非巧合。月娘不免好奇，道：「不敢相瞞，趙郎與奴為夫婦。」

「微子原來姓趙？」康老胡聞言囅然一笑，道：「則娘子便是那高唐之女，化魚為妻者耶？」

這是破天峽當地傳聞，多年來每不乏慕趙蕤神仙之名而登門求教者，往往說長道短，其間荒唐謠諑，不計其數，月娘一向不大在意。可這康老胡問起趙蕤，既不像是閒說蜚語，也不像要問病求醫，如果是潛蹤相隨，他究竟意欲何為呢？正狐疑著，康老胡接著道：「當年微子以一付犀角地黃湯救一皇親，由是海內知名，彼所用仙鶴草、白茅根，其量夥矣，而當時巴山所生，不能足用，卻是從某筐篋中買去。」

以一付霸藥救了一名長安來的貴婦人，換來了五架宅屋，萬卷藏書，此事月娘當然是知道的；然而向一個康州胡人買藥材，則聞所未聞。

「趙郎向不積聚，豈有錢帛作交易？」

康老胡笑了，笑得爽朗而深沉，且笑且說：「娘子寧不知九姓人物萬里行商，毋須尺寸？」

尺指的是帛，寸指的是錢；這是大唐通行的兩種貨幣。毋須尺寸，是昭武九姓族人四海為生的獨到手段。

康老胡，有無以數計的名字，有時叫康破延——破延，乃是大榮耀之意；有時他也叫康槃陀——槃陀，乃是奴僕之意；康老胡來自康國，而康國正是昭武九姓之一。

九姓之族為康居之後，共祖康王，居祁連山北昭武城。日後為匈奴侵滅，西越蔥嶺，至媯水、藥殺河流域，始得生聚繁衍，分王九國，總稱昭武九姓。九姓人中，其一名伐地（有誤書為「戊地」者），其二名火尋——即玄奘法師《大唐西域記》所謂「貨利習彌伽」者，後世之史書稱「花剌子模」。除此二者，尚復有七國以姓氏為國名，分別是康、安、曹、石、米、何、史。所居兩河之地，漢魏時名曰「粟特」，唐時稱為「窣利」。

粟特地處中亞，何姓之國居中，又名貴霜匿。其西以安國為首，號「西粟特」；其東以康國為大，號「東粟特」。此間諸胡在唐代時名目不一，或稱之為九姓胡、或呼之為雜種胡。由於位在東西大陸之要衝，故時而臣服於大夏、月氏，時而聽命於奄答；突厥臨之，則臣於突厥；大食臨之，則臣於大食。

唐代立國的第一年，高祖武德元年，西突厥可汗統葉護在碎葉城左近的千泉之地建置王庭，九姓胡歸順無違。四十年後的高宗顯慶四年，唐廷出兵滅西突厥，羈縻統領，策封其首領，分別在各國重鎮設都督府或州治，九姓胡也馴服改宗。再過了五十年，大食人自西來，強兵忽發，如捲落葉，不過三度春秋，於中宗神龍三年和李隆基初即位的先天元年，先後擊垮了安國與康國。

九姓胡從來沒有建立強大政權或軍旅的企圖與力量，卻自有一種馬背上馳騁不出的堅韌與強悍。他們徹底體悟：無論刀弓如何銳勁，人馬如何矯捷，平居水草如何豐美，戰陣行伍如何整齊，到頭來生活所賴，不外貿易交通。在中亞大陸的咽喉之地，昭武九姓之人建立了數以千計的都邑，每一姓據大城數十，小堡百千，上有國王、中有城主、下有統領，無論是受突厥監攝、或受唐廷羈縻，乃至於被遠來的大食轄控，依舊故我無它，恆以行旅商賈為能事。

由於寧親於財而不親於土，國可滅而業不可移的風尚，諸姓邦國對外來各方統治之主狎居親奉，貨賄市恩。九姓胡除了聚斂財產，別無所愛、也別無所計，既不涉強權之攘奪，亦不與大政之操弄；彼強敵霸鄰之屬，對他們反而無多戒心。而長年依違於大國之間，終究首尾兩難。也正因為他們不擅兵備，柔弱可欺，一旦軍臨城下，其殺伐荼毒，益見慘烈。

開元初葉，當大食國兵馬東侵之際，不能抵敵而出奔曹國的康國人民乃有俚謠，自西域流傳入中原，為唐人轉譯諷誦，成〈風草歌〉，具見昭武九姓諸國危殆的處境，以及逆來順受的悲情。其辭云：

野處生兮不著根？逐甘露兮馬蹄痕。逢此霰雪兮無面目，待彼鶻鷹兮攝孤魂。朝徂貴霜之東兮，夕發交河之屯。踏破碎葉之川兮，捭闔姑臧之門。噫吁戲！我有十千金叵羅，更進沙州一曲歌。蘆管風行四千三百里，草色青青鬢色皤。不教摧折死，彎身風更多。金桃石蜜波斯繡，白玉紫獐葡萄酒。換迎漢將三萬甲，寒冰八月凝刁斗。奴如草兮草如奴，敢望天恩兮下虎符？寧不知黃沙埋盡鬱金香，可憐昭武九姓胡。

這是九姓胡人的哀歌，歌中所謂「鶻鷹」，自是指突厥、大食等國強虜。貴霜匿，唐廷為置羈縻州署，是九姓之一的何國所在。交河有縣治，一度曾是安西都護府所在。姑臧則是涼州治所，為北朝前涼、後涼的都城。九姓人穿梭其間，日以為常。

往來於碎葉、姑臧之間的行商，事實上也往往具有貢使的身份，他們每年帶著金桃、銀桃、瑪瑙、白玉、石蜜、波斯繡、寶床子、紫獐皮、葡萄酒，以及無數的駝馬，迎逆風埃，橫越沙磧入貢。自大唐開國以降，入貢多只行禮如儀而已，除了少部分的殊方寶貨，特別珍奇，而為皇家留藏之外，絕大多數的貢物都由天子轉賜給來使，俾其自行販賣；而假貢行賈，遂成慣例。

但是，在這首〈風草歌〉轉韻之後的詠歎聲中可知：胡商也是向天朝大國乞求軍援、以對抗大食侵略者的諜報之人。金叵羅，又書金頗羅、金破羅，「叵羅」為希臘、伊朗語稱杯、碗之意。另外，這一批進貢者帶來的禮物十分豐厚，令人意外的是，他們這一趟行腳萬里，居然不計較買賣，而是一心藉著入貢向大唐皇帝求援，可見家鄉城邦受迫，情勢非常緊急，「不教摧折死，彎身風更多」，其淒楚哀絕，躍然目前。

另據九姓胡在開元七年二月草成的貢表乞奏之文可知，無論是安國或康國國王，咸自稱為「百萬里馬蹄下草土類奴」可知，原上之草，臨風折腰，大約就是九姓胡根深柢固的自視之喻。之於大食人的抗戰終於徹底潰敗，可是長達一百五十年的入朝進貢則讓他們有了別無選擇的寄託，粟特之地在天寶末年石國殄滅之後終於淪入大食人之手，而早在開元年間，這些「草土之奴」已經深入遊商於中原各地。

九姓胡善賈，卻口稱「毋須尺寸」，也就是不需要仰賴貨幣，這一點，和他們「黃沙埋盡鬱金香」的長期命運有關。

胡商，又稱賈胡，又稱「興生胡」。他們由西域入中原，多以駱駝、馬馱運，負載寶石、香料、毛皮、織物；回程出中原西去，則多挾絲綢，經唐廷關市令核可，始予放行。

興生胡來去萬里之遙，沿途盜寇劫掠的風險極大。昔年玄奘法師西行時就曾經目睹：「時同侶商胡數十，貪先貿易，夜中私發，前去十餘里，遇賊劫殺，無一脫者。」〈風草歌〉所謂「黃沙埋盡鬱金香」就顯然在憑弔這跋涉之苦，其間危疑患難，不言而喻。而縱使形成商隊，也必須呼群保貨，擁有數量龐大、武力雄厚的成員，方可維護其安全。這種規模一旦建立，商販品項以百千倍激增；於出入唐邊徼之地，又必須核對貢表，事實上難以遍查，虛應故事而已。

這就更加有利於諸商假貢行賈了。胡商借名朝貢，徹頭徹尾就只從事貿易的，反而成了大宗。到了高宗皇帝以後，進貢終於成了晃子，連關市令也可以輕易賄通放行，數以千萬計的商品成了東西交通的主體。就連大唐朝廷也都視為常情常態。與杜審言、李嶠、蘇味道合稱「文章四友」的崔融奏疏之中就公開說過：「邊徼之地，寇賊為鄰，興胡之旅，歲月相繼。」「興胡之旅」，就是指這些買賣人。這已經意味著胡人商隊橫越絕塞、往來東西的買賣，已經是公認不爭的事實。

九姓胡又有那麼個「以得利多為善」的風情，每年定期有「鬥寶」之會，屆期各列所有奇珍，於眾人面前檢閱，量多而貴盛者戴帽居上座，其餘以多少為次第，列立於堂下。即使在平時，間關行路途中，歇息於逆旅，也往往忍不住取出珍寶，相互較量矜誇。征程迢遞，寇賊覬覦的不少，也常以此賈禍。所以，興生胡最負盛名的俗諺即云：「毋須尺寸，多習仙真」。意思就是借法術自保，乃是行商上策。

抱布貿絲，以物易物，的確是胡商交易的型態之一。他們不多運用銅錢，也是由於數量較大的通寶過於沉甸，也過於醒目，易啟盜心。此外，九姓胡另出蹊徑，從唐商「便換」制度中轉出靈活使用契券的手段，更增益了調度資財的便利。

唐制便換，有如後世之匯兌。當時中原內地商人至京，將錢交付各道駐京的進奏院，或各軍各使之衙署，換取載明金額之票券，空身離京，前往諸州縣經商，到了地方上，再憑票券至郡府機關取錢，此之謂「便換」。唐文宗到僖宗時的趙璘在《因話錄・羽部》中有這樣的記敘：「有士鬻產於外，得錢數百緡，懼川途之難賫（音機，持、帶之意）也，祈所知納於公藏，而持牒以歸，世所謂便換者，置之衣囊。」

九姓胡所施設，較諸「便換」更流利便捷。但凡與九姓胡商通貿易，即使不同興旅、不同城堡、甚至不同國姓，只消契券上明載交割之物、貿販所值與兩造及公證之人姓名里貫，縱使人行千里之遙、事過數載之外，九姓胡沒有不認帳的。信用之卓著，便大大地洗刷了他們貪賄淨利的惡名。

然而，「多習仙真」卻反而算不得褒獎。此處仙真二字，頗有諷意，所指，乃是幻術。粟特之地，九姓之國，普奉一神，名阿胡拉・馬茲達，由於尊事敬禮，避呼其名，故只稱大神，意指「胡天」，遂名「祆神」，拜火而祈光明，拜祀之地，唐呼「火祆廟中」，廟有祭司，也稱祆主。其中最知名的一個，叫翟槃陀。

此人曾經於太宗皇帝時入朝至京，在長安祆廟中演法。眾人熱烈圍觀，這翟槃陀忽然以利刀刺腹，左右通出，連腸子都流出體外了。但見他揮刀截棄其餘，再削斷了一束髮絲，以之縛繫腸本，反手執刀，高下絞轉，口中變聲呼誦：「國家所舉百事，皆順天心，神靈來助，無不應驗。」眾人一時會了意：原來是神靈附在翟槃陀的身上了。直到神靈離去之後，翟槃陀僵仆倒地，氣息奄奄，過了七日，居然平復如舊。有司奏聞此事於帝前，詔敕隨即發下，授予遊擊將軍之職。百姓們既驚懼其異能，又羨慕其遭遇，紛紛對祆教產生了興趣；對於翟槃陀而言，則封官洵非所措意，翟槃陀的用心還是在傳教。

另據張鷟《朝野僉載》所載，在河南府立德坊及南市西坊，都設有祆神廟，每年到了一定的節氣，商胡都要來這裡祈福，烹豬宰羊，擊鼓吹笛，酣歌醉舞。酬神之後，眾商醵資募一僧為祆主，演示其所能之術，另向圍觀者收錢，也一併化與那祆主。祆主當即取一刀，其刃堅白，芒同霜雪，吹毛不過。所演之法，與翟槃陀略無所異，不外以刀刺腹，刃出於背，接著，還要亂擾腸肚一番，令鮮血湧流。過了大約一頓飯的辰光，再噀水、持咒，說也奇怪，祆主僧的肚腹就平復如故了。

據云：涼州姑臧地方的祆神祠，每到祈禱之日，祆主就拿尺許長的鐵釘往額頭釘入，一直洞穿於腋下，之後隨即出門，身輕若飛，須臾而至數百里外的祆廟堂上，於神前舞一曲，才又飛身回返前所，拔了鐵釘，而人一無所損。接著大睡十餘日，都身如昔；人亦莫知其所以然。

祆教帶來的西域幻術大凡如此，有以道家連類譬喻，故稱之為「仙真」。而這幻術，也在九姓胡商之間廣為流傳。彼等櫛風沐雨，奔波在途，遇上了匪類，有時施展此術，一時鮮血噴濺，臟腑翻流，也頗能收驚嚇之效。猶有甚者，據說還有一種藉薰香迷人昏厥的本事，一入其彀，神智立消，任其宰割而不能抗。待醒覺時，已然過了不知多少歲月。術最深者，還能將人馬驅移於千里之外，或者是將物什從絕塞蠻荒之處取來——這些，常人多聞，卻無能道其緣故。

開元六年春，米國、石國、康國分別於春天二、三、四月來貢，所貢之物除水精杯、瑪瑙瓶、鴕鳥卵以及號曰「越諾」的上等織錦之外，還有一批向所未見、來自大食之國入侵士卒的鎖子甲。貢表由進奏院報上，皇帝大喜，親自接見了來使，隨口問及昭武九姓胡的風土人情，兼及道路傳言中神通廣大的幻術；並傳口諭，令貢使演之。康國來使當即在殿下略施手段，先讓兩個執戟衛士彊口結舌，不能言語，復於猝不及防時拂袖驅之，兩衛士立刻化做一陣清風，蹤跡全無。這一來，看得皇帝又驚又喜，殊不料未及交睫間，衛士們又回來了，只是渾身上下，一片銀白，兩人不斷打著寒顫，抖擻盔甲，鏗鏘有聲。皇帝不明所以，康國來使從容答曰：「此極邊之雪，經春不融。」這還是不到十年以前發生的事，此後由於大食人逼迫愈烈，九姓胡來貢日益頻繁，皇帝卻敬而遠之，不常接見了。

此時康老胡又點起了兩盞油燈，添注了赭、綠兩色的燃油，隨即往自己的鼻孔之中塞了兩枚麝香子，猛一扭頭，齜起牙花，對月娘道：「啊！那趙家微子可同汝說過粟特神祇之事乎？」

接著，月娘但覺面前吹來一陣輕煙，其香冷冽，直要侵肌透骨。

25 炎洲逐翠遭網羅

此後之事，猶如一夢，且無分早前晚後，東往西來。

月娘遠遠看見一匹寬額大馬，色赤而黃，寬蹄細脛，圓耳烏睛，馬背上聳生二乳——她不知道這畜物叫駱駝，只聽康老胡不時間雜唐胡之語呼喚：「伏帝」——「伏帝來！」、「伏帝跪！」「伏帝起！」駱駝應呼而動，毫不驚亂。

不一瞬，月娘已置身於「伏帝」的背上，夾在兩峰之間，頭戴尖頂虛帽，帽簷連肩而下，裹覆全身如帳圍，不但遮蔽左右的視野，也屏擋了道途上強勁的風沙。她偶爾察覺自己任坐騎馱負前進，蹄聲跎跎，雜以鈴聲琅琅，冥冥中像是有個去處。勉強嗔目而望，但見三數尺外，是另一匹形容高大的馬，其色純黑，閃爍著銀亮的漆光。康老胡便蹲踞在馬背上，偶或扭頭對月娘說一句：「娘子安舒否？」或是：「娘子尚能行否？」「娘子可略進水米否？」或是詭譎一笑，獰面作怒色道：「娘子，果爾殺人耶？」月娘心緒煩惡至極，神智卻無力支應，每問必答，每答皆不由自主，且彷彿只能據實以告。

旦暮之間，簞食壺漿則從不缺誤，供應飧餐時，康老胡還自有一套儀節，先取胡餅，次奉鹹豉、鮓瓜，朝四方祭拜——向東口呼「人主」、向南口呼「象主」、向西口呼「寶主」、向北口呼「馬主」。禮拜之時，眉目肅穆，情意虔誠，拜罷猶喃喃稱「四天子」如何如何，祈福求財不迭；之後才將飲食高舉過頂，先讓月娘。

一行路上，他們遇見過幾陣盔甲周至、刀弓齊全的士卒，催趲呼嘯而前。還曾經與為數不下一、二百騾馬的幾個商旅錯身而過，但聞人畜喧呼，車駕雜沓，片刻又落得個茫茫天地，滿眼落葉飛沙。其間彷彿也在幾處似逆旅、又似驛所的廣大門前停下稍事歇息，眼前來去形影摩肩接踵，可是在眾人眼中，她卻窅然如無物。

月娘略識辰光晦明，卻數計不清從烽火臺邇來所經時日究竟若干。其間偶能識物，卻往往想不起如何稱名；聽人言語，字字分曉，卻只能辨認其中某些殘斷破碎的音義。直到有那麼一天傍午，來到某處城邑之外，牆垣高聳，攤商滿地，腥穢之氣洋溢盈塞，人人口中所道之語卻向所未聞。所商販者或陳於榻、或列於席，有些就隨意堆置在牲口的背上，儘教買者翻揀推撞，牲口依然佇立如木石，絲毫不為所擾。

順著無數買賣人行腳而前，就在城垣外翼牆杪處赫然矗立著一座宅第，一樓一底，瓦簷飛舉，重疊如焰，乍看之下，頗有幾分廟宇勢派。就在這宅第赫然映入眸中之時，康老胡忽地拉馬回身，傾肩斜臉靠近月娘，扯開斗篷，手搭顱後頸上舌黃之穴，強指一捺，沉聲道：

「汝便不作聲矣！」

月娘的神思仍在若斷若續之間，教他這一指捺過，但覺不知何處突如其來的一股熱泉，激流強注，透膚沁髓，緣督而下，迴旋一周天，從頂門百會之處入骨，登時舌本像是腫成了一枚瓜，充塞在口中，這便真不能作聲了。康老胡也不怠慢，他自翻身下馬，也一把拽落月娘，隨手往月娘頸上搭上了原先用來捆縛筐篋的繩索，手持另一端，一面大步朝那廟宇跨走，一面手指駝馬，高聲呼喝著市集上的少年們前來看顧。

孰料這些看來睫密眸圓、眉目深秀的孩童聞呼而來，卻個個流露出既猙獰、又戲謔的神情，紛紛持手中皮囊向他二人甩灑，囊中只是清水——可在這寒冬天氣，著氣即化作霜冰，撲頭落面便是一陣劇痛。康老胡也未曾躲過，卻面帶喜笑，拱手向孩童作揖，高聲喊了幾句，孩童們也一樣以胡語應答，相互禮敬，有若祝福。

大約是聽見外間的動靜，廟宇中這時也竄出來一夥男女，女子無不窄袖重衫，寶鈿絲帶，或則頭盤高髻，或則梳理出五綹及腰辮髮，綴飾著無數珍玉寶珠，極盛裝之能事；男子雖也足登過膝高靴，腰纏密釘皮帶，卻多裸著半身，有的捧著金銀叵羅，有的也像那些孩子一般拎著皮囊朝康老胡潑水，倒是舉止舒緩有節，看來不像遊戲，卻有如行禮了。

康老胡也不怠慢，看著有水從四面八方潑來，便將就著往頭上、臉上和身上抹沃，像是要將那水沁入肌膚深處的一般。口中以胡語聲聲叨念：「阿巴嘎伏帝，阿巴嘎伏帝！」

說時不及，萬頭攢動的市集深處，忽然傳來一聲大喝——那人生得也和周遭群胡近似，龍準深目，鬚眉虬盤，穿一身素白衫袍，他身形魁偉不說，約莫還站在一張胡床或几凳上，比身旁之人更高大了一截，發著喊，扔過一皮囊來，康老胡抬手接住，隨即朝那人稽首為禮，大笑著叫了一聲：「軋牢山！」便也傾倒出囊中之水，一掬一灑，像是對身邊那些朝他灑水的人們還禮。此刻笳鼓雷動，管吹齊鳴，聽得出來還間雜著琵琶、五弦、箜篌之屬；數百人眾，無分男女老幼，人人順手執捉身邊可以敲擊出聲之物，順應著節奏，面朝那廟宇，踏行如舞蹈；一時塵埃飛揚，卻又很快地被眾人所潑灑的水霧掩覆而息落。

康老胡牽著月娘當先大步疾行，甩脫包圍的人群，搶進廟中，吆喝了幾聲，登時從四面八方踅出來十餘名男子，雖然也都與市集上的胡兒一樣，身著窄袖白衣，卻更加白亮，肩頭覆帔，足登錦織軟靴，人人立掌於胸前為禮，別具威儀，看來皆是僧侶了。

康老胡逕顧著同僧侶們攀談，月娘卻情不自禁地凝視著廟牆上的壁畫。這廟三面牆垣，牆面滿是等人高的神龕，龕中是五彩斑斕的圖畫，繪飾著天神一般的人物。就在月娘面前觸手可及之處，畫的是兩個女子，左邊的一手執叵羅，一手執玉盤，盤中踞坐著一頭小犬；右邊的女子則有四隻手臂，後兩臂朝天高舉，一手執日，一手執月。前兩臂左右分張，一手執蛇，一手執蠍。月娘從來沒有見識過這樣的圖畫，也從未能想像過這樣的景觀，看得入神，不覺牙關抖索，打了個寒顫。恰在此刻，肩上落下來一隻巨大的手掌，身後一人忽道：「康破延來何遲？卻是為此小娘緣故！」

月娘猛回頭，見是先前市集上那拋擲水囊的高大男子。他渾不在意地捏了月娘的肩膊一把，便撒手向康老胡走去，兩人把臂交肘，輪番踏足大笑。康老胡接著低聲說了一串胡語，又轉成漢話，道：「軋牢山！別來無恙否？」

喚作軋牢山的青年揮了揮手，像是不耐寒暄的模樣，開口則滾雷疾鼓，說了一長串胡語，兼之以揮臂屈指，指東劃西，看來說的是某宗生意如何、某宗生意又如何。生意許是有難作之處，遂皺眉擰眼，極扭曲勞苦之態；又許是有得利之處，卻瞠目咧嘴，極歡喜驕矜之姿。說到情不能忍，又間雜以唐語：「……某便不要他開元通寶，只取布匹，交割書契，免索抬舉，一頭健奴二萬文，值絹四十匹，某鬻去十頭，換來四百匹上好絹帛，僅止於此，已可為阿濫謚一城人作衣裳，都敷足有餘。」

「汝說笑了，豈能？」康老胡笑道：「卻是一奴易得二萬文，非同尋常。」

「猶不止此！」軋牢山雙眉齊揚，白牙嶄露，附耳低聲又說了一番，直說得康老胡目瞪口呆，儘把隻手往頷下虬鬚捋了又捋。

忽忽說去了一寸光陰，廟外鼓樂未息，鋪張益甚，看似先前市集上的人眾已然整飭妥當，要湧入廟門了。這軋牢山前後打量一陣，喝斥了一名僧侶幾句，那僧搶忙奔竄而出，揮手呼叫，儼然是制止門前人眾喧嘩。軋牢山才又忍不住一臉輕蔑，順勢扯了扯康老胡那條牽著月娘的皮索，一面微笑、一面以唐語重新數落：「汝且估看：某取一群花驄馬交易兩尊寶床子，兩寶床子收取十頭健奴，健奴換白絹，白絹換五十金叵羅，金叵羅復押得十六席舞筵，某若再走一趟營州，一筵隨手交易三十萬錢，這便是五千緡了——汝，一行三月二千里，所獲何如？取次一婦人耳？」

說罷，竟然抬手往月娘臉頰上捏了一把。月娘躲避不及，又舌強聲啞，僵身退了半步，卻被康老胡一繩索扯住，康老胡也不甘示弱地鄙薄道：「爾等小城，乞寒潑水，有麼可觀？某原不欲即來，詎奈撞著此物——」說著，猛然間反手從袍後腰束帶裡拔出那柄短刀來，遞將過去。

軋牢山接過刀來，仔細端詳，反覆摩挲，忽然間收了笑容，顏色一變，道：「霸藥師？」

表情訝然的還不只是軋牢山，一旦看清楚那刀，就連僧侶們也交頭接耳起來。

「這婦人，便是藥師娘子。」

26 胡雛飲馬天津水

隋朝大業初年，廢營州總管府，改設遼西郡，郡中僅七百五十一戶，下領柳城縣，此後直到大唐開元、天寶年間，家戶不過九百餘，人口亦只三千多，算是極荒僻的地理。

天兆時象，地應人俗，不知從何歲起，每冬至日申酉交關之時，大地震吼，似鼓如鼙，延綿百里，人稱龍吟。故早在北魏太武帝太平真君領有天下之際，所置營州之治所，即號曰龍城。楊堅一統天下之後，龍吟之聲消歇數十載，遂改名柳城縣。至大唐開國之後，也平靜了將近百年。直到武周萬歲通天元年，契丹入主大、小凌河、六股河、女兒河之地，冬至日龍吟復起，常自昏暮以迄子夜不止，有時還傍隨著沉沉的雷鳴，若有大劫將至。雖然久而不覺其怪，但是北地牧族逐漸興起了一番風俗，就是在龍吟雷動的時候，召集巫者作「響卜」，以為來年諸事吉凶之兆。

武氏長安二年冬至前數日，適有一突厥女巫阿史德氏，偕其夫康國商胡、名演芬者，從陰山來。夫妻結伴相隨，原本只是為了倒賣貨物，不料阿史德氏腰繫銅鈴、肩背皮鼓的裝束不尋常，為人一眼識出了巫者的身份，便召邀為龍吟卜。

冬至日午時，眾卜齊集於漁陽街心，各張席榻、具門面，有戴獸冠、持香盤誦咒繞走者，有披虎皮、紋魅面，嚎呼哀歌者。唯阿史德氏在僻靜處燃起一架篝火，待申時龍吟雷鳴大作，即起身指天，喃喃自語，接之以四方九拜，之後便箕踞瞑目，不復言動。不多時，天降雨雪，眾巫皆散，獨阿史德氏在原地不起不走，而篝火卻益發熾烈旺盛。漁陽當地黎庶看得出奇，紛紛上前詢問，阿史德氏口操突厥語，朗朗然對眾人道：「來年三月、九月朔日，會日有食；六月寧州有大水，溺死二千一百人，中有一百十八狼男；七月安西兵火，絕命一千另五十——」說罷，轉過身又對她的丈夫康演芬低聲道：「天神示意，安西有大劫難，教汝居守此間，奴為汝誕養王侯。」

三月初和九月初的日食如期發生。其間夏日的六、七月時，遠方傳聞也印證了客歲阿史德氏的預言：一場暴雨之後，京師長安以西四百里處的涇河與馬蓮河忽然漲溢，大水淹浸了整個寧州，不過半日之內，淹死兩千一百人。事後清理死者的里貫，發現其中真有三個來自西塞與北邊的商團，皆屬突厥族人——也就是號稱「狼男」者——為數不多不少，正是阿史德氏響卜所得的一百一十八人。就在水災過後不到一月，康演芬果然由於西行道路阻絕，不得不催趕著百餘頭駝馬的貨物，帶著幾分無可如何的懊惱，回到漁陽，也帶來了突騎施酋長烏質勒與西突厥諸部大戰的消息，連番戰陣中的死者，亦如阿史德氏所卜之數。不過，康演芬仍然意興昂揚——因為阿史德氏懷了孕，看上去凸腹尖圓，碩大前拱，應該是一個壯丁。

這是武氏長安三年，又近冬至之日，道途爭傳大臣們頻頻上表奏請策立右武衛將軍阿史那懷道為「突厥十姓可汗」。這意味著唐廷更加著意並介入突厥部族的內部衝突。突厥之分別東西、各樹一軍，本來就是百多年前楊隋、李唐二朝的離間，歲月久長，兇隙愈深，幾至不可彌縫。

然而無論如何，策封事果若成就，則顯示唐廷有意確保北路東西商務不至於阻絕，未嘗不是可喜之事。康演芬同妻子商量著，認為可以在來年開春之後，帶著新生的兒子，回到久別經年的故里，自然一片興高采烈。阿史德氏卻只淡然道：「且待冬至日，響卜過後計議。」

孰料這一年漁陽的老小男女皆大失所望。闐傳其神靈之名整整一年，眾望所歸，人人都等待著她的預言。可是這突厥女巫根本沒能參與卜祀的儀式——她從午前便發陣痛，豆粒大小的汗珠涔涔而出，涓滴湧聚，匯結成流，如細渠之水，潺湲出戶。阿史德氏則只驚聲囈語，時而一句「軋牢山」，聽在旁人耳中，合是譫妄不可辨解。

以九姓胡之語解「軋牢山」乃是光明之意；但是以突厥語解，則是「鬥戰」之意。人皆以為這話語為疼痛中的呼求、或是身處艱苦，強忍自勉，殊不知正是巫者祈禱的咒語；其聲嘶力竭，聞者大多掩耳不忍聽。康演芬正慌急無措，午時已屆，天神似乎也聽見了阿史德氏的吶喊，居然有赤光從極北來，穿雲而下，貫通穹廬帳頂的積草，當下焦燒出三尺徑寬的一圈圓洞。這赤光時明時暗，籠罩著阿史德氏的身軀，須臾莫肯離。遠方龍吟與雷鳴雖然間雜未息，卻不如往年一般清晰。而阿史德氏逕自叨唸，雜糅著各族話語，彷彿化身無數，這些化身還會相互爭執，有時又像是議論，往來商略妥協。雖只一巫，熱鬧得卻好比諸神饗宴。

直到亥時，夜色濃湛如墨，四野獸啼不絕，頂空倏然有妖星墜落，晶芒萬端，嬰孩呱呱落地。當日便以「軋牢山」三字命名。此是，營州當地老少皆知，傳聞日久不絕，都說軋牢山是突厥巫女向光明、戰鬥之神求來的子嗣；其出生當日景觀也就越說越顯神奇。

然而阿史德氏醒轉了來，竟不理會那嬰兒，只是搖頭放聲大哭，雙手緊緊扯住康演芬的衣袖，直扯得十指出血，猶不肯放。其中有何徵應？外人實不能察知。直到五年之後，正當唐中宗景龍二年，康演芬行商路過拂雲堆，為唐廷張仁亶手下邏卒擒獲，非但擄去了所有的販物，人也關進了囚牢，連日毒打，刑拷而死。這都是由於邏卒們貪利，私下瓜分了康演芬的財貨不說，還為他的屍身換上朔方軍的甲衣，誣指為逃兵。之所以這樣做，實有其前情舊故可言。

大唐北邊與突厥對峙，到景龍元年冬十月，左屯衛大將軍張仁亶升任朔方道大總管。彼時，朔方軍與突厥以黃河為界，河北有地名拂雲堆，中有祆祠，依其地名，為拂雲祠。突厥每欲出兵南下，必先入祠祈禱，在此牧馬料兵，養精蓄銳，數日之後便渡河挑戰。張仁亶盱衡山川形勢，以為若不能奪取漠南地區，則累年防禦，未必可保守尺寸之土；但是，如果能趁默啜分神與契丹、突騎施等部族作戰之際躍馬河之北岸，構築事工，而以拂雲堆為腹地，則盤據要津，抱負天險，更推拓了數百里寬的疆界。

皇帝應允了這一戰略作為，張仁亶於是趁默啜西征突騎施，大軍渡河，以拂雲祠所在地為中心，築中受降城。又在豐州之北、黃河之外八十里築西受降城；此外，並在勝州東北二百里築東受降城。三城東西相望八百里，六十日竣工，其間更密匝匝構建烽堠一千八百所，朔方之地得以完固而不受寇掠；唐廷因此也得以減少鎮兵數萬人之眾。

可是，急於事功必耗以人力，既然鞭扑不止，逃兵則朝夕有加。忽一日，張仁亶下令庭宮，大軍甲冑貼身，刀弓上馬，四出巡拿逋逃在道的士兵，一舉捉住了兩百多人，一日之內，盡數斬於城下。此後，專責緝捕逃兵的邏卒玩味出此中好處，經常藉故刁難往來行商，有時要脅勒索，有時更殺劫嫁罪。康演芬就是這樣成為受降城下的一縷冤魂。

康演芬身後蕭然，阿史德氏孤身一人，帶著年幼的軋牢山，勉以行遊占卜為業，又費了將近一年時光，才追隨著一個五百人的商隊，自東徂西，回到西域突厥部的本家故土。北國夷狄風俗，阿史德氏無依無靠，應按收繼婚法再嫁同族兄弟，甚至晚輩的成年男子；唯康演芬原本沒有兄弟，阿史德氏只能另擇外姓之婿。

為了養兒活口，阿史德氏遂問卜於天神，神意的確明白指示：宜從速再醮；可是所嫁者，卻必須有槊、弓、馬、旗、袍五物，方為吉事。阿史德氏本來就出身突厥貴家，深知兼有此五物者，非軍將之流而不能；這就相當困難了。因為當時默啜可汗連年征討四方，所部之眾，既擁有纛旗、又身著錦袍的軍將，非老即死；宜於婚娶的人實在寥寥無幾。四方訪索，終於找到了一個專事在軍中養馬、鑑馬、醫馬的安國胡人，叫安延偃。

安延偃生得瘦小孱弱，向來不敢著意於婚姻，他卻有個健壯魁偉的弟弟，叫安波住，少年時驍勇善戰，渡河牧馬，必佔先機，頗積首功，算是九姓胡在突厥部中少見的控弦之士。他管領將軍銜，非但有纛旗，作戰時獨麾一軍，平日著錦袍列伍於牙庭，能在可汗面前站立說話，算得上是威風凜凜了。

阿史德氏所嫁的畢竟是安延偃，雖說在穹廬婚宴上風光了幾日，卻不免受了些風言風語的氣。緣故無它，正因為這場婚事為再醮，就有那好事之人不時嚼說：安延偃是個羸病不堪的人物，爾來新娶嬌娘，不堪勞頓，遲早油盡燈枯，到時阿史德氏還是要被安波住收繼進門的，屆時，想必還是要應了那槊、弓、馬、旗、袍五物。軋牢山日漸長成，越發聽不得這種奚落，便時時與人衝突。安延偃雖然孱弱，卻也不死，那般苟延殘喘地活著，卻像是執意要忍受譏嘲與訕謗。軋牢山自是康國後裔，依託於安氏之門，本自為生計而已，因母親的處境而忍辱，便更不願意在突厥部勉強容身了。

開元四年，軋牢山長到十三歲上了，突厥可汗默啜發兵襲擊鐵勒九姓，卻在回師的路上被對頭拔曳固敗兵頡質略襲殺於深林小徑之間，突厥部眾將對於該戰該和、宜攻宜守，堪說是百口紛紜，莫衷一是，因而牙庭大亂，偌大一個穹廬帳圍之中，日夕爭論，乃至於詬罵廝打，隨時都會有人抽刀見血。

箇中處境最為艱難的，就是昭武九姓胡出身的僚臣。他們畢竟不是突厥種裔，為數又不多，苟有不同於突厥元老的意見，也不敢過於堅持，否則必然見疑，被詈受辱事小，遭到鞭笞也是尋常。

衝突間，有一個祖上也來自安國的老臣安道買，就被打落了一整排的牙齒，喧呼以：「牧豬奴！」只因為安道買有個次子安貞節，於十年前受降城築起之後，無故失蹤，突厥部牙庭請領神諭，說這兒郎有生無死，有去無回，行方也很明白，「鶻鷹南飛，自旦及暮」，那是深入大河以南幾千里的程途，無非投奔唐廷了。安道買從此屢屢見疑。這一日受謗捱打，回到自家穹廬之後，數日不能平復，幾乎引刀自裁。安波住的景況也相當近似，他在牙庭上受了委屈，回到自家穹廬裡，便斥責兒女，鞭扑駝馬，無非是解鬱而已。

不一日，安道買的另一個兒子、排行老三的安孝節，約上了安波住之子安思順、安文貞，三人聚在火神廟裡對頭牢騷，或抱怨、或啼哭、或唉聲嘆氣，忽聽得神龕後傳出來一陣狺狺怪笑，三人環顧四方，但見二十座神龕裡的壁畫神魔妖獸斑斑如故，只不知是哪一位顯靈。那笑聲綿延一陣，才換了東胡語，粗軋沉重地說：「天人之間，有三層土，爾輩知否？」

三個人一聽這話，不覺膝頭一軟，都跪下了——神明口示，他們並不陌生：這是突厥部族生小即知的神話：蒼穹高遠，人世廣大；天人之際，猶有三界，只是這個「界」，於突厥語中，就是以「土」字表達。至於三界所有的事物，日月星辰居上，風雪雲霧居中，水草山川居下。也只有人能夠踐履的水草山川為可觸可及；風雪雲霧則即之即消，日月星辰更可望而不可親，足證天神愈上而愈無形無痕，因之愈尊愈貴。可是，如今這神居然不經由巫者的傳聲，親自下達了旨諭：

「敬神者孰為先？」

「巫為先。」三人齊道。

「巫者先導其誰？」

這一問，三個人不由得抬頭向前凝望——火神廟二十龕中最大的一龕，繪飾著巫者引領族人前往神的光明世界。此巫負鼓肩鈴，紋面帶冠，不藉鞍韉，置身於高頭駿馬之上，其後焰火充盈，光芒紛出，隱約可見火光中尚有峰嶺樹木、蛇獸蟲魚，物類繁瑣，形容萬端。只在馬前猶有二巨物，左為狼，右為鳥，望之逼真，像是亟欲撲向觀者的態勢。

不待三人作答，那神又發了話：「不得為狼，何妨為鳥？」

安孝節等聞言不及回思，連忙恭恭敬敬地叩首及地，當他們緩緩再抬起頭來的時候，眼前一花，卻見軋犖山盤膝坐在壁龕裡，狂笑著對他們說：「卻是做神也不難！」

這一天，安氏三子不再抱怨、啼哭、嘆息，他們聽年少的軋犖山眉飛色舞地說起飛鳥展翼而翔、觸目而至的所在，那是大河北曲之南，受降城內，有千萬里足供無盡馳驅之地；其水草如金，山川似錦；龍吟於野，雷動隨身，那才是天神與人把臂相交的淨土。

「然而——」安孝節想起了失蹤已久的弟弟貞節，以及全家人為他所背負的恥辱，不由得囁嚅道：「我等世系為突厥可汗之子民……」

「非也！」軋牢山道：「我等直是天地間人耳！」

一面說著，軋牢山一面轉身沿著神龕粗糙突兀的邊緣，向上攀爬，只一瞬間功夫，便沿著崎嶇不平的牆面爬到了牆頂，其上便是泥塑屋頂，再無出路。眾人舉目觀望，不由得也要替他驚心——畢竟身在五、六丈高之地，萬一閃失摔落，非癱即廢，甚而連性命都要不保了，卻見他意氣揚揚地說：「都道他狼子狼孫能踴躍，可及此否？」

說著，竟撒開一隻手、接著又撒開一隻腳，朝下胡亂揮舞，口中狺狺而笑。

軋牢山說的是突厥貴種一向毫不掩飾的高尚自詡——他的舅家盡是這樣的兒郎——無論寄身歲月如何久長，也無論父祖之輩是否與突厥本裔互通姻好，但凡是在突厥部討生活的九姓胡人，那怕是在對抗大唐或其他部族的戰爭之中建立了卓著的功勳，一般商牧之民也都很難在突厥可汗的治下，成為舉足輕重的領袖人物。突厥人說得爽快：胡人「身無狼血」。

北地邊塞古來相傳，突厥人原出於匈奴之一支，不知何時，以爭水草之故而一舉為強鄰敵族所滅，只留下了一個十歲的男童。在戰場上，敵卒發了惻隱之心，留下他一條活口，只砍斷這孩子的雙腿，棄其殘軀於荒原。不料，這男童竟然被一匹母狼救了，飲之以乳，飼之以肉，非但得以存活，還同這救命的母狼交合，狀若夫妻。

草原上的消息隨風散播，敵族首領很快得知，說是被剿滅的部落還有遺族，且日後將不免發動戰爭，以報滅國之仇，於是又派遣重兵，故地重來，席捲搜捕——他們的確殺了一個雙腿殘缺的青年，卻不料還是走脫了那頭懷著身孕的母狼，這母狼撒開四腿沒日沒夜地朝西奔竄，來到古高昌之地——此處，後世稱吐魯番，唐時曾置西州。母狼極盡疲憊，勉力一產，而誕十子，各自長成，結立家室，繁衍子孫。其中一支日後多在阿爾泰山之地游牧，此山意為「金山」，狀似兜鍪，當地語讀之，有如「突厥」，遂以名其族。

此外，還有一個有說法，是謂突厥居匈奴之北，遠古邃初，部落首領兄弟十七人，其中之一為狼所生，故人稱「狼子」，本名伊質泥師都。伊質泥師都長大成人，娶了兩房妻子，一妻四胞男孩子。長者名納都六，體骨魁梧，性情剽悍，日後很自然地就被推舉為首領，定國號為突厥。

伊質納都六娶了十個妻子，子嗣繁多，不可勝數。忽然有一天，這納都六死了，十個妻子相約帶著自己的孩兒，來到一株大樹底下，讓這些孩子依次向樹身踴躍，足踏為記，看誰跳得最高，誰就能繼承納都六的領主之位，當時跳得最高的，就是一個叫阿史那的孩子——他是庶出，母親又羸弱不堪，常受哥哥們的欺負，誰知這小阿史那敏捷矯健，更勝於諸兄，比誰都跳得高，於是被推為領主。

北地牧民都不會懷疑這個說法，因為狼若欲襲人，往往趁旦暮天光昏暗的時刻，趴伏在樹身之上，扭轉脖頸，凝視路人。人若不知其詭詐，還以為這狼是因為驚懼失措而背身倚樹，自然會以長兵如矛槍者刺之，孰料這狼早有機謀，迅即翻身跳躍如電，反而趴上了這人的後肩頸，獵者的槍，卻早已牢牢刺進了樹身，拔不出來了；也會須有這種縱跳之能的突厥人，才配稱得上「狼主」。

突厥用兵，與其圍獵生活的組織與技術相合。從軍事部署與戰陣之道，可以見端倪。一可汗之下，可分兵十餘部，是為「設」——突厥語也以「殺」或「察」稱之。意思大約就是部隊長、也兼領政權。例如：西突厥可汗將舉國分為十部，每部就叫一「設」，交付一人統領，由可汗授箭一枝，也就總名之為「十箭部落」，絕大多數都掌握在一個姓氏（阿史那氏）之人的手裡。九姓雜胡即使與突厥人行嫁娶，長成之後，儘管驍勇善戰，也只能領有一軍，自居別部，而絕不至於得到「一箭之設」的地位。

此等卑微處境，淵遠流長，一直是九姓胡人畢生難以省視、難以啟齒的。軋牢山卻在這人人都藏之匿之、掩之蓋之猶恐不及的傷口上狠很戳了一刀：「我族鄙瑣，生困草芥，等同泥塵，不飛揚天下而何為？」

說罷，軋牢山大喝一聲，撒開原本攀附著牆垣的手腳，他頎長的身形倏忽之間便朝殿堂對角飄然躍去，那是一條有如長鞭般閃過的影子，穿越一間之遙，在欺近樑柱交栱時捲起一臂搭住，又一聲大吼，借力彈身，又躍過一間，搭上另一處交栱，如是者來去不住，穿梭自如，整座火神廟裡便儘是他的幢幢魅影、聲聲怪叫，聲影繚繞糾纏，直到他再也沒了分毫氣力，才像一片枯葉、一縷殘絮，跌墮在地，撲面滿是塵埃、口涎，和不知從何處汩汩流出的鮮血。

軋牢山卻一逕笑著：「走天下？」

往來行商的粟特族人曾經以「海」字形容過這麼一條自東徂西、綿延萬里而縱深千里的路徑，其間草原廣袤，沙磧無極，穿越一片大地，往往數月不遇人跡，當地景變異的時候，季節也赫然更迭。然而，這還不足以盡行腳之極，飽經世故而熟歷滄桑的商隊領袖——人稱薩保者，說起——卻口耳相傳，以為南去溫濕之地，尚不只幾千幾萬里，彼處人自稱所在為中原，男女守家固居，不離尺寸之地。他們翻撥壤土，即可收拾穀糧；風來孳牛馬，雨至結稻麥，人人過著安頓飽足的生活。那裡為唐廷統治，俯親山川萬物，仰看日月星辰，頂立上下，略無隔別，其首領號曰天子，而那世界，便稱為天下。

27 魚龍奔走安得寧

「我族鄙瑣，生困草芥，等同泥塵，不飛揚天下而何為？」

鬱悶而絕望的不只是少年，還有他們處境艱難的父母——他們當然不能效昔年安貞節之故智，草率去國，而貽人以叛逃之慮。兩安氏三代族人經過幾番聚會，咸以為軋牢山的確言之成理，於是集眾人之議，反覆商訂出走的方略。這一次，他們要依託於平常東走西顧的商隊之中，暫以交易為掩護，待得去突厥之地日遠，才能藉著買辦貨物、或是招募奴人的名義，緩圖南下。

安孝節從家中趕了二十頭騾，安波住則為安思順和安文貞備治了十匹健馬，這便是南下遠謀生計的盤纏了。軋牢山看來一無所有，只脖子上圍著幾條綢巾，身上背的一張皮裹看似也沒有任何貨殖之務，他偏也在約定的時日欣然就道。

安文貞與軋牢山年紀最近，慣相狎暱，也就毫不掩飾其鄙夷之情，當面半是玩笑、半是埋怨地說：「軋牢山赤手而來耶？」

軋牢山把玩著頸上的綢巾，拿巾角抽打了幾下背上的皮裹，神情嚴肅道：「無事則為諸兄奴；有事則為諸兄死。」

他這話可不是信口敷衍。

臨行前一日夜間，他和阿史德氏見了一面，原以為要大費唇舌，說服母親，才許可其天涯行腳。未料阿史德氏似乎早有預見，不等他說完，便發付了他幾條綢巾，第一條綢巾上是以粟特語繡寫著有如詩歌一般韻律優美的詞句，阿史德氏以指甲逐字逐句指認並唸誦，起語讚頌天神；其次求呼降臨，再其次則是一連串只能辨其音、不能解其義之咒語，反覆至再至三，之後又是謝神詞、送神詞以及讚神詞。

第二條綢巾上則繡著繁複緻密的星圖，阿史德氏來到曠野之中，將綢巾雙手綳持，迎空高舉，唸誦了一通先前那一串咒語，隨即低聲道：「嵐州水草佳好，風來引路；嵐州水草佳好，風來引路……」如是數過，居然八方風動，乍回乍旋。不多時，其中一面風勢壓倒其餘，而綢巾上忽然亮起一列明星，約略指向東南方位。

「如何是嵐州？」軋牢山大惑不解。

阿史德氏卻不答，恭恭敬敬從腰間取出了第三條綢巾，捧奉過頂禮天——這是突厥貴種之家出身的巫者所獨有的信物，連軋牢山都不知用處；其色絳赭如乾涸之血，上繪金狼頭，緣飾以烈燄，阿史德氏指了指那烈焰，低聲在軋牢山耳畔交代了一番言語，叮嚀至再，反覆詢答之後，才又放聲道：「此物之靈，唯在敬事；汝敬畜若人，敬人若神，敬神若無極則，以奴自處，則萬福畢至。」

軋牢山一聽這話，不由得笑了，道：「偏是這麼以奴自處，兒何以去國為？」

阿史德氏卻應聲答道：「汝為一室之奴，只是豬狗；為一族之奴，無非婢僕；為一國之奴，不外臣妾；若合為天地之奴，則王侯矣。」

當是時，有一支來自碎葉的商旅，其薩保為出身安息的安姓同宗，路過境內，四個少年便在安孝節的率領之下，繳納了高出尋常一倍的代價，以一騾一馬為質物，另許交易所得的十分之一作貢納，獲准加入了商隊，追隨東行。

不到幾天，軋牢山已經熟悉了商隊內部的組成，能夠運用和對方一樣流利熟練的異邦語言談風土、說人情，甚至在商隊成員之間作了好幾筆交易。他借用安波住家的馬匹，和一個來自龜茲的白姓商人交易了大批的番紅花、石蜜和銅器；又以這些貨物為資本，向一個出身高昌的翟姓商人盤下了他所有的胡椒、沒藥和龍腦。在經過瓜州常樂縣的時候，軋牢山再把這一批貨物全數賣給當地一個康姓胡人，他轉以康國語悄悄告訴對方：自己本家也姓康，追隨安氏商賈為奴，手上的藥材、香料遠自安息而來，俱為入貢長安的珍品，須以西域薩珊銀幣計價，康胡手邊沒有足夠的銀幣，軋牢山皺眉苦臉、掙扎了好半天，許另以兩匹玄色牡馬補償差價，看似相當勉強地收下了康胡的數萬枚十成十的開元通寶。

這康胡，有好些個名字，他在父母之邦時叫康破延，在中原地界時則叫康槃陀。這是他生平第一次與軋牢山交手，數算起來，也是十一年以外的事了，從此他二人成忘年訂交，成為東西貿易之途上的夥伴。

軋牢山在這一宗輾轉完遂的交易上出手闊綽，他把一匹玄色馬和所有的通寶都還給了安思順兄弟，自留坐騎一匹。他翻身跨上馬背，奮力拍著馬頸，對其餘三人道：「諸兄為軋牢山自立之本，此地乃軋牢山自立之地，此物是軋牢山自立之業，火神在天，三者在前，軋牢山誓不相忘！」他的確沒有食言，日後，為了成為大唐子民，他改姓安，並以瓜州常樂為郡望——這匹馬，一直追隨著他，直至老死於幽州。

這宗以一匹馬換得的財富，也令安氏諸子震驚，心情也在不知不覺中微妙地轉換。雖然軋牢山仍然是四人之中最年幼的，也總像個僕役似地侍奉著三位兄長，可是無論行止動靜，買入賣出，他們都忍不住要徵問軋牢山意下如何。至於軋牢山，儘管在應對其他胡商之時談笑風生，可是一旦與安孝節、安思順與安文貞私下相處，他卻謹守著有如奴僕的分際。

直到有一日，商隊薩保聞聽逆行而來的散商說起，東路上不平靜，唐屬肅州治所酒泉之西有盜匪出沒，一夥百多人，個個長槍大戟，兵刃簇新鋥亮，謠傳是中原府兵不耐久戍邊區，索性挾持甲械馬匹逃亡。也有說是再往東去不遠的甘州、涼州百姓犯上作亂，從府庫裡劫出兵仗，一路西行，專事搶掠商隊。無論何者，既屬不赦之人，都是豁出性命不顧的人物，萬一遭遇了，非徒貨畜難保，恐怕不會有活口。薩保應機立斷，商隊折向北行。就在這人人惶恐憂懼、喧填祟亂之時，軋牢山卻私下與安孝節耳語：「此時不行，大事難成矣！」

軋牢山試逆其理而思之：這正是脫離商隊、一路南行最好的機會。不如此，雖說保全了性命，畢竟還是隨眾胡商回返突厥故地，則前此種種，豈不盡付枉然了？可是，若與眾人分路揚鑣，薩保等必以他四人死於群盜之手為理所當然；那麼，萬一不死，也就去到了新天地，徒留死名如遺蛻，而不至讓仍留在突厥的家族受到牽累。

商隊有如驚弓之鳥，捲著瀰天漫地的沙塵，朝北方竄去。少年們整頓了騾馬囊篋，兀立於連天衰草之間，一時真不知何去何從。安氏三子看日腳西降，霞色赤張，想像著遠處即將迎面撲來的刀兵之災，不免愈發慌急。可是他們轉眼看軋牢山，有時東張西望，有時踞地沉思，有時拿起圍在脖頸上的綢巾仔細端詳，口中喃喃唸誦，神情顯得無比平靜篤定。

直到天光全然隱沒，地景成了或濃或淡的魅影，晚霞消失之處卻傳來一陣陣的狼嚎，呼應著狼嚎之聲，軋牢山持誦咒語的聲音也漸漸洪亮、高亢，一面誦著，一面四方嗅聞，像是在蒐尋甚麼獵物。近處嗅過，大踏步朝遠處行，依樣且嗅且走。咒語誦過五七遍，曠野百數十里間，居然處處有迴音，自草葉尖芒處滾過、自礫石縫隙間迸出，更自不知所在的狼群中呼應而來。軋牢山微微笑了，仰臉向天，有如酬謝答意地說：「蒼天庇福！」說時順勢撲倒，如阿史德氏所教導的那樣，手足掌心對天，顏面身軀俯地，虔敬祝禱，似欲無窮無盡。

說也奇怪，此刻天風疾捲，將低空中原先壅滯一片、並無輪廓的浮雲與暗塵一舉吹散，於是穹頂上的萬點星辰，便在一剎那間現了形，充塞四極，爭發光明；真個是晶芒欲垂，星光如墜。安氏三子都看見了——原本由繁星羅織而成的天河裡，竟顯現出一條出奇光亮的、由星子綴成的路徑。

「嵐州！」軋牢山回頭同他的旅伴們號呼道：「隨此星路去，即至嵐州。」

可是星路所顯示的方向，不正是商隊眾人匆匆走避的盜匪所從來處嗎？三子面面相覷，直是搖頭，連聲道：「不可去、不可去。」

「不去亦可，」軋牢山道：「待彼自來！」

等甚麼呢？先來的是一陣鳥。其大如鳩，其色如烏，其數盈千，飛行時翩羽奮張，御風作響，恍若要將天地如布帛一般撕裂。北邊各族稱這種鳥為「鵽雀」，漢人則稱之為「突厥雀」——因為這種鳥一旦大批出現，毋須一二時辰，突厥人馬必定隨之而來。這就讓人更加費解了；傳聞不是說：來者為唐廷之逃卒嗎？怎麼會先飛來一陣突厥雀呢？

傳說中的凶神惡煞果然在天亮之前到了。驚人的是，雖說他們是唐廷叛逃兵將或民賊，可是連軋牢山都一眼看得出來，其馳逐行進，全是突厥與安國人從事射獵時驅逐圍趕的手段。當先馳來三騎快馬，一前二後，成小隊雁字。馬上之人手中無兵刃、胯下無鞍轡，只一味夾馬飛奔，視道旁諸人如無物，轉瞬即不見形影。不過幾數息之後，第二陣來的是九騎，分為三小隊雁字，各自仍是一前二後，只那當央的一隊，仍舊赤手沿路疾馳，另六人則翼護左右，而且可以清楚地看見，他們手上還都挺著明光鋥亮的槊槍兵器。

當這三小隊行經安氏少年和軋牢山面前之際，兩側領騎人不約而同拔取腰間號角，前後取向傳吹。雖然馬不停蹄，可一霎時間前路後路上都鳴起了號角回音，安孝節年長幾歲，熟稔族俗遠過於其他三人，傾耳聽了一陣，面露疑色，低聲道：「怪哉！」

才說著，東南方馳路盡頭便現出了三點五點、點點成列成叢的燄光，乃是百數十支燎燒明亮的火炬，來勢較前兩波的人馬卻顯得緩慢許多。又過了片刻，火光忽然向四圍八面散開，越散越遠，有的竟然向遠處退去，直退到天穹盡頭，混入低空中的萬千星子。可是如歌如語的角聲卻片刻不稍停歇，有的高昂、有的低盪，或尖銳、或沉滯，也有的突出而獨顯淒厲，既然不一而足，入耳則像是無以數計的鬼神遠近紛披，囂囂言語。

安孝節緊皺雙眉，抖著聲，趁隙低聲結結巴巴地道：「彼、彼、彼將作驅羊陣來！」

一聽這話，安思順和安文貞慌得都發癡了，作夢亦不能料得：已經去國數百里，居然迎面撞上突厥的部曲。突厥一族的征戰與行獵、游牧並無二致，故其語「戰士」稱「嘎達斯」，也有族人、親人、夥伴、盟友多重義。在原本的部族之中，安氏三子幼年時常聽聞長者說起與契丹、奚族諸部作戰事，初以為說的就是生計，日久才見明瞭：原來許多家長俚短的笑談，說的居然都是戰場上的殺戮。角聲傳信道情，安孝節也聽得出十之六、七；至於角吹所暗示的「驅羊」，就是說對手柔弱、無力抗拒、不堪一擊之意。那麼，對付這樣的敵人，不外是手到擒來，恣意屠殺而已。

三個人不約而同、滿懷幽怨地看著軋犖山，畢竟是一時輕信了他的主張，才脫離了薩保的商隊，而今魚龍衝撞，強弱懸殊，還真是悔不當初。可是軋犖山卻氣定神閒地將牲口催趕到稍遠之處，從頸上取下了繪飾著金狼頭的絳色長巾，口中唸唸有詞，大踏步繞著不方不圓、徑可一丈有餘的圈子。但看他愈行愈疾，圈子則愈繞愈小，繞到僅有尺許見方之時，猛然間在那圈子中央竟冒出一團赤紅色的火苗。火苗初則不及半尺，軋犖山以身自轉，並仍繞火而轉，火苗漸升，不多時，便竄起了二、三尺高，其色轉黃、轉淡，軋犖山隨即身陷於一片白光之中，仍自誦唸如故，燄光衝騰捲裹，卻也燒灼他不得。

就在軋牢山迴旋如舞之際，原本已經匿跡於草原盡頭的火炬、兵仗、人馬也以狂風漫捲之姿，倏乎從天涯地角之處掩襲而來，刀矛桿棒，兩兩相互搏擊出聲，發出了相當駭人的崇響，不及半晌工夫，數以百計的幢幢黑影早將少年們團團圍住。

然而，誰也不曾料到，這些身著盔甲、手擎軍械、原本要大肆屠掠一場的不速之客，居然在佇馬圍觀了片刻之後，猛可安靜了下來。軋牢山又轉了不知多久，才緩緩停下腳步，仔細朝眾人環視一過。說也奇怪，原本來勢洶洶、殺氣騰騰的漢子，不但不再鼓譟，反而失魂落魄、凝眸結舌，呆若木雞。

還不只是這群人，就連安氏三子也一樣，他們也無語無神，如癡如醉，勉強留著一口游絲般進出的氣息而已。曠野之中的軋牢山從容不迫地匍匐在地，就像阿史德氏所傳授的，四掌朝天，極盡卑屈恭順之能，行了一趟跪拜之禮，謝神、送神已畢，才走到三個伴當面前，一一去向肩上、頸上狠狠揑了一把，他們才悠悠回過神來。

「火天大神助某等免此一劫，」軋牢山道：「諸兄安矣。」

可是眼前這一圈神情迷離惝恍的卒伍，著實令他們既感到驚訝、又覺得恐慌。一方面是對軋牢山的巫者手段不敢置信，一方面還在擔心兵器森森的陣仗；因此安氏三子都噤口屏息，寸步不敢挪移。

軋牢山看了個分明，近身處一馬背上雄踞一丈夫，兜鍪閃爍，縚帶鮮明，弓弢中的箭羽前有響哨，堪見是個將領了。他攫過那將領隨身的長刀，跳起身揮刀抬手、打落他的頭盔，笑著說：「祆神降靈，不過片刻，屆時亦難脫身。諸兒且助某一臂之力，把這些囚囊的兜盔皆除去了，容某斬除頭顱，以絕後患！」

才說罷，竟一刀揮向馬上那將領的脖頸，可畢竟他還是個少年，從來不解如何用刀，刀鋒距皮肉還容有寸許之隙，劈刃而下，居然將馬頸砍開，鮮血登時噴了幾尺高，那馬兒生受不了，前蹄暴起，後題蹦躍，陡然將背上那將領摔下地來。馬兒脫韁狂走，不知去向。翻落塵埃之中的將領打了兩個滾，勉強趴伏在地，穩住身形，兩眼虎瞪著這幾個少年，彷彿清醒了過來。然而這一瞪，也只剎那間事而已。他嘴角一揚，像是要笑；又一嘶，像是要哭。近旁的安孝節則以安國語大喊了一聲：「北臘得！」——北臘得，是哥哥的意思。

那將領，恰是十年前逃關南下、行方不明的安貞節。

28 浮雲遊子意

投唐十年，安貞節眼前已經官居嵐州別駕了。

在大唐三百六十州中，嵐州之堪為一州，與蔚、忻、石、朔、雲等州共為北京（即太原）屏障。其地西有群山環拱，林草豐美；東有沃土肥原，稻粱垂實。嵐州以地勢高而平曠著稱，終年有百里雲靄，飄忽去來，號稱天上雲間之地，是李氏皇家亟欲推拓的一方領域；在李世民眼中，嵐州非但是戍衛太原的堡壘，還是北撫塞外的前哨，所謂雄邊。然而天下粗定，北地諸族叛服無常，自立朝以來，除了派遣府軍鎮守之外，當局者始終沒有一個能長久實邊、或與契丹、奚以及突厥各部族互信而永以為好的策略。

十年前安貞節以孤身南來，不過是一名飼馬走卒，由於熟悉餵養繁殖之術，頗得軍將賞識。這軍將姓論，名弓仁，出身吐蕃噶爾家族祿東贊一支，在武氏聖曆二年之時，由於吐蕃內亂，噶氏宗族陵替，這論弓仁便跟著叔父、攜領所部土谷渾七千帳戶，投效中原，另圖功業。不到幾年，便以對突厥用兵的戰果，身居左玉鈐衛將軍，官拜前鋒遊弈使。此職所司，每率重兵數千，都是武力驍勇、熟諳山川之輩，特遣之行，區域深廣，從中受降城向西，二百里至大同川；北二百四十里至步越多山，以及東北三百里至帝割達城。

論弓仁天性褊躁，復近利急功，而且因為早年「積戰多瘡」，如今年近五旬，累勞生疹，邊防庶務，漸漸不能精察敏識，指顧間常粗疏魯莽。他看這少年平素乖巧和善，能通諸蕃語，有時牧馬而回，身後竟然跟隨著陌生面孔的蕃子，少則三、五介，多則十餘人。有些蕃子看上去身強體壯，較之安貞節年歲還要大上許多，居然也對他言聽計從。

安貞節就以交通情懷為手段，誘敵來歸。至於來歸者，但能饗之以飲食，授之以勞役，安之以寢居，積少而為多。由於是安貞節以族親友誼相搏而致，長久以來，竟然沒有一個叛逃而去的。如此招徠，瞻望長遠，未嘗不能結成一支有用有為的部曲。也就由於這一番信任，給予安貞節不少便宜行事的機會。

另一方面，遠戍邊關，逃亡者眾，必須隨時補足員額，以應戰守實務。論弓仁看安貞節果然能號召行伍，於是對他信任日加，多付要務，還給特別立了一個職銜，謂為「捉生郎」。義如字面，就是表彰他有生擒活捉敵寇的本事。

「捉生郎」只是一個虛銜，安貞節並不以此為足。到中宗景龍二年，也就是安貞節出亡為唐民的整整兩年之後，朔方道大總管張仁亶築受降城於河曲之北，三城首尾相應，牆垣沿險要的高原地勢而峭立，從此關內關外永為敵壘的態勢已經不可挽逆，而所謂「絕其南寇之路」，其實也是「絕其南歸之路」。

以六十天築成受降城，阻絕南北，固然有憑險隔絕的用意，更有藉地利以省人事的用心。果然，下一步裁減鎮軍，一舉少了數萬兵力，張仁亶也不像過往那樣，為了嚴行防禦，本該在城外更築懸門，號曰「八卦牆」、「萬人敵」，都是為了迎敵作戰而必備的攻守之具，他卻說：「兵貴進取，不利退守。寇至，當併力出戰，回首望城者，猶應斬之，安用守備？生其退恧之心也！」仔細推敲這番話，大唐對待北邊的用心，已經有了重大的改變。

安貞節默觀形勢，審度自己的處境，一眼看出既往「捉生郎」引人入貢的勾當是幹不下去了，若要進一步在唐廷立穩根腳，非想出全然不同的另一套手段不可。當是時，正逢咸陽兵二百人逃亡，張仁亶發大軍擒捕而回，一一審訊，悉數斬於城下。這一處分，立刻讓全軍股慄震懾，人人惶恐沮喪。

非只如此，張仁亶對付異族還有一套慘酷的手段。方此時，像安貞節這樣南奔投化的突厥人不少，張仁亶每每過目，一見那面相兇惡、看似不易馴服者，便飭令脫去全身衣物，帳下綁了，親手執筆，在那人的胸腹背脊上寫滿謾罵突厥可汗的文字，復令兵卒持利刃、依字形、雕刻刓鑿，最後再以黑墨塗染，烈火燻炙，當下令人不勝痛楚，「日夜作蟲鳥之鳴」。這也就罷了，過後張仁亶竟然還把那人遣送回突厥領地，突厥可汗身邊總有識得漢文之人，轉譯宣讀一過，那可汗暴怒無倫，就下令把這人給臠割了。

邊塞各部對峙之情勢如此，反而給了有心操弄離合之人絕佳的機會。安貞節靈機一動，遂自往營中請見論弓仁，獻上一奇策。

且說這前鋒遊弈使原本是統領一支勁軍，為數千人上下，自西徂東、復由東而西，巡行三受降城。行進間計時計程，觀望各烽堠是否依例按時施放平安火。一旦遇上了應該生煙之處未得升起，或即是烽堠遇襲，就得飛騎前去救援。安貞節所獻之策卻不是一般的巡行。他請求論弓仁分撥一小隊人馬，三、五十甲士，兵仗兜鍪雖然有之，卻不俱全，更不立旌旗、不鳴金鼓，內著常民素服，外罩肩臂半甲，看上去雖然聲勢浩大，卻又決然不像是裝備嚴整的唐廷部曲，而其行動，則與遊弈使背道而馳。

分兵邏巡，原本有之，可是穿盔戴甲、擎槍跨刀，卻刻意不檢點衣袍儀容，竟作零落襤褸的狀貌，這又是何用意？論弓仁忍不住問道：「果欲何為？」

「為王師張羅大好什物。」安貞節近前低聲道：「左將軍得不知情即不知情，看收戰果而已。」

一段時日過去，論弓仁幾乎已經忘記了前情。忽一夕，帳外來報：安貞節催趕大批錙重而返，有牛馬羊駝百口，香料、織氈、石蜜，葡萄酒，以及幾箱遠從波斯運來的薩珊銀幣。論弓仁忙問緣故，安貞節道：「大宛石姓國東行商旅道遇虜寇，販者盡為群盜所屠，王師營救不及，但驅寇而去，收贓而回。」

又不數日，道途風信傳回，謂有數十名帶甲賊寇，自稱逃卒，乃天地不赦之人，他們在荒野沙磧之地剿掠了一批石國興胡商，恣意屠戮殆盡。容有一、二活口，望風而逃，關於遇劫的零碎信息，應該就是這麼傳揚開來的。畢竟東西商道上蟊賊蜂出，一向神出鬼沒；有人以為多是突厥孽種，有人堅詞說是契丹流民，莫衷一是。自凡鎮邊邏兵，總有鞭長莫及之處，一旦遭遇上了這樣的惡寇，也只能歸怨於時命不濟而已。

論弓仁把安貞節的話前後一兜攏，就明白了：逃卒自不是逃卒，盜匪也不是盜匪。安貞節聲稱的贓物竟是他自己指揮王師劫掠所得——服常民之衣、外罩半甲，就是刻意裝扮成逃亡者的模樣。論弓仁乍然窺見了真相，是非萬般分明，只能當機立斷：要不，拏下這廝問罪處斬；要不，就算不能與之同氣共謀，也只能曲心包庇了。

或許是出於一片惜才之心，論弓仁思忖了片刻，眉一低，道：「此事，莫得常有？」

「而今逃卒遍天下，商旅亦遍天下——」安貞節當即答道：「鋒銳所向，但視將軍所需耳。」

論弓仁畢竟不是一個貪瀆的人，可是當初准予分兵邏弈，也是他親自頒佈的命令，如今不能公然論罪，也只好吞聲擔待。當下厲聲斥責一陣而罷。然而，於公又不能不奏報，從表面上看來，安貞節卻也有「驅盜」的勞績，索性借功奏報，調遣安貞節離開他的麾下，遠赴嵐州補差，任別駕之職。

此安貞節身為突厥部的亡命之徒，周旋於唐廷與胡部之間的一段秘辛。安貞節私以為得計，日後一旦打聽到東西興胡商旅之有大宗貨販出入者，估量形勢強弱懸殊，勝券在握，便假借唐廷逃卒「不赦之人」的名義，縱馬揮戈，殘殺強奪，所向披靡。只不過他萬萬沒有料到，會遇上軋牢山這一行人。時在開元四年之冬。

也就是從這個冬天開始，軋牢山冒姓安氏，追隨安貞節定居嵐州。安貞節還給軋牢山起了個漢名，叫「祿山」，取「積祿成山」之義。每當安貞節那一支假冒逃卒的盜寇之師有所斬獲，便化整為零，交付軋牢山，逞其精熟各族語言風土的本事，以物易物，四方交易——唐廷甚至授與一職，號「諸蕃互市牙郎」——不消數載，非徒令嵐州府庫充盈，就連兩家安氏兄弟也都私囊飽滿。唯獨軋牢山一囊、一馬，依然故我。

看在安貞節眼中，軋牢山多智計、善於揣度人情，到手的財貨總能不斷分勻散播，轉生利益，每每以賤易貴、以少易多，但是無論何等奇珍異寶，他卻從不積聚於身。忽一日，安貞節終於忍不住當面怪道：「以汝之能，而不稍事積聚，真不可解。」

軋牢山應聲答道：「母訓分明，不敢或忘。」

「何說？」

「吾母有言：『以奴自處，則萬福畢至。』」軋牢山道：「信知奴之為人，一無所有。」

安貞節搖頭擺手道：「人，必有所欲。」

「某即好交易而已。」

這的確是軋牢山的肺腑之言。他尚未深入中原壥城市井，也還沒有見識過兩京繁華，更無從想像大帝國裡如螻蟻蜂蠅一般群居擾攘、爭鋒奪利的慘悄生涯。在這個邊城兒的心目中，那個道聽途說而來的「天下」，還只是黃沙白帳間無數堆積復流散、流散復堆積的物件。每當催趲著大宗什貨來到互市之地，立身於萬商之間，眺瞰著綿延數十里、形色百端的金銀、牲畜、織品、香料、藥材、器用、服飾乃至於不知前途終將何往的童婦，他知道這些都是從幾千里以外迎風披雪而來，隨即又將如流水浮雲一般流通到幾千里以外而去，他都會因之亢奮，甚至暈眩。

那些口中嚼說著不同言語的人們所交換的，也不只是貨物。更令軋牢山好奇而時刻念想的，則是每一個買賣家各自的需索。有的人會為了幾斤薑黃和胡椒而出讓一頭健騾，也有的人會為了一張舞筵而脫手數十枚金杯；在某家眼中，年輕貌美的女子值不上兩腔羊；在另一家眼中，幾頭牛也換不了一尊法器。可是，繽紛的談吐、熱絡的寒暄，以及看似無窮無盡的交流生意，總使軋牢山著迷，尤其是當他周旋於各部族之間，巧為說合，輸通有無，就覺得渾身舒暢，歡快無比；彷彿人世間之至樂，已然無逾乎此。有一次無意間促成曹國牧馬商和天竺珠寶商之間的買賣，他高興得忘情，在人群中跳起了迴旋舞，置身一張方圓不過尺許的胡凳上，軋牢山以兩足尖為軸，一口氣打了千餘轉，方才收鼓停身，登時萬眾噪叫喝采。恰在這一刻，環睹眾人之中冒出來一聲：「是軋牢山麼？汝竟是阿史德氏之子？」

來人是先前在常樂有過一面之緣的康破延。

這一度重逢，老胡康破延不像是個氣定神閒的嫻熟商賈，反倒透露著前所未見的急切之情。他不由分說扯住軋牢山的衣袖，推肩拒肘地衝出擁擠不堪的男女老小，來到市集僻靜之處，鑽進駝馬群中，才喘息著放手問道：「汝母是巫者？」

軋牢山尚不及答話，康破延接著又問了一句：「阿史德氏可授汝咒詛語耶？」一面說著，一面不時地探頭斜眼打量四周是否有過往之人，接著，仍不待軋牢山回話，暴睜雙瞳，逕自搶道：「汝可知否？彼迴旋之舞，有大法力，若附之以咒語，可以攝萬眾心魂！」

「某身居牙郎，所事買賣而已。」軋牢山微微一頷首，刻意作無謂狀，只若有心、似無意地說下去：「心神何價，焉能買賣？」

康破延狐疑已慣，當然不會相信他的敷衍言語，可是隨即掩斂焦急，露齒而笑，道：「某有傾城敵國之資，不計多寡其數，憑汝一生索討，但望與汝作一交易耳。」

軋牢山不由得一愣，暗忖：有這樣不測之資，所求一定也是無價之寶；可是一時之間，他實在想不透，不過是臨行之前母親交代背誦的一串求神誓詞，怎麼會令康破延願意傾畢生之財而必欲得之。

他更沒有料到：康破延從此有如一隨身的幽魂，動輒來會。有時便作尋常交易，有時也插手斡運糾紛；逢著與中原內陸如河洛、蜀中之地的賈販互市，他總是為軋牢山解說風土、謀斷商機，如何順應異地買主需求，如何調度殊方貨物供輸，各依平生所見所聞，知無不言、言無不盡。且康破延一反昭武九姓興生胡的族習，從不藉端取利。久而久之，軋牢山尊之為兄、敬之如師，幾乎忘了這老胡原本有所圖謀——而康破延也確實對軋牢山施過一大恩情。

那是在軋牢山入嵐州之後五年，安貞節忽然發了一種奇怪的病狀。他日夜覺渴，暴飲漿水無度，於是鎮日欲溲尿，常常在不知不覺間已尿得滿褌滿床。非只此也，人也時刻昏倦疲勞，經常喃喃自道：「動亦疲、睡亦疲、言亦疲、默亦疲，生死直一疲耳。」不多時日之後，便渾身搔癢，搔落皮屑如天飛雪花；眼力大衰，還經常看見旁人看不見的蠅蜂之屬，繞室翻飛；更不尋常的是一起一坐，皆患眩暈，無論吃多少鮮羊肥牛，終究不覺飽足，周身日夜冷汗，居然還直嚷著看見突厥默啜可汗的一顆頭顱，時時在他面前身後跳躑滾走。

康破延恰自南方來，聽軋牢山語及安貞節此症，當下從名喚伏帝的駱駝背上取下籠篋，神情詭秘地低聲說道：「不妨！我有神藥。」

據說神藥來自西南數千里外，唐屬劍南道蜀中之地，當地有南詔小邦，萬木蓊鬱，奇草俯拾即是，此物，產地土語稱之為「肥兜巴」，或稱「灰兜巴」，更是靈妙非凡。然而，一旦逾越大江之北，便絕蹤滅跡，藐然不可得了。肥兜巴之為物，本出於群山之中極其罕見的一種紅皮八足怪蟲，這怪蟲在生機將盡之時，必然要尋得一株茶樹，只在那樹下吐絲，一吐終夜不止，直至腹淨囊空，怪蟲也就死了。至於所吐之絲，便堆積於樹下幽蔭之處，避過風日霜雪，歷經不知多少歲月，堅韌似皮索，盤捲如羊腸，採藥人必須有十分眼力，始能尋獲。洗淨收藏之後，泡水煎服，端端可以治安貞節這病。果不其然，一服藥劑飲下，安貞節居然止了汗、止了癢，眼也不花、頭也不暈，連成天到晚追隨左右的默啜幻影再也不見了。

軋牢山訝道：「不道汝竟也通曉醫術！」

「此劍南神人霸藥師微子所傳，卻也是某以百斤沒藥、百斤龍腦換得，寧不珍貴？」

這是軋牢山第一次聽說霸藥師的稱號。或許是康破延想要藉談資以驚動耳目，博取軋牢山之親近忻慕，或許是這老胡真心崇仰霸藥師之情不可抑遏，總之，一旦閒談間說起中原風物、唐土人情，不論是天文道術、生機藥理，乃至於生死鬼神，康破延總不會忘了提一提那遙遠蜀中之地的微子——霸藥師。

忽忽歲月又過了五年。如今霸藥師的女人就在軋牢山面前。一個有如站立在晴光碧草之間、毛色純淨鮮潔的馬兒一般的女子，始終安靜馴服；她的雙眸無比澄澈，彷彿只能望向鷹飛過後的秋日蒼穹，而不及身旁萬物。軋牢山探手上前，撫摸著這女人的脖頸，一過又一過，反覆三五巡，才側臉凝視康破延，道：「看她神情惝恍，便知乃是汝使迷香掠來？」

「道途險阻，即此行旅便利不少。」

「汝竟不憚霸藥師怨恨？」

「遠在天涯，當可不教他知曉。」康破延齜起牙花，又朝月娘噘了噘嘴脣，笑了：「彼或同汝一般，並是棄家逃國之人，亦未可知耶？」

「唐女只一張人皮嫩白，實實看不出已經幾度秋草枯黃。」

康破延點點頭，俯首作想片刻，像是十分委屈地從腰後解下趙蕤那柄短刀，拔刃出鞘，持近軋牢山面前，一分一寸指點著鏨環、握柄、刀盤、鋒尖，絮絮叨叨稱許其精巧堅韌，說罷，連刀帶鞘往軋牢山掌中擱了，道：「人與刀，俱付汝——」他頓了頓，接著道：「買汝一部神咒，若何？」

軋牢山插刀入腰，接著便抬起手來，顫微微將指尖伸進月娘的髮，那是一叢比春草還要厚重、濃密的青絲，即使探指已入根深之處，每一莖絲都還頑強地抗拒著他的抓耙。他就這麼將持著女人的頭顱，迫她轉向自己的臉，然而軋牢山依稀覺得：女人的眼瞳依舊向著不知多麼遼遠的地方張望。

29 此淫昏之鬼

月娘總會記得那一夜的夢境。

昏暮時分，那些口操胡語的喧嘩男女逐漸散去——他們並未消失，只是快活地遷移到屋外、甚至城垣以外的曠野中去。在彼處，他們歡歌、勸酒、打馬放蹄、朝百面千方的穹天密草亂射響箭。箭羽上的哨鳴劃過大半個天頂，往復交織嚴密，瞬息間無以數計，而終宵未曾稍停。人們狂亂地喊著軋牢山這名字，每喊幾聲，匍匐在她背上的男人就會告訴她一次：「彼眾呼我！」

男人要她記住這個名字。

不知從何時開始——或許就是在喝下那幾盞夾雜著酥油、胡椒與酸果氣味的葡萄酒之後——她微覺喉間一潤，居然像是可以發出聲音了，然而卻無可與言者，亦無話可說。那酒再從腹中滾燒入喉，她已置身於比夜色還要深濃的墨黑裡。只能依稀記得：原本看似土石砌築的屋室當央，另有一座弧頂圓圍的帳廬，帳廬內外披掛著氈毯、帷幔和無數幅扯張散落之後，又凌亂地纏裹鋪墊著的布疋——據說，這正是先前呼號喊叫的那些陌生人們所餽贈的禮物；而她則陷落在布帛之中。

男人將她翻轉了，她感覺自己仰面朝天，卻不見天。伸手要捉拿些甚麼，一抓又一抓、一層復一層，像是翻掘著春初融雪之下含冰的壤土，卻只著落得絲滑茵軟，綿延無盡。在好似沉埋入土的無邊闃暗之中，新剝的記憶來自那一年的春日，她還記得。恰似一點發自肺腑內的光亮，她記得的是李白。自從離開大匡山之後，這是她第一次由衷呼喊的名字。李白。

當時，李白信口吟誦了一首惱人的詩：「新晴山欲醉，漱影下窗紗。舉袖露條脫，招我飯胡麻。」而她，捧著豆苗、薺菜、芝麻飯，臂間另挽了一籃含桃……她都記得，她還淌著一身汗。然而聽見那詩，她惱了，實是害羞的；她也恨那羞意，因她向不曾感受過，羞怯讓她不覺得此身仍為己有——而趙蕤從不惹她害羞，這魁偉如山的神仙人物，即使與她親近相對，也總是對她說：「某與汝，衣食作息，耕讀朝夕，算作尋常夫妻；毋寧乃是道侶。」

李白不同。李白從初識她時便不肯如此。他老是望著她，又望著她，彷彿期許她吐露些之無字句。然而、然而，然而世事固有不必付之吟詠者！……她都記得，就在趙蕤忽然採藥歸來的前一刻，山前的反舌鳥啼了，那黃喙黑衣的鸜鵒也跟著啼了，噪禽較諸往昔任何一年都啼喚得早，那麼究竟立春了否？她記得李白問了一句；還是她自己問了一句？是他問的罷？偏就該有此一問罷？

地氣蒸騰，萬物復甦。月娘勉力閉上眼，將舊憶與遭遇翻攪糅雜，都為夢景，但聽得反舌鳥歸林入巢，掙扎竄動，直向無底之處。更有氣息噴勃，臨眉迫睫，或即想它是萬籟間翩翩震動的葉隙之風罷了；此際群山前後、樹木淺深，飛聲高下，且莫聽遠方交織如蓋的響箭，並非，並非，權當是呼應著節候的鸜鵒！

但是，耳邊傳來的分明不是鳥聲，是那男人說話。他像是忽有所悟、忍不住亢奮地脫口而出，道：

「果爾，果爾！」

男人的嗓音渾厚，聲調與她年幼時從擔任地方官職的父親處聽來的署衙語言十分相近，據說那就是京兆語，自天子聖人以至群臣百僚都習說的話。這男人說得十分流利——比她多年前從父執輩口中聽來的南腔北調都還流利得多。男人在她耳邊說：他是鬥戰之神賜福所生，既生而雷電交加，天地放大光明，那是因為他的母親精誠禱祀，神靈感格，因而受孕於天的徵候；而他的母親早就告訴過他：有一個髮黑如夜、膚白如雪的女人會在嵐州與他相遇，並且同他交合，日邁月征，長相廝守，日後生下十個兒子，皆受封為上國將軍。

在透徹的黑暗中，她一言不發，反而覺得安適。恰由於看不見彼此，彷彿男人言談的對象不是自己，而她所聽到的只是與己無關的陌生故事。加之於身的衝撞與撫觸，她只能想像成是來自遠方、來自過往的另一個陌生的身影。那人作詩，隨身匕首繫臂，每出不群之思、驚人之語，當下匕刃豁朗，聲節鏗鏘。

她總能毫不費力地記得那些詩句，也同時想念那些因詩句而綴緝起來的生涯——

北溟有巨魚，身長數千里。仰噴三山雪，橫呑百川水。憑陵隨海運，烜赫因風起。吾觀摩天飛，九萬方未已。

那是他初到大匡山自申抱負的句子，當時圍繞著他和她的，本來不是甚麼三山百川，更沒有甚麼巨魚大鵬，卻只是鬱鬱蔥蔥的群山，接目偶及，不外乎榆枋間的三兩燕雀。朗吟之餘，作詩的少年摹仿著山鳥嘎嘎嘶鳴，接著便縱目晴空，吃吃傻笑。

她也記得，在趙蕤拒絕刺史李顒的舉薦之後，少年作了一首：

孤蘭生幽園，眾草共蕪沒。雖照陽春暉，復悲高秋月。飛霜早淅瀝，綠豔恐休歇。若無清風吹，香氣為誰發。

彼時，少年尚未將先前年幼時追隨時調、湊合格律的積習滌洗淨盡，每每造句，不免於拘牽對偶，略現束縛。而在另一方面，她旦暮冷眼旁觀，少年已經有了頑強的主見，作得這樣的一首詩，不免也是對趙蕤的輕嘲，隱隱然表現了出走的渴望。少年原不計功名，他的渴望，僅僅是走出一方世界，要散發那孤蘭的芳香，不甘於隨眾草幽居而蕪滅於小園之中。

到如今陷落在無休無止、無際無涯的黑暗深處的，卻是月娘。她無聲無息地沉吟著千迴百轉的詩句，似乎要藉之逃避體內驀然沖激而起的驚濤駭浪，那是她從未體會過的。她想要迴避，然而不能；想要抗拒，然而不能。她的羞怯與憤恨、痛楚與恐慌，都揉攪成巨大的歡快，起伏萬端，潮捲而來，這陌生的軀體迫使她不得不遁向遠方、遁向遠方的人，而遠方之人的音容笑貌，卻在逼視之下愈發朦朧縹緲，她越是勉力摹想，越是零落破碎，也就只能躲進熟悉得不能再熟悉的詩篇之中；那是遠人的詩句，還有她自己的——

獨漉水中泥，水濁不見月。不見月尚可，水深行人沒。

她僅有的四個句子。

一首輾轉從晉代古歌謠辭中脫胎而來的小詩。古謠名為〈獨祿篇〉，「獨祿」和「獨漉」一音之轉，就是詩歌起調引韻的發語詞，並無特殊用意可說。古作四言為體，通篇二十四句，凡六轉七韻，反覆陳言，所敘僅一事：有孝子某，一心一意、念茲在茲，只想著為死去的父親報仇。根據用語所示可推知：孝子之父受到了「錦衣豪賢」者的迫害，甚至因而喪命。而這歌謠的本事，竟與月娘的身世雷同，其辭如此：

獨祿獨祿，水深泥濁。泥濁尚可，水深殺我。嗈嗈雙雁，遊戲田畔。我欲射雁，念子孤散。翩翩浮萍，得風遙輕。我心何合，與之同并。空牀低幃，誰知無人？夜衣錦繡，誰別偽真？刀鳴削中，倚牀無施。父冤不報，欲活何為？猛虎斑斑，遊戲山間。虎欲殺人，不避豪賢。

「獨漉水中泥，水濁不見月。不見月尚可，水深行人沒。」就是從「獨祿獨祿，水深泥濁。泥濁尚可，水深殺我。」的發篇語中轉出，只是由四言變為五言，將兩句一換韻的形式改成四句一韻的形式。吟罷四句，她停了下來，對李白道：「心力疲鈍，即此為止，不能復作。」實則，她之所以半途而廢，是怕詩句勾引出的她不願意吐露的過往，以及不能掩藏的仇讎之情。當時的少年李白既不知就裡，又要逞才，當下續吟了四句，取意也還是從「嗈嗈雙雁，遊戲田畔。我欲射雁，念子孤散。」的原辭之中轉出，說的還是他自己莫名而未遂的抱負：

越鳥從南來，胡雁亦北渡。我欲彎弓向天射，惜其中道失歸路。

吟罷呵呵大笑，半是自言自語地道：「某心力所及，也不過如此；儘教將此二章去，假以時日，鎔而裁之，終有完篇之時。」

李白並未食言，不久之後，他的確又補作了四句，內容是：「神鷹夢澤，不顧鴟鳶。為君一擊，鵬摶九天。」是後，李白與慈元出遊錦城、峨眉行前，月娘為他整治行裝，不意間從稿草中看見這「神鷹」以下的四句，全然脫離了她的起興之語，更顯現出一種急於高飛遠走的興致。那時刻，她心一涼，卻又不知涼些甚麼。

直到月娘獨自離開大匡山，於她而言，這首殘缺的〈獨漉篇〉始終只有最初那八個句子，既是她的，也是他的。然而此刻，黑暗中緊緊裹住她的這個男人，仍舊一如曠野裡終朝不息的狂風，掀起另一波漫天濁浪，淹覆萬物，靡有孑遺。

水深行人沒。
惜其中道失歸路。

30 始聞鍊氣飡金液

遠方的李白此刻在星月之下。他方才辭別了許自正，陪伴李衍回到僦居驛所的庭廡之中，叔姪二人都默然無語，各有各的盤算。李白想著紫荊樹下匆匆一面的那個女子，那是吳指南彌留之際譫言囈語提及之人；一旦想到吳指南，他就滿懷踧踖，神魂不寧。

李衍赴京待詔，已經不能再耽延，可是此夕之晤，總讓他放心不下，尤其是許自正與李白一席晤對，雖然自午及夕，可是談得天南地北，不著邊際，不論是家國時政、風月文章，都十分款洽，然而，卻簡直不像是議婚。

尤其是說到了歌詩，許自正流露出用意深密的興致。桃李園之會，他見識了面前這年輕人的才分，會後卻也聽說了太多有關此子浮浪狹邪之行的傳聞。一個竟夕終朝流連於酒樓歌館的子弟，卻能夠受到司馬承禎和崔九那樣的賞識和推重，確乎引起了許自正難以言喻的好奇。他私忖半日，終於想到，要讓這年輕人逞其所能，復足以稍窺其胸懷器識，那就是讓他作詩。

「古來士大夫行吟，載憂載歌。」許自正刻意舒緩其語氣，像是一邊說、一邊想，極其慎重地說道：「汝遠遊雲夢，歷涉吳越，屐痕所過，必有心畫。某叨忝作主人，不知能否一聆雅誦？」

話說得很客氣，但用心坦率，就是要從李白的詩中一探其心志性情，以「古來士大夫」相期相勉，也的確有揄揚李白身份的善意。李白當然不能拒絕。不過，倉促間並無宿構現成的佳句，許多隨口號歌、應景書寫的篇什早就在歌筵酒陣中交付了玉管紅唇，曲終飲罷，也就歸之於煙雲塵土，即使記得些字句，甚至還能流利地背誦，卻都是些輕豔綺靡之作，豈能戴得起「古士大夫」的冠冕呢？

情急間，只能順著主人的語勢，從「雲夢」、「吳越」之詞想起了多年前在大匡山與月娘戲作的殘句。緊接在月娘的「獨漉水中泥，水濁不見月。不見月尚可，水深行人沒。」他的句子是：「越鳥從南來，胡雁亦北渡。我欲彎弓向天射，惜其中道失歸路。」他也記得：相偕聯句之後未幾，他還因為目睹趙蕤召喚奇禽異鳥，而有一種身在夢幻之中的虛無縹緲之感，於是補作了四個四言句：「神鷹夢澤，不顧鴟鳶。為君一擊，鵬摶九天。」

而今即席試才，也不無詠懷獻詩的風情，索性將這篇散碎的舊作轉來運用——畢竟他的前四句命意開闊，於許自正所期待的「古士大夫行吟」也略無差池，李白轉念至此，把心一橫：索性鑿去月娘的引句，逕從「越鳥」起興，用這四句開篇：

「越鳥從南來，胡雁亦北渡。我欲彎弓向天射，惜其中道失歸路。」

許自正聽到這裡，不由得嘆息出聲：「強矯！強矯！」

一隻射向遠方的箭，所射的是茫茫無際的天空，挽弓之力越強、飛矢之程越遠，則中道無歸的悵惘就越濃重了。如此開門見山，挑露題旨，頗為險峭。一來是出之以五七言兼用的雜言體，雖謂近於古樂府風調，容易喚起質樸剛健的感會，可是在時人耳中，此體句中聲調散慢，平仄凌亂，抑揚無節，欠缺嚴謹的約束。二來，這箭一開篇便迷失、殞落，看似無以為繼；那麼，該如何扭轉那由「越鳥」、「胡雁」所鋪張揚厲的宏大局面呢？

李白總是能逆折思路，攖鋒而出，從體製言之，他更加大膽地吟出一對九言之聯；從意旨言之，他拋開了墜落無蹤之箭，念念於趙蕤從迢遙天地間召喚而來的群鳥。是的！他掉轉神思，卻說那沒有被箭射中的鳥——這讓許自正感到無比驚喜而震撼著了：

「敢當飛鶻者、雕鶚之屬，蓬萊以外來、指揮西去。」

無視屬越屬胡，也不分南來北渡，強矢臨身而毫不在意的獨行之鳥，就像從雲夢、廣陵漫遊而西入安州的詩人，飄然而至。許自正連連頷首，忽而覺得不該忘形，趕緊作勢整理衣衫，讓一旁的李衍看在眼中，不覺失笑。李白略無瞻顧，振衣拂袖，接著吟道：

「渤海其東幾萬里，載山之壑惟無底。方壺一呼鴝雀空，瞻彼崑崙雲間耳。」

詩到中段，堅蒼陡削，換用上聲韻字，略調聲調，以近律為行腔結構，而不全宗規格。所狀述的，則是從極高遠處睥睨世間景物，乍讀之似鳥瞰，深味之則來自世外天眼。許自正不禁脫口而笑，跟著吟讚道：「『載山之壑惟無底』，不言山之高，而言壑之深，此語識見，更出魏武短歌之上啊！」

李白神情舒緩，昂視無極，對許自正的稱賞若罔聞焉，繼續誦出早已作成的終章：

「神鷹夢澤，不顧鴟鳶。為君一擊，鵬摶九天。」

「莫怪！」許自正不住地撫掌捋鬚，著實難掩亢激之情，道：「莫怪司馬道君謂汝『奇哉人也』；崔監則許汝為國士。此等文華意旨，域中無人堪與倫對！」

便是從此而說起了和他們各自與上清派道者的交際。許自正與李白就像是睽違多年、平輩論交的故友，從術數到養生，從經書到丹藥，每有所見，皆深相投契。尤其是說到辟穀之道，許自正甚至起身向李白一拱手，道：「某平生所見，略不及此，承教、承教！」這就甚至有些不顧體面了。

李白之於道者辟穀，的確有不同尋常的看法，連李衍都瞠然自失，不能應對。許自正數十年宦海沉浮，自料默觀世事，頗有通人之明，論及辟穀一事，引經據典，侃侃而談。話題是從前度司馬承禎一行人過訪安州而說起的，彼時丹丘子對許自正提起李白，賣弄玄虛，說了句：「道君所奇之人，只今合在楚山裡。」許自正還以為說的是採藥者；這便以合藥、服氣為話柄，滔滔不絕地議論起上清派獨樹一幟的妙法，又是松子、白朮，又是伏苓、靈芝，顯而易見地，許氏對於司馬承禎的歎服，多少還是與延年益壽的具體實踐有關。

李白聽完了他的一席讜論之後，居然笑道：「龜息少食，餌藥煉氣，此一夫之功，猶未及於萬姓。至若以辟穀安天下者，天師另有卓見，當道未必苟同。」

許自正愣了愣，忍不住攀問道：「願聞、願聞。」

「《禮》不云乎：『生財有大道，生之者眾，食之者寡，為之者疾，用之者舒，則財恒足矣。』」李白應聲道：「若穀食者寡，而耕稼者眾，財用不亦足矣？」

這是個淺顯的道理，許自正微一點頭，道了聲：「然。」

李白沒有接著說下去，他星眸閃爍，劍眉昂揚，等待著許自正說下去。他知道：一旦深思，必有疑慮。

果不其然，許自正忽而又搖手道：「非也！非也！設若食之者寡，則何所為而事耕稼？」

「然！」李白這才接著笑說：「若無耕稼，則國人一空！」

道者辟穀，到大唐立國之時，已經有上千年的歷史。從淺近的方面來說，稻麥菽稷、魚肉菜蔬之物，各具天機生理，不入口腹，豈得養人？而天機生理，也會須藉著飲食而周流，才能使陰陽勾和、魂形統攝，以臻長生。

早年天師道建齋醮、授符籙、守齋戒，尚無戒食的手段。魏晉以來十傳而漸興的上清派道者卻對於辟穀有一種更加強烈的信仰，以存思、誦經和服氣從事修行、追求長生，以至於成仙，就提出了一套逆轉的論理，他們認為食物——尤其是穀食——於充實肉身之餘，也阻滯了人生境界的飛升。此處的飛升不但是個比擬之詞，還是具體描述之語：若能經由養氣餌藥之修行，以代穀食，則非但可以延生長壽，還能像傳說中的無數神仙一般，蟬蛻軀殼，直上青冥。

因此，上清派以為人平常所進的飲食，正是拖沓、滯塞升仙之途的餘物。這些道者毋寧相信：減食、甚至不食五穀雜糧，而「漱芝𪎭，含靈芝，潤松脂，咀松子」，這是一種更直接的「化道於天地，得機於自然」的手段。上清派的宗師弟子們一代又一代在深山幽谷之間採集「天生所有」，不只是生命看似「有期有限」的草木植栽，進而轉向了地黃、水晶、雲母、石髓、丹砂、黃金、白銀等等礦石。因為從外觀與質料上看，此類礦石更堅硬頑強，彷如不朽，服食此類，得其物性，人亦隨之而頑健。根據越鋪衍越神奇的傳說所示，更高的境界的道者非徒五穀不入口腹，就連草、藥、丹砂都不沾唇，但需吸風飲露、吐納日精月華，亦可以為神仙。

自從許宛洗淨鉛華、絕意婚姻，沉迷於煉藥之後，身為父親的許自正有些感傷，也有些欣慰，不免時加垂問，因而也萌生了興味。畢竟，家世空垂其高堂，功名半墮於冷遇，要想重振祖輩許紹、父輩許圉師的聲勢，堪稱絕望了。再有甚麼經略之心，也只能營繕田產，保守家資，餘生所圖，不過就是安恬閒適，益壽延年。他時而與各方道者交際往來，只要風聞某術士知機識微，感格天地，或是能通醫理方技，哪怕只是曉測風雨，打聽得其人在相鄰郡縣，無論荊、襄、鄂、漢，甚至遠在汝海，都要延請到府中，殷勤問訊。若是關於養生通神之術，縱使隻字片語，也務必要求索鑽研。

他知道：道者辟穀，一來有其修持自好，獨與天地精神往來的意念，二來也有藉昇仙永壽之目，以廣招徠的目的。里巷間多少傳奇，說的不都是凡人學道，偶得仙緣，因而蛻化軀殼，拋擲名利，斬絕情親，白日飛升呢？

但是李白的「若無耕稼，則國人一空」之語，竟是他從來沒有想到過的。不外一念之轉，說來也沒有太過深邃的思理，就是說人人學道，像神仙故事中的人物一樣，以石髓、松針、苔衣、溪泉為飲食，日後功成大化，杳然仙去，靡有孑遺。那麼，還需要耕稼稻粱、育植蠶桑嗎？捨此而無所事事，則稅賦成空，傜役無著，又豈是天子所能容忍坐視？

那麼，當今聖人屢屢召見司馬承禎，既披衣受符籙而稱弟子，復指地築宮觀以安師尊，其敬仰禮拜，前代所未曾有。倘若上清道者所欲弘揚之事，終不免撼搖國本，這一切又是為了甚麼？許自正雖不以為事態果爾致此，卻依舊不明白聖朝之優容，所為何來？而自己多年來問道訪術，何異禍國？被李白這麼一說，他卻有些惝恍迷離了。

孰料，李白還有反一面的立論。

「然而——天下固不能無耕稼，亦不能無神仙。」李白道：「葛洪《神仙傳》中，得道而成仙者，不過百有餘人。爰古洎今，普天下之王侯將相黎庶商奴之不能成仙者，其數何啻億兆京垓？試問：《神仙傳》果欲人信神仙可期乎？或乃勸人不信神仙之可期乎？」

「服食煉氣，其行苦，其道微，所事者寡，故少成。」

「許由、巢父服箕山石流黃丹而得道；商山四皓服九如散、餌漆料並丹砂而得道；離妻公服竹汁而得道；商丘公服桃枝膠脂而成仙；洛下公服赤烏夜光脂而成仙——此片言所記，未足為後世法，姑不論——」李白一口氣說到此處，話鋒一轉，聲轉昂揚，道：「然則世稱彭祖若何？彭祖，帝顓頊之玄孫，至殷末七百六十歲，而容顏猶少壯而鮮麗，善補養導引之術，服水桂、雲母粉、麋鹿角，日夕閉氣內息、磨搦身體、拭唇咽唾，其氣常行於體中，起乎口鼻，達十指之末——」

「彭祖自是得道者。」許自正道。

「是得道之尤者！」李白道：「然彭祖喪四十九妻，失五十四子，自謂：數遭憂患，元和折傷，肌膚不澤，氣血焦枯，仍不可以登仙。」

一旁向未開口的李衍這時也來了精神，道：「故神仙之說，竟乃是諷人不必求神仙了？」

「然，亦不盡然。」李白轉向許自正道：「使君請思魏伯陽事則明矣！」

魏伯陽的生平事蹟也在《神仙傳》中，是家喻戶曉的典實。

道教丹鼎派開山之作《周易參同契》的作者魏伯陽，東漢會稽上虞人，號雲牙子。「參同」，即「三同」，將《周易》、《老子》與丹藥之道三者匯於一爐而冶之，主旨即是選藥煉丹、養生延命。以魏伯陽為主角的神仙故事，其最著者，就是說他帶著三個弟子和一頭白犬赴山中採藥，煉製神丹。由於魏伯陽已知弟子居心不虔，遂為試探；刻意用一種「轉數未足，合和未至，服之暫死」的丹藥餵了白犬，白犬食之即死。

魏伯陽便問弟子：「作丹惟恐不成，丹既成，而犬食之即死，恐未合神明之意，服之，恐復如犬，為之奈何？」弟子轉而問師傅：「先生當服之否？」魏伯陽說得瀟灑：「吾背違世俗，委家入山，不得仙道，亦不復歸，死之與生，吾當服之耳。」說著便服食了，而一俟服食，也就死了。

三弟子中的一個當下就說：「吾師，非凡人也。服丹而死，將無有意焉？」說著也服了丹，又死了。剩下的兩個弟子相顧怏怏，商量著：服丹本為求長生，今服而死，焉用此為？不服而生，自可數十年在世間活也。這兩個但求活命的弟子出了山，還想著為師傅及死去的道侶備辦棺木。就在他們離去之後，魏伯陽一躍而起，給那已死的白犬和弟子服食了別樣的丹藥，不但都活了過來，還都成了仙。故事的結局就像其他無數的神仙故事：苟活不肯服丹的弟子畢竟欠缺仙緣，懊恨不已。

許自正反覆將魏伯陽一生所事翻想一遍，仍不明所以，道：「賢郎以魏伯陽事大有逕庭，不近人情耶？」

李白欠身道：「服藥暫死，亦死也；既死而復生，魏伯陽偕弟子及犬一去不歸，其情不亦死耶？古來說神仙者，何啻魏伯陽一人爾耳？其所謂：『背違世俗，委家入山，不得仙道，亦不復歸』十六字，恰是齊死生而仙者也。」

說著，他起身向許自正一揖，接著說道：「使君恕某直言：辟穀還丹能添壽命，殆非神仙之道，故李少君之徒董仲，延命八十春秋；仲之子道生，壽三百七十；其餘卓元成、張子仁、吳士耳之徒，或三百歲、或五百歲，至死不病、不傴、不皺面、不落齒而已，卻更不是仙！」

李衍仍是滿面狐疑，道：「然則如何是神仙？」

「一去不歸者是。」

「一去不歸，非死耶？」

「其情若是。」李白收斂起先前高亢激昂的神情，反而略顯沉鬱，道：「神仙之蹟，反覆申說，不外視死如歸耳！故河上公授漢文帝素書二卷，即失其所在；衛叔卿不甘為漢武之臣，乘浮雲、駕白鹿而來，復以武帝無禮而去，未嘗還家；王方平暫歸家，而恆往來於崑崙、羅浮、括蒼三山；吳之葛玄服芝餌朮，從仙人左慈受《九丹金液仙經》，能分身絕穀、連年不飢——然，若永不歸諸人世，則何如？」

許自正脫口而出，連自己都有些意外：「直是死耳！」

那的確是葛玄身上的另一則傳奇。有人欲強邀葛玄而行，他並不想去，勉為其難，隨行數百步，忽然叫喊腹痛，乍然臥地，須臾便死。撥弄他的頭顱，頭顱即斷；搖晃他的四肢，四肢亦斷，接著更臭爛蟲生，不堪接近。那主人稍稍走向前探看一眼，葛玄連屍身都不見了。

至於日後葛玄的了局，其情幾乎與所有的神仙一樣：「臥而氣絕，顏色不變；弟子燒香，守之三日三夜。夜半，忽大風起，發屋折木，聲響如雷，燭滅良久。風止燃燭，失玄所在——但見委衣床上，帶無解者。」更奇怪的是，到了第二天，問起鄰人，鄰人並不知道前夜有毀屋拔木的大風；風，只在一宅之內。而葛玄之兩度棄離人間而去，亦吻合於李白所謂的一去不歸、甚至視死如歸了。

李衍沒有料到，李白言神仙，舉證紛紜，又自出機杼，不與俗同。這倒讓他隱隱然不安了起來。畢竟許家是安陸高門，許自正是故相之子，而今說起這些得道成仙者，似乎都與當道帝王扞格不入。更何況，原本言及上清派老道君，兩造皆有親切的因緣，可是一旦深論起神仙，卻顯得有些話不投機了。他想讓談鋒緩和下來，只好重拾前議，微笑地排遣著：「古來神仙不歸，既云不過百數，其餘如彭祖、董仲、卓元成等永壽而非仙者，亦不過數人、十數人，安可謂辟穀之道，能使耕稼不行，而國人一空？太白此論過激、此論過激了！」

「古昔有丹谿皇初平其人，年十五，隨一無名道士至金華山牧羊，能使羊變為石，復使石變為羊，統有數萬頭之眾。無何，初平傳術於兄皇初起，初起便棄其家、拋其妻子、就其兄弟，常服松脂、茯苓，至五千日，能坐存而立亡，立見而行消；盤桓於日中，身下無影。日後初起、初平相偕還鄉里，諸親族死亡略盡，乃復去而不知所終。初平改名赤松子，初起改名魯班，故實有云：兄弟再傳服此藥而得仙者，亦有數十人。」李白說著，屈指作計數狀，道：「今上清派道者，雲遊天下以千計，每人傳數十弟子，弟子復傳數十弟子，三傳、五傳而下，人人服餌辟穀，不事農桑；苟若不欲見人，則化為石，則何如？」

許自正朝西北長安方向一拱手，道：「聖人遍視周聽，精思遠慮，豈能不見？司馬道君道心唯微，深識詳瞻，又何至於以術禍國？」

「使君固明此理，便知老道君之德，不在辟穀；而帝王之圖，亦非神仙。」李白平靜地反詰道：「天下之至道，乃在道不道、德不德、神仙與不神仙之間。請君傾耳，為稟白石生行跡可乎？」

白石生比彭祖還要老上一千餘年，至彭祖在世之時，他已經兩千多歲了。師事古大仙中黃丈人，所學所行，以男女交接之道、與服食金液之藥為本。《神仙傳》謂：「初，患家貧身賤，不能得藥，乃養豬牧羊十數年，約衣節用，致貨萬金，乃買藥服之。」

李白說到此，看了一眼李衍。他知道：這位叔叔向不樂意人提其行商坐賈、貨販市利之類的事，無論與己有關無關，只消談到買賣，就像揭發了他身家微賤的底細，總要半晌不自在。而李白卻仍朗聲敞懷地說下去：

「既通藥理，乃得藥性。白石生脫卻了貿易之身，常以引石散投白石之中，煮熟成泥，似芋，便以白石為糧；又傍白石山而居，故時人皆號曰：『白石生』。白石生既不忌食肉、也素好飲酒，更不避穀糧。一日能行三、四百里，視其顏色，如三十許人。時好沐浴清齋，焚香祝禱如常人，讀《仙經》、《太素》。一日彭祖見之，問彼：『何以不服藥升天乎？』白石生答道：『天上無復能樂於此間耶？但莫能使老死耳。天上多有至尊，相奉事，更苦人間耳！』」

葛洪在《抱朴子內篇．對俗》中，特別為這種連仙籍、仙名都不願意據有的「仙中之隱」作注云：「仙人或升天，或住地，要於俱長生住留，各從其所好也。」不過，〈白石生〉

畢竟是連列仙世界也作了一番徹底的嘲諷。說起「天上多有至尊，相奉事，更苦人間耳」，大約是深愛其中諷諭。李白禁不住連說了兩遍，說罷怡然而笑。

許自正既嘉賞李白才辯，卻又微憾其鋒芒，尷尬地陪著笑，無奈開門見山道：「聆賢郎之言，似無『奉事至尊』之志耶？」

這就不乏帶著幾分溫和的指責了。李衍聞之而驚心，而主人翁問的是李白，他不能代為掩飾，只能在一旁暗自心焦。

李白看來卻應付裕如，徐徐答道：「至若白石生之故實，所措意者三。自其家業言之，交易往來之人，疏通有無，市易錢穀，即道機流轉；此其一。自其術業言之，止房中術與金丹藥二者耳，故能陰陽合和，物性寖假，即道體遷化；此其二。穀食、酒食、肉食，皆無必無不必、無可無不可，隨遇而安，即道法自然；此其三。熟視此三者，當不昧：自然是道，而至尊在焉——吾其灑然於江湖！」

許自正確實為李白忽正忽反、一操一縱的辯辭所折倒，可是心有未解之惑，仍不肯甘休，於是思忖片刻，看似亂以他語，實則切身一問，說得更坦白了：「斯人也，苟有神仙之才，可以為大夫之用乎？」

雖然指稱的是「斯人」，問的卻只能是李白——你，有發憤於功名之想嗎？

「人間出處，何止一仕一隱二途耳？上下求索，又何止一儒一道二家耳？」李白渾不在意，神閒氣定地答道：「白敬稟使君：神仙之道夥矣！另有臨菑馬鳴生，年少時為縣小吏，後因道士學醫理，並隨師周遊天下。此三事，俱不在功名路上，自今觀之，唯周旋於士庶之間。馬鳴生初不樂升天，服半劑還丹金液之藥，而為地仙，常居之所在，不過三年，輒易地而處，如此輾轉遊九州，逼五百年，更無事功，日久大丹自成，亦白日升天而去。斯人矣，與夫宣父仲尼之見棄於魯、不得志於周、厄於陳、蔡，而為東西南北之人，豈有異哉？」

「東西南北之人」，這是《禮記．檀弓上》裡的一句。當時孔子得到機會把父母親合葬於防地，加高墓土，堆垜了足足四尺高，卻不幸遇到大雨而崩塌。在築墓時，孔子明明知道「古也墓而不墳」，加高墓上封土其實是僭越禮制的，然而卻由於一身四處奔波，流離無定所，不能不為墓地作些容易辨識的記號，孔子是這麼說的：「今丘也，東西南北之人也，不可以弗識也。」

李白用此，顯有深意——他知道許自正對於自己的家世、前途，有著無法掩藏的疑慮，索性藉著說馬鳴生而比合於孔子，又藉著說孔子而轉喻於己身。

「白也雖不才，敢不效宣父於千載以下乎？」李白道：「白仗劍去國，久歷塵雨；每過一處，便自問：此地尚能來不？每遇一人，更自問：此人尚能會不？於今兩度春秋，但覺日日送別而已矣。此生略以送行留別為事，斯亦足矣！」

李衍心一涼，暗下驚忖：此子口中的神仙一去、去不復顧之語並非清談，竟是他浪跡天涯，日日與山川人物乍會又長別的體會。然則，還談甚麼婚姻呢？

31 曲盡情未終

在略述馬鳴生傳奇的一生之際，李白不時地撫膺振臂，彷彿那是自己的經歷一般。李衍看著，怔住了，他雖不如侄兒那樣熟讀《神仙傳》，甚至從未聽說過馬鳴生其人，但是李白三言兩語下來，他卻覺得馬鳴生之所遭逢，也是他自己的處境。流外小吏出身，所遇多尊官大使，若非極為難得的寵遇，無論再汲汲促促多少歲月，絕無身居清要之望。

箇中感慨，他不吐不快，卻又不能在東道主面前暢談，只有在辭別許家之後，邀李白同返驛所，這時皎月臨空，清輝勻滿，李衍遲疑了許久，自先搖頭歎息，繼之不覺失笑，道：「憑汝『國人一空』之論、並『一去不歸』之語，這婚事，看似——議不成了。」

李白倒背著雙手，漫為閒步，也不是真有甚麼去處，只是一心躁動，靜不下來，逕在通透的月光下踩著自己的影子，想著紫荊樹下的一瞥，良久，才道：「彼女溫婉平易，格是出身高門。」

「設若——」李衍像是自問、又像是試探一問：「成就了呢？」

「吾當先遣丹砂小童往峨眉山僧處討綠綺之琴來，挑之以〈鳳求凰〉曲。復覓此間通衢廣里，設清帘酒肆，當壚放歌，但視許公何以應之？」李白有心玩笑，先自笑了，又搖頭道：「可惜丹砂不在！」

李衍眉峰乍聚，肅容道：「某與汝實說了罷！議婚事有達人之囑、眾人之望在焉，莫可造次。」

「達人」二字，不消說是指天師司馬承禎與秘書監崔滌，「眾人」則包括了丹丘子與李衍，可是李白沒有想到的尚有一人，說的是新正之日持酒來拜、又在桃李園見過一面的薛乂員外。

啊！久未見此人了——李白心頭想的這句話沒說出口，嘴上仍毫不在乎地道：「議婚須使錢帛，非等閒事；侄自溯江以來，囊橐散訖，隨身契券隨手打旋，所餘亦無幾矣！」

所謂打旋，即古語融通、後世稱撥兌者。多半用於以書券代償所值。出具書券的一方換取錢貨之際，為了求現或者取得物什，往往以多折少，不免損值而不予計較。

「吾家三代，未見似汝般肯揮霍者！」一個「肯」字，用力甚深，李衍看他渾不在意，只道這侄兒逞才率性，放縱無節，實在有些按捺不住，脫口說了這麼一句重話。

李白側過頭，想了想，微微一哂，且不答覆，只道了聲：「侄去去即回。」說時向李衍匆匆一揖，甩開大步往驛所西北側的棧房走去，果然片刻而返，手中多了個以絳紅絲絛捆紮嚴密的青色綾袋，裹覆著鼓突突、沉甸甸的物事。顯然，是他前往早先堆置箱籠囊篋之處取來的。

李白且不忙拆解絲絛，只一手捧住，另一手拈搓著綾布，道：「此物原是錦官城大通寺亡僧依筏所有，僧死俵唱遺物，競價高者得之，此袋本以盛聖相，為大明寺僧慈元俵得。」說到此，李白頓了頓，道：「慈元者，與侄同赴錦城、峨眉之道侶也。」

李衍點點頭，仍不知李白是何用意；但見他緩慢而謹慎地拆開了絲縧，撥開袋口，露出裡面的物事，是一大一小兩錠銀餅。李衍一眼覷得分明：一錠是二十三兩的，一錠是十兩的。常例打造如此。然而除了有大宗交易者之外，市井商民並不常用，亦不多見。

「此銀，則得之於錦城陳醍醐酒坊主人陳過——蓋為主人積欠家大人糧穀之資，其數具載於契券。」

「錦官城之行，既然是為汝父徵債？」李衍不解地問道：「奈何與僧同行？」

「大人恰是彼僧『缽底』。」李白低聲道。

李白說的不是「大明寺缽底」，李衍一聽這話就明白了：那是開元十年詔敕天下寺觀清點僧、尼、道士、女冠私財之後，出家人私囊所有，凡是超過三、二十畝田產之值者，「一切管收，給貧下欠田丁。」這時，號稱一寺之「缽底」——尤其是那些擁有大筆錢帛，行商五湖四海的施主——便不只是為叢林常住盤桓香火，也有藉著替僧、尼、道士、女冠藏匿私財，而擁有更多的本金。

說到這一地步，涉及李客的經營，李衍就不便多問了；他知道：李白若有隱衷，自會檢取他能說的話、謹慎地說。

「銀餅取自陳醍醐酒坊，隨即散與慈元，此中另有緣故，乃是大人私沒大明寺六十斤逐春紙，轉作侄就學於東巖子趙君之束脩。」

「吹雲布雨，鑿壁收光，這——」李衍忍不住笑了：「確實是汝父慣常之所為！是以，銀餅畢竟歸那僧人之所有了。」

「然。」李白將銀餅再收入袋中，仔細綁上絲縧，歎道：「慈元未幾即暴病而死。無何，大人匆匆促侄攜黃挾白、雜以各方書契，登程遠遊——豈料：此袋、此銀，居然都在侄之行篋中。」

接下來的話，應該要說自己違命不赴三峽、九江，卻謀斷自由，高飛遠走，放跡江湖，逐歌酒、耽聲色，隨興之所至，以定行止，將可疑之產，盡付天涯之客。彷彿只有如此，才算了卻了對人世間的虧負——這，又是一段難與他人屢述細說的心路。他只淡淡地說：「非分之財，不敢從事聚斂，散之天下，亦無可憾；何況用之於納徵請婚？」

李衍顯然不同意他的說法，仍板著一張老臉，道：「我聞之於薛乂員外，謂汝以『五蠹人』之名縱橫廣陵，有諸？」

李白默然。

「則汝竟不知《韓非子．五蠹》有云：『長袖善舞，多錢善賈』乎？」

對幼叔如對大人，這是過庭之訓，李白只能垂首不語。

「吾家在安西累世貨販，輸通萬邦，克濟有無，此即通練起明之大道。一入大國而身為賤民，此中原道統，亦屬無奈。然行商者，豈其聚斂致富而已？」李衍凝眸亢聲，淚光粼粼，越說越發慷慨：「彼僧死即死耳！留取其財，貨殖四方，古人所謂軸轤遠致，充奉陵邑，此業寧不壯哉？何如汝徵歌逐酒自奉養耶？」

教訓得激動無前，李衍連連跺腳，李白這時不由自主，雙膝落地，把個頭顱垂得更低了。

李衍卻沒有住口的意思，他繞著李白踱步，時而一句：「大孝終身慕父母。」時而又一句：「嫌疑汝父即是不肖！」、「怨懟汝父即是大逆！」

月光直罩罩當頂而下，如灌如沐，好似直要把這庭院、以及外邊的無垠大地洗滌得更加透徹。隨著更漏漸晚，李白被訓斥得有如銀針刺剟，侵肌入髓，卻覺得無比痛快。他被李衍的話語翻剝了一層，雖然仍不明白李客是不是有心吞佔慈元的遺產；更不知那吞佔是不是為了滿足一己的貪壑；李白也無從理會：昔年李氏一門被竄逐出走之後，是否當真有以商事傾城而敵國的本領；但是，李衍的斥責，讓他更清楚地逼視自己的初心：他對父親的嫌疑、怨懟，恐怕只能淵源於他無以正視自己卑下的身家；他從來看不起行商。

「汝且起，某啟行在即，縱使稍遷延時日，或亦不及伴汝親迎——」李衍的神情顯得困乏了，欲言又止，良久才道：「許使君家迭遭險釁，諸禮從簡；於汝，乃是便宜處。然而親迎嘉禮一節，則萬萬不可荒怠。大事若諧，汝便從『未廟見婚』之律，在此安頓生涯，毋忽意於進取。屆時居宅行止等事，薛乂員外自有區處。」

這番話說來精緊切要，卻是深思熟慮而後吐露的。身為久未謀面的叔叔，又格於家業分流的形勢，他自知不應該勉強侄子走上一條坎坷、卻未必通達的仕宦之途。然而，期勉李白上進，並促成兩家婚媒的，卻不只是一二人而已。

其中的薛乂，其實是另有盤算的。

開春以來，薛乂穿梭於許、李二家之間，時有禮貺相遺，毫不掩飾自己的動機，就是傳聞中許甫家藏、為數巨萬的萬年青銅錢。薛乂兄弟都有一套經世濟民的雄辯，也很令人心懾而服理：「若不能充其量鑄錢，則人人靳惜所有，畏懼購求，天下物資，滯於殊方，貨殖蕭散，穀器朽爛，而國恆危矣！」

有了這麼一個切合實情、也有利於民生的主張，不只許自正心馳意動，連朝廷都不得不改弦易轍。從當年宋璟、蘇頲派監察御史蕭隱之赴江淮窮治盜鑄，濫捕商民，因而引發廣泛的民怨之後，到如今不過幾度春秋，情勢為之丕變。京師以外絕大多數的都邑之地，非但不舉發盜鑄，市井見錢則喜，有那實在銅料不足的開元通寶到手，稍稍用力捏拿，居然軟爛，而人亦不以為惡，照常使來買賣，還流通得更快。

這就給了王公貴家、中朝顯宦們極大的鼓舞，因為他們所領取的月俸、力課等收入，若是轉換成錢，可自數萬以迄於數百萬不等，卻還都是官鑄良錢，他們也樂意把這些良錢當作銅母，非但利用厚生，自己的財富也可以轉手而倍增。

李衍旁觀者清，看得出來，這一番話已經深深打動許自正，想趕緊把萬年青拿出來，當作銅母，交由薛乂兄弟雇買匠人，雜以鉛、錫及鐵等物，鍛造新錢。一經如此手段，少則以一孳五，多則以一孳八，但視其軟堅略有差等而已。

當作銅母的錢，儘管不是整躉發付輸送，而是分批運往廣陵等地，規模也著實不小，單人獨力，匹馬孤帆，決計力有未逮。於是，必須藉助於櫃坊；這，是有其長遠背景的。

一般行商，迢遞往來，大批錢帛攜行不便，也容易引起盜賊覬覦。因此便與經常僦居的邸店、商家合計，租用棧房，暫為貯存，將來證以書券，約以日期，憑券取贖。有時在甲地存放，復至乙地取用，也所在多有。至於所存放的，漸漸地就不只是錢帛了，甚至還會擴及於不至於腐壞的貨物。依唐律「邸店者，居物之處為邸，沽賣之處為店。」可知：邸店是供應行商飲饌、居住以及寄存商品與錢帛之地。當時赫赫有名的「竇家店」便是其中佼佼者，店主東在長安西市「造店二十餘間，當其要害，日收利數千，甚獲其要」。

邸店的主業畢竟是供行客居停，往來人等雜沓，出入搬運錢貨頻繁，仍有若干不便。於是再從此中分別出專為儲存、支付錢帛的店面房棧，謂之櫃坊。這種從民間逐漸發展出來的生意，直到多年以後，竟為官方仿習借取，就形成了制度。《新唐書・食貨志》載：「憲宗以錢少，復禁用銅器。時商賈至京師，委錢諸道進奏院及諸軍諸使富家，以輕裝趨四方，合券乃取之，號飛錢。」

不過，縱使是以買賣貨販為名目，終須走運數量龐大的銅錢，還是得具備行商身份方可。而自天子以下，人人出身有公驗、遊方有過所，每過津關，都要嚴格覈實這兩者具載之文。薛乂的兄弟雖然在廣陵身居「維揚十友」之一，也就是個行商，不過他在安州卻沒有名譽，貿然攜行許家大批的萬年青，堂皇就道，極易啟人疑竇。在許自正而言，他必須信得過一個具備行商身份的人——而這個人，當然最好是像子婿一樣的家人。薛乂之所以汲汲營營為李、許二家合親，其動機如此。

倒是在李衍的叮嚀之中，那「未廟見之律」，是一個樞紐。古來婚娶，按諸禮儀，妻隨夫居，終是常情。尤其是在士大夫階層，沿襲儒家士婚之禮，竟有至於動靜全依章句，行止必搜典籍的講究。講禮儀，為的是顧門面；大唐承襲六朝門第觀，婚嫁前考徵兩家門戶高下，也常到了某品某秩、毫釐不失的地步。大體而言，士大夫階層以內通婚姻之好，本來就是為了彰顯過往的榮光、鞏固現有的權力，或者是起振未來的契機。

然而士大夫之家，不至於在一地永久任官，其內遷外轉，進流退逐，也非時可逆料。此外，議婚諸般條件都合適的夫妻兩家，又不必然常住在相鄰州縣；即使一時密邇，也還可能隨著官任所在，日久分離。時移事往，到了下一代再議婚，男方往往不能將攜新婦返鄉回里、拜見雙親，以及像孔夫子所說的：「三月而廟見，稱來婦也。」——這句古語的斷讀和解釋紛紜其說，也有以為應該是：「三月而廟見禰，來婦也。」大意不外就是說：翁姑在時拜翁姑；翁姑不在拜神主。可是，新郎遠在異地，就近成婚，至有不得不居住在女家，而無法返還鄉里，行「廟見」之禮的，這一形式的婚姻卻也不能歸入「就婚」（入贅）之類，便稱之為「未廟見婚」。

可以想見，薛乂與李衍、許自正，甚至包括郝氏在內的安州親族方面，在如何完婚、如何成禮，以及日後的日子如何收拾，都已經有過縝密的商議，而李衍說得如此簡潔、俐落，似乎也有些許不要李白參詳太多的用意。畢竟，李白知道得越多，就越容易揣摩出這一場婚事之中不足以與人言的盤算。

李白的確另有所思。他反覆咀嚼著那兩句「在此安頓生涯，毋忽意於進取」。彷彿就是說：兩三年來，他這種恣意放蕩、隨遇而安的漂泊，就要止息了。他的行囊、他的馬匹，他隨手浪擲的錢財和歲月，一任從眼前耳邊經過而從不停歇的聲歌人物、舟車景色，都將成為過去。他也可以想像：自己即將要置身於一棟居宅庭院之中，可能還真像是早歲在大明寺追隨諸僧起居時那般晨修夜課，就連大匡山上與趙蕤、月娘散處山野的逍遙來去，都不可復得。

只不過，令他無從捉摸的，是他的身邊將會有一個陌生的女子。

李衍看他神情迷離惝恍，似有不可言說的愁懟，這讓李衍越發放心不下，還以為李白性情孤傲，對於這種近似就婚女家的安頓仍有疑慮，於是道：「若以齊大非偶、門戶懸殊為慮，何不強學而仕，自謀出身，以汝博雅之才，假以三年五載，欲取一清要之官，亦非難事——」

「非以此故。」李白對李衍深深一稽首，道：「侄去來江湖，雲散已慣，若以成家而振作，理固宜然。然……」

他沒有說下去，他明白李衍無法理會這心緒；當他想起日後將有一女子，朝夕與他相偕為伴，直到天荒地老，其中意味，並不是一段生計的展開，卻是一段生涯的結束。可是，他還有太多的事並不明白，尤其是當他又要與過往告別的時候，那個心頭的人並未離去。無數次管弦歌奏的場合，他都經歷過這樣的情境，儘管聲已歇、辭已畢、酒已空、人已散，可是他猶有滿腔未曾抒發的意興，在昏燈暗影間分明欲動。

曲已盡，而情未終，如之奈何？

32 從君萬曲梁塵飛

李白的心事未了，還有一層緣故。這一回溯江西上，落腳安州，與段七娘近在咫尺，唯有詩曲交遞，聲詞應和，始終未曾謀面。細論緣故，這本是搊彈家莊嚴其格調，以有別於青樓聲妓的身段。然而在不可期其然的命運牽合之下，李白似乎無能抗拒，就要成親了。這一門親事還會將他帶引到更遙遠的地方去，那將是更絕決的分別；正因如此，他必須去與段七娘見一面、問一語、釋一疑。

段七娘以製衣娘子之號，僦居於麻家店。那是一處初建於南朝某代的老宅子，本為仕宦門第所有，二百年浮沉不繼，淪入凡庶人家，成了一爿容有十幾間客房的邸店。前後三進，東西四院。製衣娘子就住在邸店東南角上，平素以絲竹絃管授徒，堪說是深居簡出。李白數度藉著交遞曲子詞而投簡請見，總不得覆書。偏偏就在奉餞李衍登程赴東京的這一天午後，大張筵席的驛所外來了個丱角童子，說是製衣娘子即將遠行，未有歸期，特此相邀，請李十二郎往麻家店一晤。

諸李姓子弟一聞此語，不由得鼓譟起來，爭相噱笑道：「此搊彈家名動荊襄，等閒不與世俗交接；十二郎真個『味貌復何奇，能令君傾倒』！」

李白顰眉蹙額，踧踖不安，脹紅著一張臉，只不敢應答，唯恐李衍又以他徵歌逐酒而怪罪。

不料李衍卻捧起酒盞，從重榻首座上緩步行來，附耳道：「君子以果行育德，彼一婦人，乃不敢趨見，豈不徒貽諸兄諸弟訕笑？」

李衍說著，隻手高舉酒盞，另隻手把住李白臂膊，對諸客朗聲道：「某今日滿飲，明朝遠行，此會之後，便將此子付爾群賢，但有三事叮嚀，都作一首『三五七言』曲子詞行令，倩諸君踏歌！」

這是公筵上慣見的名目，李衍請行酒令，在場老少眾人中有甘心助興者，都要離席下榻，在庭中扶肩結隊，踏步以為節奏，人人隨著李衍所吟唱的格式，信口作歡歌。榻旁還有一班弄笙操鼓的樂工，皆是此道中的熟手，一面聽著李衍放聲吟歌，一面隨手捕捉音節，套以現成的聲腔，這樣，就能引導眾人隨調而歌。

由於三五七言聲調起伏有常，人們耳熟能詳，頗得一呼而群應之樂。不過，若要追隨李衍之令，即時自製新詞，就不太容易了。依例：能夠應聲請令，自製其詞者，就留在隊中，與眾人繼續踏舞；跟不上的，就遭汰逐，登榻歸席飲酒。令詞的開章是這樣唱的：

「天枝李，誰家子？一朝為快婿，江右稱門第。放帆滄海不須驚，壯浪雲生結兄弟。」

「結兄弟！」眾人踏踩成雷，隨口高呼。

此體為不拘於格律的三五七言散歌，多只在旗亭歌館的場合得見，李白一聽就體會了：

李衍藉下里巴人的通俗曲調行令，是有些刻意為之的心思；彷彿他要讓李白感覺到，對於那些在歌筵酒肆間的歡歌，他不只有義正辭嚴的苛責而已。

「天枝」，指國姓之樹，也就是在場的李氏宗親。一句詞，便使所有的人都亢奮著了，眾口同聲，慶賀著即將締結的婚緣，也以身為李氏兄弟而意興昂揚。結句則是以洶湧連綿、風起雲興的壯浪，來形容四海之內相互交結、提攜的族親，既有祝福，也有期勉。李衍接著唱下去：

「喜簪纓，慶連城。繡紱麒麟角，旌迎騏驥行。持爵丈夫知底事？輪裳萬里入朝廷。」

「入朝廷！」踏歌聲隨著眾人的歡呼、席間的酒幸而亦發高昂起來。

這是李衍的第二聲叮囑。毫無疑問，「簪纓」就是期勉人在朝中立下不凡的事功。「繡紱麒麟」，語出晉王嘉《拾遺記》，說的是周靈王立二十一年，孔子誕生，時在魯襄公之世。方其未生之時，有麒麟來到闕里人家，口吐玉書，書中所寫，大意是說將有水精之子，為了維繫衰周的命運不墜而降生，號為「素王」。接著，有兩條龍繞室飛逐，五星降落庭中。孔子之母顏徵在知道，此中一定寓含了神異之力，乃以繡紱繫麒麟角，麒麟遂在家中盤桓了兩三天才離去。後來，「紱麟」之語不但用之於慶生，也常用於人能夠感天應神的祝福。

「持爵」一詞雙關，說的既是舉著酒杯喝酒，也是領取天子封贈官職的意思，以呼應上文的「旌迎騏驥行」所暗示的邊功，也開啟下文追隨皇帝的使命。「輪裳」車邊的帷幔，也就是帝輦的代稱。

李衍這時忽然走近李白，將手中杯酒一飲而盡，道：「某自浮一大白。」

浮白，即是罰酒。行令留別，既有離情別緒，也有不盡的祝福，為甚麼需要罰酒呢？李衍接著說道：「日前某斥汝『徵歌、逐酒、自奉養』，彼一時情急失心，大言過當，汝千萬不要介懷。」

李白連忙側身退了半步，還作一揖，既表示不敢承擔叔叔的歉意，也表達了的確沒有介懷的意思。未料一抬頭，瞥見一人，滿面透著油光，身著碧綠朝服，遠遠地在踏歌陣頭朝他點頭微笑，他不識得那人，那人的興高采烈卻異乎尋常，還不斷拔聲高呼：「還有一令！還有一令！」

這，正是在催促李衍。李衍已經略有醉意，腳步卻踏得更緊湊、更疾密。樂工們果然也加快了節奏：

「長相思，會有時。顧曲喧囂久，停杯落拓遲。唯有囊中千萬意，相期天下散歌詩。」

「散歌詩！」

第三令終，起令者要指名接令者，眾人在熱烈的期待中顯得更起勁了。一時間但聽得「散歌詩、散歌詩」的喧呼聲震入雲，李衍隨手朝踏歌隊伍之首、那綠袍油面的官人一指，笑道：「魏主簿接令！」

「魏洽主簿，澹蕩人也，頗有遠謀，唯時運偃蹇，此公與汝氣性相近；日後不妨往來請益。」李衍一面喘著氣，一面捉著李白襟袖，緩步朝那在門楣旁佇候多時的丱角童子走去，並殷殷低聲囑道：「結兄弟、入朝廷、散歌詩，三事切要切要，某今付之曲子詞中，聊作叮嚀，但望毋輕毋忽。」

李白未及應聲，李衍卻逕往門邊童子一指，接著道：「某自長沙來時，曾過麻家店小憩，去此僅片刻程途，汝但隨此童赴約，某且在此抵敵幾陣，待汝復來、好作長夜之飲。」乍回頭，李白聽見庭中那名叫魏洽的主簿已然接令起唱，其聲清越激朗，所唱之詞，雖然是為李衍送行，卻字字觸動著自己棖觸不甘的心情：

「辭別否，休回首。誰知身後名，且樂歌前酒。送君直謁大明宮，笑把文章題北斗。」

帶著這首曲子詞的餘韻，李白來到麻家店。但是，他並沒有如一路之上所想像的那樣面見段七娘——她仍舊隱身在邸店的屋隅深處，身前乃是三架深的角屋，每架皆有一重錦幛，從樑上懸垂而下，直接於地；看來平日傳藝授徒，情狀也是如此。

或許明知此會匆匆，段七娘顯得有些冷淡，無多寒暄，第一句話就問得李白不知如何應答：「猶記有一小奚奴，耑為李郎奔走從事，竟許久不見蹤跡了。」

那是指丹砂。李白應了個諾，正思慮著該如何答覆，段七娘復問道：「彼亦原有家主翁者？」

「然。月前歸金陵故主去了。」

「啊！是原有家主翁的。」說到這，段七娘輕輕嘆了口氣，語氣中透露著微微的哂笑，道：「新主故主，併皆是主，於奴一般無二，但不知李郎記否。李郎曾說：欲做孫楚樓的風月之主——畢竟是徒託空言了。」

那是兩人初見未幾，同遊臺城之日向晚，李白用段七娘身上的紫紗披，盤裹成士人們頂戴的官帽，往頭上一戴，說了句玩笑，孫楚樓中儘管絲竹依舊、笙鼓如常，那笑語琴聲與燈火歌吟，應仍日夕不絕，卻早該換了一代新人，如今回想起來，偏只隔世二字可解。尤其是段七娘那句「於奴一般無二」的「奴」字，說時卻像是稱謂她自己，顯得更加黯然。

「生平戲言，本應煙逝，有時塵跡不泯，思之未免神傷。」

「客歲以來，李郎常有聲詞畀付，每度其曲，都不免念及當年。」段七娘道。

「無奈七娘子謝客，某亦無從致候。」

「秋去春來，略道寒溫而已，何可候者？」段七娘說著，不覺放聲笑了，道：「李郎有話問奴，但說無妨。」

「某——」李白忽然之間為之語塞。自從金陵一別，下江復上江，每聞製衣娘子行跡，都凝念在懷，自以為千思百慮，應口而發的話，這時卻怎麼也道不出。

卻是段七娘，低迴片刻，方道：「想來亦是『此時此夜難為情』乎？」

一語如鐘鼓，倏忽擊上心間——那是初到安州之後未幾，在一旗亭夜飲，聽見歌姬們唱三五七言之歌，便依照曲子詞的譜式，作了一首三章之詩，交遞主人轉付製衣娘子過目，不料次日回話，竟然是這麼說的：「俗曲樸騃固陋，殊少迭宕之趣；三五七言之體，貴在長短相濟；一旦為聲腔所縛，如驅征禽入牢籠，反失精神——此曲，容徐圖之。」

李白當時不以為意，畢竟這麼應手而書之、又應手而棄之的作品，日日常有，或即吐露心事，隨即一笑置之，不幾日，便徹底忘了「此時此夜難為情」的句子。

那三章詩原本是這麼寫的：

秋風清，秋月明，落葉聚還散，寒鴉棲復驚。相思相見知何日，此時此夜難為情。

飛峽雨，從何數？入我相思門，知我相思苦，盈天山水碧而青，明月無常今復古。

長相思，長相憶。何如不相思，不思無窮極。早知如此絆人心，何如當初莫相識。

而今段七娘忽然提起這詩，不禁令李白胸臆一緊，可不？詩句裡恰恰埋藏著他說不出口的心事。

「奴已將此詞改訖——李郎既枉駕而來，便為李郎歌之。」

說時，三重錦幃的深處傳來一聲蒼啞的咳嗽，聽得出也還就是那年邁的瞽叟，他手上的琵琶在下一瞬間放撥四弦，勁急揚厲，這是起板。整首歌收束成一章，曲子則化三疊為一疊。

段七娘初出聲時，囀喉極柔。兩句之後，追隨著詩中落葉寒鴉的動態，而略微加急，如輕騎空鞭，漸就大道。唱到第二匝的五字句處，復故作顛躓之態，一字一頓，刻意使不斷重複的「相思」別為吞吐，聲進而韻退，收腔有如快雲遮月。此時，整首曲子已然唱奏過半，藉著兩「兮」字略事曲折，歸於慢板，末二句則又遽轉為快拍，真個是破浪飛空，成破碎之聲，段七娘手中檀板急敲，歌聲乍收。

改作之後的曲子詞如此：

> 秋風清，秋月明。落葉聚還散，寒鴉棲復驚。相思相見知何日，此時此夜難為情。入我相思門，知我相思苦，長相思兮長相憶，短相思兮無窮極，早知如此絆人心，何如當初莫相識。

這麼一收束，雖然裁去了三峽飛雨、無常明月的淒涼隱喻，卻無礙於詞意纏綿，聲情悱惻，更脫去繁冗反覆，具見相思幽怨。

「當日在金陵初會，李郎逸興若飛，似有青雲之志；」段七娘道：「今夕重逢，不道竟也為情所苦？」

「某放跡天涯，浪萍隨風，於歌帳舞筵之前，因緣遇合，不少歡會。然……」李白悄然轉念，癡癡望著面前寂然深垂的錦帳，只當是同自己吐露：「然寤寐所思，耿耿於懷，偏是非偶之人——所謂難為情者，莫此為甚。」

段七娘卻悽然一笑，道：「李郎固知奴亦是難為情者？」

「彼夜孫楚樓布環之宴，七娘子意態決然，證諸後事，乃飄然遠引，去不復顧。」李白鼓勇道：「此計，如何能夠？唯願七娘子有以教我。」

這時，但聞得段七娘長嘆一聲，默然良久，才道：「奴曾以側商調〈伊州曲〉為李郎唱廬山一曲，李郎還記否？」

是那一首〈望廬山瀑布〉，李白記得詩題，卻忘了大半字句，只能諾諾應之。

「那歌，末一節是奴所請，李郎即席添寫的。唱來如此——」

說時，瞽叟一挑琵琶么弦，段七娘復開喉而歌，十字入破，從高腔處迤邐而下，聲字漸漸淡渺，如人遠行：「且諧宿所好，永願辭人間。」

「記得了。」李白回想當時，他其實是懵懂的，於崔五和七娘子之間的情事糾葛一無所知，但覺眼前佳麗，別有繾綣，卻慘悄不安；於是，在為〈伊州曲〉按節行腔所需、添寫一聯之際，他便刻意寫了和原詩意思並不相侔的十字，句意則是代段七娘邀約那心上之人，相依相偕，辭別喧囂的人世，與她長久廝守在這廬山仙境之中。

「辭人間！」段七娘道：「三字絕豔——李郎能寫此，而竟不悟耶？」

原文所說的，不就是與所歡所好者棄絕俗塵，相偕而去，樂彼名山之仙遊的一段遐思嗎？段七娘這一問，將李白推入更深的凝雲迷霧之中。

「著實不悟。」

「君之所好，永在君心，誠能不忘，豈非『且諧宿所好』之意？此即是與人間毫不相干了！」

段七娘寥寥數語，將李白信手拈來的詩意由實而翻空，反倒讓李白在轉瞬間想起了月娘忽然告別之時的話語：「天涯行腳，舉目所在，明月隨人，豈有甚麼遠行？」

「某作得此語，卻不能會得此意。」

「慣經離別，便知捨得。」段七娘笑了：「奴行前有一札子，想來崔郎、李郎皆未曾過目耶？」

李白只能輕聲一應。他想起那一封紙箋了，是在金陵江津驛所為范十三橫手攔奪而去，確實隻字未睹。

「亦無礙，奴更為李郎歌之。」段七娘從容而平靜地說下去：「不過是一曲古謠〈夜坐吟〉，奴自作一章，然文詞淺陋，不能終篇，彼時念念，但求二位郎君為奴續改，兼致辭別之意而已。李郎今日所疑所惑，亦皆在奴當日歌中。」

〈夜坐吟〉淵源久遠，南朝齊、梁間已有之，洎隋唐之後，多在江南民間傳唱。其曲式簡短，大凡是以兩個七字句領首，接著就是八個三字句。正因為是俗曲風謠，巷歌俚唱，不合乎近體正格，墨客騷人多不屑為；即使歌調沿襲了數百年，前代遺文之中，也只有鮑照的一首試擬之作得以流傳，詩篇題為〈代夜坐吟〉，通篇一韻，反覆陳詞：「冬夜沉沉夜坐吟，含聲未發已知音。霜入幕，風度林。朱燈滅，朱顏尋。體君歌，逐君言。不貴聲，貴意深。」

段七娘招呼一聲瞽叟，琵琶聲輕攏流瀉，歌詞逐曲而出，那是她自己的歌了：

「夜夜夜寒破錦羅，別君之意可如何？芳信杳，柳葉挼。從今去，怯消磨。掩妾淚，憶君歌——」

這首歌裡的君，當是崔五；然一箋而寄二人，可知情之所鍾，亦無不可言人者。但看那柳葉，在手中反覆捻磨揉搓，本有所待，到了「怯消磨」，即已不敢承受繾綣了。只能拭去淚痕，永憶舊時留贈的詩歌。這正是段七娘所說的：「誠能不忘，豈非『且諧宿所好』之意？此即是與人間毫不相干了！」可是，這才唱完八句，將臨末節，曲譜尚未完結。這一刻，琵琶聲續人聲歇，滿室迴盪著的樂聲，似在守候著那些足以摹狀情思的文字。李白聆其曲、辨其聲，脫口而出：

「歌欲斷，風正多。」

段七娘一拍檀板，跟上下一輪的琵琶聲，接著唱下去：「歌欲斷，風正多。」

雖然語淺意直，畢竟是一首哀傷的歌曲，但是段七娘唱來，不過是將聲字咬定，吞吐端宜，抑揚起落之間，工穩而已；彷彿悲亦不多悲、怨亦不多怨，那些傾慕過的、攀纏過的、渴欲過的，都在不知不覺間化作遠方的幻影、他人的閒事，這與不多年前在孫楚樓上聽到、看到的段七娘迥然不同。

曲終一剎，四弦崩鳴，漫掩喉音，李白但覺眼前煙塵迷離，一片朦朧；抬頭一望，原來是屋樑上無數積灰，正被那歌聲、樂聲震得張揚瀰漫。餘音幸自繚繞不去，也直到這一刻，李白才算是明白了「慣經離別，便知捨得」的話。

甚麼是自己寫過的「永願辭人間」呢？或恐就是一心不忘，而終身捨得罷了。

李白豁然開朗，大步向前，揭開一重又一重的錦幃，來到隅屋的最深處，幃後環堵蕭然，甚麼都沒有。

此時李白無從預見，多年之後，他的頭上生出白髮，他的指臂逐漸僵硬，他再也想不起某些曾經熟極而流的歌腔樂律，可是他還記得「永願辭人間」的意思，那就是只將所好之人收藏於念中，有如明月隨人，遠行。那時，他的〈夜坐吟〉已經無法入樂，也無人伴歌，在他身邊的，是另一個滿懷幽怨的女子。而曲子詞，則是這樣寫的：

冬夜夜寒覺夜長，沉吟久坐坐北堂。冰合井泉月入閨，金釭青凝照悲啼。金釭滅，啼轉多。掩妾淚，聽君歌。歌有聲，妾有情。情聲合，兩無違。一語不入意，從君萬曲梁塵飛。

33 應是天仙狂醉

確如李衍所言，就在他啟程赴京待職之後未幾，薛乂已經為李白布畫了婚事所需的一切。

在士大夫門第而言，由於遷轉頻繁，未廟見婚之例即使情非得已，卻數見不鮮。但是在李、許二家，則有諸多不便明言，也不該招人閒話的顧忌。李白的身家遠較許氏為低，而許氏又不得不寄望於李白騁其才、揚其學，或經舉薦、或由獻賦，終有馳身金馬門、通籍大明宮，顯聲於天下的一日。未來之事尚屬遙迢，眼前該如何讓親迎之禮看起來門當戶對，則不免大費周章。

首先，李白新婚居家所在，究竟該在何處？就得一番計較。故例：未廟見婚之男子入住婦家，理固宜然。然而李白不同，為了不使人誤會他是贅婿，必須先營置自己的房舍。

薛乂在安州府城西北壽山腳下，購下一所帶有東西兩方庭園的宅子，房舍坐北依山，門前小塘叢樹，景致是清幽的，離府城卻有數十里的路程，無論蹇驢軟輿，或者信步徐行，單程總要走大半日——這卻讓親迎之禮大不便宜了。

於是薛乂又在安州城中尋覓了一處故家董氏的宅第，此宅廳堂東西五間，南北七架，前門三間兩架，堪知早年曾經出過五品命官。其形制前後四進，朱柱綠窗，白牆黑瓦，廊廡迴環，院落深邃，也頗有幾分堂皇；算是照應了許自正一心企慕的莊嚴氣象，婚儀便從此始。且此董氏宅第距許府又僅里許，親迎的路程很近；薛乂遂一擲無算，僦賃三月，將此地暫作新居，滿期之後新婚夫婦返還壽山，也略得「三月廟見」之義。

李白先一日整頓籠箆馬匹，先入僦宅。不料第二天尚未拂曉，耳邊即已喧嘩鼎沸。一行數十人前呼後擁，有童奴、有伕役、有僕婦，甚至還有騾馬車駕，車身遍髹了黑漆，鋥亮如新，發出辛辣的氣味。御者也身著黑衣黑袍，神色凝肅，尚不時地朝空揮鞭，自作呼喝。不多時，來人俱在薛乂的驅趕之下，蜂附雲集而入，抬著鼎鬲的、扛著缸甕的、堆疊著箱筐櫥櫃的，不一而足，看得李白眼花繚亂。

辰時初過，四個童僕侍候李白沐浴，換上了紅紗單衣、白羅內裙，和一雙嶄新的黑靴。薛乂這時也已然換著了贊者的禮服，迎上前來，從袖筒中摸出一雙軸卷子，稍稍展開了右軸，低眉看一眼，滿面喜笑道：「佳期仙會，例應高詠，傍晚親迎到許府，須得放吟催妝，近世無分士庶，家家親迎，皆有此俗，行之如儀而已。十二郎且稍留意。」說著，就把那雙軸卷子捧遞過來。

綾緞上工楷細書，字體整秀，所寫的是詩句，格律倒也嚴謹，詞意卻傖俗無比：

櫻紅漫點小朱唇，薄暮凝妝眄燭頻。髻子新梳花鏡看，朝霞笑殺捲簾人。

這是在嘲笑新娘梳妝遲遲，從前一天傍晚，直到次日清晨，簡直錯過了佳期。

不忍遲遲看洛神，纖妍眉首似蛾螓，倩卿早到遊仙枕，馳騁重山下五津。

這一首雖然稱讚新娘容顏美好，毋須妝扮，可是結語卻儇佻露骨，了無雅致。

「田舍奴做筆墨戲，且由它。」李白邊讀邊笑，將卷軸遞還薛乂，道：「某豈能吟此？紅妝宜面，如作畫圖，儘長夜之樂事，何煩催促？」

「許府累代士族，士族之家，凡事最重儀禮名分，多於此處鋪設節目。車馬服玩，進退容止，常仿習天家，極難應對；」薛乂說著，反手展開雙軸卷子的左端，指著另外兩首詩句，道：「縱令十二郎不肯以詩催妝，足見東床風度；可是，這卻扇之作，猶恐不免，依某之見，還是勉為誦習則個。」

「天家」，即是帝王之家。皇室所為，臣僚仿效，風行草偃，這是慣見之事。可是說到「卻扇」，李白也只在孫楚樓中聽過歌姬唱說此詞，當時並未深究其義，當下便反問道：

「『卻扇之作』又是何物？」

「那是孝和皇帝在時之事，去今猶未為遠——」

說的是中宗景龍二年除夜，皇帝忽然興致來了，下一道敕書，將中書省、門下省、諸王、駙馬與諸學士召入閣中，一同守歲。當夕場面十分盛大，宮中廣設庭燎、遍置美酒、奏演十方歌樂。酒酣之際，皇帝忽然把御史大夫竇從一喚到近前，去臣子禮，扶肩笑談，道：「聞卿久無伉儷，朕甚憂之。今夕歲除，便為卿成此嘉禮了。」

竇從一不曾逆料，這是皇帝早就設下的一齣謔戲。為人臣子，欣霑雨露，豈敢有違？唯唯拜謝而已。不多時，中貴人導引在前，其後燭籠、步障、金縷、以及大團羅扇，自西廊成行布列，緩步上殿。行列之末、大扇之後，有一人身著禮服，繡羅綺錦，滿頭滿面障以花釵，顫顫搖搖地走近前來。

皇帝這才口傳御旨，讓這娘子與竇從一相對而坐。接著，以「卻扇」為題，讓竇從一即席口號成詩，成一詩，即促從人將一團扇移去。一首移去左扇，一首移去右扇，復一首移去遮臉小扇。數首之下，還有無數花釵障臉，待所蔽之物一一除去，諦視之，卻見那娘子居然是韋皇后的乳母王氏，垂垂一西域老嫗耳。皇帝與群臣當場踏舞歡笑，不能自已。當下敕令又出：封老嫗為莒國夫人。這樁事體一時不脛而走，流傳宮外，復散播於九州。當時，李白只有七歲。

常俗經時歷久而成體統，皇家笑談卻可以立竿見影、令士庶傾倒摹擬。卻扇詩，立刻就成了禮俗，至此已過二十年。

李白低頭一看，詩軸的左半幅所記，確實是新郎勸說新婦除卻障面之扇的詩句，修辭旨在調笑，卻也無甚格調：

蝶意尋花作夢鄉，無端半面掩輕狂。應知雨過紅殘處，不見風流不見郎。
金犀一注直牽情，玉扇迎春掩笑輕。一見蛾眉知綽約，多君顏色最傾城。

「不意高門之所眷望，也頗合乎俗情。」他還是將卷軸推還薛乂，整了整衣襟，道：「婚姻在某，詩句亦應由某自出。」

然而，士族之家的婚儀，還有不勝繁縟的文章。薛乂一面指點著童婦設置器皿，安頓酒食，一面叮嚀著僕從列隊往來，鼓吹進退；還要引李白注目遊觀，趁著天光佳好，熟記行止起坐的時機和地位，萬萬不能失了分寸——薛乂說得嚴謹：「婚者，昏也。」婚事，總是在天色黯淡，舉目無著的時候才開始的。

屆時，伕役們已經將三口體態渾圓的大鼎陳設在寢居北屋門外的東側，每一口鼎中都盛裝著一頭削去四蹄、燉煮爛熟的乳豬。由於古人以為肺乃是「氣之主也」，故一向重視牢牲之肺，用為祭祀，有「離肺」、「祭肺」兩種名目。另外，還備有十四尾魚、腊製去尾全兔一對，這些，都必須烹調至於全熟，放置在寢居東階。

至於用為祭祀的肉羹，必須一逕在火上溫煮，不使退熱。酒尊則放置在室內，且置於北牆之下，酒尊的西面放的是清水，號曰：「玄酒」，也必須覆蓋粗葛布苫巾，玄酒缸附有酒杓——這酒杓的柄，只能朝向南方。酒尊的南面，則是益發要緊的物事，此處端端放著一具名之為「篚」的圓形竹筐，裡頭有四個酒爵，以及夫妻喝交杯酒時所使用的一對「巹」；此「巹」，必是用一剖為二的瓠瓜做成。

這些都是士大夫之家從千年以前傳衍而下的規矩，曾詳載於經籍史冊，供後世人參照奉行。即使與時俱進，逐事而移，總有更多尚未及入身為士大夫的庶民，就算僭越了自己的地位，也渴望能藉著婚媒之崇禮，爭相效尤，薛乂在此一關節上，掌握端緒，計慮萬千，所顧慮的，正是不要讓娶嫁兩造感受到分毫身份上的委屈。

他詳盡地為李白解說了去至許府的容止動靜，演練再三。尤其是主人帶引新婿進門之後，如何抱雁而進，如何至廟門相互三揖，登階之前又如何相對推讓，升堂之後復如何獻雁再拜、以及如何叩首及地，直到降階下堂。

「其切要者，」薛乂說到窾竅，深恐李白厭其冗碎，或者率性輕忽，竟滿面通紅道：「下堂之時，汝由東階降，莫理會新婦；新婦識禮，便自西階降，汝莫回頭張望。此外，主人依禮不下堂，汝亦不可返身尋覓主人。」

「諾。」

「唉唉！某竟忘卻了——」薛乂突然想起了甚麼，連連拍打著額頭，急道：「出了主家，還有一節；汝須作勢為新婦御車駕，尚有一『受綏』之目。」

李白在禮書上讀過「受綏」之語，但知繁瑣無味，豈料今朝之事，都來眼前，只能耐著性子聽下去。

「綏者，登車之索。汝先登，再以索授新婦——」

「是。」

「是亦不然！切記此禮僅是作態而已、作態而已。」薛乂更急了，期期艾艾地說下去：「授綏之時，千萬留意，不可實授，便虛晃之，轉交新婦身旁姆僕，姆僕亦不能受，任由新婦踏几而登車，不可援索而上。方此之時，姆僕為新婦披蓋罩衣，以防路塵，始可啟行。」

證諸於後事，這一番交代根本是空談。許宛在當天晚上臨出門時，一手便接過登車索，舉膝邁步登車——原來她的身旁早已沒有姆僕隨侍了。

當一切禮器食器看來各歸其處，身為贊者的薛乂引導著新郎將一干人等、設施前後巡閱一過。尤其是即將面對的障車之人，必須陪笑敬奉的麵、酒和小錢，這些物事必須方便取用，卻不至於張揚露白，都藏在新郎所乘大車之後的兩輛副車之中。

李白親迎的行伍中人，身份無高於庶民者。但是此日大喜，祝福的喜氣充塞薰染，人人儘可穿上練絲質料的衣裝，甚至戴上士人形制的襆頭。身穿亮黑圓領、右衽及膝的窄袖衫袍，腰間束以革帶，足登長靴，在新郎與新婦本家之間一往一來的路上，這些以微薄之資雇來呼喝壯聲的奚奴，都算是新郎的家人，他們追隨在新郎的身後，笑鬧、叫嚷、踏歌，將滿城天色呼號至暗，才沿途點燃火炬，照亮腳下的街衢，以及路旁的屋宇。

　　無論是騾馬、車駕或徒步行人，都刻意走得極慢，這是為了讓圍觀百姓能恣意地指東畫西、品頭論足。甚至，也出落了幾分意思，是要等待著突如其來的障車者。這批人或是本地幫閒無賴，或是外地流落遊民，儘管平日在鄰里間自具面目，各有親疏，可是一旦出面障車，阻礙婚禮，那就是為了乞討酒食和小錢。

　　障車之人，大多假扮成他方而來的貴胄子弟，滿口半詩半文的套語，說甚麼：「我是大唐儒士，極好芬芳。明嫺經史，出口成章。」「我是諸州小子，寄旅他鄉。形容窈窕，嫵媚諸郎。含珠吐玉，束帶矜莊。」稱道新郎，則云：「虹騰照廡，鵬運摩天。」讚美新婦，則云：「令儀淑德，玉秀蘭芳。」對於兩姓聯姻，障車者似也滿口恭賀，說的可是：「兩家好合，千載輝光。」「軒冕則不饒沂水，官婚則別是晉陽。」

　　其間，誇張地奉承起婚事主人的財富來，竟然可擬王侯：「簾下度開繡闥，帷中踴上牙床。珍纖煥爛，龍麝馨香。金銀器撒來雨點，綺羅堆高並坊牆。」然而其目的，還是強行勒索：「見卻你兒女婚嫁，特地顯慶高堂。兒郎偉重重遂願，一一誇張。且看拋賞，必不尋常。」這一套引人啼笑的大話，有時還須邀請知名的文人代筆，以增隆重；然而事到臨頭，無非是由迎親的一方花錢使物打發了。

　　此一婚俗愈演愈烈，甚至經常鬧到了聚眾滋事的地步。日後就有左司郎中唐紹上表奏請皇帝，下詔斷絕：

「往者下俚庸鄙，時有障車，邀共酒食，以為戲樂。近日此風轉盛，上及王公。乃廣奏音樂，多集徒侶，遮壅道路，留滯淹時，邀致財物，動逾萬計。遂使障車禮貺，過於聘財。歌舞喧嘩，殊非助感，既虧名教，又蠹風猷——諸請一切禁斷。」

由於車馬不能爭咫尺隙地，李白站在行列的前駕之上，憑倚車衡，凝眸望著障車人。那些人立刻讓他想起，當年在昌明市集上飛呼奔走、仗劍逼人的少年夥伴。而此刻的眼前之人，又何嘗與他不一般呢？他們不也都穿著全然不合於自己身家的禮服，看似笑靨迎人，卻雜之以振臂之呼、瞠目之誦，左推右搡，爭前恐後，在灼灼閃熾的炬火掩映之下，其猙獰卻猶如暴怒的群鬼。

群鬼之中果有一人，隻腳踏上車軸，另隻腳又蹬上車轅，踩穩身步，便與李白齊身對峙，相去不過數寸，咧嘴如唱經唄一般：「新倌人！仔細思量，內外端詳；事事相親，頭頭相當。」緊接著又回頭對同來的伴當們吼道：「兒郎偉！彼起我落，截短補長；不念舊惡，只看新郎。」

「兒郎偉」，古來原本是關中地區方言，糾眾之聲。由於結群成夥之人，或驅儺、或賽神、或於房舍興工上樑之日，必須施以祭典祈禳，為了彼此號召，慣用此詞，一旦泛衍而普及，「兒郎偉」便成為呼群的套語。「偉」字虛詞，常用於多數，猶如後世之「們」。

圍聚而來的障車之人這時益發肆無忌憚地鼓譟起來，他們擦拭著滿頭滿臉的汗水，勉強撐持著臉頰上僵固的歡笑，彼此呼喚：「兒郎偉！兒郎偉！」而所有障車兒郎的眼睛，卻都逐漸凝聚於李白之身。

「兒郎偉！」攀躍而登車的這人顯然有些得意忘形了。他似乎不知道自己究竟想做甚麼，卻又為人氣所激，捨不得回到路面上去，偏就這麼與李白貼身相望片刻，眼中竟然流露出義憤仇讎之色，其中有哀傷、有妒怒、也有些許的惶惑與驚恐。也就在這剎時間，打從天穹之中、夜暗深處，猛然間落下一宗物事，直奪奪砸上了這人的頭顱——卻是說時遲、那時快，就在他僵直著身子、仰天栽倒的瞬間，衣袖卻教李白一把拽住，稍稍站定身形，兩人才同時看見，從天而墮、隨即滾落車中之物，竟然是一鼓突突、圓滾滾的皮裹。李白再一尋思，認得分明了——那正是當年在洞庭湖畔被吳指南扔上天去的那一隻酒壺。

那人經此驚亂，膽氣稍遜，由伴當攙扶著，且搖且晃地下了車。李白順手將酒壺遞給他，道：「今夕天地同喜，奈遽去？來！進酒。」

他知道：那壺裡的酒，是無論怎麼喝也喝它不盡的。

（第三卷完）

附錄

從李白到一個詩的時代

——張大春vs.顏擇雅　對談《大唐李白》

（編按）《大唐李白》出版後，連續拿下中時開卷年度好書、金石堂年度影響力中文創作、新浪網好書獎。第二卷出版時，出版方與讀冊網路書店邀請書評人顏擇雅與張大春在台進行對談，對談題目當時原訂為「這，原本是一個詩的盛世」。兩人長年在電台談書論事，對文化政治或書籍詮釋，容有不同意見，卻更見精采火花。敢於提論並作新解的顏擇雅將《大唐李白》看成一套既向傳統中國小說致敬又挑戰傳統寫法的好看作品。當天對談的精彩內容經出版社整理，講者同意，經刪節選摘後，附錄於本書，以饗讀者。

顏擇雅：不管有沒有看過大春的其他作品，閱讀《大唐李白》時，可以感受到他這次想做很不一樣的事。如果看過他的作品，光是拿來跟上一本小說《城邦暴力團》相比就很不同。這書解答了我長久的一個疑惑，這本書裡融合了大春長年以來的研究、古詩、筆記閱讀等等材料，這些年來我以為大春會寫出他自己的《管錐編》或詩話，但他卻交出目前兩冊《大唐李白》。

我想在開場就先提個問題：小說寫作中要放入驅動力，以驅動讀者閱讀。但是當一本書融入這麼大量的知識材料，便會讓小說的驅動力不見。國外也有融入大量知識的小說，像安伯托．艾可的《玫瑰的名字》、丹．布朗的《達文西密碼》，他們多半透過一個「追追追」的懸疑驚悚手法，驅動讀者閱讀不易消化的知識材料。大春絕對有能力寫這類懸疑作品，但是他放棄這個手法，而情願冒「沒有一本小說是這樣寫」的風險。那麼他的驅動力要從哪裡來？（雖然我閱讀的時候，並不覺得完全失去驅動力。我最後再說我個人認為原因是甚麼。）

《大唐李白》是本以人名為書名的小說，一般來說這種書名取法就是傳記類小說，像「約翰．克里斯多夫」、「湯姆．梭耶爾」等等。但大春不是要寫李白的傳記，李白甚至不是這本書的主角，主角應該是大唐的「文學環境」。這個應該屬於論文寫作題目了，但這套書又不是用論文解析的形式，它並沒有分章去比較宗教、科考和民間娛樂事業如何影響詩。

以我目前讀到的兩冊《大唐李白》來看，我發現它講的就是一個帝國邊陲年輕人的故事。在西方文學上有個母題，就是描寫外地來的年輕人，例如《紅與黑》、《高老頭》、《大亨小傳》等等，這種小說通常一開始就會點出主角想追求甚麼？像《大亨小傳》裡，蓋茲比想追求黛西，其他也有追求名利等等。《大唐李白》也沒有這麼寫，前兩本讀下來，我們甚至還不知道李白想要甚麼。

此外，我在讀這兩本的時候，經常要去查google，讀得很認真。我常停下來去找、去對照歷史中真有這樣的材料嗎？比方說，大春寫「鳳凰臺」這個詞要從臺城說起，南齊的皇帝蕭寶卷在臺城這個地方先蓋了芳樂苑，這地方可以做買賣，有各種活動，簡直就像現代的迪士尼樂園、環球影城。宮女在裡面表演買賣、皇帝自己去切肉販賣、還有各種娛樂活動……簡直匪夷所思，所以我就去查，史書上居然有這個記載。

此外，大春還會寫到各種各樣的掌故，甚至誇張到寫李白的遊歷時，大春會計算李白走水路陸路的方法分別要花多少時間。所以我真要說這本小說不簡單。我原本預設會看一本像錢鍾書的《管錐編》那樣，用典艱澀、一天讀不了三頁的書，沒想到其實很容易看，我一天看個一百頁也沒問題。

錢鍾書學問好，但寫的東西不易看。曾任北大國學館館長的葉恭綽就批評錢最大的缺點是：散錢無串。大春做到了錢鍾書沒做到的事，他在這套故事中找到一條繩子，把唐朝跟李白的事情全部都串起來了，把想寫的，全都寫進去了；他在其中講詩、講文學、講當時社會政經。

像他這類在小說裡顯示才學的故事，以前也有人寫，也就是清代的才學小說，這個類型代表作品是《鏡花緣》。看過這本《鏡花緣》的人就曉得，這本書後五十回是不用看的，後面都是武則天如何選才女，如何寫詩評比，寫得很零散，就是一頓頓飯局作詩比才學，情節卡著全沒動。

大春是個熟悉小說章法的人。說小說沒有驅動力，不是說他沒有能力在小說裡放驅動力，而是他不想用傳統的做法。但他還是善用草蛇灰線，在敘事中後事前敘、前事後敘。讓讀者對將來發生的事有所期待。

比方說第一冊《少年遊》裡一開頭就寫到綿州刺史會神仙，這事情中斷到書中第三十回一百五十頁後又再度出現。前面二十九回都在準備這個高潮，埋下這個伏筆。再比方說，第二冊的《鳳凰臺》，大春寫李白身邊有個朋友吳指南，不斷說吳將要死、會死，說了十多次。這樣寫讓人不斷等著要發生的事，刻意製造了讀者期待，那就得有十足把握，等那件事情真來時，你能寫得很好，寫出它的重要，才能說得過去。我看吳指南死那場戲，果然，大春做到了。對我來說，大春找到一根繩線把他的唐代散錢串起來。這個繩線是甚麼？就是李白的一生。

張大春：到底我給《大唐李白》的驅動力是甚麼？這是個漂亮的問題。

我選擇李白的一生，就選擇了一個讀者已經大概知道的進程，從他出生寫到他死，我不用多交代，讀者自己就有好奇，因為他是一個太有名的人。但李白又不是我們知道的李白，你說他浪漫，不完全是。說他是個逢迎求名的人，也不是。他完全是個從鄉下到城裡的年輕人，拿了作生意的爸爸不名譽的一筆錢，踏上離家之途，本來從三峽到九江，他應該去把錢分給在當地幫忙作生意的哥哥和弟弟，但他沒有。他自己拿著錢去散盡天下，交遊各種人。在唐朝，李白的身份是賤商之子，沒有機會當官（不能參加科考），所以作官成了他一生的夢，此外，他還有個夢，是神仙道士之夢。

先說他的作官夢，為了能跟士族門第結交，李白甚至在二十七歲結了一個他自覺委屈的婚，所謂的不廟見婚。他為了去掉賤商身份，經過道士上清派集團的引介，跟一個前朝宰相許圉師的孫女成親，是那種娶了妻子但不帶妻子拜公婆的婚姻，這是很少見的婚姻。第一任太太過世之後，他又比照同樣的情況娶了另一個高門第的女子，然後他說自己是「酒隱安陸，蹉跎十年」。從這話可以看出來他在婚姻中倍感挫折。

三十歲時他到了長安，結識的都是道士，還因為上清派人的介紹，住進玉真公主別館。傳聞王維因此跟他有情仇，我想應該沒有，我推算李白連玉真公主都沒見到過。到了第三卷《將進酒》，我還會寫到他的生活中除了干謁（結交）大小官員，尋求機會，可能還從事另一個活動，他可能是個大酒樓（商）的投資人。

為什麼這麼推論，因為李白寫過很多跟酒有關的詩，一般認為是因為他愛喝酒染上酒癮，但我認為不只這樣。你看他寫「憶昔洛陽董糟丘，為余天津橋南造酒樓」，這已經很明顯，再仔細看他的詩中常寫到道教儀式、煉丹，那些也都跟造酒有關。又比如李白寫「古來聖賢皆寂寞，惟有飲者留其名」，一般人看這詩中的聖賢兩字，指的就是孔孟先賢，但我看不止。「聖」跟「賢」其實就是兩種酒，清酒白酒稱為聖，濁酒稱為賢。所以這聖賢酒指的是酒，要靠著喝酒的名人才能將其流傳出去。李白那些詩，說穿了可能是他替自家酒樓釀的酒寫推薦語。他等於是個代言人，努力擴大消費。

從這一點來看唐朝，跟我們今天所處的經濟環境就有可對照解讀之處。

開元前唐高宗以後天下承平，物資豐沛，消費富足，但貨幣流通不足。宋璟、蘇頲等朝中大臣想以擴大消費來解決通貨緊縮。民間改善通貨緊縮的方式比較活潑，就是發借據、契券、信用狀，用現代經濟學來解說，就叫「信用寬鬆」。這一來突顯了民間通貨流通的問題，每一家店鋪都可以扮演銀行，等於開始了地下經濟。

通貨不足，倘若在現代國家就印鈔票解決，但唐朝流通使用的是銅錢，沒辦法平白生出多的銅礦，民間開始出現摻雜質的假錢還有成色不佳的盜鑄錢。當時蘇頲想了個方法回收這些劣幣，請民間拿手上的劣幣來換國庫裡的良幣，五個換一個，結果越換劣幣越多，這個政策後來搞得他被貶到蜀中當大都督。

李白的遊歷行跡，基本上跟著整個帝國的經濟動線，人多的地方事也多。李白最擅長的一件事，也是他的好友吳指南說過的：李白「大話欺人」，他最擅長吹牛。所以當他砍過一個人，卻會在詩上說：手刃數人；身上有點錢揮霍，就寫出「千金散去還復來」。他這性格還表現在「寫詩到處分人看」，他在朝中當翰林供奉，覺得不受尊重，會寫抱怨文章抄發給同僚，因此官場上不是人人都看他順眼的。

顏擇雅：從大春剛才解「古來聖賢皆寂寞，惟有飲者留其名」詩句，就可以看出來他怎麼變古翻新。他剛剛已經告訴我們李白常常寫「酒」，其實可能是在寫廣告文案，我另外想舉幾個精采例子。

第一個是大春解「君子疾沒世而名不稱焉」。一般解法是說君子憂慮隨著年歲增長，而自己卻沒有能留名的作為。大春的說法是，這個君子擔心隨年歲增加而累積的盛名，其實自己配不上。另一個例子，大春在《少年遊》寫到有一鵠國人，身形很小僅七吋，喜歡讀書，最怕鶴，其實鵠國人被鶴吃掉後並不會死，但是很痛苦，因為他們在鶴的肚子裡無書可讀，他們就咿咿呀呀回憶以前讀過的書。所以，後人形容人讀書不精，便稱「鶴吞」。我很吃驚，心想我居然沒聽過這個詞，便去查證，發現故事真有來歷，典出東方朔的《神異經》，但古書只寫到鶴吞鵠，沒有在肚子裡讀書那一段，當然也沒有「鶴吞」這個詞。

大春又寫李白遇到侯矩，這人跟他說個故事：南夷有一種人頭會飛，半夜頭離身，到外面吃蟲吃樹葉，吃得飽飽的回來，妻子擔心，還會守在一旁。甚至有時候手也會飛出去，但沒飛回來。所以那裡有很多人沒有手。當時的突厥人聽說南夷有這樣的人種，就想派人去聘請這群人來當軍事上的奸細，打探軍情。

我再查書。發現這個南夷人種在《太平廣記》筆記裡是有的，但只寫到頭會飛、妻子會守、脖子上會有紅線……等等，至於突厥人那一段。歷史材料上沒有，那個故事是大春延伸發明的。還有很多例子，像《少年遊》提到西域征戰的故事，奇妙得不得了。都是大春在古上創新路的做法。

幾年前大春跟我說《大唐李白》全部要寫百萬字，寫個一千頁。我當時想，一個歷史上資料這麼少的李白，怎麼可能寫成百萬字。如今我看他透過解詩、透過創新古老故事、透過他對唐朝環境細節的重構，當然可能了。

最後，我要回答自己開場的那個提問：這本小說的閱讀驅動力在哪裡？

如果要拿《大唐李白》類比西洋小說類型，我會覺得它像《格列佛遊記》這樣的惡棍小說，是所謂的旅程小說。這種故事通常主角隨命運安排，主角自己沒有內在動力，但隨著故事呈現各種遊歷和知識，這種寫法要安排每一個段落能出現新事情（something new），這些事情夠好看就是閱讀這種小說的驅動力。大春會安排小人物事件，然後又讓這些有趣的人事在不同的地方重新登場，發生新的情節事物。整套書的驅動力就出來了。

張大春：我把工作重點放在結構，希望每一個情節埋伏都有去處。就像契訶夫說的：如果故事裡出現了槍，就得扳動板機。後面有的劇情，前面就得埋伏筆。後面的劇情，都能對應到前面的典故。《大唐李白》還沒完，許多我現在寫到的人事物，也有些得等後面的情節出現，才能讓他們的出場有明確的意義。只能說未完待續，敬請期待。

文學森林 LF0059

大唐李白　將進酒

作者
張大春

一九五七年生，山東濟南人。臺灣輔仁大學中文碩士。早期作品展現出對日常用語的反覆思索與挑戰，從而產生對各種意識形態的解構作用，將虛構與現實交織，進行對寫實主義小說的反思，代表作品《將軍碑》、《四喜憂國》曾獲選二十世紀華文小說百大。八零年代以來，張大春走過早期讓評者驚艷、讀者驚喜的寫作時期，接著迎向在紙媒創作融入時事、以文字顛覆政治的新聞寫作時期，作品：《大說謊家》《沒人寫信給上校》。九零年代，張大春以大頭春為名，出手風靡一時的《少年大頭春生活周記》系列，暢銷現象影響流行文化，並從而進入電視廣播媒體。二十一世紀，張大春掉頭以新武俠小說拓展寫作，以五十六萬字完成《城邦暴力團》，爬梳近代歷史，接著寫出對家族父輩的悼念之作《聆聽父親》，處處展現不同過往的寫作關懷。近年，對漢文化凋零的憂心，從而透過專欄完成《認得幾個字》、《送給孩子的字》，堅持不同時人的寫作路數，其別有風骨的創作姿態，對臺灣文壇起著難以估量的影響力。其他作品尚有：《公寓導遊》、《尋人啟事》、《本事》、《我妹妹》、《野孩子》、《撒謊的信徒》、《春燈公子》、《戰夏陽》、《一葉秋》、《小說稗類》、《歡喜賊》、《富貴窯》……。

封面設計　莊謹銘
校　　對　陳錦生
責任編輯　陳柏昌
行銷企劃　傅恩群、王琦柔、詹修蘋
副總編輯　梁心愉

初版一刷　二〇一五年四月二十七日
初版四刷　二〇二一年一月十四日
定價　新台幣四二〇元

ThinKingDom 新經典文化
發行人　葉美瑤
出版　新經典圖文傳播有限公司
地址　臺北市中正區重慶南路一段五七號一一樓之四
電話　02-2331-1830　傳真　02-2331-1831
讀者服務信箱　thinkingdomtw@gmail.com
部落格　http://blog.roodo.com/thinkingdom

總經銷　高寶書版集團
地址　臺北市內湖區洲子街八八號三樓
電話　02-2799-2788　傳真　02-2799-0909
海外總經銷　時報文化出版企業股份有限公司
地址　桃園市龜山區萬壽路二段三五一號
電話　02-2306-6842　傳真　02-2304-9301

大唐李白. 三, 將進酒 / 張大春著. -- 初版. -- 臺北市：新經典圖文傳播, 2015.04
388面；14.8×21公分. --（文學森林；YY0159）
ISBN 978-986-5824-40-2（平裝）

857.7　　104005794

Li Bo III: the poetic Age of Tang Dynasty

First Published in Taiwan, March 2015